›Das Hochland mit den klaren Farben der Berge, den Baumriesen und den Wolken, die ständig auf Safari gingen und nie ein Ziel erreichten, war für sie das Paradies – geschaffen für die Genügsamen, denen allein das ewige Glück gebührte.‹

Als Stella nach vielen Jahren wieder nach Afrika kommt, spürt sie vom ersten Augenblick an wieder die Vertrautheit mit den Menschen Afrikas und diesem großartigen Land. Gemeinsam mit ihrer Freundin aus Kindertagen, Lilly, die Kikuyufrau, baut sie sich eine Lodge im Hochland von Kenia. Für Stella ist diese Farm ein Paradies, sie fühlt sich aufgehoben in den Farben und Düften Kenias. Doch schmerzvoll muss sie erkennen, dass das Afrika ihrer Kinderträume sich seit der Unabhängigkeit verändert hat. Und auch Lilly begreift, dass Stella immer nur nach den Bildern ihrer Vergangenheit gesucht hat. Immer öfter schleichen sich jetzt Bilder aus England in Stellas Gedanken. Es bedarf vieler dramatischer Verwicklungen, bis Stella bewusst wird, dass sie sich nach dem Mann in England sehnt, dessen Liebe sie längst verloren glaubte …

Stefanie Zweig wurde 1932 in Oberschlesien geboren und wanderte im Zuge der nationalsozialistischen Verfolgung 1938 mit ihren Eltern nach Kenia aus. 1947 kehrte die Familie nach Deutschland zurück. Die Autorin hat dreißig Jahre lang das Feuilleton einer Frankfurter Tageszeitung geleitet.

Ihre Romane ›Nirgendwo in Afrika‹, ›… doch die Träume blieben in Afrika‹ und ›Irgendwo in Deutschland‹ standen wochenlang auf den Bestsellerlisten. Caroline Link verfilmte ihren Roman ›Nirgendwo in Afrika‹, der in der Kategorie ›Bester ausländischer Film‹ einen Oscar gewann.

Im Fischer Taschenbuch Verlag sind folgende Titel lieferbar: ›Der Traum vom Paradies‹ (Bd. 14873), ›Die Spur des Löwen‹ (Bd. 15231), ›Karibu heißt willkommen‹ (Bd. 15245) und ›Vivian und Ein Mund voll Erde‹ (Bd. 15640).

Unsere Adresse im Internet: www.fischerverlage.de

Stefanie Zweig

Wiedersehen mit Afrika

Roman

Fischer Taschenbuch Verlag

Meiner Lektorin Sabine Jaenicke

Veröffentlicht im Fischer Taschenbuch Verlag,
einem Unternehmen der S. Fischer Verlag GmbH,
Frankfurt am Main, Juli 2004

Lizenzausgabe mit freundlicher Genehmigung
der Langen Müller in der
F. A. Herbig Verlagsbuchhandlung GmbH, München

Druck und Bindung: Clausen & Bosse, Leck
Printed in Germany
ISBN 3-596-15908-3

Die Pforte zu Afrikas Paradies
öffnet sich nur denen, die
nicht nach hinten schauen.

1

Dein Bauch wird jeden Tag dicker und das Loch in deinem Kopf immer größer«, tadelte Lilly auf dem steinigen Pfad, der von dem versiegenden Brunnen zu dem Affenbrotbaum mit der traurigen Geschichte führte. »Vielleicht sollten wir wieder einmal englisch sprechen. Suaheli frisst dir deinen letzten Verstand weg. Wenn du so weitermachst, wird dein Kind so dumm wie du.«
»Glücklich«, widersprach Stella, »Menschen ohne Verstand sind glücklicher als die Klugen. Das habe ich schon als Kind festgestellt.«
Die Hitze einer Trockenzeit, die schon längst hätte vorbei sein müssen, war noch intensiver und drückender als an den schwülen Tagen zuvor. Selbst die schwarzen Vögel mit dem langen gelben Schnabel, die ihren Flügeln zwischen Sonnenaufgang und dem Anbruch der Nacht nur selten Ruhe gönnten, hockten verstummt auf den morschen Ästen der durstenden Dornakazien. Schweiß tropfte in kleinen violetten Perlen von Lillys Stirn und ihren bloßen Schultern.
»Dieser steile Weg«, sorgte sie sich weiter und schlug wütend nach den fetten Fliegen auf ihren Schultern, »ist der reinste Wahnsinn für dich. Du atmest so schwer wie eine Elefantenkuh mit Husten.«

»Mit Liebeskummer«, keuchte Stella. »Und sag jetzt nur nicht, dass trächtige Elefantenkühe keinen Liebeskummer haben. Den Punkt haben wir vor genau achtzehn Jahren und neununddreißig Minuten geklärt. Mithilfe meines Vaters, wie gerade du dich erinnern solltest. Immerhin hat er ja für dich die weinende Elefantenkönigin mit dem Taschentuch aus Bananenblättern gemalt. Mich hat er mit einem kleinen blauen Schmetterling abgespeist. Vorsicht, Mylady, eben hättest du um ein Haar gelächelt. Also, ich finde, wenn wir miteinander englisch reden, bist du besonders missgestimmt. Außerdem bringt es nichts. Hier erfährt doch jeder alles, ehe man es ausgesprochen hat.«
»Und das merkst du erst jetzt?«
»Quatsch! Schau, Lilly, gerade nach dieser herrlichen Neugierde, die ich immer als Anteilnahme empfunden habe, habe ich mich zurückgesehnt, als ich meine diskreten Landsleute und den rücksichtsvoll wortkargen Vater meines ungeborenen Kindes verließ. Fernando hat mich noch nicht einmal gefragt, ob ich einen Rückflugschein in meiner Handtasche hatte, obwohl er es brennend gern gewusst hätte.«
In einem unerwarteten Moment von Wehmut erschien es Stella, als würde die Freundin endlich mit ihr lachen, laut und lustvoll und fordernd wie zur Zeit, als sie Kinder gewesen waren und auf das Echo gewartet hatten. Lilly schüttelte jedoch mit gespielter Bekümmerung den Kopf. »In unserem ersten Leben«, rügte sie, blieb stehen und zeichnete mit ihrem großen Zeh ein gleichschenkeliges Dreieck in die krümelige Erde, »hast du sehr gut gewusst, dass du keine Kikuyufrau bist. Madame hat schon als Zwölfjährige Zeitung gelesen, wenn sie wissen wollte, was in der Welt

passierte, und sie hat nicht auf die Trommeln im Busch gelauert. Ich habe dich damals schrecklich beneidet. Nie wärst du auf die Idee gekommen, wegen eines kreischenden Radios in der Mittagshitze einen Berg hinaufzuhetzen. Und jetzt kapierst du noch nicht einmal mehr, dass es in diesem verdammten Teil der Welt, der dich um die Ruhe gebracht hat, keine Ärzte gibt. Weiß der Teufel, ob meine Mutter noch die berühmte Schere hat, von der wir als Kinder gar nicht genug hören konnten.«

Stella griff ungewohnt scheu nach Lillys Hand und dann energisch nach der Vergangenheit. Sie hatte immer Freude an einer rasch herbeigeführten Einverständlichkeit gehabt; der Freundin indes hatte es schon als Vierjährige Vergnügen bereitet, aus unbedeutenden Streitereien wütende Attacken zu machen.

»Du hast Recht«, besänftigte Stella. »Die kluge Lilly hatte ja immer Recht. Ich begreife auch nicht, warum ich immerzu dicke Bäuche und kleine Kinder um mich haben will, aber Chebeti hat mich getröstet. Sie sagt, das geht den meisten Frauen beim ersten Mal so.«

»Meine Mutter hat dich immer getröstet und dir das gesagt, was du hören wolltest«, spottete Lilly, »deshalb lasse ich mir ja auch nicht ausreden, dass du deinen reichen Großvater in London nur hast sitzen lassen, um in der Anbetung meiner Mutter zu baden.«

»Stimmt«, nickte Stella. »Der alte Griesgram hat mir schon beim Frühstück widersprochen. Übrigens solltest du ihn nicht so oft erwähnen. Schwangere bekommen hässliche Kinder, wenn sie zu viel heulen. Komm, Lilly, lass gut sein und lach endlich auch mal. Irgendetwas muss dir doch am Leben gefallen.«

»Deine Fröhlichkeit, Stella, und dass du ein Kind geblieben bist.«
»Täusch dich nicht. Ich bin durch die Hölle gegangen. Die Hölle der Einsamkeit und der Liebe.«
Jeden Tag um die Zeit des kürzesten Schattens versammelten sich die jungen Mütter und schwangeren Frauen aus den Häuschen mit den Wellblechdächern am Rande der Ortschaft Nyahururu auf einer kleinen Anhöhe. Morgens kletterten dort die munteren Klippschliefer auf den Felsen herum und nachmittags die Paviane. In der klaren Mittagsluft konnten die Augen von Menschen auf Safari zum Mount Kenya gehen, ohne dass sich Wolken und Nebel wie herrische Polizisten den Träumern in den Weg stellten. Sobald Stella und Lilly am Gebüsch mit den zarten violetten Blüten auftauchten, wurde jubelnd ein altmodisches Radio angestellt. Das Gerät aus den fünfziger Jahren stand auf einem kleinen, seit der Ankunft der bewunderten Gäste weiß gestrichenen Schemel und steckte in einem hellblauen, im Laufe von vielen Jahren von Ameisen angenagten Lederetui. Es war während Kenias Kampf um Unabhängigkeit von zwei britischen Offizieren unter einem Baum vergessen worden. Sie hatten auf einer Farm einen Mord an einem jungen Viehhirten aus dem Stamm der Lumbwa untersuchen sollen und waren ohne Ergebnis sehr plötzlich abgefahren.
Nur eine Hand voll Menschen wusste noch, dass der heitere junge Hirte Mboja und sein Mörder, ein pockennarbiger Kikuyu, Njerere geheißen hatte; das alte Kofferradio aber spielte noch so klar wie zu den Zeiten, da es im Dienst der britischen Armee gestanden hatte. So mancher Fremde aus Nairobi oder Mombasa, der nach Nyahururu kam, um

Arbeit und Verwandte zu suchen, und dort beides nicht fand, berichtete bei der Rückkehr in die Städte von den Frauen am Mount Kenya, die Tag für Tag in allerbester Laune um ein betagtes Radio saßen. Solche ursprüngliche Heiterkeit von Menschen, die augenscheinlich sehr zufrieden waren mit den bescheidenen Verhältnissen, in denen sie lebten, war nicht mehr typisch für den Rhythmus des afrikanischen Lebens – nicht einmal in den abgelegenen Ortschaften, die noch nichts von der Hetzjagd der Städter nach Geld wussten und dass die neue Zeit ihren Herzen die Ruhe gestohlen hatte.
In Nyahururu galten schon Musik und die vertraute, auffallend tiefe Stimme eines Rundfunksprechers als Ereignisse, die jeden Tag neu belebten. Zwar waren mittags die Nachrichten aus Nairobi in der Regel langweilig oder unverständlich, denn Katastrophen, dreiste Überfälle und die blutigsten Morde geschehen ja meistens in der Nacht; und fast immer wurde vom Bösen und dem Schmerz in der Welt bei Sonnenaufgang erzählt. Der Wetterbericht zur Mittagsstunde entschädigte jedoch für die Monotonie der Tagesnachrichten, denn er wurde von Fachleuten in Gilgil zusammengestellt und war für die Menschen im Hochland sehr viel interessanter als Hinweise auf jahreszeitlich nicht erwartete schwere Regenfälle in der Hauptstadt oder eine noch nie da gewesene Dürrekatastrophe in Malindi.
Entscheidend für das Ritual der Frauen, das Stella seit dem ersten Tag ihres Aufenthalts in Nyahururu faszinierte, war die Mittagsmusik. Die entstammte ausschließlich der afrikanischen Welt, es gab keinen einzigen unverständlichen Song mit englischem Text. Der größte Teil der Interpreten sang Suaheli, einige wenige sogar Kikuyu; die Musik war so

temperamentvoll, wie es einst die jungen Massaikrieger gewesen waren, als sie noch Feinde und gefährliche Tiere und nicht das Geld der Touristen gejagt hatten.
Vor allem geschah es nur mittags, dass der Rundfunksprecher die schönen wundersamen Schauris von Menschen mit einem ungewöhnlichen Schicksal erzählte. Zu Beginn der Sendungen waren diese Menschen nicht anders als die Nachbarn und Freunde, die man seit der Kindheit kannte, doch am Ende waren diese vom weisen Gott Mungu beglückten Fremden satt, sehr reich und berühmt geworden. Sie wohnten in soliden Häusern mit großen Fenstern, festen Türen und Badewannen und Toiletten in besonders dafür vorgesehenen Räumen. Bei Tisch ließen sie sich von Menschen ihres eigenen Stammes bedienen, sie fuhren in Autos mit Schatten spendenden Gardinen bis nach Kisumu, bestiegen Schiffe in Mombasa und Flugzeuge in Nairobi. Die Männer hatten Krawatten aus Seide, die der Freund vom Radio so genau schilderte, dass man sie fast fühlen konnte. Die Frauen trugen europäische Kleider und – wie die viel bestaunte Lilly aus Nairobi – Schuhe aus farbigem Leder und mit dünnen Riemen. Vor allem aßen diese neuen Reichen nichts von dem mehr, was in Nyahururu seit Generationen in die Schüsseln gekommen war und immer noch in tiefen Töpfen auf dem offenen Feuer gekocht wurde.
Mit geschlossenen Augen ließen sich die Frauen aus der einsamen Gegend am Fuß des Mount Kenya von solchen animierenden Berichten zu den eigenen Träumen von weichen Stoffen, süßem Brot und ewiger Zufriedenheit führen. Wenn sie weder den Himmel über dem Kopf noch die Erde unter den Füßen sahen, konnten sie sich die Bilder,

die ein immer freundlicher, stets gut gelaunter Mann mit Worten malte, genau vorstellen. Derweil lagen ihre Babys auf alten grauen Decken im gütigen Schatten jenes mächtigen Affenbrotbaums, in den vor vielen Jahren in einer Schreckensnacht ein todbringender Blitz gefahren war.
»Du kannst dir«, hatte Stella gerade am Tag zuvor ihrem Großvater geschrieben, »nicht vorstellen, wie friedlich, idyllisch und wunderschön dieses Bild ist. Wahrscheinlich würde man es in England als kitschig empfinden und die Augenbrauen hochziehen wie Lady Priscilla, doch meine alte Heimat war ja immer eine ganz seltsame Mischung aus blutigem Ernst und Kitsch. Ach, mein geliebter Mzee, schon nach einem Monat hier frisst mich die Sucht auf, dir dies alles zu zeigen. Ich habe ein Loch im Herzen, weil ich dich nicht mehr umarmen kann.«
Die Kleinen, die ja noch an der Mutterbrust satt wurden und keinen Tag ihres Lebens Hunger gelitten hatten, weinten nur selten. Waren sie wach, freuten sie sich an winzigen, in der Sonne hell wie Diamanten funkelnden weißen Steinen. Die Munteren mit den wenigen Zähnen und großen Augen wurden nicht nur von ihren älteren Geschwistern beneidet, weil sie weder Pflichten noch Wünsche hatten, sondern noch viel mehr von jenen Menschen, die sich morgens nicht an der Sonne freuen können, ohne an die Nacht zu denken.
Die Zufriedenen von Nyahururu konnten noch ohne Vorbehalt den eigenen Augen und Ohren und ihrer Nase trauen. Ihre Hände griffen nicht nach Sternenglanz und nicht aus Neid nach fremder Habe, nur nach den sanft im Bergwind wippenden Ohrringen der Mutter. Die Füße wussten nichts vom Druck zu klein gewordener Schuhe

und der Schärfe von gerissenem Leder, auch nichts von Dornen im Gebüsch und spitzen Steinen im hohen Gras. Weder verlangten die Vorderzähne, die gerade durch den Kiefer gestoßen waren, nach dem reinigenden Saft von frisch geschnittenen Wurzeln noch die Zunge, die mit den Lauten kämpfte, nach dem zarten Fleisch junger Gnus. Diese genügsamen Unerfahrenen, die noch nicht wissend genug waren, um die Affen im Wald von ihresgleichen zu unterscheiden, hatten noch keinen Verstand. Sie konnten nur nach vorn und nie zurückschauen. Sie waren Mungus Lieblinge. Der Gott, der sich auf dem Gipfel des heiligen, schneebedeckten Berges verbarg, ersparte seinen Jüngsten all die Ängste, die den Alten das Atmen zur Last und aus der Hoffnung der Jugend die Bitterkeit der Erfahrung machen.

»Kinder auf dem Rücken der Mutter wissen nicht, wie Salz schmeckt«, pflegte Chebeti zu sagen, wenn eines der Kleinen ausnahmsweise mal weinte, obwohl es weder hungrig noch durstig oder krank war. Der klugen und von allen ihren Nachbarn geachteten Kikuyufrau mit dem sorgsam gebundenen Kopftuch aus der Farbe der Sonne war einen Vollmond zuvor ein Wunder widerfahren – eines der größten, von dem je in Nyahururu berichtet wurde. Seitdem empfanden die Menschen noch mehr als zuvor, dass Chebetis Worte das Gewicht von großen Steinen hatten. Sie sprach häufig über den Segen, dass Kinder kein Gedächtnis haben. »Sie werden noch schnell genug lernen«, erklärte sie den Müttern, die erst ein einziges Mal geboren hatten, »dass die Bilder im Kopf eines Menschen seine gefährlichsten Feinde sind. Solche Feinde stehlen uns bei Tag die Kraft der Augen und die Erfahrung der Nase. Nachts stehlen sie den Schlaf. Bilder im Kopf sind wie die nackten, gut eingeölten Diebe, die sich von keinem Jäger fangen lassen. Ich habe mit vielen Dieben gekämpft.«

»Und immer hast du den Krieg verloren«, lachten die Frauen, weil sie diesen vorerst letzten Teil von Chebetis Lebensgeschichte besonders schätzten, »nur einmal nicht.«

Gerade in dieser Zeit, als aus den Bildern einer folternden Erinnerung wieder die Menschen einer sehr erregenden Gegenwart geworden waren, beschäftigten die vielen Kinder der kleinen Gemeinschaft Chebeti noch mehr als an gewöhnlichen Tagen. Obwohl sie selbst fünf Töchter und zwei Söhne gestillt und ein mutterloses Mädchen genährt und großgezogen hatte, fiel ihr erst seit der Rückkehr von Stella und Lilly auf, wie genau Kinder ihre Umwelt beobachten. Es verblüffte und bewegte die grüblerische Chebeti, dass die Kinder unter dem Affenbrotbaum, die noch nicht einmal imstande waren, die Fliegen von ihrem Kopf zu vertreiben, Fröhlichkeit gurgelten und verlangend ihre Arme ausstreckten, sobald sie die beiden jungen Frauen sahen.

Die Kleinen waren dem gleichen Reiz des Fremden erlegen wie ihre Mütter und Großmütter. Seitdem nämlich das Auto ohne eine einzige Beule den Berg heraufgekeucht war und noch vor Anbruch der Nacht auf Chebetis Vorschlag vier Ziegen geschlachtet worden waren, um die Gäste zu ehren, war das Leben in den Wellblechhäuschen auch für die Männer nicht mehr wie vorher. Neue Farben beschäftigten die Augen, ein aufregendes Parfüm, das zugleich nach Rosen, Zitrone und Jasmin duftete, neckte die Nase. Es veränderten sich der Klang der Worte, das Echo des Gelächters bei Tag und die Träume der Nacht. Auch

die Menschen in den Dörfern, zu denen man von Nyahururu aus mehr als zwei Tage laufen musste, erfuhren von der weiten Safari der Kikuyufrau und der Engländerin und was diese seltsame Reise mit Chebeti zu tun hatte. Immer neue Einzelheiten wurden bekannt, und jede Nebensächlichkeit wurde von den Alten und Jungen diskutiert, von Frauen und Männern – noch in Gilgil, in Naivasha und Nakuru. Meistens wurden die wichtigsten Sätze wiederholt und Fragen gestellt, deren Antwort alle kannten. Schon dass die Namen der beiden Weitgereisten fremd waren für die Ohren der Wissbegierigen vom Stamm der Kikuyu, die Laute aber in keiner Kehle stecken blieben, bereitete den eifrigen Chronisten dieser seltsamen Schauri ein ebenso großes Vergnügen wie den Zuhörern.
Stella hieß die maisblonde Schwangere, um die sich Chebeti sorgte und deren Körper sie ohne Scheu mit beiden Händen berührte. »Als ob die Weißhäutige aus ihrer Brust getrunken hat«, wunderten sich die Frauen. Sie ahnten nicht, dass genau dies der Kern der Geschichte war. Lilly mit dem kaffeebraunen Teint und den großen sanften Augen war Stellas Freundin. Die zwei behaupteten, wobei sie wie kleine Mädchen kicherten, sie seien Geschwister. Das glaubten ihnen nur die Blinden und noch nicht einmal jene beklagenswerten Kinder, die ihr Leben lang alle Finger brauchen würden, um die ersten zehn Zahlen beim Namen zu nennen.
Die beiden jungen Frauen waren klug, zärtlich und freundlich zu Mensch und Tier, dazu auf eine so leichte Art heiter, wie man sie in Nyahururu nicht kannte; sie waren zungenflink und sehr viel besser gekleidet, als es je eine Frau gewesen war, die morgens und abends nur den Schnee vom

Mount Kenya gesehen hatte. Von Anbeginn verglichen ihre aufgeweckten Bewunderinnen die schönen Paradiesvögel mit den reichen Leuten, von denen im Radio die Rede war. Es waren nicht nur die Kleider, die Frisuren und gepflegten Nägel der beiden, die die Gleichaltrigen faszinierten; Lilly und Stella waren vor allem so auffallend gewandter und selbstbewusster als die Menschen vom Land. »Die haben«, erkannte der junge Koch Jomo, der drei Jahre in einem Hotel in Nairobi gearbeitet hatte und als Kenner städtischer Gepflogenheiten galt, »Kopf, Augen, Ohren und Mund füttern können, wann immer sie Hunger hatten. Das macht Menschen schön, schlau und zufrieden.«
Nicht nur er vermochte sich das Leben in Nairobi vorzustellen. In Nyahururu wohnten neuerdings immer mehr Männer, die in der Hauptstadt gearbeitet hatten und dann aus Gründen, über die sie nie sprachen, zurück in die Heimat gekommen waren. Durch sie hatten auch diejenigen, die nur die Farbe des eigenen Daches und die Beschaffenheit der Erde vor der eigenen Tür kannten, von den Bussen, Lastwagen und Autos auf den Straßen der betriebsamen Hauptstadt erfahren, von den Häusern mit Treppen und den hellen Geschäften, in denen die Reichen einkauften, um aus ihren Wünschen Besitz zu machen.
Keiner zweifelte, dass auch Lilly und Stella so sorgenfrei gelebt hatten. Als sie sich jedoch an Chebetis Feuer setzten und noch vor Anbruch der ersten Nacht ihre Stimmen zum Berg schickten und das Echo bejubelten wie ein Jäger seine mühevoll verfolgte Beute, war den Klugen sofort eines klar: Die zwei von weit her geflogenen Schmetterlinge sahen die Landschaft um den Wasserfall nicht zum ersten Mal. Zu sehr verrieten ihre Augen und die Bewegung der Nase,

dass sie die Farbe und den Duft der Aloen und Feuerlilien wiedererkannten.
»Es ist eine Schauri, die nur hier passiert ist«, sagten die Leute von Nyahururu und deuteten auf den Schnee vom Mount Kenya.
Die kleine Gemeinschaft aus den ärmlichen Unterkünften zwischen dem knorrigen Affenbrotbaum und den widerstandsfähigen Schirmakazien hatte bis dahin nur Geburt, Krankheit, Not und Tod erlebt. Nun wurde sie es nie leid, über Mungus verschlungene Wege und die Zufälle des Lebens zu staunen. Allen, ob Kind, Tor oder Greis, war bald jedes Wort der Geschichte vertraut. Sobald einer zu erzählen begann, roch es nach Benzin und dem kochenden Gummi rasender Reifen. Aus dem düsteren Wald mit den dickstämmigen Bäumen, in dem sonst nur Tiere und windgepeitschte Äste Laut gaben, wähnten die Menschen den herrlichen Klang von quietschenden Bremsen und die wunderbare Musik von streitsüchtigen Hupen zu hören. Selbst in der Kühle der anbrechenden Nacht und später auch im Glanz des Sternenhimmels waren Unterhaltungen über Stella und Lilly wie ein erfrischendes Bad in einem Fluss, der in einer zu langen Trockenzeit nie den Tod hat erleiden müssen.
Der angesehene Schneider Moi, der in der Stadt viel Geld verdient hatte, bis er von einem Motorrad überfahren worden und mit nur dem linken Arm zu seiner Mutter nach Hause zurückgekehrt war, entzückte auch Zuhörer, die keine Ahnung hatten, wovon er redete.
»In Nakuru«, berichtete der welterfahrene Moi, wurde er nach seiner Meinung befragt, »erzählt nur das Kino so schöne Schauris. Macht die Ohren gut auf. Stellas Haar

hat die Farbe von reifem Mais, aber aus ihrer Kehle kommt unsere Sprache.«
»Und Lilly spricht Englisch«, johlten dann die Kinder.
Die Mütter ihrer Mütter und die zahnlosen Männer, die nie die Gier nach Reichtum von zu Hause fortgetrieben hatte, kannten gar noch die alte Geschichte vor der neuen Schauri. Menschen mit Augen, die bereits die jungen Ziegen mit Lämmern verwechselten, wussten zu berichten, die beiden jungen Frauen wären als Babys in dem Haus aus grauem Stein in einer weißen Schüssel gebadet worden. Sie hätten zusammen aus Chebetis Brust getrunken. »Die waren«, erinnerte sich die blinde Wanjara, »größer, stärker und schöner als andere Kinder. Sie haben in einem hellen Zimmer auf Stühlen gesessen und aus blauen Gläsern getrunken. Ich habe sie immer gesehen, wenn ich mit meinem Eimer zum Brunnen ging. Ich hatte nicht immer tote Augen. Meine Augen waren so gut wie die der Vögel auf dem Berg. Ich sehe noch die Farbe von dem Tag, an dem das Haus brannte.«
»In dem Haus ist Stellas Vater verbrannt«, pflegte Chebeti zu sagen, sobald vom Feuer die Rede war. »Wir nannten ihn Bwana Mbuzi, weil er so schöne Ziegen gemalt hat.«
»Ziegen werden gemolken und gegessen, nie gemalt«, lachte der einarmige Schneider an dieser Stelle, obwohl er genau wusste, dass es Bilder gab, die nicht von einem Fotoapparat stammten. Man konnte sie in Nakuru kaufen. Seit seinem Unfall indes liebte Moi den Geschmack von Widerspruch.
»Gute Männer haben wenig Hunger. Der Bwana Mbuzi war so einer. Es war ihm genug, wenn er Ziegen malen konnte.«
Seitdem Chebeti Stellas Herz nach den langen Jahren der

Trennung wieder hatte schlagen hören und weil sie nun täglich deren gefüllten Leib mit den Augen einer Mutter streichelte, war ihre Zunge wieder so biegsam, dass sie auch von Brian Hood sprechen konnte, ohne dass Dornen ihre Kehle aufkratzten. Kaum noch einer kannte den Namen, den die Menschen Stellas früh verstorbenem Vater gegeben hatten. Wenn Chebeti aber nach hinten schaute, sah sie jedes seiner Bilder, sah die Farbtöpfe im Atelier und roch den süßen Tabak einer langstieligen Pfeife, die noch immer in einem ledernen Säckchen unter ihrem Bett lag. Sie hörte Brian Hoods Stimme, als seine Frau Mary im Kindbett starb, und sie hörte den zärtlichen Vater mit seiner Tochter lachen. Der von allen geschätzte, von vielen als Freund empfundene Mann hatte seiner Farm den Namen »Karibu« gegeben. Als Stella in die Heimat ihrer Kindheit zurückkehrte, wussten nur noch wenige Männer und Frauen, die dort um die Ernten ihrer armseligen Felder bangten und auf den Hängen ihre Ziegen hüteten, von Brian Hoods einst so ertragreichem Besitz. Der hatte Mensch und Tier ernährt; die Töpfe waren immer voll, die Dächer dicht und die Herzen ohne Gram gewesen.
Der Sturmwind von vielen Jahren hatte die unbeschwerte Geschichte von Karibus zufriedenen Bewohnern in alle Richtungen geweht. Es waren nur noch Spuren geblieben, und deuten konnten sie nur jene, die Erinnerungen als das Gold der Erwählten empfinden. Das Wort Karibu indes war ewig jung – wie am Tag des Jubels, da die Ochsen zum ersten Mal den Pflug am Wasserfall vorbeigezogen hatten. Die Zeit schmiedet keine tödlichen Waffen gegen gute Worte. Jede der drei sanften Silben des lockenden Rufs ist noch immer Medizin für die Ohren und das Herz von Rei-

senden, denn Karibu heißt willkommen. Die spontane Gastlichkeit der Menschen in Nyahururu war nicht in den Flammen verbrannt, die Brian Hoods Haus gefressen hatten.
Nur zwei der stolzen Steinmauern standen noch. Zwar waren sie in der Brandnacht todesschwarz geworden, aber danach nie von den wütenden Stürmen und den kreischenden Wolkenbrüchen der launischen Berge bezwungen worden. Zu der Zeit, als in Nyahururu die ungewöhnliche Schauri mit den zwei Frauen aus der Fremde einem ersten Höhepunkt entgegentrieb, hatten die klammernden Schlingpflanzen auf dem Gestein gerade purpurne Blüten geboren. In der Mittagsglut täubte deren honigsüßer Duft die Nase. Stella, die so stark das neue Leben in sich wachsen fühlte, dass sie ihre Augen auch für die kleinsten Wunder weit aufmachte, war beglückt, wenn sie die Bienen hörte und sah, wie die zarten Flügel die farbsatten Blumen umschwirrten. Wenn jedoch Lilly das von einem rachsüchtigen Brandstifter zerstörte Haus anstarrte, und das tat sie immer wieder, ließ sie weder den Trost der Nase noch die Ermunterung der Ohren zu. In solchen Momenten der Wehmut konnten sich ihre Augen kaum gegen das vor langem erstarrte Salz der Tränen wehren. Sie galten dem einzigen Mann, den sie je geliebt hatte.
Lilly, die mittlere von Chebetis fünf Töchtern, war als einzige so lebensklug, skeptisch und geistig flexibel wie ihre Mutter. In einem Alter, da andere Kinder gerade ihre Stammessprache zu beherrschen beginnen, hatte sie schon Suaheli gesprochen. Als Siebenjährige lernte das begabte, nach Wissen durstende kleine Mädchen von Stella und deren Vater die ersten englischen Ausdrücke. Zwei Jahre spä-

ter konnte die Kleine fließend lesen und machte kaum noch Fehler beim Schreiben. »Und rechnen«, waren sich die Eifersüchtigen mit den Hämischen einig, »kann sie besser als kochen und graben. Kein Mann wird sie wollen.«
So kam es. Lilly war Ende Zwanzig und noch unverheiratet. Die Haut dieser schönsten von Chebetis Töchter war heller und glatter als die der meisten Frauen aus dem Stamm der Kikuyu, ihre Augen mit der lockenden Sanftheit größer, die schlanken Beine länger und die Lippen voller. Lilly war graziös wie ein Gepard, stolz und löwenmutig; musste sie sich verteidigen, ließ sie nie ihren Zorn erkalten, ihr Gesicht im Kampf hässlich werden. Die Männer in der Stadt hatten ihr Temperament und ihre Spontaneität sehr viel mehr zu schätzen gewusst als die in ihrer Heimat – auch die Frauen auf Brian Hoods Farm hatten nämlich dem aufgeweckten Kikuyumädchen die Aufmerksamkeit des weißen Mannes und die schwesterliche Verbundenheit mit seiner mutterlosen Tochter geneidet. Lilly selbst hatte früh begriffen, dass auch ihre Mutter zu den argwöhnischen Skeptikern gehörte. Die vertrauen einem frisch getrampelten Pfad erst dann, wenn er sich nicht mehr von den übrigen unterscheidet.
Als Lilly nach den Jahren, in denen ihr Name vergessen wurde wie das Gesicht von einem im ersten Lebensjahr gestorbenen Kind, zusammen mit Stella an die Stätte der gemeinsamen Vergangenheit zurückkehrte, hatte sie lange in Nairobi gearbeitet. Wie die misstrauische Mutter bei ihrem ersten Blick in die Reisetasche dieser immer noch besonderen Tochter feststellte, hatte die augenscheinlich außergewöhnlich gut verdient – in der Tasche aus blauem Segeltuch lag Kleidung, wie sie die Frauen von Nyahururu nie

gesehen hatten. Bis zu diesem Moment, der das Blut in ihren Venen heiß wie ein glühendes Eisen machte, war Chebeti absolut nicht schwatzhaft gewesen. Die unvermutete Pracht jedoch und einige weder auf der Stelle noch später lösbare Rätsel trieben die sonst sehr vorsichtige Zunge zur ausdauernden Bewegung an.
In einer sternenvollen Nacht mit frisch gebrautem Tembo aus Zuckerrohr, das in der neu erwachenden Zeit ja nicht nur von den Männern als Trunk der Befreiung geschätzt wurde, wartete sie ungeduldig, bis sich ihre Tochter und Stella zurückzogen. Danach erzählte Chebeti von Lillys durchsichtigen weißen Nachthemden mit der roten Spitze im Ausschnitt und am Saum. Die Frau, die selbst nie einen getragen hatte, beschrieb äußerst anschaulich feine Büstenhalter im Zebramuster und die dazu passenden Unterröcke. Genau schilderte sie die winzigen Höschen, die sie unmittelbar nach der Entdeckung eilig wieder zusammengefaltet hatte. Der neugierigen Vortragsrednerin fiel es absolut nicht schwer, die hauchdünnen Netzstrümpfe zu beschreiben. Bei den Strumpfbändern aus breitem, rotem Samt – mit einem winzigen Schlüssel in der Spitze um den Rand – fehlten Chebeti zwar die Worte, aber nicht die Anschauungsobjekte. Sie gingen von einer schweißnassen Hand zur anderen.
Durch Wanja, die Närrin, die nicht gelernt hatte, ihre Lippen beizeiten aufeinander zu pressen, erfuhr Lilly von der Wäscheschau bei Vollmond. Stella brauchte zwei Tage und einen Teil der dritten Nacht, um die rasende Freundin zu beruhigen. Ihrem Großvater in London schilderte die geschickte Schlichterin die Szene mit viel Humor und dem Sinn für Präzision einer guten Journalistin. Trotz ihrer wie-

dergefundenen afrikanischen Seligkeit stimmte dies Stella in Bezug auf eine möglicherweise verpasste Gelegenheit unangenehm nachdenklich.

In Mayfair war es das erste Mal seit der Trennung von seiner Enkelin, dass der alte Mann wieder so lachte wie in der glückhaften Zeit, als sie den Wall um seine Einsamkeit mit Mut und Charme gestürmt hatte. Sir William nahm Stellas Brief mit in seinen Klub. »Die alten Knaben«, schrieb der, der auf dem Weg zu den Neunzigern war, »haben sich mächtig an der Strumpfbandaffäre delektiert. Übrigens hätte ich nie gedacht, dass das horizontale Gewerbe in Nairobi auf einem so erstaunlichen Niveau steht. Irgendwie eröffnet das doch einem Mann, der nie mehr auf Reisen gehen wollte, ganz neue Perspektiven.«

Vor allem die jungen Frauen in Nyahururu hofften, Lilly würde endlich ausführlich über ihr bisheriges Leben berichten, doch die wortkarge Gazelle sprach selten über die Tage und schon gar nicht von den Nächten in der Hauptstadt. Auskunft gaben der Rock aus schwarzem weichen Leder und die roten, hochhackigen Lackschuhe, die die Langbeinige abends trug, obgleich es in Nyahururu keine geteerten Straßen oder gepflasterten Wege gab. Nach so etwas verlangte es Menschen sehr, deren Augen und Ohren stets in die gleiche Richtung auf Safari gehen mussten. Nicht nur die Realisten erkannten, dass Lilly auch in Nairobi keine Frau wie andere gewesen war. Ihre Mutter hatte übrigens lange vor dem verstohlenen Blick in die Reisetasche entsprechende Ahnungen gehabt. Noch ehe diese rebellische Tochter als Fünfzehnjährige in der Nacht nach dem Brand von der Farm fortgelaufen war, hatte Chebeti sie als Malaya beschimpft. Lilly fielen die Szene und die

lastvollen Jahre danach in dem Moment ein, da sie auf dem Hügel die Hörner der weidenden Ziegenböcke sah. Das Radio spielte schon. Die Frauen schlugen den Takt zur Musik.
»Meine Mutter weiß, dass ich eine Hure gewesen bin«, begann sie. »Gesagt hat sie noch nichts, aber sie hat auch früher ihre Zunge geschont. Sie hat immer mit den Augen gesprochen.«
»Du auch«, lächelte Stella und zerkaute Wehmut. »Du hast als Kind mehr mit den Augen geredet als ich mit dem Mund. Deswegen zeigt das schönste Bild, das mein Vater je gemalt hat, ja auch dich und nicht mich. Hast du eigentlich irgendwann mal mitbekommen, dass man sich auf Karibu erzählte, du wärst das Kind meines Vaters? Weil deine Haut so hell ist.«
»Donnerwetter! Das wird ja immer besser. Wer hat dir die pikante Schauri zugesteckt?«
»Chebeti. Sie hat mir das allerdings nicht in unserem ersten Leben erzählt. Erst vor zwei Tagen.«
»Ach Stella, du weißt gar nicht, wie oft ich mir ausgerechnet das gewünscht habe. Ich habe dich immer um deinen Vater beneidet.«
»Es war nicht so gut für mich, wie du denkst, seine Tochter zu sein. Ich habe nach ihm keinen anderen Mann mehr lieben können. Nur meinen Großvater. Und das ist ebenso schlimm. Leider habe ich das erst hier begriffen.«
Lilly kaute ungewöhnlich lange auf Salzkörnern herum. »Es war«, erinnerte sie sich, »nicht besser, nicht seine Tochter zu sein. Auch ich habe nach ihm keinen anderen Mann mehr lieben können. Du bist auf einmal ganz blass. Das hast du doch gewusst. Oder nicht? Ist dir schlecht? In dei-

nem Zustand kann man nicht wie ein Wasserfall reden und gleichzeitig bergauf laufen. Heb dir solche Situationen für meine Mutter auf. Sie weiß auf alles eine Antwort. Sie versteht ja auch, weshalb du dein Kind hier im Busch bekommen wolltest und nicht bei einem Arzt in London. Soll ich dir einen Schluck Wasser holen? Warte! Ich renn gleich los.«

»Bleib hier, mir war nie besser«, beruhigte Stella. »Seit wann siehst du Gespenster? Früher warst du die Jägerin und nicht die Gejagte. Übrigens ist die Geschichte ganz einfach. Ich wollte, dass mein Kind in meiner Heimat geboren wird.«

Es waren die letzten englischen Worte, die sie an diesem Tag sprachen, denn auf der gerissenen roten Erde zeichneten sich die Spuren von Dik-Diks ab und trieben Lilly und Stella ins Dickicht der Erinnerungen. Dik-Diks stehen im hohen Gras so eng beieinander, dass man aus der Ferne glaubt, sie hätten nur einen Körper. Wenn man sie trennt, sterben sie. Lilly und Stella schauten einander an und nickten in der gleichen herzklopfenden Sekunde Einverständnis; sie vergaßen, was die Zeit und das Leben ihnen angetan hatten, und wurden, obwohl sie es nicht wollten, wieder Kinder. Als hätte seitdem nur ein Hund gebellt und eine Servalkatze wäre aus dem Gebüsch geschlichen, setzten sie sich in den kargen Schatten eines Dornbusches. Die Sprache der Kikuyu war kehlenweich, und unendlich vertraut die Weite der Landschaft und der harzige Duft eines frisch geschlagenen Jacarandabaums.

»Deswegen bin ich gekommen«, rief Stella den Federwolken zu. Sie spürte die Hitze auf der Haut, zog ihre Bluse aus und streckte die Brust dem Windhauch entgegen. Als sie merkte, dass die Bilder an der Kreuzung dabei waren, den falschen Weg einzuschlagen, drückte sie ihre Finger in die Augenhöhlen, um die Erinnerungen aus dem Licht zu holen. Zu früh stand sie am schwarzen Loch, in das auch die Schwindelfreien stürzen. »Nein«, wehrte sich Stella gegen die Plötzlichkeit eines stechenden Schmerzes und verschluckte Sehnsucht.

Als sie die Sonne wieder zuließ, sah sie winzige Punkte, die erst blau, rot und grün waren und dann einen goldenen Staub bildeten, der nach der Freude aller Sinne schlug. Sie wunderte sich, wie heftig sie mit einem Male atmete, später über eine Müdigkeit, die wie ein Baum im Buschfeuer auf sie herabstürzte und die Luft aus ihrer Brust drückte. Lillys Stimme donnerte den Hang hinunter.

»Warum schreist du so?«, fragte Stella.

»Das warst du, Stella, nicht ich. Ich glaube, es geht los. Meine Mutter kommt gleich. Sie hat gesagt, du sollst liegen bleiben. Wir haben genug Schatten. Er wird ja schon wieder länger.«

»Dir war es auch zu dunkel im Bauch deiner Mutter«, wusste Chebeti, als sie Stella in eine Decke wickelte. »Du hast immer gewusst, wann es Zeit war.«

Drei kräftige Frauen mit Füßen, die nicht stolperten, und der einarmige Schneider, der sich dieses eine Mal von keinem gesunden Rivalen hatte vertreiben lassen, trugen die Gebärende behutsam den steilen Abhang hinunter. Sie setzten sie in dem Wellblechhäuschen ab, in dem Chebeti so viele Regenzeiten auf ihre verlorene Tochter gewartet und keinem gesagt hatte, dass es nicht Lilly war, nach der es sie verlangte. Es roch wie einst in Chebetis Hütte auf »Karibu« – nach dem Rauch von offenem Feuer, kochen-

dem Maisbrei, grünen Bohnen und scharfer Kernseife. Sie entströmte Händen, die weich waren und warm.
»Chebeti, es war schon mal so. Nach dem Tod meines Vaters hast du mit mir in der Hütte gewartet, bis ich wieder gesund war.«
»Eine Frau, die Leben gibt, spricht nicht vom Tod, Stella.«
»Meine Mutter, hat sie vom Tod gesprochen?«
»Nein«, log Chebeti, »sie hat gelacht, als sie dich gesehen hat.«
»Du wirst noch mehr lachen als sie, wenn du mein Kind siehst. Das verspreche ich dir.«
»Rede nicht von den Stunden, die noch nicht da sind. Das macht nur Angst.«
»Ich habe keine Angst, Chebeti«, flüsterte Stella.
»Du hast nie Angst gehabt. Du warst immer meine Tochter.«
Noch ehe es Nacht wurde, schrie sich das Kind aus der Fremde ins Leben Afrikas. Seine Stimme war schon stark genug, um auf Safari zu gehen. Die Sterne leuchteten so hell wie der eine, der Stella in der Stunde ihrer Geburt den Namen gegeben hatte. Obwohl der Vater ihrer Tochter sie zwischen zwei Herzschlägen umklammerte, spürte sie nur die Größe des Glücks.
Chebeti wusch das Kind mit der kräftigen Stimme und dem schwarzen Haar in einer Schüssel, die noch nie benutzt worden war. Sie wickelte es in ein frisch gewaschenes Kopftuch, legte es schweigend auf den Bauch seiner Mutter und hob die Petroleumlampe hoch. Das flackernde Licht erhellte die Arme des schlafenden kleinen Mädchens. Seine Haut war weder weiß noch schwarz.
»Mein Zebra«, lachte die Hellhäutige.

»Hast du das gewusst?«, fragte Chebeti. »Oder hast auch du mit vielen Männern geschlafen?«
»Nur mit einem«, versicherte Stella, »er heißt Fernando und ist Inder.« Sie lachte, weil sie die Hand zum Schwur hob, aber es verwirrte sie, dass ihre Stimme seinen Namen mit Zärtlichkeit gestreichelt hatte.

2

In der bilderprallen Suaheli-Sprache werden Zebras gestreifte Esel genannt – Punda milia. Die beiden wohlklingenden Worte reisen zu den Wolken, wenn sie von stimmkräftigen Leuten gegen einen hohen Berg und in die dunklen Wälder mit dickstämmigen Bäumen geschleudert werden.

»Du bist meine Punda milia«, flüsterte Stella in das linke Ohr ihrer Tochter. Das rechte wurde von einer rutschenden grünen Wollmütze verdeckt. Der aufgestickte marineblaue Teddybär trug eine Schildmütze, die Aufschrift »Harrods« war mit gelbem Seidengarn eingestickt. Stella fixierte die leuchtenden Buchstaben eine Spur länger, als ihr gut tat; prompt sah sie dann auch die schwarzen Taxis und die uniformierten Empfangschefs vor dem noblen Londoner Kaufpalast. Zu spät dämmerte es ihr, wohin sie geschaut hatte und dass die Vergangenheit zu gegenwärtig war, um sich mit den Pastellfarben zu begnügen, die der Seele gnädig sind.

Um Lilly nicht zu wecken, die in Nairobi verlernt hatte, der aufgehenden Sonne Jambo zu sagen, zog Stella vorsichtig die zweigeteilte Tür ihres neuen Häuschens hinter sich zu. Sehr langsam, als ginge es ihr nur um den Weg und nicht um das Ziel, lief sie zu dem kleinen Hügel mit dem großen

Ameisenberg in Form einer Pyramide und hielt dort ihr Kind in die Wärme des anbrechenden Tages.
Das Baby hatte einen Haarschopf, der bereits am fünften Tag seines Lebens so dicht und dunkel war wie der von sechs Monate alten Kikuyubabys und der wahrscheinlich bald so glänzen werden würde wie die Haarpracht seines fernen Vaters.
»Kannst du dir vorstellen, meine Teuerste, dass Fernando schon mal sein schönes schwarzes Haar verwünscht hat?«, fragte Stella. »Versprich mir, dass du nie so kreuzdämlich sein wirst.« Die Kleine wachte auf, ohne ein einziges Mal zu weinen; sie blinzelte in das weiße Licht mit Augen, die so meeresblau und klar waren wie die ihrer Mutter.
»Sieh nur zu, Miss Hood«, mahnte Stella, »dass deine Augen nicht dunkler werden! Dein Urgroßvater schwärmt für Frauen mit blauen Augen, obwohl er mir das in all den Jahren nur ein einziges Mal gestanden hat. Komplimente macht Sir William nämlich nur Hunden und Pferden. Eitle Frauen findet er furchtbar. Bei denen muss er seinen Ekel sofort mit Whisky hinunterspülen. Mein Gott, ist das schön! Schau doch mal. So eine Sonne wie die über unserem Wasserfall gibt es nirgendwo sonst auf der Welt. Das hat schon mein Vater gesagt, der Bwana Mbuzi. Er nannte die Sonne die große Himmelszauberin. Als Kind habe ich das immer ganz wörtlich genommen und ihr zugewinkt. Tut mir Leid, dass ich so blödsinnig viel rede und dir jetzt schon die ganze Familie vorstelle. Ich habe irgendwo gelesen, das wäre immer so bei Müttern, denen der Mann abhanden gekommen ist. Nicht, dass ich je mit deinem Vater verheiratet gewesen war. Der ahnt ja noch nicht einmal, dass es dich gibt. Ich bin einfach aus seinem Leben spaziert. Das weiß hier aber

nur Lilly, und die versucht mindestens einmal am Tag eine Antwort auf die Frage zu finden, die sie sich nicht zu stellen traut. Seitdem du auf der Welt bist, Punda milia, kann ich mich nicht länger als zehn Minuten auf die Gegenwart konzentrieren. Und wenn ich mit allem im Leben gerechnet habe, damit weiß Gott nicht.«

Noch ehe die Geier auf dem blattlosen Baum ihr taufeuchtes Gefieder spreizten, färbte die Sonne die Wolken rosa und den Schnee auf dem Mount Kenya hell. Glanzstare badeten im feuchten Gras. Ihre Flügel schimmerten metallisch blau. Ein schwerer süßer Duft entströmte dem Gebüsch und lockte vor der Zeit die Bienen an. Libellen flogen hoch, die Webervögel zum Nestbau mit langen gelblichen Grashalmen im Schnabel. Stella schob die Ärmel des hellgrünen Jäckchens hoch, das Chebeti mit der Wolle aus einem kleinen dunklen Laden in der Londoner Shaftesbury Avenue in einer einzigen Nacht gestrickt hatte. »Wie in der Nacht, als du geboren wurdest. Da habe ich schneller gestrickt, als deine Mutter atmen konnte«, hörte Stella Chebeti sagen. Es waren die Sätze, die Chebeti stets mehr geliebt hatte als jeden anderen, den sie zu wiederholen pflegte. Sie hatte, während Stella in London lebte und sie sich jeden Tag aufs Neue an ihr Haar und den Duft ihrer Haut erinnerte, kein einziges Wort vergessen.

Als Stella den Arm ihrer Tochter streichelte, fiel ihr abermals auf, wie dunkel die Haut des Kindes war.

»Zebrakinder«, machte sie dem Baby klar, »sind sehr oft glücklicher als andere. Nur dein ehrgeiziger Vater wollte mir das nie glauben. Er geniert sich wegen seiner Hautfarbe. Das sollst du ruhig heute schon erfahren, auch wenn Fernando jetzt behaupten würde, dass ich keine Lady bin, sondern frech, frivol und geschwätzig. Komisch, ich konnte jedes Mal lachen, wenn er so etwas sagte. Weißt du, der feine Gentleman, dem du dein Leben verdankst, ist zwar in Goa geboren, aber aus ihm ist leider nur ein typischer englischer Snob geworden. Er war in Harrow und Oxford, und nun will er ein ganz feiner Arzt in der ganz feinen Harley Street werden. Und jeder seiner Patienten muss natürlich ein Millionär sein. Für die Harley Street braucht ein Mann allerdings nicht nur die richtige Schulkrawatte plus Oxford-Erziehung, sondern ebenso sehr einen blassen Teint und einen Stammbaum wie ein Rennpferd. So ein Prachthengst muss durch die Nase sprechen und seine Loge in Ascot haben und um Himmels willen nie sentimental sein. Vor allem hätte er sich nicht mit einer Frau einlassen sollen, die in Afrika unter einem Baum hocken will und die lieber einen nassen Hund als Chanel Nummer Fünf riecht. Und du, meine Liebe, hast absolut Unrecht, wenn du behauptest, dass ich heule. Ich habe bis zum heutigen Tag deinem Vater noch keine einzige Träne nachgeweint. Und ich werde es auch nie tun. Übrigens hatte der eine gute Witterung dafür, wenn ich traurig war.«

In der frühen Stunde zwischen einer Nacht mit einem vom Sturm der Verwüstung gejagten Wind, der eine schreiende Todesangst in die Wurzeln von greisen Bäumen gejagt hatte, und einem Tag, der heißer und trockener werden würde als die vor ihm, reiste selbst das Flüstern einer zärtlichen Mutter noch weit genug, um im nahen Wald anzukommen. Stella zog so viel Luft ein, wie sie in ihrer Brust zu halten vermochte, und genoss, während die Flamme loderte, das Glück, dass der afrikanische Zauber noch immer wirkte. Diese Magie, die sich weder mit Wort noch

Seufzer fangen lässt, belebte ihre Sinne auf einen beseligten Schlag.
Die beiden jungen Hunde, die um Mitternacht den vollen Mond so lange angebellt hatten, bis Heiserkeit sie stumm und Erschöpfung sie kraftlos gemacht hatten, schliefen nun unter den Büschen, die den viel bewunderten kleinen Gemüsegarten umsäumten, auf dem die einzelnen Beete mit Colaflaschen abgegrenzt waren; von den Hähnen, die vor den grasbedeckten Häuschen der Witwen scharrten, hatte bisher nur der närrische gekräht, der die alten mit den jungen Hennen verwechselte und die letzte Dunkelheit der Nacht mit der ersten Helligkeit des Tages.
Der Schneider Moi saß bereits unter dem Jacarandabaum – er liebte diesen duftenden Riesen wie einen Freund, dem Helfen nie eine Last wird. Zwar erinnerte jede einzelne Blüte Mois Nase an die gestorbenen Tage von zwei starken Armen, und doch sorgte der Baum dafür, dass das Salz der Trauer niemals die Kehle wie ein Sieb durchlöcherte. Das leise raschelnde Zeitungspapier, das Moi an seine Brust presste, hatte die Farbe von ausgelaufenem Tee auf einer ausgebleichten Decke. Die Zeitung stammte aus Nairobi und war vier Wochen alt.
»Ich wusste nicht, dass du lesen kannst, Moi. Warum hast du mir das nicht erzählt?«
»Hast du mich gefragt, ob ich lesen kann? Vor dem Tag, der soeben aufgewacht ist, hat niemand den Schneider Moi gefragt, ob er lesen kann. Auch sein Lehrer hat ihn nie gefragt, ob er in der Schule so klug geworden ist, wie er werden wollte.«
»Wo ist denn der kluge Schneider Moi in die Schule gegangen?«

»In Nakuru.«
»Wie ich«, freute sich Stella, »ich bin auch in Nakuru in der Schule gewesen. Sie war auf dem kleinen Berg und dort ist sie immer noch. Ich habe die vielen kleinen Häuser mit den weißen Mauern und den Dächern aus Wellblech wieder gesehen, als Lilly und ich mit dem Auto von Nairobi nach Nyahururu gefahren sind.«
»Nein«, widersprach Moi und hob so energisch seinen Arm, als wollte er die Luft zerschneiden. »Nicht wie du, Mama. Du bist in die Schule gegangen, bis du so klug warst wie deine Lehrer. Ihr durftet alle in die Schule. Doch mein Vater hat sechs Söhne und nur ein sehr kleines Schamba und zwei Ziegen. Da konnte nicht einer von uns sechs in der Schule so klug werden wie die reichen Leute. Wer arm ist, muss die Zeit in der Schule ebenso aufteilen wie das Essen. Wenn der Topf leer ist, fragt eine Mutter von sechs Söhnen und drei Töchtern nicht, ob ein Kind noch Hunger hat. Ich war nur zwei Jahre in der Schule. Dann durften die Brüder, die nach mir geboren worden sind, nach Nakuru. Meine Schwestern sind hier geblieben und haben unsere Bohnen wachsen gesehen und unsere Ziege rufen gehört. Sie können nur lesen, was der Wind in die Erde schreibt.«
»Das habe ich nicht gewusst, Moi. Ist das heute noch wie früher, dass nicht alle Kinder in die Schule gehen können?«
»Ich bin kein Kind«, erwiderte Moi. Er presste seine Lippen zu einem dünnen Pfeil, verschluckte sein Lächeln und zügelte seine Stimme. »Und ich habe auch keine Kinder. Eine Schule habe ich auch nicht. Ich bin ein Schneider und kein Lehrer. Warum soll ich dann wissen, was du mich gefragt hast?«
»Chebeti«, fuhr er nach einer Pause fort, die seinen Worten

genug Schwere gab, um sich auch nach seinem schnellen Sieg stark zu fühlen, »hat mir erzählt, dass dein Vater reich war. Sehr reich. Das hat Chebeti gesagt. Er hat sehr viele Schambas mit guten Ernten und ein großes Haus aus Stein gehabt. Und mehr Ochsen hat er gehabt, als ein Mann braucht, dem ein Auto gehört, das immer genug Benzin und gute Reifen hat. Aber dieser reiche Vater hat nur ein Kind gehabt. Nur ein Kind für die vielen Schambas und sein schönes Auto.«

»Und nur eine Frau hat er gehabt. Die ist in der Nacht gestorben, als ihr Kind geboren wurde. Du hast den Neid zu früh in deine Augen und auf deine Zunge gelassen, Moi. Und du erzählst nur halbe Geschichten. Mein Vater starb, ehe seine Tochter eine Frau wurde. Von dem Haus aus Stein ist noch nicht einmal eine Tür geblieben. Der Hund ist gestorben, als ich noch ein Kind war. Sie war eine herrliche Wolfshündin und hieß Asaki. In der Sonne roch ihr Fell nach Honig. Ja, nach Honig. Ich habe den Duft nie mehr aus der Nase bekommen. Weißt du, was das heißt, wenn die Nase dir nicht mehr gehorcht und du Honig riechst und dir schlecht wird?«

Im Augenblick der allergrößten Verwirrung wurde Stella bewusst, dass sie Englisch gesprochen hatte. Dann erkannte sie die alte, früh von Chebeti übernommene Gewohnheit, in Zeiten von Zweifel und Unruhe mit sich selbst zu reden. Sie schaute über Mois Kopf hinweg in das dunkle Grün des Waldes, und sie meinte, das Moos zu riechen und den stechenden Harz, sie hörte die Paviane rufen und den Wind im Gestrüpp, aber sie sah doch das Haus ihres Großvaters in Mayfair und den Goldfischteich im Garten und einen Fisch, der im Kreis schwamm und immer größer wurde; entsetzt bohrte sie die Fingernägel der rechten Hand in das Fleisch der Linken, doch selbst der Schmerz konnte sie nicht mehr zurückhalten. Stella war nicht auf der Hut gewesen. Sie hatte die Stimme ihres Großvaters zu nah an ihr Ohr gelassen.

»Nur sentimentale Narren drehen sich um«, schalt er. Seine Enkelin rieb sich am groben Stoff der gelb-blau karierten Tweedjacke ihre Stirn heiß und kicherte.

»Du hast Recht«, sagte sie, »das hat uns Orpheus bewiesen.«

»Wer zum Teufel ist denn das schon wieder?«

»Niemand, mit dem du Canasta spielen würdest, Sir. Er war ein verdammter Ausländer und, so viel ich weiß, auch noch Nichtraucher.«

»Du bist auf Safari gewesen«, erkannte Moi, »und du kommst mit Augen zurück, die ihr Lachen verloren haben. Das ist nicht gut für die Milch in deiner Brust.«

Vor seinem nächsten Satz gönnte er sich mehr Zeit als ein kurzatmiger Mzee morgens zum Spucken und Husten braucht, denn er fand es wichtig, seine Stimme gut für die warnenden Worte aufzuwärmen, die seit zwei Tagen ungeduldig aus ihm drängten. Moi atmete so tief ein, dass seine Brust hart wie ein Brett wurde. Seine Backen füllten sich mit der heißen Luft der Erwartung. »Du musst«, sagte er endlich, »deiner Tochter die zahmen Esel zeigen.« Erst wenn sie den Namen dieser Esel so gut aus ihrem Mund holen kann wie du und ich, darfst du deine Hand zu den wilden Eseln mit den Streifen schicken.«

»Warum«, wunderte sich Stella, »sagst du das? Warum sagst du mir das heute?«

»Wenn deine Tochter nicht erst die Tiere kennt, die zusammen mit den Menschen leben und die für sie arbeiten, wird sie auf die Jagd gehen wollen, bevor sie von den Dingen weiß, die eine Frau wissen muss. Das wird nicht gut für sie sein.«

»Doch«, unterbrach ihn Stella und drückte das Baby fest an ihren Körper, »das wird gut sein. Sehr gut wird es sein. Meine Tochter muss besser jagen lernen als ihre Mutter. Ich schaue immer zu viel nach hinten. Da macht kein Jäger eine gute Beute.«

»Du sprichst nicht von Tieren und Gewehren.«

»Nein, ich spreche von Menschen.«

Moi schüttelte den Kopf, damit aus einer kleinen Verärgerung kein Ärger wurde. Er mochte es nicht, wenn ihm jemand den Pfad verstellte und ihn von seinem Weg abbrachte. »Soll deine Tochter so gut wie Chebetis stolze Tochter jagen?«, lauerte er. »Soll dieses Kind so schnell zugreifen lernen wie deine Freundin Lilly?« Mit Behagen ließ er den Spott derer, die mehr wittern, als sie sagen, auf seine Lippen und Neugierde in seine Augen. »Es ist schön«, entschied er nach der Pause, die das Schweigen so wohltuend für einen klugen Kopf macht, »dass wir jetzt beide von den Zebras reden. Du und ich. Da muss nicht einer von uns auf den anderen warten, bis er die Luft der Fröhlichkeit zwischen die Zähne holt.«

»Es ist immer gut, wenn zwei Menschen zusammen lachen und keiner vor dem anderen damit anfängt. Das habe ich schon als Kind gewusst.«

»Und heute weißt du das nicht mehr?«

»Nicht mehr immer«, machte sich Stella klar, »ich lache nicht mehr genug.« Sie drückte ihren Mund auf die Stirn ihrer schlafenden Tochter, doch abermals ließen sich ihre

Erinnerungen nicht verdrängen. »Mit meinem Großvater konnte ich gut lachen. Sehr gut. Und immer. Er hat seinen Freunden erzählt, dass er von mir lachen gelernt hat.«
»Wusste er erst, wie ein Mann lacht, als er nicht mehr genug Zähne hatte, um das Fleisch vom Knochen zu beißen?«
»Seine Zähne«, erklärte Stella und drückte wütend einen Seufzer in ihre Kehle zurück, »hat er immer noch. Alle. Mein Großvater hat Zähne wie ein junges Pferd. Und er kann zubeißen wie ein Hund, der einen Dieb im Haus seines Herren aufgespürt hat. Aber deine Frage war trotzdem nicht falsch, Moi. Er hat erst als alter Mann Freude gefunden.«
»Wenn Mungu es will, werde auch ich in den Tagen, die noch nicht gekommen sind, mit den Kindern von meinen Kindern lachen. Aber du und ich, die reiche Mama aus England und der arme Schneider mit nur einem Arm aus Nyahururu, können heute schon von den Zebras sprechen. Weißt du, wann ich immer lachen werde? Wenn du dein Kind ein Zebra nennst. Wir können heute zusammen lachen und morgen, und wenn du willst, nächsten Monat auch. Und in einem Jahr immer noch. Lachen ist so gut für Menschen wie Wasser für Bäume.«
»Das hast du schön gesagt, Moi. Ich werde deine Worte nicht vergessen. Nie. Du wirst meinem Großvater gefallen.«
»Wann kommt der lachende Mzee mit den guten Zähnen denn nach Nyahururu?«
»Er wird nicht kommen. Für so eine weite Safari ist er zu alt. Viel zu alt.«
»Wenn er nicht kommt, werde ich ihm auch nicht gefallen«, rügte Moi. »Hast du vergessen, dass nur die Dummen eine

schnelle Zunge haben? Du hast geredet, als die Worte nur Laute in deinem Kopf waren. Sprechen wir wieder von den Punda milia. Und von den Kindern.«

An Tagen, die von Mungu gesegnet sind und die statt mit den Sorgen der Alten und dem Fieber kranker Kinder oder dem Keifen von streitsüchtigen Neidern nur mit dem Blick von heiteren Menschen auf volle Schüsseln beginnen, eignet sich die phantasievolle Umschreibung für die Zebras noch besser als sonst für die ganz besonderen Kinder einer Dorfgemeinschaft.

Ihre Besonderheit lässt sich schon im Alter von zwei Monaten feststellen, wenn sie mit allen zehn Fingern nach den Ohrringen und dem Kopftuch der Mutter greifen, Freunde und Fremde voneinander zu unterscheiden wissen, nur selten weinen und sehr viel weniger schlafen als die übrigen Kinder ihres Jahrgangs. Solche Kinder gelten als klug. Ihre ersten Laute ähneln bereits Worten. Sie fürchten weder Dunkelheit noch Donner und gurgeln auch dann noch Fröhlichkeit, wenn sie auf dem Rücken der Mutter getragen werden und lange auf die Brust haben warten müssen, die ihren Hunger stillt. Jahre später, wenn sie zur Schule dürfen, lernen sie lesen, ohne dass Schweißperlen ihre Stirn glänzen lassen. Beim Schreiben lähmt kein Krampf ihre Hände. Der Kopf von klugen Kindern ist wie jenes wunderbare Löschpapier, das es nur in Nairobi zu kaufen gibt – es nimmt alles auf und gibt nichts mehr her. Vor der sechsten Regenzeit ihres Lebens verstehen und sprechen diese von Mungu mit so viel Wohlwollen bedachten Söhne und Töchter von zufriedenen Müttern meistens außer der eigenen Stammessprache auch noch Suaheli. Sie freuen sich an Reimen und witzigen Einfällen und klatschen laut,

wenn ihre gierigen Ohren von den Purzelbäumen einer biegsamen Zunge verwöhnt werden.
Moi war einst so ein kluges, von vielen Leuten bewundertes Kind gewesen. Nach seinem Unfall hatten das allerdings die meisten Menschen vergessen. Erst in den Jahren, als die schönen Bilder, die ihn an Stellas blaue Augen und ihr Haar in der Farbe von reifem Mais erinnerten, ihre Leuchtkraft verloren hatten, begriff Moi, wann er sich seiner ursprünglichen Klugheit wieder bewusst geworden war. »An dem Tag«, pflegte er zu erzählen und dabei das Salz der Wehmut zwischen seinen Zähnen zu zermahlen, »als sie ihrer Tochter zum ersten Mal die Zebras gezeigt hat.«
Galoppierende Zebraherden entzückten indes nicht nur die Kinder. Ehe die Sonne Kwaheri sagte, waren es nämlich die Mzee, die den kraftvollen Tieren nachschauten. Wenn die Alten in der letzten Helligkeit des Tages auf dem mit stoppeligem Gras bewachsenen Platz zwischen dem Wasserfall und den Schirmakazien saßen, riefen sie lustvoll »Punda milia« in den Wald. Den Frauen mit faltig gewordener Haut und den kahlköpfigen, zahnlosen Männern, die kaum noch ihren Tabak kauen konnten, machte es immer wieder aufs Neue Freude, dass ihre Ohren noch gesund genug waren, um trotz der brüllenden Kampfgesänge des herabstürzenden Wassers die eigene Stimme aufzufangen. Diese Mzee wurden als würdige Greise geehrt und selbst von Spöttern und Leuten mit bösartigen Augen und ebenso bösen Gedanken geachtet, obwohl sie im hohen Alter nicht mehr Klugheit, Ausdauer und Umsicht hatten als die weißen Hennen, die jeden Tag nach einem neuen Platz Ausschau hielten, um ihre Eier zu legen. In Nyahururu aber sah

man gerade den Mzee, die sich wie die Hühner des Dorfes verhielten, die Launen und Schwächen des Alters nach.
Am meisten beschäftigten sich die Menschen jedoch mit Stella. Dass sie ihr Kind ausgerechnet in Nyahururu hatte zur Welt bringen wollen, schmeichelte der kleinen Dorfgemeinschaft, die sonst keine Beachtung in den Nachbarorten fand. Sie interessierte sich für alle Details aus Stellas Leben. Es gab niemanden, der nicht genau den Inhalt des wunderbaren Koffers aus weißem Leder kannte, der von Nairobi und, wie man inzwischen wusste, dorthin mit dem Flugzeug angereist war. Selbst kleine Mädchen, die erst fünf Regenzeiten erlebt hatten und noch nicht einmal so viele zählen konnten, beschrieben erstaunlich genau die kostbare goldene Brosche, die einen Flamingo zeigte, dessen Gefieder aus Rubinen, Smaragden und Saphiren geschmiedet war.
Moi war der Erste, der das neue Leben analysierte. »Seitdem die beiden Frauen zu uns gekommen sind«, erkannte er, »sind die Tage nicht mehr, wie sie waren. Wir kennen jetzt einen goldenen Vogel mit einem roten Auge, der nicht fliegt und noch nie das Wasser im Nakurusee gesehen hat. Wir riechen ein Feuer, das keine Asche mehr hat. Und wir sehen die Zebras, und unsere Augen erzählen uns Schauris. Warum? Weil für sie ein Zebra nicht nur ein Tier ist. ›Das ist mein Zebrakind‹, hat sie gesagt. Zebrakind. Welche neuen Worte wird sie morgen finden?«
»Nur du findest Worte, die noch keiner von uns kennt«, sagte Stella und kniff ihr linkes Auge zu wie ein Mann, der der Geschicklichkeit seiner Zunge nicht genug traut. »Das kann ich heute schon riechen. Du redest ja jeden Tag mehr.«

Das stimmte. Moi hatte sich noch mehr verändert als das Leben selbst. Die Verzweiflung seiner kranken Tage machte seine Brust nicht mehr wund, die Beine strauchelten nicht mehr, denn zurückgekehrt war der Stolz seiner Jugend. Wenn er lachte, prallte ein für jeden hörbares Echo vom Berg ab, seine Augen waren stets zufrieden und satt. Selbst Menschen mit einem Kopf, der langsam arbeitete und keine Hürde ohne Mühe überspringen konnte, ahnten den Grund. Stella, die nicht nur wegen ihrer Haut und den blauen Augen so ganz anders war als die Frauen, die bis dahin in Nyahururu das Sagen gehabt hatten, unterhielt sich nämlich sehr viel häufiger mit dem neuen Moi als mit den übrigen Männern der Gemeinschaft. Bei solchen Gelegenheiten waren beider Zungen flink und biegsam und ließen die Scherze so schnell wachsen wie das Gras in der ersten Nacht des großen Regens.
»Sie lachen zusammen«, vertraute Mois Mutter Wakamega ihrer jüngsten Schwester an, »weil ihre Augen die Farbe von Haut nicht unterscheiden können. Moi hat gesagt, solche Augen sind ein Geschenk von Mungu.«
»Blinde Augen sind nie ein Geschenk, nicht gestern und nicht morgen«, widersprach die Schwester, »und auch nicht von Mungu. Warum glaubst du alles, was dir dein Sohn sagt? Das hast du immer getan.«
Die Mutter des neuen Moi ließ sich nicht beirren, schon gar nicht von einer Schwester mit schwachen Schultern, deren Brautpreis sehr viel niedriger als der eigene gewesen war. Wakamega lachte genau so aus der Tiefe ihrer Kehle, wie es neuerdings ihr Sohn wieder tat. Drei Tage wartete Wakamega auf einen Platz in dem stets überfüllten Bus, der von Nyahururu nach Nakuru fuhr, und dann gab sie ihre

sämtlichen Ersparnisse, die eigentlich für einen Topf mit Deckel bestimmt gewesen waren, für einen bauschigen roten Baumwollrock mit weißen und gelben Blumen aus. Das war Wakamegas Art, die Nachbarn wissen zu lassen, wie stark sie die Verpflichtung fühlte, ihren Lieblingssohn nicht durch alte Kleidung mit Löchern und bunten Flicken auf dem Rock vor Leuten zu beschämen, die zwar sehr viel besser als er eine Zeitung und ein Messer in den Händen zu halten vermochten, die aber kein einziges Wort lesen und auch ihren Namen nicht schreiben konnten.
Am meisten beeindruckte Moi nun jene Leute, die nach seinem Unfall die Augen gesenkt hatten, weil ihnen ein Schneider mit nur einem Arm wie ein alter Löwe erschienen war, der zum Jagen zu schwach geworden und deshalb zu einem unehrenhaften Tod verurteilt ist. Nein, Moi war nicht so ein zahnloser Löwe mit stumpf gewordenen Krallen. Ohne auch nur einen Augenblick zu zögern, hatte er Stella vom Hügel der Klippschliefer zur Schlafstätte ihrer Niederkunft getragen. Trotzdem schäumten weder an dem Tag noch an den folgenden auf seinen Lippen die Blasen, die typisch für den Speichel eitler Menschen sind.
»Er hat auf seiner Safari einen Arm verloren, doch er hat etwas gefunden, von dem wir nichts wissen«, ahnten die Männer, wenn sie den Schneider durch das hohe Gras stapfen sahen. Er hatte Füße groß wie Steine, die tief in die Erde drücken, und den Nacken eines jungen Stieres. Beim Laufen schaute er oft zum Himmel. Die Mzee vermuteten, er suchte in den Wolken eine Antwort auf die vielen vom Leben verknoteten Fragen, die nach einer Krankheit gerade Menschen mit einem guten Gedächtnis bedrängen – immer zufrieden sind nur die Vergesslichen, die die gestor-

benen Tage mit denen verwechseln, die erst kommen sollen.
Es gab indes eine Schauri, die die Menschen noch sehr viel mehr interessierte als die Rückkehr von Chebetis so unterschiedlichen Töchtern, Mois erstaunliche Verwandlung und der teure Rock seiner Mutter. Die größte Sensation war Stellas kleines Haus hinter Chebetis Bohnenfeld. Es stand zwischen zwei Schirmakazien mit üppigen Kronen und war von einem indischen Schreiner und seinen fünf Angestellten gebaut worden, die fleißiger waren als Ameisen und so flink wie die grünen Meerkatzen.
Sowohl die Innen- als auch die Außenwände des Häuschens waren so schön hellgelb gestrichen wie sonst nur die großen und teuren Hotels in der Rift Valley. Sie wurden von einem spitz zulaufenden Wellblechdach beschützt, das in der Mittagssonne sehr viel heller glänzte als das Material, das armen Leuten genug sein musste. Weil nur zwei Frauen und ein neugeborenes Kind unter diesem herrlichen Dach schliefen, erschien den Bewunderern das Häuschen so groß wie ein Riesenstall für eine einzelne Ziege. Es war noch nicht vom Regen getränkt, doch bereits vom Licht des Vollmonds gestreichelt worden. Fenster- und Türrahmen waren aus Zedernholz. Gewiss würden sie sehr viel länger als nur eine Regenzeit nach dem Wald und jener belebenden Feuchtigkeit riechen, an die sich die Nase selbst dann erinnert, wenn die Augen die Farben und die Ohren die Laute verwechseln.
Für die Männer und Frauen, die nie lange genug aus Nyahururu fortgekommen waren, um das Gesicht von Freunden und Nachbarn zu vergessen, und die zudem das Haus aus Stein in Karibu nicht gekannt hatten, war dieses be-

scheidene kleine Gebäude das größte Wunder, das sie je erlebt hatten. Die Eingangstür war so breit, dass zwei Menschen zu gleicher Zeit die Räume betreten konnten, ohne dass sich ihre Schultern oder Hände berührten. Die Fenster waren so groß, dass das Glas für sie bei dem Handwerker in Nakuru bestellt werden musste, der nur für Menschen arbeitete, die ihr Geld nicht zu zählen brauchten, wenn es ihnen nach Fleisch verlangte oder sie ihren Körper mit Seife waschen wollten. In Nairobi orderte Stella für die Küche einen Ofen und für ihr Kind eine Badewanne.
»Seit wann kann man ein Kind nicht in einem Eimer waschen?«, brummte Chebeti.
Die junge Mutter und ihr Baby schliefen in dem größeren der beiden Räume. Dort hörte Stella den Wasserfall in die Tiefe stürzen, sah im Morgenwind den sanft wogenden Teppich aus Aloen und träumte, es hätte sich nichts verändert seit dem Tag, da sie und ihr Vater sich an den alten Baum gedrückt und auf den Glanz von Karibu herabgeblickt hatten. Wenn Stella nachts aufwachte und sie die Stimmen der Männer erreichten, die unter dem Affenbrotbaum auf einem kleinen Hügel vor dem Feuer saßen und mit den Sternen sprachen, zweifelte sie einen verstörenden Herzschlag lang, ob sie wohl wieder die Prinzessin von Karibu mit dem unverwundeten Herzen geworden oder doch nur die wissende Jägerin nach einem Glück war, das den Händen entschlüpfen würde, ehe die afrikanischen Sirenen verstummten. Im Nebenzimmer wickelte sich Lilly in eine rote Reisedecke aus Merinowolle, die sie im Norfolk Hotel in Nairobi einem amerikanischen Touristen aus dem Koffer gestohlen hatte. Beim Aufwachen und beim Einschlafen schickte die befreite Sklavin früher Not ihre Augen zum

Schnee von Mount Kenya. Obwohl er ihr zu dunkel erschien, bat sie Mungu, mit dem sie erst seit der Rückkehr in die alte Heimat wieder zu sprechen pflegte, um den großen Reichtum und die kleine Zufriedenheit.

Lilly wurde von allen Frauen beneidet – außer der einen, die sie nie von ihrer Intelligenz und Schönheit hatte überzeugen können. Auch unter den Umständen, die ihr eigenes Leben so verändert hatten wie zuvor nur der Tod von Stellas Vater, misstraute Chebeti ihrer Tochter. Sie sah sie an mit Augen, die ihren Spott nicht halten konnten, und fragte so laut, dass es alle hörten: »Welche von Stellas vier Wänden hast du bezahlt? Oder hat die stolze Tochter nur vergessen, ihrer dummen Mutter zu erzählen, dass sie die Nägel gekauft hat, damit die Wände zusammenhalten?«

»Habe ich beim Bwana Mbuzi die Nägel für sein Haus kaufen müssen? Oder die Töpfe, damit du für ihn die Suppe kochen konntest? Ich weiß das nicht mehr. Du musst es mir sagen.« Auch wer Lilly noch nicht gut kannte, merkte bei solchen Gesprächen, dass ihre Stimme zu leise und ihre Augen voll Feuer waren, doch Chebeti hatte nie den Kampfesblick ihrer Tochter gefürchtet.

»Du«, monierte sie weiter, »hast schon nicht gewusst, in welches Haus du gehörst, als du nur die Finger an einer Hand zählen konntest. Du hast deine Augen zugemacht und deine Ohren verstopft, wenn ich mit dir reden wollte.«

»Rede mit Stella«, sagte Lilly und schüttelte mit so viel Kraft, wie ihre Muskeln hergaben, den Verdruss von ihren Schultern. »Die hat nie ihre Ohren verstopft, wenn du deinen Mund aufgerissen hast.«

Der einen Tochter zürnte Chebeti immer sehr lange, der

Tochter ihrer Wahl nie länger als bis zur Stunde der langen Schatten. Selbst als Stella so schnell nach der Geburt einen Namen für ihr Kind fand und Moi dies als Erster erfuhr, mochte Chebeti nicht lange zum Krieg der Worte aufrufen. Es war die Zeit der schlafenden Laute, als dies geschah. Moi vergaß die Stunde nie.

Die Hunde bellten nicht mehr, die Affen saßen bewegungslos im Geäst der Bäume. Moi beobachtete weißen Rauch, der zu weißen Wolken stieg, und hörte, wenn er in die Ferne lauschte, nichts als sein Herz. Es trommelte eine Melodie, die er noch nicht kannte. Das Baby schmatzte beim Trinken; die Mutter streichelte seine Stirn und roch Haut, die wie die Blumen in der ersten Stunde des Tages duftete.

»Sie heißt Julia.«

»Julia«, wiederholte Moi. Er machte aus seiner Hand einen Trichter und rief den Namen in den Wald hinein. »Wusstest du, dass das Wort fliegen kann?«, fragte er.

»Das wusste ich. Die Wildenten, die den großen Pflug durch die Wolken ziehen, haben das Wort aus dem Himmel gerissen.«

»Ich habe gesehen, wie es auf deine Brust gefallen ist«, nickte Moi. »Ja, das Wort ist aus den Wolken durch die Bäume gefallen.«

Nur weil Moi genau in diesem Moment das Lachen des Einverständnisses in seine Augen zauberte, fiel Stella der Hyde Park ein und wie sie mit Fernando vor der Statue von Peter Pan gesessen und sie beide beschlossen hatten, dem berühmten Rebellen wider die Norm zu folgen und nie erwachsen zu werden.

»Du bist klug«, seufzte Stella.

»Warum hast du die Luft aus deiner Brust gelassen, als du

mir gesagt hast, dass ich klug bin?«, fragte Moi, als die Sonne den letzten Schatten fraß.
»Weil ich zu dir gesprochen und an einen anderen gedacht habe.«
»An Julias Vater?«
»Du bist wirklich klug, Moi, sehr klug. Komm, ich werde Chebeti den Namen sagen.«
Obwohl die drei Silben so leicht waren und so kurz, weigerte sich Chebeti, sie auszuprobieren. Sie presste ihre Lippen dicht aufeinander und griff so heftig nach Stellas linker Schulter wie in der Nacht nach dem Feuer, da die vierzehnjährige Stella nicht mehr hatte leben wollen.
»Hast du vergessen«, schimpfte Chebeti, »dass wir Kindern erst nach drei Regenzeiten einen Namen geben. Das ist immer gut für unsere Kinder gewesen. Das hast du immer gewusst, aber jetzt bist du nicht klüger als dein Vater und deine Mutter in der Nacht deiner Geburt. Du wirst Mungu zornig machen, wenn du deiner Tochter jetzt schon ihren Namen gibst.«
»Mungu ist nie zornig mit mir gewesen«, wehrte sich Stella, »er hat mich zu dir zurückgebracht. Nimm das Kind und sag seinen Namen. Ich kann nur lachen, wenn du auch lachst.«
»Julia«, sagte Chebeti leise und nahm das Kind aus Stellas Armen, doch sie verschluckte genau zur rechten Zeit ihr Lächeln, »ist genau wie du. Ich konnte nie so wütend sein, wie ich wollte, wenn ich dich in meinen Armen hielt.«

3

Chebeti kippte das Wasser aus der rostigen Blechschüssel auf die Tabakpflanzen, deren große, dicke Blätter sie jeden Morgen aufs Neue als ihren verdienten Sieg über den kargen Boden, die extreme Trockenheit und ihre Schmerzen in Knie und Rücken empfand. Sie hatte sich erst nach der Geburt ihres zehnten Enkelkindes das Rauchen statt das Kauen von Tabak angewöhnt und staunte immer noch, wie sehr sie jede selbst gedrehte Zigarette als einen belebenden Genuss aus der Welt der Reichen empfand – und erst recht die Züge aus der kleinen Pfeife, die sie auf dem Markt in Gilgil gegen ein lila Kopftuch eingetauscht hatte. Im Andenken an Stellas Vater rauchte Chebeti an Tagen, die sie besonders zufrieden stimmten, die schlanke Pfeife aus dem schönen hellen Holz, und, wenn sie sicher war, dass sie weder Freund noch Neider belauschten, redete sie auch mit ihr, wie es der Bwana Mbuzi mit seiner Meerschaumpfeife getan hatte.

Schon dieser Erinnerungen wegen pflegte Chebeti in ihrem kleinen Schamba gerade den Tabak so liebevoll, dass er weder bei der Tageshitze noch in der Eiseskälte der Nacht Mangel litt. Als der Wasserstrahl auf die rot leuchtende Erde klatschte und dann zwischen den grünen Bohnen am Zaun aus Bambusstäben und dem schon sieben Zentimeter hohen Okra verdampfte, flogen zwei Glanzstare von einer Schirmakazie herunter und badeten zirpend in einer kleinen Pfütze, die sie jeden Morgen entzückte. Sie lag so günstig in einem Schattenfleck, dass es lange dauerte, ehe sie von der Sonne ausgetrocknet wurde. Eine winzige Maus, die bewegungslos an der Kiste mit faulenden Maiskolben und verrotteten Teeblättern hockte und die zu jung war, um von Furcht und Flucht zu wissen, wurde von Chebeti weder mit erhobener Stimme noch erhobener Hand bedroht.

»Du bist«, sagte sie in dem gutmütigen und schmeichelnden Ton, mit dem sie sonst nur Stella und seit genau neun Wochen noch mehr deren Tochter bedachte, »ja auch noch ein Kind. Ein Toto. Ein Toto«, wiederholte sie und merkte, was sie sehr verwunderte, wie zärtlich sie beide Male das Wort betont hatte, das nicht nur Kind, Welpe, Lamm, Kalb und Küken bedeutete, sondern auch Unerfahrenheit und Unschuld. Während sie das Unkraut mit den aggressiv klammernden Wurzeln herausriss, das die Maispflanzen umschlang, schüttelte Chebeti den Kopf so heftig, dass für einen Moment die Zipfel ihres Tuchs in ihr rechtes Auge gerieten; spontan gezeigte Gutmütigkeit und noch dazu Mitgefühl, das einem Tier galt, widersprach ihrem Sinn für Realität und Würde. Seit Jahren pflegte Chebeti, der seit dem Brand von Karibu jede Nacht zu lang war, unmittelbar nach Sonnenaufgang ihren Garten zu versorgen. Diese stets gleich bleibende Arbeit hatte in bösen Zeiten ihr Gemüt vor der ewigen Dunkelheit geschützt, und doch machten sie an diesem Morgen die eingeübten Handgriffe so froh, als wäre der vertraute Rhythmus der Hände zu einem neuen Zauber geworden. Obgleich sie mit dem Gießwasser

zuvor ihren Becher und die Essschüsseln gespült hatte, zuweilen auch ihre beiden Röcke und täglich die Tücher für die Küche wusch und die Flüssigkeit entsprechend grau und trübe und oft noch mit den Resten von Schmierseife durchsetzt war, glänzte jeder Tropfen auf den Tabakblättern wie eine Perle.
»Nein«, befahl Chebeti so laut, dass die beiden Vögel mit dem metallisch blau glänzenden Gefieder erschraken und zurück auf ihren Baum flogen, »heute nicht! Heute ist nicht mehr gestern.«
Seit Stellas Rückkehr tauchten nämlich die Tage mit Bildern, die zu schnell galoppierten und sich dann auch nicht mehr zügeln ließen, zu häufig und sehr intensiv auf. So konnte es geschehen, dass bereits der Gedanke an eine einzelne Perle Chebeti an das herrliche Gemälde erinnerte, das auf Karibu im Atelier vom Bwana Mbuzi über dem Kamin gehangen hatte. Ein Mädchen mit einem sonnengelben Turban hatte aus einem goldenen Rahmen geschaut und jeden Besucher gezwungen, der ihr auch nur kurz Jambo sagen wollte, in Augen zu sehen, die den Betrachter so stark fesselten wie ein Kampf von zwei gleich starken Gegnern oder der Tanz von jungen Kriegern vor hoch lodernden Flammen.
»Verschwinde sofort, oder ich hole alle Katzen von Nyahururu«, rief Chebeti ungeduldig ins Gebüsch, und, obwohl sie sich genierte, musste sie Gelächter von ihren Lippen reiben, denn die kleine Maus war schon längst nicht mehr da. Als sie in weiter Ferne eine Frau rufen hörte, deren Stimme noch ohne die erste Spur von der Heiserkeit des Alters war, dachte sie mit einer Wehmut, die sich ihr sonst nur an Tagen mit pochenden Schmerzen oder hohem Fieber auf-

drängte, an das Bild in dem goldenen Rahmen. Ihr fiel ein, dass Lilly schon als kleines Mädchen oft und schweigend vor dem Bild gestanden hatte und wie groß und spiegelklar die Augen ihrer sechsjährigen Tochter damals gewesen waren. Missmutig drückte Chebeti ihren Seufzer in die Kehle zurück und das rechte Bein fest in die noch feuchte Erde. Es gelang ihr nicht, die ungebetenen Erinnerungen zu verjagen. Nach nur zwei seufzenden Atemzügen waren sie wieder da und noch konkreter als zuvor. Jede einzelne Szene der verglühten Tage zog sie zurück in die Vergangenheit und schwirrte um ihren Kopf herum wie Mücken, die in der Dunkelheit auf eine Lichtquelle stoßen. Nun war es nicht so, dass die Bilder an diesem Morgen Chebeti mehr schmerzten als sonst, doch sie quälten ihr Herz. Es schlug heftig und im unregelmäßigen Takt gegen ihre Rippen. Auch die Hände waren nicht ruhig, als sie die obersten Knöpfe ihrer Bluse öffnete, aber schließlich gelang es ihr doch noch, mit der üblichen Geduld auf den Augenblick zu warten, da das Geräusch ihres Atems aufhören würde, ihre Ohren zu belästigen. Da sah sie Stella.

Ihre blonde, blauäugige Tochter mit den kräftigen Beinen und dem festen Fleisch der immer Zufriedenen, das einzige ihrer Kinder, das ihr nie den Verdruss und die Enttäuschung einer Mutter zugemutet hatte, stand vor einem üppigen Busch mit kurzen weißen Dornen und leuchtend roten Blüten. Stella rieb so entzückt den Tau des Morgens in ihre Hände, als hätte sie nie von den heilsamen Salben und den nach Minze und Honig duftenden Cremes in den Ländern der Reichen erfahren. Sie trug, nach Art der Mütter, denen die Kraft des Seins aus Afrikas Sonne und Erde wächst, die kleine Julia in einem großen Tuch auf dem

Rücken. Das Baby wurde wach, als sich eine dicke Fliege mit grün schillernden Flügeln auf seine Stirn setzte. Es gurgelte einen Laut, der ohne Klage war, ruderte kurz mit den Armen und schloss wieder die Augen. Die Wimpern des Mädchens mit der kaffeebraunen Haut, die selbst im fernen Nakuru die Menschen beschäftigte, waren lang und sehr dunkel. Stella war wieder so schlank wie vor der Geburt der Kleinen – weil sie den Kopf zum Himmel streckte und ihre Schultern und Arme Sonne trinken wollten, wirkte sie größer, als sie tatsächlich war.
Chebeti lächelte zum zweiten Mal an diesem Morgen, doch diesmal rieb sie ihre Lippen nicht eilig trocken. Sie genoss ihre plötzliche Erheiterung bis zum letzten süßen Tropfen in der Kehle. Stella hatte – eine Angewohnheit aus frühen Kindertagen – ihre Schuhe an den Schnürsenkeln zusammengeknotet und sie an ihren Gürtel gebunden. Der war aus hellem Leder, mit winzigen Perlen in allen Farben des Regenbogens besetzt und hatte eine Schnalle, die bei jeder Bewegung in der Sonne glänzte.
Der Gürtel stammte von einem riesigen Parkplatz zwischen Nairobi und Nakuru, der den Touristen Aussicht auf den Mount Kenya bot und den Händlern die allerbeste Gelegenheit, den Reisenden, die ihnen ja nicht entkommen konnten, Essen, Getränke und Souvenirs aufzunötigen. Zum Entsetzen von Lilly, die noch immer empört auf die Geschichte zurückkam und sie als ihre persönliche Niederlage empfand, hatte Stella den Gürtel nur deshalb einem asthmatischen, äußerst phantasievollen und redegewandten Greis abgekauft, weil der behauptet hatte, das Prachtstück aus dem seltenen Leder eines Büffels, der älter geworden war als jeder vor ihm, hätte einem unbesiegbaren Massai-

krieger gehört. Der Gürtel würde fortan jeden, der ihn trug, vor Armut, Fieber, Hunger, dem Verlust der Zähne und des Verstands, vor Feinden und dem Zorn von Mungu schützen.
Im ersten Tageslicht sah Stellas Haar aus, als wären einzelne Strähnen aus der Sonne gekämmt worden. Sie trug kornblumenblaue Jeans; ihre weiße Batistbluse mit aufgestickten rosa Sternchen hatte sie unter der Brust zu einem dicken Knoten gebunden. Die lange Kette aus weißen Muscheln, hölzernen Kaffeebohnen und kleinen Kugeln aus Kupfer stammte aus einer Orient-Boutique in der Londoner Carnaby Street, in der es meistens nach Zimt, Curry und Kardamom gerochen hatte und manchmal nach der Sehnsucht, mit der verglimmende Räucherstäbchen jede Nase beschweren, die vom Duft der Tropen erzogen worden ist. Stella hatte den Schmuck, der sie selbst im Hochland von Nyahururu noch an das Meer in Mombasa und an das belebende Aroma in einem Londoner Coffeeshop denken ließ, in dem sie sich immer freitags um fünf mit Fernando getroffen hatte, an einem nebligen Tag im November gekauft. Damals war ihr von Afrika nichts geblieben als die peinigenden Erinnerungen an ihr erstes Leben und die sie allnächtlich vergewaltigende Sehnsucht, irgendwann und irgendwo Lilly und Chebeti wieder zu finden. Weil die Heimgekehrte nun im Rausch ihrer Lebensfreude an einem frühen afrikanischen Morgen ebenso wenig wie zuvor Chebeti Herz und Ohren geschützt hatte, gab ihr Fernando erst Antworten auf Fragen, die sie ihm wahrhaftig nicht gestellt hatte, und rümpfte dann auch noch seine Nase.
»Curry stinkt«, nörgelte er, »und wie! Und gegen Räucherstäbchen hatte ich schon als kleiner Junge eine Allergie.«

»Was ist eine Allergie?«, kicherte Stella. Sie steckte ihre Hand in die Tasche von Fernandos neuem Jackett und lachte zu ungeniert, als er vergebens versuchte, seine verärgerte Abwehr als eine zufällige Bewegung zu kaschieren.
Julia, die gleichmütige Tochter dieses schnell entflammbaren Vaters, war abermals aus dem Schlaf geholt worden, nun von einem für die höchsten Töne auffallend begabten schwarzen Vogel mit rot-weiß getupfter Brust. Er hockte auf einem wippenden Ast unmittelbar über dem Kopf der Kleinen und buhlte um ein grau gefiedertes Weibchen.
»Dass du dir ja keine Allergie anlachst«, ermahnte Stella ihre Tochter. Sie wickelte das Baby aus dem roten Tragetuch und sah es so forschend an, als hätte die Kleine es bereits gewagt, ohne Grund zu niesen. »Weißt du, in Afrika haben wir für solchen Humbug nichts übrig. Außerdem gibt es vor Nakuru keinen Arzt, und ich wette mit dir um unser ganzes gewaltiges Familienvermögen, dass der noch nicht einmal das Wort kennt. Oder kannst du dir vielleicht vorstellen, dass ein kräftiger junger Kikuyu, der einen starken Baum mit einer Panga fällen kann, vor einem Doktor auftaucht und behauptet, er hätte Heuschnupfen und bekäme von Erdbeeren Pickel?«
Das ermahnte Kind wusste noch nichts vom Lächeln der Zustimmung, doch es blinzelte Urvertrauen in seine schöne Welt – mit Augen, deren Farbe bereits vom klaren Meeresblau der Mutter in das väterliche Schwarz zu wechseln begannen. Ein Sonnenfleck, der Nase und Kinn wärmte, versprach Grübchen, die Lippen deuteten schon einen feinen Bogen an. Mit einem Mal meldete Julia auf ungewohnt ausdauernde Art ihren Hunger an. Stella lief rasch auf Chebetis Gemüsefeld zu; im Gehen murmelte sie einige Worte

vor sich hin, von denen jedes einer anderen Sprache entstammte. Zum Abschluss summte sie die Melodie eines Liedes, das bei den Babys von Kenia fast immer Schmerzen, Hunger und sonstige Not lindert, Julia allerdings nicht gefiel. Zum ersten Mal in ihrem Leben buhte sie ihre Mutter aus. »Soll ich für Mylady eine italienische Primadonna von Covent Garden einbestellen?«, lachte Stella, »kannst du haben. Ist aber kein Vergnügen, glaube mir. Ich habe mich dort furchtbar gelangweilt.«

Sie setzte sich auf einen schmalen Baumstamm, den Chebeti in Erinnerung an die Bank vor dem Haus aus Stein grün angestrichen und vor ihre Tabakpflanzen gestellt hatte. Sanft schaukelte Stella ihr nun gellend brüllendes Kind zur Ruhe, lächelte abermals über die Vorstellung einer italienischen Primadonna in Nyahururu, wickelte den Knoten ihrer Bluse auf und legte das Baby an die Brust. Julia versöhnte sich spontan mit ihrem Leben. Sie saugte schnell und schmatzend. Ihre Augen waren getränkt von einer großen Zufriedenheit, die Stella sehr rührte.

»Bald wird er kommen«, sagte Chebeti, und, als sie keine Antwort erhielt, wiederholte sie jedes der vier Worte in einer anderen Tonlage.

»Redest du vom Regen?«

»Warum soll ich vom Regen reden? Meine Pflanzen haben immer genug zu trinken gehabt. Das siehst du doch. Ich habe von dem Brief von deinem Großvater gesprochen. Du hast ihm geschrieben, dass du eine Tochter hast, und er hat seinen Mund nicht aufgemacht.«

»Für mich ist es besser, wenn du vom Regen sprichst«, erkannte Stella. Sie war es nicht gewohnt, dass ihre Heiterkeit so schnell verflog. »Ich habe nicht gelernt«, sagte sie,

»auf einen Brief zu warten. Mein Großvater ruft nicht nach Papier und Tinte, wenn er reden will.«
Obwohl sie beide Augen eilig zudrückte und sich eine Verräterin an ihrer Herzensheimat und an ihrer Liebe zu Afrika schalt, sah sie Sir William beim Frühstück im lichtdurchfluteten Wintergarten in dem noblen weißen Tudorhaus in Mayfair. Er trug eine Morgenjacke aus moosgrünem Samt und schnitt stirnrunzelnd die zu kross gebratene Rinde vom Speck ab. Er grunzte den Toast in dem silbernen Behälter an, spießte ein Würstchen aus Cumberland auf eine Gabel aus dem viktorianischen Service und rückte hüstelnd ein geschliffenes Glas mit zwei ineinander gewundenen Initialen zurecht. James, der Butler, deutete ein Lächeln an, goss den ersten Scotch des Tages ein und fragte, ob er die Post bringen sollte.
»Erst die Times«, erwiderte Sir William.
Die Deutlichkeit der Szene und der Stimmen verwirrte Stella, noch mehr der Umstand, dass sie mehr Zeit und erst recht mehr Willenskraft als nach der Erinnerung an Fernando brauchte, um sich in der Gegenwart zurechtzufinden. Zwar merkte sie nur an einer erschrockenen Bewegung ihrer Tochter, dass ihre Haut kalt geworden war, doch allein die Vorstellung, sie wäre sich nicht einig mit ihrem Leben, versetzte Stella in einen seelischen Zustand, der ihr unangenehm war. Chebeti hatte mit ihrer Frage, die absolut nicht arglos und erst recht nicht zufällig gestellt war, bei Stella einen Nerv getroffen, der schon seit einiger Zeit bloß lag. Sie wartete tatsächlich so ungeduldig auf Post, als hätten sie und Sir William beim Abschied auf dem Flughafen exakte Termine für eine rege Korrespondenz festgelegt. Sie hatten aber noch nicht einmal einen regelmäßigen Briefwechsel

erwähnt. Nur von der Liebe und dem Schmerz hatten sie beim Abschied gesprochen. »Alle Geschichten fangen von vorn an«, erinnerte sich Stella, »weiß der Teufel, welcher verdammte Trottel sich das ausgedacht hat.« Es waren seine letzten Worte gewesen, ehe die Silhouette seiner bulligen Figur im Nebel ihrer Tränen verschwunden war.

»Du musst«, ermahnte Chebeti leise, »in meiner Sprache mit mir sprechen, Stella, wenn du willst, dass ich dich verstehe.«

»Der Mzee«, murmelte Stella und tat so, als würde sie scherzen, »hat eben geredet. Nicht ich. Ich habe meinen Mund nicht aufgemacht. Er schreibt nicht mehr gern Briefe, Chebeti. Es ist nicht mehr so wie in den Tagen, als ich ein Kind war und jeden Monat seine Briefe in Karibu ankamen.«

»Hast du ihn einen Mzee genannt? Hast du deinen Großvater einen Mzee genannt?«

»Ja, sehr oft. Er konnte kein Suaheli, aber dieses eine Wort hat ihm gefallen.«

»Ihm hat das Wort gefallen, weil er ein kluger Mann ist. Wir ehren die alten Menschen, weil wir wissen, dass sie klug sind. Hast du ihm das gesagt? Du bist auch klug Stella.«

»Das sagst du zum ersten Mal, seitdem ich wieder hier bin.«

»Aber«, monierte Chebeti, »du hast deine Augen nicht richtig aufgemacht, als du dein Haus gebaut hast. Wenn du das nicht bald tust, wirst du die schlechten Tage zu spät sehen.«

»Du willst immer, dass ich das Leben durch ein Sieb schütte, Chebeti. Mein Vater hat schon gesagt, Chebeti will die guten Tage in die Schüssel gießen und die schlechten in die Erde graben.«

»Ja, auch der Bwana Mbuzi hat nie das Sieb gefunden, wenn er es gebraucht hat. Und du bist wie er.«
»Ich werde ein Sieb und eine ganz große Schüssel suchen«, versprach Stella; sie hob feierlich ihre rechte Hand und spreizte die Finger. »Ich warte nur, bis Julia ganz satt ist. Und ich nicht mehr so viele Bilder sehe wie heute.«
Sie gönnte sich, nachdem das Kind eingeschlafen war und Chebeti aus der tiefen Tasche ihres bauschenden Rocks den Socken hervorgeholt hatte, den sie aus grobem weißen Garn strickte, mehr Zeit als sonst, um die Erinnerungen an London zu verbannen. Die an Sir William verweigerten allerdings auch den kurzen Abschied. Erst als die Luft schwer von der Mittagshitze wurde, gelang es Stella, nur den besonnten Tag in ihr Gedächtnis zurückzuholen, an dem Julia ihren Namen bekommen hatte. Die Erinnerung war farbenfroh und von jener Heiterkeit, die für die Träumerin Afrikas Lebensfülle verkörperte – noch einmal ließ sie die federleichten Wolken am stahlblauen Himmel ihre Kreise ziehen und die Zebras im Schatten grasen. Junge Paviane balgten sich kreischend auf den hohen Felsen am Waldrand, die Sturm und Regen glatt gescheuert hatten. Sobald Stella tief einatmete, stieg ein schwerer Duft von Reife aus einem Busch mit leuchtenden roten Beeren hoch. Winzige blaue Vögel mit gelber Brust hatten dort Schutz vor der Glut gesucht. Mois Stimme war mächtig, denn er lachte wie ein Riese, dem die Welt gehört, als Stella ihm gerade erklärte, dass ihre Tochter ein Zebrakind sei.
»Es ist gut, wenn zwei Menschen zusammen lachen«, sagte er später.
Stella liebte diesen Satz. Seit Moi ihn erstmals gesagt hatte, hatte sie jedes Zusammensein mit ihm als eine Verschwö-

rung gleich gesinnter Seelen empfunden. Da blätterten beide Lebenskapitel auf, von denen der andere nichts wusste; eine Spannung, die Stella als eine sehr besondere ausmachte, trieb den Sturm der Worte an. Für sie verflog in solchen Stunden ein gelegentlich aufkeimendes Gefühl von Langeweile, das sie nicht zu deuten vermochte, sie aber doch belästigte. Zu ihrer Enttäuschung waren es nämlich nicht die jahrelang ersehnten Gespräche mit Lilly, die sie zufrieden stimmten, denn sie spürte, dass Lilly, auch wenn sie heiter erschien und lachte, unruhig und unzufrieden war, und das nahm ihr selbst die Ruhe und, was sie sich zunächst nicht eingestehen mochte, auch die Freude an Lillys Freundschaft. Mit Moi allerdings, der sorgsam jedes Wort prüfte, ehe er es freigab, und der mit Scherzen so sparsam umging wie mit den besonders guten Streichhölzern, die man nur in Nakuru kaufen konnte, fühlte sich Stella frei und leichten Sinnes.

Besonders in den beiden Monaten nach Julias Geburt hatte Stella nach dem wolkenlosen Himmel ihrer Kindheit gesucht. Sie empfand die glühenden Tage vor der großen Regenzeit als die außergewöhnliche Gnade, die Afrika seinen Menschen beschert. Die Hitze lähmte nämlich nicht nur ihre Glieder und machte ihren Kopf auf die angenehme Art träge, von der Menschen in Europa nichts wissen. Stella stellte bald fest, dass die Glut die sie gelegentlich beunruhigende Ahnung erstickte, sie wäre nicht mehr jung genug, um mit den Möglichkeiten des Lebens nur zu spielen. Die Trockenheit versengte die Vergangenheit und verbrannte die Zukunft. Zeit war ohne Gewicht und Bedeutung – in den besten Stunden lösten sich für die Heimkehrerin die Jahre, die sie in London verlebt hatte, in Nebel auf. Die Vorstellung, dieser Nebel wäre das lange ersehnte Geschenk eines gnädigen afrikanischen Gottes, machte sie euphorisch. Mungu verwehrte ihr für den größten Teil des Tages den Blick zurück in die Welt, die sie trotz aller Sehnsucht nach ihren afrikanischen Wurzeln und den Menschen Afrikas mit einem zerrissenen Herzen verlassen hatte. Nachts trieb sie ihre Erinnerungen an das Prachthaus in Mayfair mit seinen geräumigen Salons und den Chippendale-Möbeln wütend in die Flucht. Sie verdrängte aus ihrem Bewusstsein, wie oft sie vor jedem Bild gestanden und dass sie die Jugendstillampe mit dem Fuß aus Bronze und der vergoldeten Nymphe geliebt hatte.

In diesen ersten Monaten eines Lebens, das Stella, wenn sie mit sich selbst sprach, als das dritte zu bezeichnen pflegte, erschien ihr Kenia noch sanfter und beseligender als einst auf der väterlichen Farm. Das Hochland mit den klaren Farben der Berge, den Baumriesen und den Wolken, die ständig auf Safari gingen und nie ein Ziel erreichten, war für sie das Paradies – geschaffen für die Genügsamen, denen allein das ewige Glück gebührte. Die Fülle und die Unendlichkeit der Landschaft, die Farben bei Sonnenuntergang und der Duft, der die Nase bis zum Jüngsten Tag versklavte, betäubten Stellas Sinne – wie Jahrzehnte zuvor die ihrer Eltern, als sie aus England gekommen waren und den Wasserfall und das Bett aus wogenden Feuerlilien und Aloen entdeckt hatten. Die Menschen, ihre Pfiffigkeit und Wendigkeit, ihr Charme, ihre Sprache mit den dunklen Lauten und dem Witz der phantasievollen Redewendungen verzauberten Stella. Die Ursprünglichkeit des Lebens gaukelte ihrem Herzen für immer Ruhe und Dankbarkeit vor. Sie wusste nichts mehr von der Stärke der Wünsche und

den Fesseln der Begierde. Weil Stella sich weigerte, den Graben zwischen Traum und Leben auszumachen, ging sie ohne Furcht über den schmalen Steg zwischen Wirklichkeit und Illusion.
Sie war nie eine Grüblerin gewesen, nicht eine, die hatte wissen wollen, wie es um Leben, Geist, Seele und um die Welt bestellt ist. Als Chebetis gelehrige Schülerin hatte sie auf Karibu gelernt, tags die reisenden Wolken mit den Augen zu begleiten und nachts die Sterne zu zählen, und das war ihr nie langweilig und immer genug gewesen. Auch in England hatte sie nur Afrikas Tugenden geschätzt, die Zufriedenheit, die Gelassenheit und Geduld. Die Genügsame hatte es in keinem Alter und auf keiner Lebensstation nach neuen Ufern gelüstet, weder nach Ambition noch Bewährung. Das machte ihr die Heimkehr nach Afrika leicht. Stella, die am Piccadilly Circus den Pulsschlag der modernen Welt kennen gelernt, in den vornehmen Geschäften und den originellsten Boutiquen der Stadt eingekauft und in den Museen von London die Sprache der Bilder vernommen hatte, drängte es nicht nach der Zerstreuung der Großstadt, nicht nach Tempo und Glanz. Sie vermisste kein Theater, kein Kino, keine Ausstellungen, nicht die teueren Restaurants und nicht die Gesellschaft, zu der sie gehört hatte.
»Warum«, fragte sie, als zum ersten Mal davon die Rede war, dass die Tage in Nyahururu weder Beginn noch Ende hätten, »soll ich hier ausgerechnet Zeitungen vermissen? Ich habe auch in London kaum Zeitungen gelesen. Mein Großvater hat mir immer erzählt, wenn was in der Welt los war. Für mich war das wunderbar, und ihm hat's Spaß gemacht.«

»Und Fernsehen?«, bohrte Lilly. Sie wechselte von Suaheli ins Englisch – wie immer, wenn sie sich auf die Suche nach dem Kern der Dinge begeben wollte. »In London haben auch die ganz armen Leute einen Fernseher. Das weiß selbst hier jedes Kind. Oder hat unsere romantische Stella mit ihrem Opa auch in London die Sterne gezählt.«
»Nein«, lachte Stella. »Und sie nimmt dir deine spitze Zunge kein bisschen übel. Die war immer so. Mein Großvater und ich haben abends Canasta gespielt. Jeden Abend, wenn du es genau wissen willst. Er hat immer gesagt, wenn er mich beizeiten kennen gelernt hätte, hätte er nicht zur Armee gehen müssen, um jemanden mit Kartenverstand zu finden.«
»Es ist wirklich ein Jammer, dass du die Karten in London gelassen hast. Und es ist schade, dass du dich eben nicht im Spiegel sehen konntest. Ein einziges Wort hat dich verraten. Canasta. Du tust mir Leid, Stella. Wirklich. Das meine ich nicht ironisch. Früher hast du sehr wohl gewusst, was du wolltest. Und auch, was gut für dich war.«
»Jetzt auch«, versicherte Stella. »Glaub' mir. Ich weiß ganz genau, was ich will. Dass sich nichts in meinem Leben ändert. Nie mehr. Das will ich. Ich war zu jung, als ich in die Fremde geschickt wurde, Lilly. Das war nicht die Safari, von der wir manchmal als Kinder träumten. Wahrscheinlich konnte ich deshalb Karibu nie vergessen.«
»Ich auch nicht«, sagte Lilly leise. Für einen Moment hatte sie wieder die Augen der Gazelle, denen Stellas Vater nicht hatte widerstehen können. »Aber«, fuhr sie fort und zuckte ungeduldig mit ihren Schultern, »mich macht es wahnsinnig, dass ich immer noch zurückschaue. Ich bin nicht der Typ, der sich nicht mit dem Leben arrangieren kann. Karibu ist abgebrannt. Die Liebe, die es im Hause deines Va-

ters gab, ist gestorben. Dein Paradies ist tot. Verbrannt, verweht und in Stücke getrampelt. Es hilft nichts, wenn du die Augen zumachst und mit den Fäusten trommelst.«

»Dann leih mir deine Augen«, sagte Stella, doch sie schüttelte, ehe sie sprach, den Kopf und lachte.

Noch witterte sie die Melancholie nicht, die bereits zum Sprung auf ihre innere Balance ansetzte. Sie war zu sehr Optimistin, um aus Furcht vor schlechten Tagen nicht die guten zu genießen; sie zweifelte auch nicht für den Bruchteil einer Sekunde, dass sie und ihre Tochter für das Glück bestimmt waren. Ihre Augen und Ohren reisten nie weiter als bis zur Spitze des Mount Kenya. Sie wussten nichts von der wirtschaftlichen Not im Lande, nichts von entwurzelten, darbenden und kranken Menschen, und sie wussten auch nichts von den Mauern, die Tag für Tag ein Stück höher gezogen wurden. In England war Stellas Sehnsucht nach Afrika zu groß gewesen, die Nostalgie hatte zu lange gewährt, um sie skeptisch in Bezug auf die Gegenwart zu machen. Am Ziel ihres Traumes hatte sie kein Gespür für die Unzufriedenheit der Menschen in Kenia. Die, die heißen Herzens um die Unabhängigkeit ihres Landes gekämpft hatten, waren um ihre Träume betrogen worden.

»Mungu«, schwor lächelnd die Schicksal flechtende Fabulantin auf dem Baumstamm bei den Tabakpflanzen, und in diesem Moment glaubte sie wahrhaftig jedes Wort, das ihr einfiel, »sitzt auf dem Berg und freut sich sehr, wenn er mich und mein Kind sieht. Bei Sonnenaufgang ruft er mir immer zu, ›Es ist gut, Stella, dass du deiner Tochter noch vor dem ersten Neumond ihres Lebens einen Namen gegeben hast. Es ist gut, dass sie eine Mutter hat, die das Leben nicht fürchtet.‹«

»So warst du immer«, erinnerte sich Chebeti. »Meine Stella wusste nicht, was Angst ist. Sie konnte ihre Tränen gut verschlucken.« Als die Sonne dabei war, den ersten dunklen Schatten zu fressen, erzählte sie dem nuckelnden Zebrakind, dass sie auch deren Mutter ins Leben geholt hatte. Chebeti zeigte wieder, wie sie es als junge Frau getan hatte, beide Backenzähne, wenn sie lachte.
»Du bist so jung wie ein Baum, der nichts vom Sturm und Blitz weiß«, überlegte sie, und nun war es Stella, deren Haut sie streichelte. »Aber weißt du nicht mehr, dass Mungu nicht zu den Menschen spricht. Das hat er noch nie getan. Hast du alles vergessen, was du als Kind gewusst hast? Alles, was ich dir beigebracht habe?«
»Nichts habe ich vergessen, Chebeti, kein Wort, aber ich wollte dich lachen sehen. Wenn die Angst in deine Brust kriecht, lachst du wie ein Mann, der seine Feinde mit den Zähnen jagen will. Nur deshalb habe ich gesagt, dass Mungu mit mir redet.«
»Früher hast du nie eine alte Frau geärgert.«
»Jetzt auch nicht, Chebeti. Du bist keine alte Frau. Du hast immer noch starke Arme und gesunde Beine und eine Zunge, die sich biegen kann wie die der Schlange.«
»Früher hast du nicht auf deinen Augen geschlafen. Siehst du nicht mehr gut? Schau dir meine Hände an und meinen Hals. Und was aus der Brust geworden ist, aus der du getrunken hast.«
»Wir haben noch viel Zeit, Chebeti.«
»Schau dir deine Tochter an. Dann weißt du, dass die Zeit auf dem Rücken der Geparden reitet.«
Mit ihren neun Wochen war Julia kein einziges Mal von den Unpässlichkeiten belästigt worden, die Babys erst ihren

Schlaf und dann ihre Zufriedenheit rauben und schließlich den Müttern ihre Sicherheit. Sowohl die alten Frauen, die schon längst ihre Enkel nicht mehr zählten, als auch die jungen mit Säuglingen auf dem Rücken und krabbelnden Kindern zwischen den Beinen schworen, die grüne Wollmütze mit den sieben goldenen Buchstaben würde Julia vor Husten und feuchter Nase, eiternden Wunden an Beinen und Armen, triefenden Augen und den reißenden Winden der Därme schützen. War Julia wach, gurgelte sie bereits Laute, die sowohl von den wohlwollenden als auch von erfahrenen Ohren als die Sprache der Kikuyu gedeutet wurden. Allen war klar, dass dieses außergewöhnliche Mädchen so reden würde wie die übrigen Kinder ihres Jahrgangs. Niemand wagte noch zu sagen, das Kind hätte seinen Namen zu früh erhalten und Mungu würde deshalb schon bald der ungeduldigen Mutter zürnen, weil sie den Tagen, die noch kommen sollten, vor der Zeit ihr schützendes Tuch entrissen hatte. Zu Beginn seines dritten Lebensmonats hatte das viel beachtete Zebrakind eine Haut, die noch eine Schattierung dunkler war als am Tage seiner Geburt. Seine auffallend großen Augen leuchteten wie Holzkohle in der Sonne.

»Sie hat Augen wie eine Kuh«, lobten die Menschen, und nie verdunkelte Neid den Glanz des Lobes. Weder Hitze noch Kälte plagten die gepriesene Kuhäugige. Kein Gebrüll von streitenden Menschen und auch nicht das nächtliche Heulen der Hyänen konnte ihren Schlaf zerreißen, das grelle Licht eines wolkenlosen Mittags blendete sie nicht, und der nächtliche Sturmwind ängstigte sie nie. Julias Hände waren kräftig, wenn sie nach dem Finger ihrer Mutter griffen. Bald würde sie nach Stellas Haar und Chebetis

Kopftuch verlangen und mit Lillys baumelnden Ohrringen spielen.
»Sie wird immer hier zu Hause sein«, sinnierte Stella, »sie wird nie wissen, wie es ist, wenn man auf Safari gehen muss und nicht reisen will. Du darfst ruhig auch mal etwas sagen, Julia. In deinem Alter konnte ich schon lesen und schreiben.«
»Hörst du nichts?«, fragte Chebeti. Spannung machte ihre Stimme heiser. Sie kniff ein Auge zu, um die Sicht zu schärfen, und legte ihre rechte Hand ans Ohr. »Ja«, bestätigte sie und nickte, »ja, ja.«
Obwohl der Tag windstill war, wippte ein Zweig im Gestrüpp. Ein aufgeschreckter Webervogel flog steil in die Höhe. Er ließ einen gelben Grashalm für sein neues Nest aus dem Schnabel fallen. Die Erde gab den Klang von Schritten frei. Chebeti sah die Silhouette eines Mannes, der schneller lief als um die Mittagszeit üblich. Sie hörte seinen keuchenden Atem und wurde noch unruhiger als zuvor. Der rasante Läufer war Moi. In seiner Hand hielt er ein Stück weißes Papier, das er zu Chebetis Verärgerung, als er auch Stellas Aufmerksamkeit gewahr wurde, wie eine Fahne von einer Seite zur anderen schwenkte.
»Das habe ich vom Laden in Nyahururu mitgebracht«, rief Moi. Er drängte so viel Fröhlichkeit in jedes Wort, wie seine Stimme halten konnte, ohne dass die Neugierde sie zu schwer und zu eitel machte. »Das hier ist für dich, Mama«.
Stella begriff ohne einen barmherzigen Moment der Verzögerung, dass Mois weiße Jubelfahne ein Telegramm war. Schon in dieser ersten Furcht war es ihr, als würde sie ein Kreis zorniger Flammen umzingeln. Mit klopfendem Her-

zen legte sie die schlafende Julia in Chebetis Arme. Sie erflehte von Mungu den Mut und die Kraft, die sie brauchen würde, um weiter zu reden, weiter zu atmen und weiter zu leben. Mungu aber war blind und taub geworden. Schweiß tropfte von Stellas Stirn, die Haut im Nacken erglühte. Die Hand, die sie Moi entgegenstreckte, ließ sich nicht lenken. Stella spürte ein Brennen in der Brust und die Kälte ihrer Glieder. Noch ehe sie Panik lähmte, überflutete der reißende Fluss von Bildern, die vom verdunkelten Himmel herabstürzten, ihr Bewusstsein. Logik und Erfahrung, auch der Sinn für Realität, der mit einer Selbstverständlichkeit zu ihr zurückkehrte, die sie selbst in diesem angstvollen Moment verblüffte, sagten Stella, dass das Telegramm nur aus London kommen konnte und dass es nur einen einzigen Grund gab, von England nach Afrika zu telegrafieren. »Mein Großvater ist tot«, flüsterte sie.

Sie hörte, noch ehe sie das letzte Wort gesprochen hatte, Moi kreischen, doch sie war zu erschöpft, zu erstarrt in den ersten Klauen des Schmerzes, um ihn zu fragen, weshalb er, während er das Telegramm immer noch hielt, wie ein Kind, dem ein guter Scherz gelungen ist, von einem Bein aufs andere hüpfte. Stella hatte nur noch ein Verlangen: Sie wollte diesem fröhlichen Boten des Grauens Einhalt befehlen, sie wollte ihn schütteln wie einen Baum, der seine Früchte vor der Zeit hergeben soll, sie wollte die Heiterkeit aus ihm herausprügeln, als sei er eine Puppe aus Stroh, doch sie konnte nicht aufstehen. Ihr Körper krümmte sich, die Beine waren schwer wie Steine. Nur ihren Kopf konnte Stella senken. So machte sie sich bereit, ihrer Schuld einen Namen zu geben. »Es war«, schluckte sie, und nun sprach sie weder ihr geliebtes Suaheli noch das Kikuyu sonniger

Kindertage, sondern englisch, »es war Sünde von mir, fortzugehen. Er war zu alt. Ich hätte meinen Mzee nicht allein lassen dürfen.«
»Mzee«, wiederholte Moi. »Dein Mzee. Willst du das Telegramm nicht lesen?«, kicherte er und rieb sich, während er mit dem rechten Auge zwinkerte, das linke.
Stella verstand nicht, weshalb er das sagte und schon gar nicht, dass er immer noch zu lachen wagte, als hätte er weder Augen und Ohren noch Verstand. Sie starrte benommen auf die Erde, die ihre rote Farbe und den Duft von Harz verloren hatte. Wie die Sonne ihre Kraft und die Luft ihre Wärme.
Moi hielt ihr triumphierend das Telegramm entgegen. Stella sah nicht, dass es geöffnet war. Es flatterte im Wind wie eine Fahne. Ihre Augen verfolgten den Tanz der Buchstaben in der Sonne, ohne dass aus diesem Ballett der Buchstaben Worte oder Sinn wurden oder gar Wirklichkeit.
»Du hast doch gesagt, dass du lesen kannst, Mama«, erinnerte sie Moi, »du hast gesagt, du bist in Nakuru zur Schule gegangen. Weißt du nicht mehr, dass du das gesagt hast? Jetzt sag mir, was in deinem Telegramm steht.«
Nur weil sein Spott ohne einen einzigen von Häme vergifteten Pfeil war, gab Stella nach. Die ersten drei Worte murmelte sie noch mit dicken, ausgetrockneten Lippen, denn sie vermochte nicht zu glauben, was sie las, doch dann erkannte sie, was geschehen war. Sie lachte so laut, dass ihr Körper bebte. Julia wurde wach und schniefte. Gebieterisch legte Chebeti ihre Hand auf Stellas Mund. Stella erkannte die schützende Bewegung. Sie entstammte dem Tag, als auf Karibu das Haus aus Stein von den Flammen der Rache gefressen wurde.

»Nein, Stella«, befahl Chebeti, »du bist nicht mehr Kind. Du bist Mutter. Eine Mutter schreit nicht, wenn einer stirbt. Willst du dem Toten die Ruhe stehlen?«
»Er ist nicht gestorben, er lebt«, schrie Stella, »Chebeti, mein Mzee lebt. Er hat meinen Brief bekommen, und er hat vergessen, seinen Mund zuzumachen. Er hat Fernando erzählt, dass er Julias Vater ist.«
»Wer ist Fernando?«, fragte Chebeti, obwohl sie den Namen seit vier Mondwechseln so gut kannte wie ihren eigenen. Es war das süße, unvergessene, belebende, magische Spiel der Tage, die nicht mehr waren und die doch nie sterben würden. »Wer ist Fernando?«, wiederholte Chebeti.
»Lies«, kreischte Moi, »ich kann Englisch. Hast du vergessen, dass ich auf derselben Schule war wie du, Mama?«
»Kein Mann«, rief Stella so laut, dass jedes Wort zurückgeschossen wurde, »verdient eine Frau wie dich, aber Kenia ist näher als du denkst. Gib meiner Julia einen Kuss. Ich liebe dich. Fernando.«
Noch, als die Hyänen die Nacht einheulten, überlegte Stella, wie oft Moi wohl nach Post für sie gefragt hatte, doch es wurde Abend, ehe ihr dämmerte, dass ihr Postillion nicht nur die Botschaften austrug, sondern sie auch unterwegs las. Sie stellte sich die Szene so genau vor, dass Mois Gesicht immer deutlicher und Fernandos Züge immer blasser wurden. So kam es, dass Stella die erste afrikanische Nacht erlebte, in der sie weder schlief noch träumte. Wie in alten Zeiten stand sie auf, setzte sich ans Fenster und zählte die Sterne.

4

London, Mayfair, Wintergarten
Verehrte Miss Hood, meine liebe Stella,
es scheint mir eine selten glückliche Fügung, dass meine einzige Enkeltochter ihr Wochenbett in einem Land aufgeschlagen hat, in dem Uhren, Kalender und feste Verabredungen eine untergeordnete Rolle spielen dürften. Für das Wohlergehen der ursprünglichen Bewohner erhoffe ich auch aufrichtig, dass die Lossagung vom Mutterland ihnen so zum Segen gereicht hat, wie sie bei der Vertreibung der weißen Farmer erhofft haben; ich nehme an, man hat die etwas einengenden gesellschaftlichen Riten der Briten wieder durch den gesunden Instinkt ersetzt, der ja allgemein bei Völkern vorausgesetzt wird, die sich nicht von der modernen Technik und Zeitplänen schikanieren lassen. Gewiss haben sich deine neuen Landsleute – jedenfalls der Teil, der sich nicht allein auf die Buschtrommeln verlassen muss – ebenfalls frei von dem belästigenden Zwang gemacht, der uns hier zu Lande seit Meister Caxton suggeriert, Briefe müssten am Empfangstag beantwortet werden. Ich war schon immer der Meinung, ein so prompt erfolgender Gedankenaustausch trägt nur bei Krieg führenden Generälen zu Entscheidungen bei, die für die Menschheit von irgendwelcher Bedeutung sind.

Genug der Vorrede! Ich hoffe von Herzen, dass du nicht allzu ungeduldig oder gar besorgt auf diesen Brief gewartet hast, wobei ich es natürlich wieder einmal als Segen empfinde, dass du weder übertrieben sentimental noch geschlechtsspezifisch hysterisch bist. Die Vermutung, dass du von allen Möglichkeiten nicht ausgerechnet mein Ableben in Betracht gezogen haben wirst, tut mir nämlich in meinem Alter ausgesprochen gut. In Erinnerung an die erquickende Brieffreundschaft, mit der ja unsere Beziehung vor vielen Jahren begonnen hat, wollte ich aber diesen Brief in optimaler Verfassung schreiben – einige Tage lang war ich leider ein wenig derangiert, was ja bekanntlich bei Männern jenseits des Heldenalters allzu rasch zu pessimistischen Verstimmungen, Gicht und Phlegma führt. Es handelt sich in meinem Fall jedoch keineswegs um eine gesundheitliche Krise, noch nicht einmal um eine erwähnenswerte Unpässlichkeit, eher um eine Malaise, die typisch ist für einen verregneten Sommer auf einer Insel, die nur noch einige patriotische Dummköpfe als eine von Gott gesegnete zu bezeichnen belieben. Die Ursache für die verzögerte Begrüßung der jüngsten Vertreterin der Familie Hood verdanken wir drei (du, Miss Julia und ich) ausschließlich einem gewissen Mr. Hugh Huntington.

Er wurde mir von mindestens vier total verschieden denkenden, aber durchaus vertrauenswürdigen Bekannten als kompetenter und engagierter Hausarzt empfohlen. Kurz nach unser beider beklagenswerter Trennung ist nämlich der gute alte Burnes überraschend in seinem Landhaus in Sussex an einer Pilzvergiftung gestorben – offenbar tangiert es allerdings heutzutage die zuständigen amtlichen Stellen nicht, dass die todbringenden Pilze von der Gattin

des Verblichenen gesammelt worden sind. Sie war dreißig Jahre jünger als ihr Gatte und hat vier Tage nach seinem Begräbnis nicht nur seine langjährige Köchin entlassen, sondern soll sich auch das neueste Modell des teuersten Daimler bestellt haben. Verzeih mir, meine Liebe, dass ich schon zu Beginn unseres derzeitigen Briefwechsels, der in unserem Verhältnis ja abermals eine neue Ära markiert, so gründlich vom Thema abkomme wie ein altes Weib. Andererseits könnte ich mir sehr gut denken, dass selbst in deinem verwunschenen Paradies die letzten Neuigkeiten von der Heimatfront nicht unwillkommen sind. Trägst du eigentlich jetzt ein Feigenblatt an der biblisch empfohlenen Stelle und lebst du auch an ganz gewöhnlichen Tagen von Nektar und Ambrosia? Oder hat sich auch auf dem schwarzen Kontinent herumgesprochen, dass ein Scotch der einzig wahre Göttertrunk ist? Ich habe übrigens erst vor ein paar Tagen wieder mal gehört, dass ein Whisky vor dem Frühstück der beste Schutz vor Malaria sein soll. Falls es deine Zeit erlaubt, würde es mich übrigens sehr interessieren, ob du in dieser Beziehung irgendwelche Vorsorge triffst oder ob du dich auf die ortsansässigen Medizinmänner verlässt, was bei uns hier als ein ausgesprochenes Wagnis gilt. Kann man überhaupt in dem Ort mit dem unaussprechlichen Namen eine anständige Flasche Whisky kaufen, oder soll ich dir ein Buch zu diesem Thema schicken?
Um auf Mr. Huntington zurückzukommen: Der Bursche ist zwar ein Oxford-Mann, der als exzellenter Polospieler gilt, vor einigen Jahren irgendein wichtiges Fachbuch geschrieben haben soll und Spezialist für Erkrankungen der Atemwege ist, ich glaube jedoch nicht, dass er für den Nobelpreis im Gespräch ist. Ein Zeit lang war er sogar Mitglied

bei mir im Klub (bis er auf die hirnrissige Idee kam, sich für die Aufnahme von Frauen stark zu machen). Wenn du aber mich fragst, kann er noch nicht einmal einen hundsordinären Schnupfen von einer Lungenentzündung unterscheiden. Aus Gründen, die ich nicht durchschaue, hat mir jedenfalls dieser Trottel (von James, der für meinen Geschmack in letzter Zeit allzu altersstarrsinnig wird, ohne Auftrag an einem Sonntagnachmittag gerufen) einen einwöchigen Hausarrest verordnet. Der wurde erst heute Morgen offiziell aufgehoben – ich mochte mich nicht lächerlich machen, indem ich zu sehr gegen eine ärztliche Empfehlung opponierte. Zudem scheint irgendeiner von meinem Personal ein Bulletin in die »Times« gesetzt zu haben. Mit der Behauptung, man hätte schon seit Wochen vorbeischauen und wieder einmal von alten Zeiten plaudern wollen, haben mich im Verlauf der letzten acht Tage sämtliche Bekannte aus der Nachbarschaft und einige aus Essex, zwei ehemalige Kriegskameraden, etliche Klubbrüder, eine ganze Armada von intriganten Weibern und noch andere Feinde heimgesucht.
Weshalb ich dir das alles so ausführlich schreibe? Um auch vor mir selbst zu rechtfertigen, dass ich dir nicht umgehend dafür dankte, dass du mich zum Urgroßvater gemacht hast (mehr zu diesem fruchtbaren Thema später). Soeben hat mich die ehrenwerte Lady Priscilla Waintworth von ihrer Gegenwart und den Geschichten aus ihrer jüngsten Vergangenheit erlöst. Endlich habe ich also die Muße, in aller Ruhe zu klären, ob ich es bin, der verkalkt ist, oder vielleicht doch der Rest der so genannten guten Gesellschaft. Falls du dir nach einem Vierteljahr Abwesenheit (oder ist es vielleicht doch schon ein Vierteljahrhundert?) nicht mehr

vorstellen kannst, wie Lady Prissy aussieht – wie ihre eigene Bulldogge. Nur mit Perlenkette statt Lederhalsband. Leider belässt sie es nicht beim Knurren und Bellen. Im Gegenteil, sie wird immer redseliger. Eine geschlagene halbe Stunde hat sie mir erzählt, Berenice Sitwell hätte ihr unter dem Siegel der Verschwiegenheit das größte Geheimnis aller Zeiten anvertraut. Unter Umständen kannst du dich in deiner Zaubergrotte auch nicht mehr einwandfrei an Berenice Sitwell erinnern: Zähne, Haarfarbe und Verstand hat sie von einer Maus, und wenn sie zum Tee eingeladen wird, angelt sie sich sämtliche Gurkensandwiches und Zitronenbaisers von der Platte, ehe auch nur ein anderer den Tee in seiner Tasse hat. B. S. war in erster Ehe mit einem ehemaligen Mitschüler von mir verheiratet (Sir Malcolm vom Foreign Office) und hält sich als dritten Ehemann einen aus Goa stammenden Arzt mit einer Riesenpraxis in der Harley Street. Der hat allerdings eine eiserne Konstitution und passable Aussichten, eines Tages an Bernies Grab zu stehen. Übrigens ist dieser bemerkenswerte Recke der Vater eines grundanständigen jungen Mannes namens Fernando. Einem Ondit zufolge hast du ihn in der Zeit deines geschätzten Londoner Gastspiels nicht nur sehr gut gekannt, sondern auch Beziehungen zu ihm unterhalten, die selbst in unseren permissiven Zeiten als intim gelten. Wenn es sich bei meiner von mir sehr verehrten Enkelin nicht um eine afrikanische Suffragette handeln würde, die lieber barbusig durch den Wüstensand läuft und Löwen den Hals umdreht, als den Vater ihres Kindes zu heiraten, wäre Bernie so etwas wie deine Stief-Schwiegermutter geworden.
Für den Fall, dass du nun annimmst, ich hätte meinen Verstand verloren, als wir uns am Flughafen voneinander ver-

abschiedeten und uns, wenn mich mein Gedächtnis nicht täuscht, dabei wie diese schmachtenden Liebespaare im Dauerregen aufführten, die mir schon in jungen Jahren jeden französischen Film verleideten, kann ich dich absolut beruhigen: Ich bin in Topform, meine Liebe, und habe dir nur deshalb einen kurzen Abriss vom Treiben in Mayfair und Umgebung zukommen lassen, weil ich mir irgendwie ausmalen kann, dass du jetzt schon einiges aus deinem Leben in der Zivilisation vergessen haben wirst. Ich weiß noch, als wäre es gestern geschehen, wie seltsam mir zumute war, als wir das erste Mal in Kalkutta anlegten und ich mich plötzlich nicht mehr an die Adresse meines Hemdenmachers in der Jermyn Street erinnern konnte. Und dann monatelang nicht an den Namen des stotternden Kellners aus Yarmouth, der mich seit zehn Jahren im Claridge's bedient hatte. Übrigens hat es das neue Management doch tatsächlich fertig gebracht, die schönen bordeauxroten Windsorstühle im viktorianischen Salon neu zu beziehen und ausgerechnet in dieser neumodischen Cognacfarbe. Nicht nur ich finde sie furchtbar vulgär. Verzeih, Stella, mir scheint es, dein Großvater wird kindisch. Weshalb sonst kommt er immer wieder vom Thema ab?
Also: Bei ihrem allmonatlichen Treffen im Claridge's hat nämlich die gute Bernie ihrer alten Schulfreundin Prissy gesteckt, dass ihr Stiefsohn zwei Tage lang Magenkrämpfe bekam und eine Woche lang von Tee und trockenem Toast gelebt hat, als er von der Geburt eures Buschbabys erfuhr. Dann soll er dir ein Telegramm geschickt haben. Ich persönlich finde ein solches Verhalten reichlich exaltiert. In Fernandos Alter war ich ja längst Offizier, und da galten Magenkrämpfe als die Domäne von Frauen, Pferden und

Schwachköpfen, und logischerweise gab es Toast nur im Lazarett. Außerdem bin ich bekanntlich nie Vater einer Tochter geworden. Wie ich oft festgestellt habe, gerieren sich gerade Väter von Töchtern bei deren Geburt, als seien sie nicht allein die Erzeuger, sondern als hätten sie neun Monate im Kreißsaal zugebracht. Bei meinen drei Söhnen bin ich mit Selbstdisziplin recht gut gefahren, auch wenn dein Herr Vater, wie du ja weißt, schon damals kein Gentleman war und das noch vor seinem ersten Schrei unter Beweis stellen wollte, indem er in unziemlicher Eile im Orient-Express auf die Welt drängte. Darf ich mir an dieser Stelle eine Frage gestatten, die mich seit dem Eintreffen deines reizenden Briefes beschäftigt? Wer hat dir eigentlich bei der Geburt meiner hoch geschätzten Urenkelin Hilfestellung geleistet? Sollte es sich um den zuständigen Medizinmann handeln oder die zupackende schwarze Lady mit dem zungenbrecherischen Namen, die zum Personal deines Vaters gehörte und von der du mir während deines gesegneten Londoner Aufenthalts so anschaulich erzählt hast, so bitte ich doch sehr, allen Beteiligten meine aufrichtige Dankbarkeit zu übermitteln. Vielleicht schätzen die Herrschaften den ihnen gebührenden Dank in handfester und verzinsbarer Form. Es soll niemandem, der dir Gutes tut, an etwas fehlen. Schon deshalb empfehle ich dir, meinen Brief aufmerksam und bis zu seinem Ende zu lesen.«
Stella lächelte, als sie sich Medizinmänner mit Bankkonto vorstellte und danach die pikanten Geschichten, die ihr Großvater ganz bestimmt von Julias Geburt in seinem Klub erzählt hatte und wie die alten Herren dort rasch die »Times« zusammengefaltet und die Hand ans ertaubte Ohr gehalten hatten, um kein Detail zu verpassen. Die von ihr

so phantasievoll gezeichneten Bilder und der Klang seiner Stimme rasten aber zu schnell an ihr vorbei. Als sich der letzte Strahl der Heiterkeit aufgelöst hatte, war Stella erschöpft; sie spürte ein Pochen in den Schläfen und merkte, dass ihre Hände zu zittern begannen. Sie gab dem Wirbel ihrer Emotionen mit einem Seufzer nach, der sie bereits kränkte, als er ihre Kehle verließ – für Sir Williams furchtlose Enkeltochter erschien Stella die Klage zu theatralisch und unter einem afrikanischen Himmel undankbar und sehr deplatziert. Sie legte den Brief auf den kleinen Tisch, der bei jeder Berührung wackelte, denn er bestand nur aus einem breiten Brett, das über einem niedrigen Turm von Ziegeln lag. Nach einigen Minuten, in denen sie erst die Stille und danach ihre Wehmut so niederdrückte, als hätte sie eine zentnerschwere Last auf ihre Schultern geladen und die Säcke nicht sorgfältig genug ausbalanciert, stand sie auf und stellte sich an das offene Fenster. Die Luft war feucht, aber sie hatte einen süßen Duft, der die Nase erregte und die aufgepeitschten Nerven beruhigte. Das Holz der Fensterrahmen roch noch nach dem Wald mit dem Moos und den Tümpeln, die nie verdunsteten. Im blendenden Licht der Mittagssonne leuchteten die violetten Blüten des Jacarandabaums so intensiv, als hätten sie schon von dem Regen trinken dürfen, auf den Mensch, Tier und Pflanzen seit Wochen warteten. Auf dem einzigen Hügel, der noch grün war, lockte ein üppiges Gebüsch mit feuerroten Beeren schwarze Vögel mit wippenden weißen Schwänzen an, ein Zicklein schrie nach der Mutter. Im diffusen Licht waren die Zebras am Horizont zu ahnen. Der rosa Schleier des Wasserfalls war durchsichtig – für Stella auf immer die Erinnerung an die vollen Tage, als sie um die Mittagszeit mit Lilly an einem Wasserloch gesessen und auf die Dik-Diks gewartet hatte. Sie presste ihre Lippen fest aufeinander, weil sie nie an Dik-Diks denken konnte, ohne die Haut ihres Vaters zu riechen und ihn seine Pfeife stopfen zu sehen. Sie schluckte die Salzkörner hinunter, die ihre Kehle aufkratzten, und schloss ihre Augen.

Obwohl Stella den Brief ihres Großvaters so ungeduldig und zuletzt mit immer größer werdender Besorgnis erwartet hatte, war sie nicht auf den Gefühlssturm vorbereitet gewesen, der nun durch ihr Herz und Hirn fegte. Schon, als sie den Briefumschlag aufgerissen und Sir Williams Wappen in Golddruck auf dem kräftigen Büttenpapier gefühlt hatte, machte sie ihre Erleichterung trunken. Sie hatte das Glück kaum fassen können: Die steile, aufrechte Schrift ihres Großvaters war unverändert und er offenbar so gesund und kräftig, um sieben eng beschriebene Seiten zu schreiben. Seine beseligte Enkeltochter hatte noch nicht einmal zwei davon gelesen, als ihr bewusst wurde, wie sehr sie seinen Humor, seine Direktheit und den kratzbürstigen Charme vermisst hatte, den so viele Menschen in seiner unmittelbaren Umgebung als Arroganz und Snobismus verkannten. Sir Williams Esprit und seine Lebensklugheit, sein Spott, die kleinen Frivolitäten und wie sorgsam er seine Emotionen kaschiert hatte, um Stella nicht wissen zu lassen, wie sehr sie ihm fehlte, erregten sie mehr, als sie sich selbst in nachdenklichen Momenten und wehmütiger Stimmung hatte vorstellen können. Sie spürte, wie ihre Stirn glühte und die Augen brannten. Das machte sie verlegen; ihr war es, als müsste sie sich gegen den Spott von Neidern wehren, die ihr kindische Illusionen und nicht gründlich überlegte Entschlüsse vorwarfen.

»Nein«, sagte Stella, »so war es nicht. Kein bisschen.«
Sie erschrak, als sie ihre Stimme hörte. Um nicht schon bei der ersten Wegkreuzung ihrer Phantasie einen Irrpfad zu gestatten, zwang sie sich zu der Gelassenheit, die sie seit jeher als einen entscheidenden Teil der Vernunft empfunden hatte, und fixierte einen kleinen Käfer. Er kroch mühsam auf der glatten Fensterscheibe in Richtung des Daches; in der Sonne wirkten seine Flügel, als wären sie aus grünem Lack. Die List der Kindertage war aber wirkungslos geworden. Es gelang Stella nie länger als zwei Herzschläge lang, gegen die Vorstellung anzukämpfen, ihr Großvater würde neben ihr stehen. Sobald ihre Konzentration nachließ und der Käfer auch nur eine Sekunde ihrem Blickwinkel entschwand, sah sie die braunen Lederknöpfe von Sir Williams blau-beige karierter Tweedjacke, roch seinen Tabak und wurde gar ein wenig verdrießlich, weil er wieder einmal seine geliebte Zigarre rauchte und nicht die Pfeife, die sie ihm geschenkt hatte. Sie war noch auf Safari in die Vergangenheit und längst nicht am Ziel, als sie mit dem geübten Blick eines Menschen, der zu früh im Leben vom Schmerz der Trennung erfahren hat, den alles entscheidenden Augenblick ausmachte. Stella, die ohne den Ballast der Grübler und Zaudernden zu Afrikas Menschen, den Farben und dem Duft ihrer Kindheit heimgekehrt war, spürte den Druck, der auf denen lastet, die nicht mehr arglos sind. Und sie erkannte, dass die Sehnsucht, die soeben von ihr Besitz ergriffen hatte, anders war als zuvor. Als sie die Gänsehaut auf ihren Armen bemerkte, wusste sie auch, dass diese Sehnsucht sie fortan nicht mehr verlassen würde.
»Tut mir Leid, Mzee«, murmelte Stella, »ich bin nie aufgeklärt worden. Kein Mensch hat mir je verraten, dass Liebe

so tief geht. Wahrscheinlich verliebe ich mich deswegen immer in die falschen Männer. Und fang jetzt nur nicht an, von Fernando zu reden.«
Am meisten bewegte Stella die Art, wie ihr Großvater von seiner Krankheit berichtet hatte. Sie brauchte weder ihren Instinkt noch die Erfahrung der Liebenden zu bemühen, um seinen Sarkasmus und den Zynismus, die Flucht in die Nebensätze und die mit Bedacht betriebene Umständlichkeit als Tarnung zu durchschauen. Ihren geliebten Mzee, der so wenig von seinen Gefühlen wie von seinem körperlichen Befinden zu sprechen pflegte, hatte keinen strategischen Aufwand gescheut, um eine falsche Spur zu markieren und seiner Enkelin Kummer zu ersparen.
»Du bist schon ein verdammt raffiniertes Schlitzohr, mein Lieber«, sagte sie und wurde bei jedem Wort lauter. Der Klang ihrer Stimme beruhigte sie. »Aber mich kannst du nicht hinters Licht führen. Du nicht! Ich habe eine Nase wie ein Hund, ich kann meilenweit Lügen riechen. Es war die Nachtigall und nicht die Lerche. Es war eine Lungenentzündung und nicht ein Schnupfen. In all den Jahren, die wir zusammen waren, Sir, hast du dich nicht mit einem einzigen Schnupfen abgegeben. Du verachtest ja Leute mit Schniefnasen. Gelobt sei dieser unverschämte Polospieler, der Frauen für gleichberechtigte Wesen hält. Umarme ihn in meinem Namen. Und sag ihm, er soll gut auf dich aufpassen. Du hättest eine ganz miese Enkelin, die dich zwar im Stich gelassen hat, die dich aber noch braucht.«
»Mama bekommt einen Brief, und schon kann sie nicht mehr in meiner Sprache mit mir reden«, rügte Moi. Er schlug so heftig nach einer winzigen Mücke auf seiner Stirn, als würde sie die Sicherheit der gesamten Dorfge-

meinschaft bedrohen, doch er lachte wie ein Mann, dem ein besonderer Schlag gegen die Imponderabilien des Lebens gelungen ist.
»Wo kommst du her, Moi? Wie bist du ins Haus gekommen? Wie lange sitzt du schon hier und schaust mich an und sagst nichts?«
»Drei Fragen für zwei Ohren. Das sind zwei zu viel für einen kleinen Mund. Dein Kopf ist auf eine Safari gegangen, für die ich so viele Beine brauche wie eine Spinne, wenn ich mit dir reisen will. Warte! Ich werde dir alles erzählen, damit du mich jetzt auf meiner Safari begleiten kannst. Sie war nicht so schön wie deine. Ich habe immer einen Fuß vor den anderen geschoben wie ein Wurm, und dann war ich hier. Erst ist mein rechter Fuß in deinem neuen Haus mit den schönen Türen aus Holz und den teueren Fenstern aus Glas angekommen. Und dann war mein linker da. Mit der einen Hand, die ich noch habe, habe ich die Tür aus Holz aufgestoßen. Siehst du, so! Und dann habe ich mich auf die von vielen starken Füßen gut ausgestampfte Erde gesetzt und gewartet, bis du mit deinem Brief ins Zimmer kommst und ihn liest. Du hast die ganze Zeit nur ihn gesehen.«
»Wen habe ich gesehen?«, fragte Stella.
»Deinen Großvater«, sagte Moi leise. »Hast du gedacht, ich weiß nicht, was das für ein Brief ist, den ich aus Nyahururu abgeholt habe? Hast du gedacht, dass für mich nicht jede Briefmarke ein Gesicht hat, das nur ihr gehört? Hast du nicht gewusst, dass ich jeden Tag bei dem Mann, der die Briefe vom Zug abholt, nach einem Brief für dich gefragt habe? Aber ich wusste nicht, dass du weinen wirst, wenn du den Brief liest. Ich habe dich noch nie weinen sehen, Mama.«

»Drei Fragen, Moi«, sagte Stella und verschluckte ihr Lächeln, ehe es sich die Stimme der Heiterkeit holte, »das sind zwei zu viel. Ich habe nicht geweint. Meine Augen sind nass geworden, aber ich weiß nicht, warum.«

»Vielleicht ist der große Regen gekommen und nur in deine Augen gefallen«, schlug Moi vor, »in Nyahururu findet der Regen oft nicht den Weg auf die Erde.« Er kratzte sich am Kopf mit den bedächtigen Bewegungen eines alten Pavians und tat so, als würden die Worte, die aus ihm drängten, nicht schon seit einer halben Stunde zwischen seinen Zähnen stecken. »Ich habe«, fuhr er nach der Pause fort, die seinem Schweigen Gewicht und Spannung gab, »noch nie einen Brief bekommen. Liest du mir heute deinen Brief vor?«

»Ich weiß, dass du Englisch kannst. Ich muss nicht erst von meinem Großvater einen Brief bekommen, damit du mich daran erinnerst.«

»Ich kann nicht gut Englisch«, erwiderte Moi mit der Stimme eines wiehernden Pferdes. Er hielt seinen Kopf fest, damit sein lautes Gelächter ihn nicht in zwei Teile spaltete. »Wenn ich in der Schule so viel Englisch gelernt hätte wie die Söhne von Vätern mit viel Geld, würde ich jetzt in einem schönen Haus mit einem festen Dach in Nairobi wohnen. Ich hätte drei Frauen und mehr weiße Hemden als Finger. Viele Menschen würden mich kennen und sagen: ›Dort in den neuen gelben Schuhen und dem sauberen Hemd läuft der kluge Moi. Er hat einen weißen Hut, mehr Geld als ein Hahn Federn und isst jeden Tag Fleisch.‹ Deine Augen sind sehr blau, wenn du lachst, Mama, so blau wie der Himmel über unserem Berg. Wenn ich den Brief deines Großvaters verstehen könnte, würde ich dir doch nicht sagen, dass du ihn laut für mich lesen sollst. Die Worte von deinem Großvater gehören nur dir. Das weiß ich, und ich werde sie dir nicht stehlen. Ich bin kein Dieb der Worte, aber meine Ohren freuen sich sehr, wenn sie nicht jeden Tag eine Sprache hören müssen, die sie schon viele, viele Jahre gehört haben. So viele Jahre.«

»Du wirst meinem Großvater gefallen, Moi. Ich werde ihm sehr viel von dir schreiben. Alles.«

»Das hast du schon einmal gesagt. Das war an dem Tag, als du den Namen für Julia gefunden hast. Du glaubst, dein Großvater will lesen, was ich sehe und höre und rieche und sage?«, fragte Moi geschmeichelt.

»Das weiß ich«, sagte Stella, »das weiß ich sehr gut. Er kann wunderbar lachen, aber das weiß nur ich.«

Sie hängten Lappen aus weißer Baumwolle, die sie vorher in eine Schüssel mit Wasser tauchten und die Stella auswrang, vor die weit offen stehenden Fenster, um beizeiten die Hitze zu verjagen. Die setzte gerade an, Menschen und Tiere mit der Trägheit der frühen Nachmittagsstunden zu bedrohen. Mit einem Seufzer der Zufriedenheit ließen sie sich auf die beiden Korbsessel fallen, die in Nairobi bestellt worden und erst vor einer Woche angekommen waren – bei den Bewohnern von Nyahururu, von denen viele weder Tisch, Stuhl noch Bett hatten, galten die bequemen Sessel mit den Kissen aus gelbem Leinen als ebenso großer Luxus wie die Seife, die in einer kleinen grünen Plastikschale neben der Zinnschüssel mit Wasser lag und die noch aus London stammte. Moi holte den Brief vom Tisch und hielt ihn Stella hin.

Mit einer kleinen, zärtlichen Bewegung, die sie sofort verlegen machte, strich sie über das Büttenpapier, bestaunte

abermals den Glanz des goldfarbigen Wappens und freute sich aufs Neue, dass die vertraute Schrift so unverändert war. Weil sie nun wusste, dass Moi sie beobachtete, und weil sie befürchtete, die Wehmut, gegen die sie sich nicht zu wehren wusste, könnte sie lächerlich machen, zwang Stella ihr Gesicht und auch ihren Atem zur Ruhe. Und doch wurde aus der Gegenwart mit den feuchten Lappen und dem lauernden Moi sehr rasch die Welt, die Stella noch am Tag zuvor so fern gewähnt hatte. Sie sah eine federleichte Wolke und einen roten Papierdrachen mit blauem Schwanz und gelben Augen. Einen solchen Drachen hatte Stella an einem windigen Herbsttag mit Fernando im Hyde Park in die Höhe schweben sehen. Nun überflog der Drachen einen Garten mit einem kurz geschorenen Rasen, einem Goldfischteich und dichten Brombeerhecken. Einen Moment versuchte Stella, sich auf den Namen des alten Gärtners zu besinnen, der noch ihren Vater und die Geschichte mit dem toten Vogel gekannt hatte, aber er fiel ihr nicht ein. Irritiert, weil sie noch nie ihrem Gedächtnis misstraut hatte, strich sie ihr Haar aus der Stirn und las schweigend weiter. Moi legte seine Hand auf ihre Schulter. »Du musst so lesen, dass ich dich hören kann«, drängte er, »ich habe dir doch alles gesagt. Meine Ohren haben Hunger.«
»Wenn du noch den scharfen Verstand hast, an den ich mich zu erinnern glaube und dies übrigens mit dem allergrößten Vergnügen«, gab Stella mit dem kleinen Seufzer nach, den Moi von ihr in diesem Moment erwartete, »wirst du ja bestimmt nicht zu dem weltfremden Schluss gekommen sein, dass Fernando nach deinem Auszug aus seinem Leben plötzlich telepathische Fähigkeiten entwickelt hat. Jedenfalls ließ er nirgendwo verlauten, dass er ein holdes

Kind unter einem afrikanischen Sternenhimmel hat liegen sehen. Wenn ich mich allerdings genau besinne, gehört das nicht eheliche geborene Kind im Stroh zu einer ganz anderen Geschichte. Pardon, Stella, verzeih einem alten Esel, dass er an der falschen Stelle die falschen Scherze macht. Gerade an diesem Punkt unseres Dialogs sollte ich nämlich nicht vom Thema abkommen.

Ich war es, der Fernando mit seinem Status als Vater einer Tochter konfrontiert hat, und ich schwöre bei meiner Soldatenehre, dass ich im besten Glauben und bester Absicht gehandelt habe. Solltest du mir das als eine Indiskretion ankreiden, die keinem Großvater zukommt, so werde ich deinen Fluch mit einem guten Gewissen ertragen. Und vor allem im Wissen, dass es sogar meine Pflicht als Offizier und Gentleman war, einen Mann, den ich ob seines guten Charakters und seiner noch besseren Manieren wegen schon immer geschätzt habe, nicht kommentarlos das Desertieren von der Front seines Lebens zu gestatten. Dein Fernando soll wenigstens wissen, dass es in einem sehr fernen Flecken der Erde ein verdammtes Kaff gibt, dessen Namen kein rechtschaffener Untertan Ihrer Majestät aussprechen kann, und dass in diesem Kaff eine sehr schöne junge Frau mit seinem Baby unter einem Baum hockt. Und ausgerechnet dieses Prachtstück von einem Weib, gesund wie ein Rennpferd und den allergrößten Teil der Zeit, den ich mit ihr zusammen verbringen durfte, weder ein Gefühlsdusel noch ein Dummkopf, ist nicht von der Vorstellung abzubringen, sie hätte endlich den einzigen Teil der Welt angesteuert, in der das Lamm nicht vom Löwen gefressen wird. Und natürlich hängt in ihrem Paradies der Apfel der Erkenntnis noch am Baum.

Was treibst du den ganzen Tag, Stella? Ich will jetzt keine dummen Witze machen, dass es Affen gibt, die ordentliche Canasta-Spieler sein sollen, aber ich könnte mir doch vorstellen, dass ein gewisser Unterschied zwischen Illusion und Wirklichkeit besteht und dass du das vielleicht schon bemerkt hast. Falls dies der Fall ist, sei nicht zu stolz, es dir oder gar mir einzugestehen. Was ich dich fragen will: Können die junge afrikanische Lady, die du unter meinem schützenden Dach als Schwester zu bezeichnen beliebtest, und deine alte fruchtbare Amme auf die Dauer für das Minimum an jener Abwechslung sorgen, die der Mensch laut herrschender Meinung braucht, um nicht zu verkümmern? Gibt es im heutigen Kenia eigentlich Klapsmühlen, oder versenkt man die, die solche brauchen, in Schlangengruben?
Ich will dich wahrlich weder mit Fragen quälen noch mit den Dingen, die du heute vielleicht noch als unerheblich empfindest. Leider hat ein Mann in meinem Alter aber Schwierigkeiten, zum Kern der Dinge vorzustoßen. Also, auf in die Schlacht! Ich habe nach Rücksprache mit dem alten Featherstone, der ja bekanntlich seit Jahren mein Berater in allen wirtschaftlichen und juristischen Fragen ist und zu den wenigen Menschen gehört, die mich ertragen können, ohne dass sie aussehen, als hätte ihnen einer Salz in den Sherry geschüttet, und denen vor allem ich vertraue, folgenden Plan gefasst und zum Teil bereits in die Tat umgesetzt: Auf der Barclays Bank in Nairobi wird ab sofort monatlich ein Betrag von siebenhundert amerikanischen Dollar (Featherstone hält Dollar für die beste Währung in Staaten mit ungeklärten politischen Verhältnissen) auf deinen Namen eingehen. Das ist zunächst eine Basissumme,

sie kann jederzeit aufgestockt werden. Dieser Betrag reicht meines Erachtens durchaus, um in die feine Familie Kenyatta einzuheiraten, von der ich jüngst gelesen habe, dass sie den Staatspräsidenten stellt, der – genau wie ich von dir – Mzee genannt wird. Dass es das Wort tatsächlich gibt, hat mich sehr beeindruckt und bewegt. Andererseits scheint es mir, dass du ja nicht besonders heiratslustig, dafür ein beklagenswert modernes Kind der Zeit und sehr auf deine Unabhängigkeit aus bist. In diesem Fall empfiehlt Featherstone dir, dich mit der Hotelbranche in Kenia vertraut zu machen. Wie ich durch ihn zu meinem großen Erstaunen erfuhr, haben deine rührigen Landsleute absolut nichts gegen die Investition von europäischem Kapital in Kenia, obwohl es ja noch nicht so lange her ist, seitdem sie die weißen Farmer vertrieben haben – oder sollte ich mich im Gedenken an deinen Vater deutlicher ausdrücken? Featherstone, der übrigens seit längerer Zeit einige Klienten mit geschäftlichen Verbindungen in Kenia hat, sprach von ›Lodges‹. Wenn ich ihn richtig verstanden habe, werden die eigens für Touristen gebaut, aber natürlich kann gerade ich mir nicht vorstellen, dass es außer dir noch viel mehr Menschen gibt, die verrückt genug sind, um sich in Friedenszeiten freiwillig und weiter als nötig von der Zivilisation zu entfernen. Mir wurde ja der Erste Weltkrieg schon deshalb verleidet, weil er sich – zumindest für mich – in Gegenden mit so erbärmlichem Wasser abspielte, dass an anständigen Tee gar nicht zu denken war. Sollte sich jedoch in einer Zeit, da die Menschheit immer mehr auf Reisen geht und sich selbst alte Leute mit wackelndem Kopf für die Fremde interessieren, so eine Lodge wirklich rentieren, so würde es jedenfalls niemandem schaden, wenn

du entsprechende Erkundigungen einziehst. Ich könnte mir sogar denken, dass deine afrikanischen Freunde es gern sehen würden, wenn du ihnen zu Arbeit verhilfst, indem du so ein Ding baust. Laut Featherstone ist Kenia in dieser Beziehung noch äußerst preiswert.
Zürne mir nicht, dass ich kein Gentleman bin und so viel vom Geld spreche, ich gehe jedoch hoffnungsvoll davon aus, dass du mich eines Tages verstehen wirst. Du kannst es dir natürlich weiter so bequem machen wie jetzt, meine liebe Stella, und unter dem Baum, von dem du mir schriebst, sitzen bleiben und den Himmel bestaunen. Ich habe mal gehört, Newton hätte eine Entdeckung gemacht, die heute noch die Welt beschäftigt, nur weil ihm ein Apfel auf den Kopf gefallen ist. Selbstverständlich kann dich niemand zwingen, das Geld von der Bank zu holen; wenn du es dir nicht abhebst, kannst du dir ja auch einreden, du hättest für alle Ewigkeiten das Glück des einfachen Lebens gefunden. Dann aber musst du wissen, dass das Geld keiner Seele mehr nützt. Im Bestfall einem Bankangestellten mit genug Mut zur Veruntreuung. Featherstone hat dafür gesorgt, dass die Bank nicht weiß, wer der Auftraggeber in London ist. Übrigens kann die Summe, die ich dir schicke, jederzeit erhöht werden, und das würde ich bei Bedarf und wenn du mir geschrieben hast, was du mit deinem Leben anfangen willst, auch sehr gern tun.
Warum ich dich zwingen will, jenseits des Horizonts zu blicken, den du im Moment anstarrst? Weil du eines Tages ein gewaltiges Vermögen erben wirst und nach dir das Kindlein im Stroh und weil ich es unmoralisch und ungesund finde, nichts aus dem Geld zu machen, für das die Vorfahren gearbeitet und gekämpft haben. Und gar nicht

so selten auch gestorben sind. In deinem speziellen Fall handelt es sich um Menschen, deren Stammbaum sich bis zu Wilhelm dem Eroberer zurückverfolgen lässt. So weit aber will ich dich, weiß Gott, nicht treiben. Unsere gemeinsame Vergangenheit ist ja zum Glück überschaubarer. Weißt du übrigens, wann ich mich in dich verliebte? Als du zwölf Jahre alt warst und mir von Karibu aus den ersten Brief geschrieben hast. Da habe ich sofort gemerkt, aus welchem Holz du geschnitzt bist. Aus meinem, meine Liebste! Du bist nicht wie meine drei Söhne. Du hast die Courage, nach der ich bei jedem Einzelnen von ihnen vergeblich Ausschau hielt, du lässt dich nicht blenden, und du willst nicht blenden. Meine Enkeltochter hat Klugheit, Witz und Selbstbewusstsein und genug Humor, um über sich selbst zu lachen. Sie ist die einzige Frau, die ich kenne, die ihre Tränen nicht als Waffe einsetzt. Vor allem hast du nie Angst vor mir gehabt, und glaube mir, ich kenne sonst keinen, der bei mir nicht Bellen mit Beißen verwechselt, wenn er mir in die Augen schaut.«

Weil Stella genau das tat und nur in dem einen Moment, auf den es für ihre Zukunft ankam, vergessen hatte, wie blau Sir Williams Augen waren und dass die Liebe stets mehr schmerzte als der Verlust, wurden ihre Stimme leise und die Schläge ihres Herzens zu laut. Sie faltete die letzten beiden Briefseiten, die noch zu lesen waren, zusammen und legte sie zu den übrigen auf den Tisch.

»Warum liest du nicht mehr?«, flüsterte Moi. »Fang wieder an. Dieser Tag wird noch in meinem Kopf sein, wenn ich keinen Zahn mehr im Mund habe. Deine Stimme hat meine Ohren gestreichelt.«

»Du hast doch kaum etwas verstanden, Moi«, sagte Stella.

Sie wollte von den Seufzern sprechen, die sie in ihre Brust zurückgedrängt hatte, aber das Wort kannte sie nicht in Suaheli und schüttelte den Kopf.
»Dein Großvater weiß alles von den Menschen in Kenia. Er hat den Namen vom Mzee in seinem Brief geschrieben. Er kennt unseren Kenyatta«, lachte Moi. »Lies jetzt den Brief zu Ende, Mama. Du bist sehr reich. Dein Mzee wohnt ganz weit weg, aber er kann so viel mit dir reden, wie er will. Der Vater meines Vaters lebt in Gilgil, und der Vater meiner Mutter wohnt in Rumuruti, aber sie können beide nicht schreiben. Ich muss auf Safari gehen, wenn ich mit ihnen reden will. Jetzt lies unseren Brief für mich.«
»Bald, Moi, bald lese ich weiter. Mein Mund ist sehr müde.«
»Es ist nicht dein Mund, der müde ist«, erkannte Moi.
Sie sagten nichts mehr, bis Julia aufwachte und sanft an dem guten Schweigen zupfte, das beide umhüllt hatte wie die schützende Decke den Wanderer in der Morgenkälte. Obwohl die Kleine Hunger hatte, schrie sie nicht wie die Fordernden, die den Klang ihrer Stimme brauchen, um zu spüren, dass sie nicht allein sind; das Zebrakind gurgelte Wohlbehagen und streckte seiner Mutter die Arme entgegen. Die legte das Baby an die Brust, aber ihr Kopf war noch immer auf der Safari, zu der sie nie hatte aufbrechen wollen. Erst setzte sich Stella mit Sir William an den Spieltisch, auf dessen Platte ein großes weißes Einhorn zwischen zwei Eichen stand; unter der Stehlampe mit dem grünen Schirm und den Perlenfransen mischte sie die Karten.
Die Träume und Erinnerungen waren sanft und alle rosa und mit einem feinen Pinsel aufgetragen, und doch gelang es Stella nie, so lange, wie sie wollte, der Gegenwart zu ent-

fliehen und den reißenden Fluss der Gedanken aufzuhalten, den der Brief ihres Großvaters in Gang gesetzt hatte.
So vermochte es zu geschehen, dass Mois Gelächter zum zweiten Mal an einem einzigen Tag seinen Schädel spaltete, denn erst fragte ihn Stella, ob er je von Lodges für Touristen gehört hatte, und dann, ohne dass er auch nur die paar Sekunden fand, die er für seine Zustimmung gebraucht hätte, sagte sie: »Mein Großvater hat geschrieben, ich soll hier eine Lodge bauen. Weißt du, was ...«
»Und ein Berg für die Ameisen«, unterbrach sie Moi. In seinen Augen glänzten die Sterne von Erheiterung und Spott. »Und ganz große Hütten für die Vögel. Hat dein kluger Mzee«, grinste er, »nicht auch geschrieben, dass du für Moi, der nur eine Hand hat und mit dieser einen Hand nicht zu gleicher Zeit einen Hammer und einen Nagel halten kann, ein Haus bauen sollst? Ein Haus aus Stein. Was willst du denn mit einer Lodge machen, Mama? Deine Augen suchen doch den ganzen Tag nur den Himmel über deinem Kopf. Und die Zebras, die du deinem Kind zeigen wirst, wenn es hören und sprechen kann. Du bist zufrieden, wenn du unter einem Baum sitzt.«
»Ich glaube«, sagte Stella gedankenvoll, »genau das hat er gemeint. Der Mzee hat Angst um meinen Verstand. Und meine Moral«, fiel ihr ein. Einen Moment erkannte sie weder ihre Stimme noch die Bilder, die sie blind machten.
Sie sprach wieder Englisch, doch Moi nahm sich nicht die Zeit, seine Lippen mit der gekränkten Ablehnung der Eitlen aufzublasen. Er bat um einen Bogen Papier und einen Bleistift und begann, die mit Gras bedeckten Gästehütten und das weiß getünchte Eingangsgebäude der Lake Nakuru Lodge zu zeichnen. Die Anlage war vor drei Jahren

erbaut worden und bei den Urlaubern, die auf dem Weg ins Hochland in Nakuru übernachteten, sehr beliebt. Moi kannte die Lodge sehr gut, denn einer seiner Brüder war dort seit dem Tag der Eröffnung der Gehilfe des Kochs, und Samuel, der jüngste Bruder, war ein Wildhüter im Park und begleitete die Touristen auf ihren Pirschfahrten. Er war bekannt dafür, dass er besser als jeder andere Nashörner aufspüren konnte. Moi selbst hatte, als er noch Schneider sein durfte, oft die Hotelwäsche geflickt und für die zuletzt gebauten Gästehütten mit Aussicht auf den See die Gardinen genäht.

»Das hast du mir alles nicht erzählt, Moi.«

»Du hast mich nie gefragt, was meine Brüder machen. Wie sollte ich wissen, dass Mama von den Brüdern eines Mannes hören will, der nur fünf Finger hat?«

»Und einen Mund, der so gut reden kann«, lächelte Stella. Ehe die Sonne ihre glühenden Farben verlor und der Himmel dunkel wurde, war Moi nicht nur entschlossen, in Nyahururu die schönste Lodge im Land zu bauen und jedem von Stellas Großvater in London zu erzählen. Moi hatte sich ausbedungen, die Bauarbeiten zu beaufsichtigen und das Personal – er hatte noch drei arbeitslose Brüder – zu engagieren und jedem Arbeiter Befehle zu geben. In dem Garten vor dem Haus wollte der neue, wichtige Moi, der seinen Kopf so hoch trug wie eine Giraffe, ebenso schöne gelbe Rosen anpflanzen, wie sie auch in Nakuru blühten. Nach der Regenzeit, wenn der Rasen vor dem Haus so grün war wie der in der Lodge von Nakuru, wollte er einige kleine grüne Meerkatzen zähmen.

»In Nakuru lieben die Gäste die kleinen Affen sehr viel mehr als die Menschen«, wusste er. »Jeder Affe bringt Geld. Viel,

viel Geld. Wir werden sehr reich sein. Ich und du und das Zebrakind.«

»Wenn du so viel arbeitest, Moi, was soll ich tun? Und Lilly?«

»Du gibst das Geld von deinem Mzee. Das ist genug. Reiche Leute dürfen armen Menschen nicht die Arbeit stehlen. Da wirft Mungu Blitze in die Bäume und Donner in die Ohren, wenn sich einer Arbeit nimmt, die ihm nicht gehört.«

»Und Lilly«, fragte Stella, »was soll sie denn in der Lodge tun, die du bauen willst? Sie ist doch nicht zu reich zum Arbeiten.«

»Nein«, entschied Moi. Er rieb erst ein Sandkorn aus dem rechten Auge, schaute sich um und zwinkerte dann mit dem linken. »Deine Freundin Lilly ist nicht zu reich zum Arbeiten. Sie hat nur einen schönen Rock aus schwarzem Leder und Schuhe, die so rot sind wie der Kamm von einem Hahn. Geld habe ich bei ihr noch nie gesehen. Aber wie kann sie in Nyahururu arbeiten, wenn sie nicht hier ist? Ich habe sie heute getroffen, als ich in Nyahururu den Brief für dich abgeholt habe. Ich habe sie gefragt, wann sie wieder kommt, doch ihre Ohren waren nicht mehr offen für Fragen. Deine Freundin Lilly war schon auf der Jagd.«

»Was kann Lilly denn hier jagen?«

»Männer«, sagte Moi liebenswürdig, »Männer kann man überall jagen. Hast du das nicht gewusst, Mama?«

5

Morgens um sieben sind die Hyänen verstummt, die Geier spreizen ihr Gefieder, und die Bäume haben ihren Durst am Tau der Nacht gestillt. Ihre Äste wippen und die Blätter flüstern. Da ist die Luft leicht wie der Flügelschlag einer Libelle am windstillen Tag und kühl wie die Schneide eines Messers, das in einem reißenden Fluss gewaschen wurde. Diese besondere Luft gehört zum Hochland wie die kräftigen Pflanzen mit behaarten Kelchen und dem Sturm trotzenden Stielen und wie Bäche, die laut reden, wenn sie über Steine und Felsen springen. Sie verwöhnt die von der Mittagsglut schikanierte Haut, tröstet Arme und Beine, die Dorne und widerspenstige Wurzeln aufgekratzt haben, und sie löscht schnell das Feuer zornig schimpfender Kinder. Es sind diese redseligen Winde des Hochlands, die seinen Bewohnern vertraut und willkommen sind. Sie wehen den Staub von den Sternen, ehe sie die Nacht verabschieden, und sie erzählen der Nase von Menschen, die nach Neuem gieren, wunderbar duftende Geschichten. Der Wind von den Bergen, der den Tag begrüßt, reinigt schwer gewordene Köpfe, die von Sorgen geprügelt werden, und macht Augen klar, die sich am Rauch der offenen Feuer entzündet haben. Morgenluft kann so scharf schneiden wie eine Panga und ist so kalt wie Pfützen, die in der Nacht gefrieren, aber sie verabscheut die Gewalt, die Pflanzen entwurzelt, denn sie ist seit jeher ein lebenspraller Gruß vom Mount Kenya an die Menschen, die ihn achten.

Lilly zupfte an ihrem Rock, als hätte sie ihr Ziel schon erreicht und müsste bereits wieder mit ihren Beinen lockende Botschaften aussenden, aber noch reisten ihre Augen in die azurblaue Welt um die Bergspitze. Diese Augen, die schon Stellas Vater, der Maler mit der lebenslangen Sucht nach der Schönheit Afrikas, als die Augen einer Gazelle erkannt hatte, waren so groß wie in den verbrannten Tagen der Zufriedenheit.

Lilly war zum ersten Mal seit Jahren vor Sonnenaufgang aufgestanden. Sie hatte nicht mehr das Gespür der Menschen, die die Botschaften von Erde und Himmel zu deuten wissen, für Wetter und Witterung. Ihre Arme waren nackt, sie hatte noch nicht einmal daran gedacht, eine Jacke oder das rosa Wolltuch mit den schwarzen Fransen, das ihr Stella am Abend des Wiedersehens geschenkt hatte, auf die Reise mitzunehmen. Über dem schwarzen Lederrock, der ihre Hüften stark betonte, ihr aber nur kleine Schritte gestattete und bald die Hitze anlocken würde wie eine Honigblume die Bienen, trug sie ein knappes, sehr eng anliegendes ärmelloses T-Shirt. Es hatte ihrer Mutter so missfallen, dass sie es immer wieder hinter Handtüchern und zerlumpten Lappen vergraben hatte. Obwohl Lilly fröstelte und ihre Füße in den Lackschuhen bereits den Schmerz der kommenden Stunden ahnen ließen, atmete sie die schwerelose Kühle mit einem Gefühl von Behagen und Erleichterung ein. Eine solche bedingungslose Zustimmung zum Leben entsprach allerdings weder ihrer Stimmung noch ihren Erwartungen an die unmittelbare Zukunft. Der Widerspruch irritierte sie; einen erschrockenen Herzschlag lang glaubte sie, ihre Finger wären klamm, der Ellenbogen blutig und das linke Knie steif geworden. Kurz nachdem sie als Fünfzehnjährige von Karibu fortgelaufen war, hatte sie sich bei einem Sturz auf der Straße zwischen Limuru und Nairobi schwer verletzt und später auch nicht das Geld für ärztliche Hilfe gehabt. Die Parallelität der beiden Aufbrüche zu einer Safari ins Ungewisse ging Lilly erst in diesem Moment auf.

»Nein«, flüsterte sie in den drei Sprachen, die ihr Leben bestimmten. Obwohl sie genau das nicht wollte, bewegten sich ihre Lippen zu einem Lächeln – die kindliche Beschwörung hatte ihr Gedächtnis so spontan mit weiteren Bildern und Lauten aus der von ihr sonst so sorgsam verdrängten Vergangenheit versorgt, dass sie nur mit der List und Ausdauer eines erfahrenen Kriegers den verbrannten Tagen von Karibu entfliehen konnte. »Nein«, wiederholte sie energisch. Es war das kürzeste Wort der englischen Sprache, in Suaheli am längsten. Nur in Kikuyu hatte es den besonderen Klang, der die Kehle massierte.

Den Sprachvergleich hatte sie nie vergessen. Er stammte von Bwana Mbuzi und erinnerte Lilly an ihre ersten geistigen Abenteuer und wie sie als Siebenjährige jeden Mittag mit Stella am Wasserloch unter der Schirmakazie gesessen und sich bemüht hatte, Englisch zu lernen. Die vielen Details jeder Szene – selbst die scheuen Dik-Diks tauchten im genau passenden Moment auf – beruhigten ihre Nerven. Das verwunderte sie, denn im Gegensatz zu Stella sträubte sich Lilly, einen von der Zeit und dem Leben überwucherten Pfad, in dem sich die Spuren nicht mehr abzeichneten, wieder zu begehen.

Sie blieb stehen, schüttelte den Kopf und verschränkte ihre Arme, als wollte sie jemand zu einer Handlung drängen, vor der sie sich rechtzeitig wehren musste. Sie schaute auf ihre Hände. Die Knöchel waren groß und leuchteten weiß unter der Haut, denn sie hatte ihre Finger verkrampft. Die neue Spannung hatte Lilly von hinten überfallen und zu schnell Beute gemacht; sie wich erst aus ihrem Körper, als sie einige Minuten lang einen Vogel mit einer zitronengelben Brust und langen weißen Schwanzfedern beobachtete. Der Sänger des Morgens saß auf einem niedrigen Pfahl und ließ seine einzige Zuhörerin zu lange an einen Schlager denken, in dem von Liebe und Schmerz die Rede war und einer Frau, die auf einen Anruf wartete. Lilly hatte das Lied mit der romantischen Melodie und dem sentimentalen Text, den einer ihrer Kunden auf der Rückseite seiner Zimmerrechnung für sie niedergeschrieben hatte, oft in der Bar vom »New Stanley« in Nairobi gehört. Einen Moment sah sie den jungen Mann, einen Amerikaner mit kurz geschorenem rötlichen Haar, krebsroter Haut und einem Durst, den er abwechselnd mit Cola und Brandy gelöscht hatte. Er war sehr schüchtern, sehr zutraulich und sehr unvorsichtig im Umgang mit Bargeld und seiner Kreditkarte von American Express gewesen – vor allem mit der Bemerkung »Mit der Karte kannst du dir die ganze Welt kaufen«.

Ausgerechnet in Nyahururu fiel Lilly nun zum ersten Mal seit dem knappen Intermezzo ein, dass sie fest zugesagt hatte, dem bedauernswerten Liebesjäger ein Geschäft in Nairobi zu zeigen, in dem er besonders preiswert Schmuck aus Elfenbein, Armbänder aus Elefantenhaar, potenzsteigernde Mittel aus den Zähnen des Nashorns und billige Löwenfelle kaufen konnte. In erster Linie wegen der Kre-

ditkarte, die im Übrigen absolut nicht den Schilderungen des ursprünglichen Besitzers entsprach, war es nicht mehr zu dem gemeinsamen Ausflug gekommen – er gehörte schon deshalb zum Programm, weil der Ladenbesitzer sich immer an die Abmachungen in Bezug auf die versprochene Anerkennung für die von Lilly angeregten Käufe hielt.
Der zitronengelbe Vogel verstummte und flog in ein Feld von Disteln. Sie atmete tief ein und hängte den Riemen der kleinen Tasche aus blauem Segeltuch, die sie überstürzt und entsprechend unkonzentriert gepackt und bis zu diesem Augenblick der ersten Besinnung verkrampft an den Körper gepresst hatte, über ihre Schulter. Zunächst genoss sie nur das sanfte, vertraute Schaukeln der Tasche; die stieß, sobald Lilly über einen größeren Stein steigen musste, gegen ihre Hüfte und vermittelte ihr ein Gefühl von Lässigkeit und Jugend, bald auch das verschwunden gewähnte Selbstbewusstsein und schließlich die belebende Vorstellung, dass Nairobi sie mit weit geöffneten Armen erwartete. Wie ein übermütiges Kind, das vor seinen Freunden und Rivalen mit seiner Kraft protzt, hatte Lilly ein plötzliches Bedürfnis, laut in den Wald hineinzurufen, doch sie machte sich gerade noch rechtzeitig klar, dass nur die allergrößten Toren Spuren bloßlegen, die sie gerade verdeckt haben.
Irritiert und auch ein wenig verlegen, weil sie ja seit Stellas Rückkehr in ihr Leben nicht mehr gewöhnt war, mit sich selbst zu rechten und Entscheidungen ausschließlich für die eigene Person zu treffen, schaute sich Lilly um. So schön wie in diesem Augenblick war ihr die Landschaft ihrer Kindheit noch nie erschienen. Die goldgelben Maisstauden auf den Feldern, das im dunklen Grün schimmernde Gras, das vorerst der großen Dürre entkommen war, und selbst

die violetten, dunkelroten und tiefblauen Schlingpflanzen, die sich um die Bäume rankten und weder Mensch noch Tier Gutes verhießen, waren noch vom Tau der Nacht genährt und prunkten mit ihrer Stärke und ihren Farben. Die Wolken am Himmel, Minuten zuvor rosa getüncht und ohne Kontur, wurden weiß und üppig. Sie ähnelten den geblähten Segeln der Dhaus an der Küste von Mombasa. Lilly hatte die stolzen Segler des Indischen Ozeans ein einziges Mal gesehen und sie nie vergessen. Aus dem Tal mit den brennenden Feuerlilien, in dem früher eine Herde wilder Pferde gelebt hatte, von der niemand wusste, was aus ihr geworden war, kroch eine schlanke silbergraue Rauchsäule in die Höhe. Sie erzählte von Menschen, die es nicht von zu Hause forttrieb. Lärmende Glanzstare suhlten ihr leuchtendes blaues Gefieder in den winzigen Pfützen, die die ersten Strahlen der Morgensonne überdauert hatten.
Lilly war erst seit einer halben Stunde unterwegs. Das Ziel ihrer Reise hatte sie allerdings schon am vierten Morgen nach ihrer Ankunft in Nyahururu bestimmt. Drei Tage und drei Nächte waren genug gewesen, um sie sehend zu machen. Danach hatte Chebetis Tochter für alle Zeiten begriffen, dass sie die Großstadt – ihre Anonymität, ihr Lebenstempo und die Heiterkeit des Augenblicks – brauchte wie ein Baum das Wasser und die Kühe das Gras. Nyahururu war Lilly zu klein, zu überschaubar, zu gebunden an Riten und Traditionen, die in Nairobi von der neuen Zeit mit riesigen, kraftvollen Zähnen zermalmt worden waren. Chebetis Nachbarn in den ärmlichen Häuschen hielten der Heimkehrerin, womit sie nach so langer Abwesenheit nicht gerechnet hatte, einen Spiegel vor, und sie konnte nicht anders, als sich selbst zu erkennen. Sobald Lilly in diesen

Spiegel sah, erblickte sie das feixende Gesicht und die herausgestreckte Zunge ihrer Richter. Die hatten sie, kaum dass sie die Finger an beiden Händen zählen konnte, als »Chebetis besondere Tochter« beschimpft, nur weil sie die Freundin von Bwana Mbuzis Tochter gewesen war und sie in seinem Haus eine eigene Zahnbürste gehabt und die Sprache der Mzungu gelernt hatte. Die Neider von damals lehnten Lilly immer noch ab, doch selbst, wenn sie mit Gleichaltrigen sprach oder mit ihnen zu scherzen versuchte, sie war für Alt und Jung die Außenseiterin geblieben, die das genormte Leben von zufriedenen Menschen mit Unruhe bedrohte. Lilly mit den langen Beinen, von denen die Männer sprachen, sobald ihr Körper auf Safari wollte, und den großen Augen, die selbst in Krisen und Katastrophen sanft wie die der Impala schimmerten, witterte überall Gehässigkeit, Ablehnung und Missgunst.
Nur aus Rücksicht auf die hochschwangere Stella, die, was Lilly immer noch nicht fassen konnte und auch nie verstehen würde, jahrelang vom beschaulichen, bescheidenen, glücklichen Leben in der ehemaligen Heimat geträumt hatte, war sie nicht umgehend nach Nairobi zurückgekehrt. Jeden Tag aufs Neue hatte Lilly sich vorgenommen, Stella die Wahrheit zu gestehen, aber sie hatte nicht den Mut gehabt, die Illusionen ihrer Freundin zu zertreten, genau das Leben zu schildern, das sie selbst in Nairobi geführt hatte, und weshalb sie nicht mehr in ihrer alten Heimat leben wollte. Lilly spürte bei jedem Wort, das gesprochen wurde, bei jeder Begebenheit, die den Tag prägte, dass Stella sich ein Dasein in täglicher Ungewissheit – aber auch in der Freiheit, nur sich selbst Rechenschaft ablegen zu müssen – nie würde vorstellen können. Malaya, das Wort für Hure,

war für Stella, genau wie in ihrer Kindheit, nur eine Kette von wohlklingenden Silben geblieben.
Nun, auf dem Weg zurück in ihr altes Leben, hatte ein einziger, zufälliger Blick nach hinten genügt, um Lilly klar zu machen, dass sie durch ihr heimliches Verschwinden ihre verständnisvolle, gutherzige Freundin, die als erwachsene Frau ebenso besessen an ihren Träumen festhielt wie als Kind, noch schmerzhafter treffen würde, als die Wahrheit es je hätte tun können. Lilly straffte ihre Schultern und hob ihren Kopf; schon diese kleinen Gesten der Wehrhaften halfen ihr. Sie war keine, die ihre Seele peitschte, und sie hatte zu wenig Erfahrung mit der Melancholie als Knute der Nachdenklichen, um ihren Emotionen das Gleichgewicht zu nehmen. Lillys Gewissensbisse blieben leicht genug, um nicht schon am Morgen den Tag mit verdunkelten Wolken zu beschweren. »Malaya«, sagte sie leise, doch sie lachte so laut wie eine Hyäne, die lange gehungert und endlich Beute gemacht hat, riss ihr T-Shirt hoch und ließ die kühlende Luft an ihre Brust.
Der schmale Pfad, der durch wucherndes Gebüsch führte, das mannshohe Gras und die dickstämmigen Bäume, deren Kronen sich berührten, waren verlässliche Verbündete auf Lillys zweiter Flucht aus Nyahururu. Dieses Mal hetzten sie nicht die Trauer um Stellas toten Vater und die Angst vor der Zukunft. Die Berge und Hügel, Wald und Busch machten es ihr leicht, ihren alten Bindungen und neuen Skrupeln so rasch zu entkommen, als hätte kein Schatten sie je gestreift. Der Vorhang, der die Vergangenheit von der Gegenwart trennte, war dicht gewebt, zuverlässig und beschützend. Bald konnten die Augen nur noch die größten der kleinen Häuser ausmachen, die Chebetis eigenwilligs-

ter Tochter gastliches Obdach gewährt hatten. Lilly sah zwar noch die winzigen Schambas und die von Gras bewachsenen Flächen vor den kümmerlichen Bauten, aber sie konnte schon nicht mehr genau Felder und freie Flächen voneinander unterscheiden. Als eine Gruppe von Perlhühnern aus dem Schatten auftauchte und die Erde aufkratzte, fielen ihr sofort die verrückten Hühner aus Eldoret ein, die ihre Eier im Gebüsch versteckten. Lilly sah auch das feuerrote Kleid, das Stellas Vater ihr vom Schneider in Nakuru aus einem Stück der Abendsonne hatte nähen lassen. Sie war sieben Jahre alt und liebte schon den einzigen Mann, den sie je lieben würde. Er streichelte ihr Haar, und sie roch seine Haut. Lilly, die Frau, schalt das Gedächtnis eine Schlange, die die Menschen mit ihrem Gift lähmte. Sie seufzte, weil die Bilder zu deutlich waren und zu langsam verschwanden. Noch entsetzter war sie, als sie die Tränen spürte, die auf Kinn und Brust tropften. »Malaya«, skandierte sie noch einmal, aber Wort und Spiel hatten ihren Reiz verloren.
Seitdem sie die Realität des Lebens so abrupt und brutal von ihrer Kindheit abgeschnitten hatte, war sie argwöhnisch gegen die Kapriolen, zu denen Phantasie die Menschen trieb. In keiner der drei Sprachen, die sie beherrschte, kannte Lilly die entsprechenden Ausdrücke, aber nach ihrem Empfinden war das Spiel mit Gedanken und Möglichkeiten allenfalls den Reichen und den Unbekümmerten gestattet.
»Ich habe«, sagte sie sehr laut und betonte jede Silbe, »nie mit Worten Bilder gemalt. Nicht wie du, Stella.«
Es machte Lilly unsicher, dass sie wie ein sich in der Dunkelheit ängstigendes Kind Trost beim Selbstgespräch suchte. Noch mehr irritierte es sie, dass sie ausgerechnet in dem

Augenblick an ihre Freundin dachte, da ihre Gedanken unfreundlich und ablehnend waren und sie Mauern, über die keiner klettern konnte, ohne sich zu verletzen, zwischen den Besitzenden und denen ohne Habe und Arbeit hochzog. Lilly streckte ihre Arme aus. Sie merkte, dass ihre Hände nicht ruhig waren. Ihr schien es, als wollte der Mut aus ihrem Kopf fliehen und sie müsste ihn zurückdrücken. Sie fand, dass das Bild schlecht zu einer passte, die ihren Körper verkaufte, und stampfte auf wie ein Mann, der seinen Herausforderer vor dem Kampf bedrohen will.

Lillys Stimmung besserte sich erst, als der Pfad, der sie gezwungen hatte, auf jeden Schritt zu achten, breiter wurde. Sie musste nicht mehr durch hohes Gras laufen, das die Beine aufkratzte, und über scharfkantige Steine und Wurzeln klettern, die aus der Erde herausragten. Erleichtert schüttelte sie den Sand aus ihren Schuhen und die Gedanken aus ihrem Kopf. Lachend gab sie der Tasche auf ihrer Hüfte einen kleinen Stoß. Es war kurz nach acht Uhr, als Lilly auf dem Rückweg in ihr vertrautes Leben die Autostraße erreichte. Ihre Nase labte sich an einem Hauch von Benzin. Es roch schwach nach dem Gummi heiß gelaufener Reifen. Lilly atmete ein und ließ sich von ihrer Zufriedenheit wärmen.

Die Straße nach Nakuru hatte viele enge Kurven und nach einem Sturm am Ende der letzten Regenzeit, der Baumriesen entwurzelt hatte, die tiefsten Schlaglöcher seit Jahren. Zwischen zwei verrosteten Autowracks und neben dem Schädel einer Gazelle, der von roten Ameisen bedeckt war, stand ein verwittertes Holzschild, auf dem Nyahururu noch als »Thomson's Falls« bezeichnet wurde – der Ortsname aus der Kolonialzeit. Lilly hatte die beiden Worte, die jahr-

zehntelang den Englisch sprechenden Reisenden ihre Ankunft an einem der schönsten Wasserfälle des Landes angezeigt und den Menschen auf Karibu Heimat und Geborgenheit signalisiert hatten, seit ihrer ersten Flucht nicht mehr gelesen. Die Buchstaben flirrten vor ihren Augen und wurden zu kleinen schwarzen Schlangen, die sie anspuckten. In Kopf und Brust und auch in den Knien spürte die Wanderin zwischen den Welten einen zuckenden Schmerz, der ihr in dem Moment, da er zuschlug, den Atem nahm. Sie sah nicht nur das Haus aus Stein brennen und hörte die Balken krachen. Lilly sah sich selbst verzweifelt durch die Wälder in die gleiche Ungewissheit rennen, der sie sich abermals aussetzte. Erst das anhaltende Hupen eines Lastwagens und die johlenden Stimmen und eindeutigen, sehr rohen Gebärden von Männern, die dicht aneinander gedrängt zwischen Säcken, Bananenstauden und hoch getürmten Decken auf seiner Ladefläche standen, katapultierten sie zurück in die Gegenwart. Die Bremsen quietschten und das Getriebe ächzte. Der Fahrer verlangsamte sein Tempo, der Lastwagen schwankte wie ein trunkener Elefant, ehe er einen Moment stehen blieb.
»Eine Frau ohne Korb«, rief ein Mann mit der kratzenden Stimme derer, die ihr Gelächter als Waffe missbrauchen. »Sie hat nichts zu verkaufen.«
»Sie verkauft alles, was sie hat, du Esel«, brüllte ein zweiter, »siehst du nicht, was sie verkaufen will? Was kostet denn in Nyahururu eine so schöne Malaya?«
»Zu viel für den dreckigen Sohn deiner Mutter«, brüllte Lilly zurück, »auf Männer, die wie nasse Hunde stinken, warten hier nur die Hyänen. Die Hyänen lieben verdorbenes Fleisch.« Sie staunte, wie rasch ihr die passende Erwide-

rung auf die Beleidigung eingefallen war und wie wenig sie sich von der Kränkung gedemütigt fühlte. Als der Lastwagen wieder anfuhr, waren nur noch Köpfe, kahl geschorene, ergraute und einige mit zerlöcherten Hüten, zwischen den Bananen und Säcken zu sehen. Die Männer hockten so ruhig auf dem Boden der Ladefläche, als hätten sie in ihrem Leben nie auf ihren Füßen gestanden.

»Verdammte Hundesöhne«, fluchte Lilly hinter ihnen her. So früh am Morgen waren noch keine Privatautos oder Jeeps mit Leuten auf Safari unterwegs, eben nur die paar Lastwagen, die Männer aus abgelegenen Ansiedlungen zu Arbeitsstellen brachten, die genauso abgelegen waren. Die von dem Laster aufgewirbelten Wolken aus winzigen Steinen und Erde lösten sich rasch auf. Rötliche Körner rieselten auf die Haut. Lilly pustete ihre Arme sauber und klatschte in die Hände. Wenn der Wind die Äste bewegte, tanzten tief schwarze Schatten auf der Straße.

Bald belebten auch Menschen und Tiere die Szene – junge, kräftige und auffallend große Männer standen auf der Kuppe eines sanften Hügels. Sie trugen Armreifen, Fußspangen und Ketten aus dicken bunten Perlen um Hals und Schultern, hatten Pflöcke aus Elfenbein in den Ohren, Amuletts auf der Brust, eine graue Feder mit gelber Spitze auf dem Kopf und einen Speer in der Hand. Ihre Schritte wurden kürzer, als sie sich Lilly näherten. Sie sah, dass ihre breiten Füße in Turnschuhen aus Indien steckten, und hatte Mühe, ihr Lächeln rechtzeitig zu verschlucken. Solche weißen Turnschuhe galten als typisch europäisch und waren besonders bei jungen Männer begehrt. Seit kurzem wurden sie nicht nur in Nairobi, sondern auch auf den Märkten in Nakuru, Gilgil und Naivasha verkauft.

Die Männer auf der Straße waren Hirten, die von ihrer Reise in die Stadt zurückkehrten. Bestimmt waren sie in Eldoret oder in Nakuru gewesen, um Vieh zu kaufen und zu verkaufen und nun auf dem Weg nach Samburu, wo sie wohnten und nach Traditionen und Riten lebten, die sich noch nicht von der neuen Zeit hatten verschlingen lassen. Diese Männer vom Stamm der Samburu rieben die Haut und die Haare mit Ocker ein, bis Körper und Kopf rot glänzten. Nur auf Fremde, die nicht im Gesicht von Afrika und seinen Menschen zu lesen verstehen, wirkten sie abweisend und kriegerisch. Die Schönen aus dem Norden wurden von Hunden mit struppigem schwarzen Fell und kräftigen Pfoten begleitet. Deren Augen glühten wie Bernstein, wenn sie den Kopf in die Sonne hielten. Die Hirten und ihre robusten Hunde trieben gemischte Herden vor sich her – Milchkühe mit tief herunterhängenden Eutern und geblähtem Leib, Ochsen mit hohem Buckel, deren Rippen sich unter der gespannten Haut abzeichneten, noch gut genährte Kälber mit großen Augen, einige wenige Schafe und viele schwarze Ziegen mit weißen Bärten, denen sogar das kurze, stachelige Gras willkommen war, das am Wegesrand zwischen großen hellen Steinen wuchs. Obwohl sonst die Augen der jungen Männer aus Samburu blind waren für die Frauen vom Stamm der Kikuyu, drehten sie alle zu gleicher Zeit den Kopf. Es war, als hätte ein jeder vom Berg, der ihren Beinen die Richtung wies, einen Befehl empfangen, dem sich keiner entziehen durfte. Die Männer starrten Lilly an. Sie holten viel Luft in ihre Lungen, öffneten den Mund wie durstende Hunde, würgten rasch ihren Speichel hinunter und gingen schweigend weiter.
Diesmal verschluckte Lilly ihr Lächeln nicht. Sie war ani-

miert vom Geschehen und so zufrieden, dass sie mit den Augen ihren Körper streichelte. Zunächst wollte sie sich den Grund nicht eingestehen, tat es aber dann doch und lachte wie ein Kind, das sich zum ersten Mal bewusst in einem Spiegel sieht. Es war das erste Mal seit Wochen, dass sie sich an der Aufmerksamkeit von Männern hatte erfreuen können, ohne dass sie sich von Chebetis forschenden Blicken beschmutzt fühlte.
Kurz darauf tauchte eine Gruppe von Kindern auf. Es waren ausnahmslos Jungen zwischen neun und zwölf Jahren. Sie waren offenbar schon weit gelaufen, denn sie schwatzten kaum noch miteinander und schoben erschöpft einen Fuß vor den anderen. Sie trugen Shorts aus zerschlissenem Jeansstoff. Fast allen Kindern waren die Hosen zu klein und deshalb am Bund aufgeschnitten und durch einen dreieckigen Schlitz ungefähr zwei Zentimeter weiter gemacht geworden. Auf den ausgebleichten roten T-Shirts stand »Coca Cola« in weißen Buchstaben. Kaum einer der Buben hatte Schuhe an, auffallend viele von ihnen aber von der Sonne ausgebleichte hellblaue Hüte, die viel zu groß für Kinderköpfe waren und den Kleinen über die Ohren rutschten. Obwohl kein Junge eine Tasche oder auch nur ein Buch trug, fiel Lilly spontan ein, dass in ihrer Kindheit eine Schule in der Ortschaft gewesen war, zu der der Weg an der nächsten Kreuzung führte. Es verwunderte sie, dass sie nach all der Zeit noch so genau Bescheid wusste. Die Schule war von einem Lehrer aus Irland gegründet worden, der sich als Missionar bezeichnete und, daran erinnerte sich Lilly mit dem Ekel von einst, immer nach Brandy, Pferdeschweiß und vergorener Ananas gestunken hatte. Sie schüttelte den Kopf, weil sie es nicht fassen konnte, wie langlebig die Er-

innerungen der Nase waren. Der sonderbare Ire hatte häufig den Bwana Mbuzi auf Karibu besucht und Lilly an einem Sonntag, den er als einen besonderen Tag bezeichnet hatte, einen Bleistift geschenkt.
»Und an meine Brust hat er auch gegriffen«, verriet sie kichernd einem vorbeifliegenden schwarzen Vogel mit einem langen gelben Schnabel. »Thank you, Sir!«
Wahrscheinlich hatten die Kinder, die zwanzig Jahre später zur Schule seines einstigen Gründers trotteten, ihre Hüte Touristen abgebettelt. Am letzten Tag einer Rundreise trennten die Fremden, was jeder in Kenia wusste und, wenn er klug war, zu nutzen verstand, sich leichten Herzens und mit vielen Worten und äußerst übertriebenen Gesten von nicht mehr benötigtem Reisebedarf. Der Anblick der Hüte, die aus fröhlichen Buben lächerliche kleine Vogelscheuchen auf dürren Beinen machten, entführte Lilly spontan ins Zentrum von Nairobi. Die himmelblauen Hüte stammten, das sah sie und freute sich so, als hätte sie bereits den ersten ihrer ehemaligen Bekannten wieder getroffen, aus einem Laden an der Kenyatta Avenue. Der machte, seitdem jedes Jahr mehr Gäste ins Land kamen, auffallend gute Geschäfte und gab zudem Gaffern, Nichtstuern, Arbeitsuchenden, Tage- und Taschendieben beste Gelegenheit, sich über die gutgläubigen Fremden lustig zu machen, die nie eine Geschichte bezweifelten, wenn sie ihnen nur phantasievoll genug präsentiert wurde. Die Portiers in den großen Hotels erschreckten nämlich zunächst ihre Gäste mit Schilderungen von einem lebensgefährlichen Sonnenbrand, der für das Hochland am Äquator typisch und kaum zu behandeln wäre, und schickten sie dann in das einzige Geschäft für Safari-Bedarf, das in Kenias Hauptstadt den

Wechsel von der Kolonialzeit in die staatliche Unabhängigkeit unbeschadet überstanden hatte. Dort deckten sich die meisten Urlauber für ihre Rundreisen, die gewöhnlich nicht länger als zwei Wochen dauerten, mit so viel Sonnenschutzmitteln ein, dass der Vorrat für Monate in der Sahara gereicht hätte, und fast alle kauften sie die leichten blauen Hüte aus einem Stoff, der weder Sonne, Regen noch Wind abhielt. Obwohl die Inder in Kenia nicht beliebt waren, weil sie von den Afrikanern als arrogant und dominant empfunden wurden, mochte Lilly den Ladenbesitzer. Er war ein freundlicher, sehr kluger Mann aus Bombay und entwickelte eine enorme Geschicklichkeit, die ihr schon immer imponiert hatte, um verwöhnten und wohlhabenden Europäern halbhohe Schnürschuhe aus Leinen zu verkaufen. Die stammten aus einer kleinen Werkstatt in der Nähe von Thika und überdauerten auch im Jeep keine Reise, die länger als vier Tage währte. Lilly konnte sich das Schaufenster von dem Mann aus Bombay noch genau vorstellen: Vor einem ausgestopften Löwenkopf waren zwei übereinander gekreuzte Gewehre platziert und direkt an der Scheibe ein kunstvoll zusammengesteckter Turm von hellbraunen Kniestrümpfen. Später entschlüpfte Lilly noch in die Bar vom New Stanley mit den tiefen Sesseln, die mit dunkelgrünem Leder bezogen waren. In einem Moment, da sie sich nicht gut genug vor der Wehmut von Erinnerungen geschützt hatte, fiel ihr ein, dass sie in der Bar vom New Stanley Stella nach den Jahren der Trennung wieder gefunden hatte. Ihre Augen wurden feucht, und die Handflächen brannten.

Vollkommen und dann auf einen Schlag entkam Lilly ihrem Tagtraum, als sie einen Jeep, angestrichen wie ein Zebra und nach allen Seiten offen, auf sich zufahren sah. Der Fahrer in einer Khakijacke mit Achselklappen und kurzen Ärmeln, ein junger weißblonder Mann, war im Gesicht so verbrannt, dass Stirn und Nase wie ein brennender Holzstoß wirkten. Er hielt das Steuer nur mit einer Hand, drückte in kurzen Abständen kräftig auf die Hupe und pfiff – unglaublich laut – eine Melodie, die Lilly zu erkennen glaubte. Sein Begleiter in einem olivgrünen Filzhut mit breitem Rand brüllte einige Worte in den Wind, die Lilly nicht verstehen konnte. Dann lachte er mit einer Mimik, die sie durchaus verstand. Sie lachte trotzdem zurück, als sie auf den Wagen zulief, und schwenkte ihre Tasche wie eine Fahne. Der Jeep war beinahe zum Stillstand gekommen. Lilly hob ihren Rock an, um schneller laufen zu können. Der Mann mit Hut raunte dem Fahrer etwas zu, und der zuckte die Schultern. Sie zweifelte noch, ob sie das einladende Jambo rufen sollte, das ja alle Fremden so schön fanden, oder den Männern nicht doch lieber gleich vorführen sollte, wie gut sie Englisch sprach, machte zwei große Schritte, schob ihre Zunge sachte zwischen die Zähne und wollte ihre Lippen schürzen, zögerte aber, weil sie außer Atem war. Schon berührte ihre Hand die linke Wagentür, doch der Fahrer brüllte ein Wort, das Lilly noch nie gehört hatte, klatschte auf seinen Schenkel und drückte sein rechtes Bein durch. Der Jeep heulte auf und raste den Berg herunter.

»Bloody fools«, schrie Lilly, als sie wieder auf ihren Füßen stand, »damned bloody fools, you son of a bitch.« Sie merkte mit der Befriedigung der rasch Entschlossenen, dass ihr Englisch und der vulgäre Ton, den Flüche in jeder Sprache erforderten, noch geläufig waren. Umso mehr erschrak sie dann, als ihr aufging, dass sie ohne die täglichen

Herausforderungen, die das Leben in Nairobi den Menschen stellte, vollkommen verlernt hatte, eine Enttäuschung zu schlucken, ehe ihre Stacheln die Kehle wund rieben. Ein winziger Stein, von den Rädern des Jeeps aufgewirbelt, hatte sie am Unterarm getroffen. Lilly sah die dünne Blutspur, doch sie empfand keinen Schmerz.

Zu dem Affenbrotbaum mit dem vom Blitz gespaltenen Stamm, an dem nach Mois Schilderungen die Autobusse zu halten pflegten, war es mindestens noch eine Stunde zu laufen. Trotzdem blieb Lilly abermals stehen. Sie war vor der Zeit müde geworden und ihre Haut feucht. Die Begegnung mit den beiden Männern im Jeep hatte ihr schon deshalb ein gewaltiges Stück Sicherheit genommen, weil sie seit Jahren nicht mehr mit Absagen und schon gar nicht mit erniedrigenden Attacken zu rechnen pflegte und sie immer ein wenig stolz auf ihre Ruhe und Stärke in unangenehmen Situationen gewesen war. Sie setzte sich auf einen flachen, vom Wind gepeitschten Stein am Straßenrand, zog ihre Schuhe aus und massierte ihre Füße. Ein wenig besorgt machte sie eine Blase an der rechten Ferse aus. Noch mehr Kummer bereitete es ihr, dass Zunge und Lippen brannten, als hätte sie Pfefferbeeren zerbissen, ohne die erste Schärfe mit Brot zu lindern. Sie hatte, machte sie sich mit fest aufeinander gebissenen Zähnen deutlich, noch nicht einmal genug Wasser aus Nyahururu mitgenommen, um eine Katze vor dem Verdursten zu bewahren. Wütend schleuderte sie die leere Flasche auf die Straße. Die Sonne zauberte sämtliche Farben des Regenbogens auf die grünen Glassplitter. Mit einem Mal war es Lilly zuwider, dass sie weder die Abfahrtszeiten des Busses kannte, noch wusste, ob er überhaupt täglich verkehrte, und wenn, ob er dann nach Nairobi

fuhr oder nur bis Nakuru. Sie wollte auf keinen Fall in Nakuru bleiben. Nakuru war für eine, die gerade die Nabelschnur eines Lebens mit einer frisch geschliffenen Panga zerschnitten hatte, zu nah am Ausgangspunkt einer Safari, die zurück in die Freiheit führen sollte.
So viele Imponderabilien hätten in Zeiten, die sie in der Rückschau als ihr stets gnädig empfand, Lilly vor jedem Ortswechsel abgehalten, doch nach der Zeit in Nyahururu konnte sie nicht mehr so gut, wie es für sie notwendig war, die eigenen Reaktionen berechnen. Vor allem hatte sich Lilly in einem für sie sehr atypischen Anflug von Aberglauben und Mystizismus selbst unter Druck gesetzt. Von Tag zu Tag ein Stück mehr hatte sie sich eingeredet, sie müsste Nyahururu verlassen haben, ehe der nächste Brief von Stellas Großvater eintraf. Später konnte sie sich nicht mehr erklären, wie sie auf eine so unlogische, ihres scharfen Verstandes nicht würdige Idee gekommen war. Sie wusste nur noch eins: Sie hatte nächtelang am offenen Fenster gehockt und sich nach ihrer schäbigen Unterkunft in Nairobi gesehnt. Die Vorstellung, sich von Stella zu lösen, war Lilly zunächst absonderlich und undankbar erschienen. Trotzdem war es ihr in keiner der schlaflosen Stunden und erst recht nicht bei Tage gelungen, den Kampf zu begreifen, der in ihr wütete. Sie spürte, dass sie gleichzeitig diejenige war, die den Bogen spannte, und diejenige, die von den Pfeilen getroffen werden würde. Es war ein Krieg ohne Siegerin und ohne eine Besiegte.
Als Lilly am Straßenrand ihre heißen Füße in der sterbenden Morgenbrise kühlte, rief sie beschämt die Tage der Wende in ihr Gedächtnis zurück. Es hatte noch nicht einmal die Zeit zwischen einem Sonnenuntergang und dem

nächsten Morgengrauen gedauert, ehe ihr klar wurde, dass es nicht Chebeti war, die sie von Nyahururu forttreiben würde. An die Schroffheit ihrer Mutter war Lilly seit ihrer Kindheit gewöhnt. Sie hatte ihren Frieden mit Chebeti gemacht. Manchmal hatte sie gar eine selbstquälerische Freude am Gleichklang ihrer Seelen, denn Mutter und Tochter waren von der gleichen misstrauischen, skeptischen, ironischen Art. Eine jede wusste über die andere Bescheid, als wären ihre Köpfe aus Glas, keine von beiden hatte je die Zunge für diese Wahrheit zu bemühen brauchen. Chebeti und Lilly reichten die Blicke und die Worte, die nie gesagt wurden.

Die Realität, die Lilly aus dem schönen Haus von Nyahururu trieb, war so tückisch wie eine Schlange, die sich vor ihrem Angriff als Schlafende tarnt. Es war allein die gütige, tolerante Stella, die in allen Menschen Afrikas ihre Schwestern und Brüder sah, die Lilly zu der Mörderin eines Traumes gemacht hatte. Dieser Traum hatte die Jahre der Trennung überdauert, als hätte Mungu die Zeit in seinen Händen zu Staub gemahlen, aber nun war er selbst zu Staub geworden. Die wunderbare Freundschaft der verbrannten Tage von Karibu hatte einst zwei kleine Mädchen aneinander geschmiedet – sie hatten nichts von Neid gewusst und schon gar nichts von dem tiefen Graben zwischen den Besitzenden und denen mit den leeren Händen. Nun, da ihnen lediglich der Blick nach hinten blieb, wenn sie Gemeinsamkeit suchten, hielt nur noch eine von beiden den Traum von den zusammengewachsenen Herzen für wahr. So sehr sich Lilly gegen die Wahrheit gewehrt und sie als eine Schuld empfunden hatte, die sie nie würde sühnen können, es gab keine Minute des Tages, da sie Stella nicht beneidete. Sie neidete ihr die Kleider und den Schmuck, den Großvater und seine Liebe, sein Geld, sein Haus, sein Ansehen und seine Großzügigkeit. Lilly neidete Stella den Mann, der bald Arzt sein würde und der Liebe wegen Telegramme aus London schickte, und sie beneidete Stella um das Kind, dessen Hautfarbe die Mutter nicht um den Gleichmut bringen konnte. Als sie die kleine Julia zum ersten Mal an ihren Körper drückte, hatte Lilly begriffen, dass sich nur die Reichen Zebrakinder leisten können, die zwischen zwei Welten stehen.

»Nur mit so viel Geld, wie du hast, kann man seinen Kindern in beiden Welten Freunde, Zufriedenheit und Glück kaufen«, hatte sie gesagt, »und Kleider, Schuhe und Brot.« Stella hatte jedoch nur gelacht, denn ihr war zu ihrem Reichtum auch das Gelächter der Sorglosen und die Unschuld derer geschenkt worden, die nie haben kämpfen müssen.

»Mein Kind wird das Zebra sein, das wir immer sein wollten. Hast du vergessen, was wir als Kinder geträumt haben, Lilly?«

Am meisten beneidete Lilly die, die ihr einst Schwester gewesen war, um die Großherzigkeit der Besitzenden. Noch ehe das Haus das erste Fenster hatte, war für Lilly Stellas Freigebigkeit eine Fessel aus Stahl geworden. Diese ursprünglich von der Liebe geschmiedete Fessel ließ sich nicht öffnen – weder durch Lillys Klugheit noch von ihrer Scham. Sie ertrug es nicht, dass sie immer nur nehmen und nie geben konnte. Die stählerne Kette um Lillys Brust hatte ihren Stolz zermalmt. Stella hatte nichts gemerkt.

Chebeti erkannte noch vor ihrer Tochter, was geschehen war. »Geh«, hatte sie gesagt, »geh dorthin, wo dich niemand fragt, wer du bist. Du bist hier nicht mehr zu Hause. Du gehörst nicht zu den Menschen, die das ehren, was gewesen ist. Geh, aber sag Stella nicht Kwaheri. Der Schmerz macht die Milch in der Brust einer jungen Mutter sauer. Sie ist für dich zurückgekommen. Sie wird nie verstehen, warum du von ihr weggehst.«

»Ich werde Stella nicht Kwaheri sagen«, sagte Lilly. »Dir auch nicht?«

»Mir kannst du Kwaheri sagen«, überlegte Chebeti, doch dieses eine Mal sprach sie ohne das Gift einer Frau, die nur die fremde Tochter hatte lieben können. »Jeden Tag kannst du mir Kwaheri sagen, wenn du willst. Meine Ohren sind stark. Ich habe keine Milch mehr, die sauer wird.«

So war Lilly, ehe aus der Nacht Tag geworden war, aus Stellas Haus geschlichen, wie einst als hilfloses, verwirrtes Mädchen von fünfzehn Jahren aus Chebetis rauchiger Hütte. Diesmal war sie nicht hilflos und nicht verwirrt, auch nicht schwach oder zaudernd. Sie war nicht trauriger als ein Hund, der im Nebel seinen Herren verloren hat. Lilly verfluchte noch nicht einmal den Neid, der ihr Herz versengt und sie geblendet hatte. Als sie ihre Augen schloss, weil die Müdigkeit die Lider schwer machte, verdross sie nur noch eins: für ihre Reise hatte sie aus Stellas Portemonnaie Geld genommen. Weil sie jedoch dann mit der Hast und den schwer beladenen Schultern der Einbrecher aufgebrochen war, hatte sie vergessen, den in der Nacht geschriebenen Brief auf den Tisch zu legen. Der knisterte in der Rocktasche. Ehe Lilly einschlief, hörte sie zwei Mal den Brief flüstern.

Zwei Stunden später war es wiederum ein Jeep, der anhaltend hupte. Weil sie sich aber im Traum wähnte und es ihr gut in diesem Traum ging, blieb sie im Gras am Straßenrand auf dem Rücken liegen, die Arme über den Kopf gestreckt, die Beine zum Leib gezogen und die Füße nackt. Lilly hörte nur die ruhigen Schläge ihres Herzens und hielt sie für die Trommeln im Wald ihrer Kindheit. Als sie die Augen einen Spalt öffnete, sah sie die Wolken reisen und begleitete sie mit einem Seufzer. Sie spürte weder Hunger noch Durst und auch nicht mehr das Verlangen, auf Safari zu gehen.

»Bist du taub oder blind oder stumm«, rief eine Männerstimme, »oder hat dich einer zum Sterben hierher gelegt und du wartest auf die Hyänen? Ich habe dich gefragt, ob du mit mir fahren willst. An deiner Stelle würde ich mal den Mund aufmachen. Für die Hyänen bist du viel zu jung. Und zu schön.«

6

Wenn Mois Augen zu lange von den Farben und vom blendenden Licht des Hochlands getrunken hatten, verwehrten sie ihm selbst eine kurze Safari zu den Zebras am Horizont oder zu den segelnden Wolken über dem Berg. In solchen Phasen der Erschöpfung empfing seine Nase keine Schauris mehr, die Ohren wurden taub für die hohen Töne der zirpenden Vögel und verlangten bei Tag die Stille der Nacht. Dann drängten sich Träume in sein Leben, die er sonst nur in Ausnahmefällen nicht mit Vernunft und Energie zu unterdrücken wusste – der rastlose Moi, der die Müdigkeit des Körpers für eine Krankheit seines Kopfes hielt, sehnte sich in seinen seltenen Tagträumen nach der Genügsamkeit von Menschen, die ihre Neugierde ausschließlich mit einem Blick in den Kochtopf des Nachbarn befriedigen und nachts nur das Heulen einer einzigen Hyäne zu hören brauchen, um zu wissen, dass sie leben. In solchen Momenten verlangte es ihn nicht nach der Bewährung, die ehrgeizigen und mutigen Menschen die Ruhe nimmt. Es drängte ihn dann auch nicht mehr, die vielen unsichtbaren Vorhängeschlösser zu öffnen, für die er seit seiner frühen Jugend nach den passenden Schlüsseln gesucht hatte. Wenn Mois Rücken und Beine ebenso schmerzten wie Augen und Kopf, hatte er immer den gleichen Wunsch: Er wollte den ganzen

Tag im Gras liegen bleiben, die Sonne auf der Haut spüren und den Wald riechen. Er nahm sich vor, nicht zu denken, keine Pläne zu machen und nichts mehr zu begehren. Doch die Ruhe der Phlegmatiker, die weder Wünsche noch Sorgen haben, die weder klagen noch den Geschmack der Freude kennen, war Moi nicht gegeben. Sobald er seine bloßen Füße in den Wind hielt, sein Hemd öffnete, den Gürtel lockerte und seine Schultern vom Ballast der Tage zu befreien versuchte und sich dazu unter den Affenbrotbaum setzte, umzingelten ihn Bilder, Menschen, Emotionen, seine Vergangenheit, die Gegenwart, Illusionen, Begierden und Ängste.

Selbst der Affenbrotbaum, unter dem dies alles geschah, gestattete Moi nicht die angenehm beruhigende Trägheit derer, die unter Bäumen rasten und dabei überhaupt nicht auf die Idee kommen, ihren Kopf zur Arbeit anzutreiben. Dabei war gerade dieser Baum für Moi nicht einer wie die anderen. Er war für Moi wie ein Fixstern am Himmel, der Begleiter durch das heitere Tal der Kindheit. Moi hatte schon in seinem Schatten gesessen, als er noch unter den Rock seiner Mutter gekrochen war, um sich vor den Blicken von fremden Menschen zu schützen. Beim Beginn seines Zahnwechsels hatte er mit den Samen, die so groß sind wie eine kleine Nuss, an den Wettbewerben der Knaben seines Jahrgangs teilgenommen und einmal gar einen Rivalen besiegt, der als einziger der Buben von Nyahururu den Entscheidungskampf um Lob und Prestige mit vier Murmeln aus herrlich buntem Glas bestritten hatte.

Dieser nie schwankende Baumriese, der zwischen zwei riesigen Ameisenbergen stand, hatte mehr Dürre- und Regenzeiten, Winde mit kräftigen Peitschen und erbarmungslose Gewitter erlebt als selbst die Mzee, die nur noch nach hinten blicken und die Kinder ihrer Kinder mit ihren Brüdern verwechseln.

Schon weil sich der Affenbrotbaum nicht mit seinesgleichen umgab, empfand ihn Moi als einen vertrauenswürdigen Freund. Er konnte ihn mit geschlossenen Augen und auch in Fieberängsten sehen, hätte ihn immer noch zeichnen können, wenn es ihn nach Nairobi, Kisumu oder Mombasa verschlagen hätte, und wusste an ihm wahrlich mehr zu schätzen als seinen Schatten und die schmackhaften jungen Blätter. Nur ließ es ausgerechnet dieser schweigende Freund nicht zu, dass Mois Kopf so leer wurde wie der von Leuten, die niemals probiert hatten, in der Mittagsglut anders zu leben als ein alternder Hund – Hunde, die aus frischem Gras keinen Saft mehr herausholen können und denen selbst die Knochen eines Kalbs zu hart zum Zerbeißen sind, wissen nichts mehr von den Freuden der Jagd. Sie dämmern hechelnd der nächtlichen Kühle entgegen.

In der Mittagszeit, wenn das gleißende Sonnenlicht die Farben durcheinander wirbelte und im Hirn sowohl Hoffnungen als auch Bekümmerung wie Tembo in einem tiefen Topf siedeten, redete Moi zuweilen mit dem Affenbrotbaum. Er merkte dabei immer wieder, dass die einseitigen Unterhaltungen mit dem grünen Riesen ihn nicht nur gleichmütig und geduldig machten. Die geflüsterten und gemurmelten Monologe ließen sein Herz gleichmäßig schlagen. Sie füllten seine Lunge mit Luft und stärkten, was ihm nicht bewusst war, ihm aber trotzdem wohl tat, die Bereitschaft seiner Augen, Schönheit zu erkennen. Moi sah viele Details, für die andere Menschen kein Empfinden hatten. Es erfreute ihn zu beobachten, wie sehr Vögel mit langen

bunten Schwanzfedern die starken Äste und biegsamen Zweige des bejahrten Schattenspenders liebten. Er sah die Käfer mit grünen Flügeln, die auf der Rinde krochen, und selbst die fleischigen, roten Ameisen am Fuß des Baums faszinierten ihn. Viel Spaß machten ihm Kinder, die noch so jung waren, dass sie sich nicht zu staunen genierten. Sie lachten, bis sich ihre Augen mit Tränen füllten, wenn sie die Früchte des Affenbrotbaums zum ersten Mal sahen. Die sahen aus wie Gurken und schaukelten im Wind.
»Du wirst auch bald lachen«, wusste Moi. Er kitzelte Julias Stupsnase mit seinem Atem. Die Kleine war nun fast immer bei ihm, wenn sein Kopf voll war mit Gedanken, die er nur einem Kind erzählen wollte, das noch nicht sprechen konnte. Das verschwiegene Kind nieste. Es streckte seine Hand nach einem violetten Schmetterling mit weißen Punkten aus, der auf dem Weg zu einer Distel mit einer königsblauen Krone war, klatschte in die Hände und babbelte in der Sprache, die nur jene Menschen verstehen, die vom Schicksal besonders großzügig beschenkt werden – sie lieben fremde Kinder so, als wären sie die eigenen. Julia lächelte erst seit einigen Tagen. Mit dem Zauber der ersten Heiterkeit war sie sehr freigiebig, am meisten, wenn sich Moi zu ihr herabbeugte und ihr seine Nase überließ, damit sie greifen lernte.
»Ich habe alles verstanden«, nickte er, befeuchtete seine Lippen, bis sie glänzten, und schenkte dem Kind einer Mutter, die sein Leben verändert hatte wie davor weder Mann noch Frau, sein Lächeln zurück. »Wir müssen so still sein wie eine Maus«, flüsterte er mahnend und zischte einmal lang und zweimal kurz, »sonst frisst uns die Schlange.« Julia konnte noch keine Zustimmung nicken, denn ihr Kopf

brauchte noch die stützende Hand von Beschützern, sie kannte jedoch trotzdem die Antwort auf einen guten Witz. Sie lächelte abermals.

»Ja«, bestätigte Moi, »das wollte ich auch sagen, aber ich kann nicht so gut Englisch wie du.«

Wer unter dem Affenbrotbaum saß und in seiner Obhut für die Dauer eines beseligten Herzschlags von der Last des Lebens genesen war und den Augen mehr bieten wollte als Weite und Wolken, schickte sie auf die immer wieder berauschende Safari zum Wasserfall. Und während die Augen ihren Durst nach den Pastellfarben des Hochlands löschten, ahnte die Seele die Schönheit und Unendlichkeit Afrikas. Moi konnte Gedanken, die sich wie kletternde Blumen um einen Baumstamm wanden, nicht in Worte verwandeln, die sich sprechen ließen, ohne dass die Zunge stolperte. Trotzdem machten sie seine Sinne bereit für einen Zauber, der ihn immer wieder überwältigte. Sobald er nämlich seinen Rücken fest an den Stamm des Affenbrotbaums drückte, wurde Mois Körper gleichzeitig leicht und warm. Dann empfand er, dass ein Mann, der nie mehr begehrt, als ihm gegeben wird, vorsichtig und sanft vom Leben gestreichelt wird. Diese streichelnde Hand berührte ihn, ohne dass er nach ihr rief. Sie machte Moi, den Grübler und Zweifler, so zufrieden wie eine junge Servalkatze. Die liegt im Gras, streckt ihre Pfoten den Wolken entgegen und jagt, wenn sie aufsteht, allenfalls ihren eigenen Schatten oder ihren Schwanz, den sie für eine Schlange hält. Moi war gerade dabei, Julia sowohl die Gewohnheiten von übermütigen Servalkatzen als auch die Verästelungen von stark ineinander verschlungenen Lebenswegen zu erklären, als ihn ein Schicksal ereilte, über das sich Denker und Weise seit Anbeginn der Menschheitsgeschichte beklagt haben. Das ungewöhnlich fruchtbare Zwiegespräch zwischen dem sensiblen Philosophen und einer Schülerin, die gerade schmatzend am Daumen ihres Tutors nuckelte, wurde lange vor der erwarteten Zeit und dazu noch sehr rüde unterbrochen.

»Moi, was hast du denn schon wieder mit Julia gemacht?«, rief Stella. Ihre Stimme klang, als wäre eine Axt gegen eine Wand aus Blech geschleudert worden. Jede Silbe zerfetzte die Ruhe des außergewöhnlich windstillen Tages. »Bring' sie sofort wieder her. Und lass sie nicht auf ihr Kleid spucken. Das ist doch nur für einen Tag, der anders ist als alle anderen. Das hast du doch gesagt.«

»Aber genau so ein Tag ist heute, Mama. Dein Zebrakind ist nicht nur schön. Es kann mit seinen Lippen lachen, ohne einen Ton aus seinem Mund zu lassen. Dieses Toto hat Augen wie ein Adler. Die sehen den Schnee auf dem Berg und die Zweige tanzen, sobald ihnen der Wind nur einen kleinen Stoß gibt. Julias Augen wissen mehr als deine. Sie haben heute schon gesehen, dass kein Tag wie der ist, der nach ihm kommt.«

»Bring' deinen klugen Adler sofort zurück in sein Nest«, brüllte Stella. »Und hör auf, mich zum Lachen zu bringen, wenn ich mit dir böse sein will. Das darf nur einer. Mein Mzee in London. Du wirst bald aus meiner Tochter ein Kind gemacht haben, das den ganzen Tag herumgeschleppt werden will wie ein junger Affe.«

»Es ist zu spät. Siehst du das nicht? Der kluge Moi, der alles weiß, hat schon am ersten Tag ihres Lebens aus Julia einen Affen gemacht«, brummte Chebeti, doch ihre Stimme war zärtlich, als sie ihre Rechte zu einer Faust ballte, die so groß war wie die eines Mannes. Mit der Linken hielt sie eine langstielige Pfanne, die sie mit weißer Asche blank wie die silbernen Armreifen der Männer aus Samburu geputzt hatte, in die Sonne. Ihre Augen hatten sich nach Lillys Flucht nicht verdunkelt. Sie waren groß und klar – wie in den alten Zeiten im Haus vom Bwana Mbuzi. So sehr Chebeti es zu verbergen versuchte und in Gesprächen mit Stella auch bestritt, sie schätzte Moi. Sie bewunderte seine Klugheit und dass er nie von dem Unfall sprach, der ihm so viel Kraft und den Glauben an sich selbst gestohlen hatte. Vor allem mochte Chebeti Mois zögernd nachdenkliche Art, Fragen zu beantworten, die Zacken und Dornen hatten. Es bewegte sie, dass er ebenso zärtlich mit Stellas Tochter umging wie einst der Bwana Mbuzi mit Stella und Lilly.

»Ein Mann mit den Händen einer Frau«, sagte sie einmal.

»Ein Mann mit einer Hand«, verbesserte Moi.

Damals konnte er schon wieder über sich selbst lachen. Zum ersten Mal in seinem Leben hatte er kein schützendes Tuch über sein Herz gehängt. Er ließ jeden wissen, der Augen hatte, das Leben zu deuten, und die allzeit geöffneten Ohren von Menschen, die mehr verstehen als andere und bereitwilliger die kleinen Fehler und großen Verfehlungen verzeihen als die Selbstgerechten, dass er das dunkelhäutige Kind einer blonden Mutter liebte. Wenn er in Stellas Küche saß und Karawanen von Autos mit hohen Rädern und großem Stauraum zeichnete, die er besonders geeignet für eine reiche Frau wie Stella und die ungeteerte Straße nach Nyahururu fand, und die Anstrengung seine Haut erhitzte und ein Krampf seine Hand zittern ließ, summte er meistens eine Melodie, die Julia verzauberte. Er erzählte der Kleinen wundersame Geschichten, die ihre Mutter so berührten, dass sie nicht wusste, ob sie lachen oder weinen wollte. Moi imitierte Vogelstimmen so gut, dass junge, unerfahrene Hunde erwartungsvoll bellten, wenn sie ihn zwitschern hörten, und er wisperte wie der Wind im hohen Gras, wenn Julia ausnahmsweise einmal nicht einschlafen wollte. Oft sprach Moi mit dem Baby über tatsächliche Ereignisse – besonders dann, wenn er der Meinung war, Stella sollte sie beizeiten erfahren, um ihr Herz vor der Torheit der Leichtgläubigkeit zu schützen. Mit Julia auf dem Schoß gestattete er seinem Mund weiche, schmeichelnde Worte, über die er dann so staunte, als kämen sie aus der Kehle eines anderen, und erst recht die Worte, die sich nicht als verlogene Gefälligkeiten verkleideten.

»Unser Kind hat nicht einen Freund verloren«, pflegte er mindestens ein Mal am Tag seit Lillys Verschwinden zu sagen. »Meine Füße sind hier geblieben.«

»Nur deine Füße?«, hatte ihn Stella beim ersten Mal gefragt. Als ihr bewusst geworden war, dass sie wie ein kicherndes junges Mädchen errötete, hatte sie hastig den nächsten Satz hinuntergeschluckt.

Es war nach einer unruhigen Nacht von Zweifel und Hoffnung, Erinnerungen und Melancholie, als sie Moi und Julia lange vor der gewohnten Zeit zurück ins Haus rief. Moi liebte komplizierte Erklärungen für simple Vorgänge, aber, noch ehe er das Dornengestrüpp vor dem Haus erreicht hatte, war Stella vollkommen klar, weshalb er Julia mitten am Tag umgezogen und unter seinen Lieblingsbaum verschleppt hatte. Der Schneider Moi mit der von den Saris der indischen Frauen geprägten Intuition für kostbare Stoffe hatte nicht widerstehen können, einem Baby von vier Monaten das herrlichste Kleid anzuziehen, das er je gesehen und mit staunender Ehrfurcht gestreichelt hatte. Das Zebrakind mit den kleinen schwarzen Locken und der winzigen Nase, das vorerst noch nach englischer Kinderseife und Babypuder aus dem Land der Üppigkeit und Sorglosigkeit duftete, trug ein Gewand aus hellgelbem Voile. Der Rock bestand aus mehreren Volants und sah aus wie ein Hügel aus Sonnenstrahlen. Der Halsausschnitt und die Puffärmel waren mit feiner weißer Spitze eingefasst, der schmale hellblaue Samtgürtel mit zwei winzigen goldenen Glocken verziert, die bei jeder Bewegung des Kindes leise läuteten. Das Kleid war zusammen mit einer gehäkelten Mütze aus marineblauer Wolle, Samtschuhen in der gleichen Farbe und einer silbernen Rassel, verziert mit den Buchstaben J und H auf der einen Seite und einem Pfeife rauchenden Halbmond auf der anderen, über Kontinente und Meere expediert worden und am Vortag bei Stella eingetroffen – zeitgleich mit den drei Monaten zuvor bestellten Türklinken und der Metallsäge aus Nairobi.

Zu diesem Zeitpunkt hatte es sich bereits bis Gilgil und Rumuruti herumgesprochen, dass eine »Mzungu mit Haar in der Farbe von Mais und mehr Geld in ihrem Koffer, als ein Hund Flöhe hat, für zwei Frauen und ein sehr kleines Toto« in Nyahururu ein »großes Haus aus Glas und Gold« hatte bauen lassen. Folglich war es eher einer glückhaften Fügung als Mister Karatasi, dem phantasievollen Angestellten von der Post, zu verdanken, dass das Päckchen sich nicht in der Fremde zu Tode gefürchtet und sich zu Mister Karatasis allergrößtem Bedauern entschlossen hatte, »in der Nacht wieder zu seinem ursprünglichen Herrn zurückzulaufen« – das war dank seines ausgeprägten Bedürfnisses, schmutzige Wahrheiten besonders reinlich einzukleiden, die damals in Nyahururu gängige Formulierung für verloren gegangenes Postgut. Immerhin wussten selbst Kinder, die weder schreiben noch lesen konnten, dass Päckchen mit Briefmarken aus fremden Ländern meistens größere Kostbarkeiten enthielten als große Pakete mit Marken aus Kenia.

Moi hatte an dem bewussten Tag einen Sack Zucker und eine Staude Bananen kaufen wollen und lediglich aus Gewohnheit nach Post für die »Mzungu in Nyahururu« gefragt. Allerdings handelte er umgehend und mit einer keineswegs selbstverständlichen Objektivität bei der charakterlichen Beurteilung eines Stammesgenossen, als ihm beim Bestaunen der silbernen Rassel die Zusammenhänge klar wurden. Er begriff, dass der Mzee in London augenscheinlich in seinem langen Leben keinen Grund gehabt hatte, an der Post zu zweifeln, und am Ende auch noch auf die Idee kommen könnte, Geld, Goldbarren oder Geschmeide in einem Pappkästchen auf Safari zu schicken. Nach einer aufklärenden Rücksprache mit einer sehr erschrockenen Stella, die ihrem skeptischen Berater zunächst weder glauben noch vertrauen mochte, beschloss Moi, bei der nächsten sich bietenden Gelegenheit Mister Karatasi verbindlich zuzusichern, fortan für jede unversehrt abgelieferte Postsendung einen großzügigen Anerkennungstribut zu entrichten.

Sir Williams exquisite Willkommensgaben für die ihm unbekannte Urenkelin stammten alle drei von der weltberühmten Firma Asprey in der New Bond Street, für die Luxus ebenso selbstverständlich war wie die Kunden, die ihn bezahlten, ohne zu murren und ohne die offerierte Ware in Relation zu ihrem Preis zu setzen. Stella erkannte das Pa-

pier von Asprey, als sie noch das Band des ersten Geschenks aufknotete. Mit einem einzigen Seufzer verscheuchte sie zwei Erinnerungen. Zum letzten gemeinsamen Weihnachten hatte Sir William seiner Enkeltochter in der New Bond Street die Flamingobrosche mit Smaragden, Rubinen, Saphiren und Brillanten gekauft. Zum Zeitpunkt dieses nostalgischen Gedenkens und auch noch einige Tage danach wähnte Stella das kostbare Schmuckstück geborgen in der Seitentasche ihres weißen Lederkoffers. Tatsächlich war jedoch der glitzernde Flamingo mit dem hocherhobenen Bein und dem großen Rubin aus Burma im Auge zusammen mit Lilly auf Safari gegangen.
Als Absender des an Miss Julia Hood adressierten und mit Siegellack gesicherten Päckchens war ein gewisser James Thistleby angegeben; die überraschte Empfängerin identifizierte ihn erst nach umständlichen Recherchen, die sie nach der Lösung des Rätsels allerdings sehr beschämten, als den Butler ihres Großvaters. Der grauhaarige Schweiger hatte nämlich Miss Stella fast eineinhalb Jahrzehnte lang im Wintergarten des großväterlichen Anwesens zum Frühstück zwei kross gebratene Spiegeleier, die in Nyahururu von Tag zu Tag stärker vermissten Würstchen aus Cumberland und den Hauch seines liebenswürdigen Lächelns serviert. Die so Bedachte war allerdings in all den Jahren nicht auf die Idee gekommen, James nach seinem Nachnamen zu fragen. Der Schenkende war wesentlich leichter zu identifizieren als der Absender. Im wattierten Kästchen von der Kinderklapper lagen zwei Zeitungsausschnitte mit unmissverständlichen Hinweisen. Das eine Feuilleton sang ein kurzes Loblied auf das Pfeifenrauchen und die Pfeifenraucher, die zweite Betrachtung war aus einer Frauenzeit-

schrift herausgeschnitten, die Stella absolut nicht in Sir Williams auf bewährender Männlichkeit und Tradition ausgerichtetem Heim vermutet hätte. Mit den übertriebenen Ausdrücken, die die viktorianischen Damen der guten Gesellschaft bemüht hatten, um besonders romantischen Gefühlen Ausdruck zu geben und die erstaunlich wohlbehalten zwei Weltkriege und den Verlust des Empires überlebt hatten, wurde über die Liebenswürdigkeit und Skurrilität von Großvätern referiert.

Vor dem Schlafengehen war sich Stella noch nicht im Klaren gewesen, was sie am meisten bewegt hatte: das anachronistische Taufkleid, das sie an die idyllischen Familienbilder des späten neunzehnten Jahrhunderts erinnerte, die provozierend teure Rassel oder die kitschige Betrachtung über Großväter, deren Herz eine Generation überspringt, ehe es sich offen zur Liebe bekennt? Kurz vor Mitternacht war die Nachdenkliche, allerdings mit einer Akribie, die ihr noch unangenehmer war als das störende Pochen in den Schläfen, sämtliche Wege und Irrpfade ihres Seelenlebens abgelaufen. Danach machte sie ausschließlich das Loblied des Pfeifenrauchens für die melancholische Attacke verantwortlich. Zunächst hatten die vierzig Druckzeilen aus der Sonntagsbeilage der »Times« nur mit stumpfen Zähnen an Stellas emotioneller Balance genagt, ihr dann jedoch in dem einzigen Moment, da sie ihr Gedächtnis nicht ausreichend geschützt hatte, mit der Brutalität von Einbrechern, die zum Diebesgut noch die Ruhe der Bestohlenen begehren, den Schlaf geraubt.

Stella hatte in keiner Lebenssituation an ihrer Liebe zu Afrika gezweifelt und schon gar nicht an ihrem Entschluss zur Heimkehr in ein Land, das sie nie ihrem Herzen hatte

entreißen können. Und doch saß sie in einer kalten Nacht am offenen Fenster und bat die Sterne um Antwort auf Fragen, die sie noch nie zu stellen gewagt hatte. Jede Frage entführte sie auf direktem Weg zu einem Garten, in dem lau die Aprilwinde wehten und der Vergissmeinnicht kobaltblau blühte. Als sie das Heimweh nach ihrem Mzee aus Mayfair zu würgen begann, wurde sie wieder zu einem Kind, das der Schmerz der ersten Trennung blind macht und stumm. Sie kaute, wie damals, als sie ihren Vater und Chebeti verlassen musste, um in die Schule zu gehen, ihre Fingernägel kurz und flocht winzige Zöpfe in ihr Haar. Es war seit Jahrzehnten das erste Mal, das Stella an ihre Zeit in dem ungeliebten Internat in Limuru dachte.
Als sie ihre ungewöhnlich ungeduldige Tochter stillte, spürte die Beunruhigte eine bedrückende Schwere in der Brust. Beklommen bot sie ihren Augen die besten Beutestücke der afrikanischen Nacht an, doch sie sah im Himmel aus schwarzem Samt und zwischen dem hellen Band der Sterne nur Bilder, die zu einem nicht endenden Panorama der Wehmut wurden. In einem Zustand, von dem sie lange nicht wusste, ob sie schlief oder wachte, löste sich dieses Panorama schließlich in ein sprühendes Feuerwerk auf. Stella glaubte, sie hätte es schon einmal gesehen. Es war, wie sich zu spät herausstellte, das funkelnde Spektakel, das sie und Fernando in ihrer ersten gemeinsamen Silvesternacht am Trafalgar Square erlebt hatten. Einen Moment suchte Stellas Hand Halt in der Tasche eines grauen Männermantels. Erst erwärmten sich ihre Finger und dann ihr Herz. Obwohl sie ahnte, dass es ihr nicht gut tun würde, reiste sie nicht mehr von London ab. Vor der kleinen Kirche St. Martin-in-the-Fields sagte sie »Ich liebe dich«. Fer-

nando roch, als er sie küsste, nach Pfefferminze und heißen Maronen. Er nannte sie Lady Godiva.
Stella fröstelte, weil er sie immer wieder so genannt und sie bis zu diesem Moment nicht gewusst hatte, dass Erinnerungen an Scherze heftiger schmerzen als die Wunden und Kränkungen des Lebens. Obwohl sie sich vorgenommen hatte, gerade dieses Kapitel ihrer Vergangenheit nicht wie einen von einem Paar übrig gebliebenen Handschuh auszusortieren, war Lady Godiva bis dahin nie in Nyahururu gesichtet worden. Fernando hatte noch im letzten gemeinsamen Gespräch die furchtlose nackte Dame auf dem Pferd, die die Stadt Coventry vor den zu hohen Steuern ihres herzlosen Gatten errettete, zu Hilfe geholt, um sich vor der Sentimentalität und der Melancholie des Abschieds zu schützen. Schuldbewusst hielt sich Stella die Ohren zu, aber Fernandos Stimme, im Londoner Winter dunkel und sanft, hatte sich gut auf die Safari nach Afrika vorbereitet. Jede Silbe gelangte ans Ziel. »Du hast«, hörte Stella ihn sagen, »einen Mann mit der falschen Hautfarbe und ohne Oxfordakzent vor dem ewigen Ausschluss aus der feinen Gesellschaft errettet, Lady Godiva.«
»Ich bin farbenblind«, erwiderte Stella, aber ohne den Zuhörer, dem dieses Bekenntnis galt, wirkte die Antwort, die Fernando zu sehr vielen galanten Komplimenten und echten Liebesbekundungen animiert hatte, wie ein Hund, der immer noch nach der Beute jagt, obgleich er schon lange keinen Zahn mehr in der Schnauze hat. Mit dem Mut, der ihr geblieben war, straffte Stella ihre Schultern und hob ihren Kopf. Sie schluckte die Erinnerungen hinunter, die mit zu großen Dornen gespickt waren, und lächelte in die Dunkelheit hinaus, aber weder Courage noch die

Entschlossenheit derer, die sich auf der richtigen Fährte wähnen, konnten den furiosen nächtlichen Ritt ihrer Erinnerungen aufhalten.
Stella löste sich aus der Umklammerung, drückte ihren Rücken gegen den Fensterrahmen, umfasste ihre Knie und machte Bilanz. Sie war einer Kinderfreundschaft wegen in einen Ort geflüchtet, der selbst in Kenia nicht auf jeder Landkarte verzeichnet war. Fließendes Wasser und Strom, Fernsehen und Telefon, Theater und Kino, Auto, Kühlschrank, die ärztliche Versorgung und die Möglichkeit, sich jeder Zeit nach Belieben mit den Dingen des täglichen Bedarfs zu versorgen, gehörten nicht mehr zum Zyklus ihres Lebens, aber auch nicht mehr die Sehnsucht, die sie aus England fortgetrieben hatte. Stella hatte die Landschaft ihrer Kindheit, Chebeti und Lilly wiedergefunden, ein Kind geboren, das gesund war und schön, und sie hatte ein Haus mit einem festen Dach und soliden Wänden gebaut. Auf der Bank lag von Monat zu Monat mehr Geld für eine Existenz in dem Land, das ihr Heimat war.
»Es ist genug«, sagte Stella. Sie streckte ihre Arme aus und spürte, wie die Wärme zurück in ihren Körper strömte. Noch ohne Anstrengung begrub sie den Zweifel am Sinn ihres neuen Lebens. Mit dem Behagen der Optimistin genoss sie den vertrauten Seufzer der Erleichterung. Der versprach ihr Freiheit, die Leichtigkeit der Tage und die Zufriedenheit der Nächte. Weil jedoch Vernunft und Einsicht einer begeisterungsfähigen jungen Frau nicht widersprachen, die sich von ihren Träumen in unbekannte Täler jagen ließ, wurde Stella der entschlossene Riese, der sie nie gewesen war. Sie ließ sich weder von den Gespenstern der Vergangenheit hetzen, noch fürchtete sie die Illusionen der

Zukunft. »Ich werde es tun«, murmelte der Riese auf Zeit und machte – schon als er den Satz zum ersten Mal wiederholte und dies noch nicht einmal laut – aus den vier Worten einen Schwur.

Ohne Pathos, aber auch ohne die Überheblichkeit derer, die sich schon an dem Willen zur Tat berauschen und sich selbst belobigen, nahm sich Stella vor, das Geld auf der Bank in Nairobi für die Menschen zu verwenden, deren Sprache, Witz und Phantasie sie bezauberten und deren Ursprünglichkeit, Gelassenheit, Lebensklugheit und Heiterkeit sie Tag für Tag aufs Neue beeindruckten. Stella zweifelte nicht an Lillys Rückkehr, nicht an der Verbundenheit von zwei Frauen, die als Kinder Schwestern gewesen waren. Mit ihr und mit Chebeti, die ihr erst Amme gewesen und immer noch Mutter war, und mit Chebetis Freunden und Nachbarn wollte sie leben, um ihrem in Nyahururu geborenen Kind die Kraft der afrikanischen Wurzeln zu sichern, die naive Heiterkeit des Seins, die noch in den Tiefen des Lebens tröstet und beschützt.

Selbst in diesem herrlichen Augenblick, da für Stella das Leben ein perfekt konstruiertes Mosaik war, in dem jeder winzige Stein zum nächsten passte, war sie nicht romantisch, noch nicht einmal sentimental. Sie war schon als Kind eine bescheidene Träumerin gewesen und hatte stets ihre Füße auf der Erde gelassen, wenn ihre Wünsche sie zum Himmel ziehen wollten. Auch als sich Verstand und Herz von der Gegenwart lösten, sah Stella sich nicht als Wohltäterin von Nyahururu oder als eine Heilsbringerin aus Europa, die sich weismachen lässt, sie könnte die Menschen Afrikas aus wirtschaftlicher Not erretten, indem sie ihnen die Kultur nimmt und den Segen der Zivilisation ver-

spricht. Stella hatte nur ein kleines Licht aufflammen gesehen.
Endlich sah sie die Lodge, die Moi schon am Tag erblickt hatte, als Sir Williams Brief eingetroffen war. Sie sah, wie das Empfangsgebäude erbaut wurde, roch das Holz für Fensterrahmen und Türen, bestellte abermals das Glas in Nakuru und stellte sich die Menschen auf Safari vor, die in den Wasserfall schauten und die erlebten, wie sich die Feuerlilien bei Sonnenaufgang glühend rot färbten. Es waren Reisende, die viel Zeit hatten und Augen, die trinken konnten, und die von der Zivilisation und der Technik erschöpft waren und das suchten, was Stella schon immer gehört hatte. Als die Phantasie und ein Gefühl, das Stella einen Pulsschlag lang für Sehnsucht hielt, einen doppelten Salto schlugen, glaubte sie gar, Fernando unter denen zu sehen, die auf Safari gehen würden. Wie es sich für eine ziemte, die dem schönen Schein der Träume misstraute, schüttelte sie resolut den Kopf, aber sie genoss lange noch die Bilder, die ihre Phantasie in grellen Farben malte.
Julia schlief in ihrem Korb unter einem feinen Netz, das im Sternenleuchten einer afrikanischen Nacht wie ein Gewebe aus feinen silbernen Fäden wirkte. Behutsam zog ihre Mutter die Decke gerade und belauschte Atemzüge, die ruhig waren und gleichmäßig. Sie fühlte die Stirn des leise schmatzenden Babys, die weder zu warm noch zu kühl war, versprach Julia ein Leben lang die Liebe und Aufrichtigkeit einer Mutter, die immer jung, stets hoffnungsfroh und ohne die Begierde der Unzufriedenen sein würde. Obwohl sie sah, dass Lillys Zimmer leer war, als sie zurück in ihr eigenes ging, legte sie sich zufrieden in ihr Bett. Kaum aber, dass Stella die Augen schloss, stand sie in der großväterlichen

Bibliothek in Mayfair. Sie erkannte den Tabakduft, der in einer schlanken Säule zur getäfelten Decke zog, noch vor den dunkelgrünen Ohrensesseln mit den goldenen Beschlägen und erwischte, genau wie beim ersten Mal, als dies geschah, einen sehr verlegenen Sir William mit einer kalten Pfeife im Aschenbecher und einer glühenden Cohiba in der Hand. Er hatte erst am folgenden Tag mit der Rückkehr seiner Enkeltochter gerechnet, die den lebenslangen Zigarrenfreund in nostalgischer Erinnerung an ihren Vater zum Pfeifenrauchen überredet hatte.

»Du wolltest vor dir selbst weglaufen«, raunte Sir William, als aus seinen Ahnungen betreffend Stellas Zukunft eine Gewissheit geworden war, die ihn unangenehm nachdenklich stimmte, »aber es ist dir nicht gelungen. Zum Weglaufen bist du nicht dumm genug, meine Liebe.«

»Nein, nicht dumm genug, Sir«, erwiderte Stella und schlief endlich ein.

Als ihr dann am nächsten Morgen und selbst am Mittag noch die Bilder der Nacht wieder begegneten und im wachen Zustand so scharf waren wie in dem der wohltuenden Dämmerung, wiederholte Stella gerade diesen Satz. Sie fühlte sich trotz der weiten Wege, die sie zurückgelegt hatte, erfrischt und zuversichtlich. Die Schatten, die sie beunruhigt hatten, waren hell geworden. Ein Mal lachte sie und wusste nicht weshalb; die kindliche Vorstellung, Sir William würde ihr zuzwinkern, belebte Körper und Gemüt. Moi hörte sie lachen, als er mit Julia in die Küche kam. Obwohl er nicht genug Englisch konnte, um zu verstehen, was er soeben durch das offene Fenster gehört hatte, wusste er Bescheid. »Komm zurück«, riet er, »es ist heute nicht die Zeit für die langen Wege zu den gestorbenen Tagen.« Er zerkaute jedes Wort und zügelte seinen Drang, die Zeit zu der alten Ahnungslosigkeit zurückzuspulen. Moi war nicht nur empfindsam und rücksichtsvoll. So jung, wie er war, hatte er die Weisheit der Mzee, die aus ihren Erfahrungen und Leiden gelernt haben. Deshalb hatte er seiner Zunge Zeit gelassen, obwohl es ihn seit Lillys Verschwinden von Stunde zu Stunde mehr nach der Befreiung von der Lüge und falscher Hoffnung getrieben hatte. Er holte viel Luft in seine Lungen und auch Mut in die Brust, als er das Kind im Spitzenkleid auf den Schoß seiner Mutter setzte.

»Du hast nach ihr gerufen«, erinnerte er, »ich wollte mit ihr unter dem Baum sitzen bleiben und auf die Stunde des langen Schattens warten.«

»Sie hat keine Zeit, unter einem Baum zu sitzen«, scherzte Stella, »sie muss dem Mzee in London einen Brief schreiben und sich für das Kleid bedanken.«

Julia, die Eroberin der Herzen, sah aus wie eine Rosenknospe im Tau des beginnendes Tages. In Wirklichkeit war sie eine Prinzessin, die nach den Blättern eines Affenbrotbaums duftete, der zeit seines Daseins von einer afrikanischen Sonne erwärmt wird. Noch konnten die staunenden Augen des Zebrakindes nicht die Botschaften empfangen, die ein Spiegel aussendet. Julia wusste nichts von ihrer Schönheit, nichts von ihrem dunklen Teint und nichts vom Reiz nachtschwarzer Haare. Stellas Nachbarn, die dieses Kind bewunderten, obwohl es ein Mädchen war, das nie einen Brautpreis erzielen würde, hatten noch viel Zeit zu grübeln, welcher Sprache sein erstes Wort entstammen würde.

»Jambo«, sagte Moi, um den Strom seines neuen Lebens in die Richtung zu lenken, die ihm am besten gefiel. Er

wünschte sich sehr, dass das Kind im Sonnenkleid und er zusammen nur zwei Zungen brauchen würden, um miteinander zu reden. »Jambo«, lockte er noch einmal.
Julia gurrte gute Laune – auch dann noch, als sich die beiden Untertanen nicht mehr mit der fröhlichen Regentin befassten und sie ausnahmsweise ihren eigenen Daumen zum Nuckeln nehmen musste. Moi brauchte seinen für die Arbeit. Er wollte, weil Stella ihm einiges von den Bildern und Gesprächen der Nacht und alles von ihren Plänen erzählt hatte, den Garten und das imposante Empfangsgebäude der Lake Nakuru Lodge zeichnen. Für diese feudale Gästeunterkunft hatte der in gesunden Tagen bis nach Naivasha bekannte Schneider Moi, der ja mit dem Koch verwandt und ein guter Freund des Verwalters war, Bettwäsche, Gardinen und Kissenhüllen genäht. »Auf den weißen Kissen«, beschrieb er und befeuchtete seine Lippen mit der Süße guter Erinnerungen aus den Tagen ohne Not, »war ein Flamingo und auf den roten Kissen war ein schwarzes Nashorn.«
»Das musst du Lilly erzählen, wenn sie wieder hier ist. Mein Vater«, fiel Stella ein, »hat ihr einmal einen blauen Löwenkopf auf ein weißes Kissen gemalt. Sie war damals neun Jahre alt und konnte schon ebenso gut Englisch sprechen wie Suaheli.«
»Lilly kommt nicht zurück«, erklärte Moi. Er veränderte um keinen Laut die Tonlage seiner Stimme, aber er warf mit einer verärgerten Bewegung den Bleistift auf den Tisch und schob mit einem tiefen Atemzug das Papier, das Stella ihm soeben erst gegeben hatte, zur Seite. »Alle Leute in Nyahururu wissen, dass Lilly in die Stadt gelaufen ist. Nein, sie ist nicht gelaufen. Sie ist gerannt. Nur du weißt nichts,

Mama. Du willst nicht, dass du das weißt. Du bist auf eine zu weite Safari gegangen, um deine Lilly zu suchen. Jetzt rennen deine Augen an der Wahrheit vorbei wie ein satter Löwe an einem zu mageren Dik-Dik.«

Wieder schickte Moi die Stimme nur bis zu der Wand, vor der der Tisch stand. Der Schmerz widerte ihn an, den er Menschen zufügte, die er achtete. Deshalb beschützte er in dem Augenblick, da er vor Stella Lillys Namen aussprechen musste, seine Worte, als wären sie aus Glas und könnten bei der geringsten falschen Betonung zerbrechen. Moi hatte im ersten Zorn diese empfindlichen Worte wie ein Stier, den die Wut verbrennt, aus seiner Kehle brüllen wollen, doch er hatte sich das Schweigen der Klugen befohlen. Durch geduldiges Abwarten hatte der behutsame Kenner der Menschen die Pfeilspitzen der Wahrheit stumpf gemacht – stumpfe Pfeilspitzen schmerzten weniger als die scharfen. Er sah, dass Stella blass geworden war. Rote Flecke krochen zu ihrem Hals und auf die Stirn. Die eine Hand hielt die andere fest; die Knöchel sahen aus, als würden sie sich durch die Haut bohren. In der Sprache der Rasenden und Ratlosen redeten die Hände lange vor dem Mund.

»Willst du«, fragte Moi dennoch, »nur das sehen, was dir deine Augen erzählen, Mama? Sind die Augen von reichen Leuten immer blind und die Ohren taub? Kann deine Nase nicht mehr die Wahrheit riechen?«

»Warum sagst du das alles, Moi? Warum weißt du heute schon, dass Lilly morgen nicht zurückkommt? Bist du Mungu, der alles weiß und für jede Frage die richtige Antwort kennt?«

»Nein, ich bin nicht Mungu. Ich bin Moi, der Schneider mit einem Arm, der nicht mehr nähen kann. Ich bin Moi mit zwei Augen, zwei Ohren, einer Nase und einem Mund. Dieser Moi hat gestern mit dem rechten und mit dem linken Auge Lilly auf der Straße nach Nakuru gesehen. Es war der Tag, als ich das schöne gelbe Kleid für deine Tochter aus dem Laden abgeholt habe, in dem die Post wartet. Weißt du noch, was in dem Paket war?«

»Verdammt noch mal, Moi, ich dreh' dir deinen Hals um, wenn du noch ein einziges Mal von dem verdammten Paket quasselst. Oder von deinen Augen und Ohren und deinem verfluchten Arm.«

»Du musst in meiner Sprache mit mir sprechen«, erwiderte Moi liebenswürdig, »wenn du willst, dass ich mich mit dir ärgere.«

»Woher weißt du, dass Lilly nicht zurückkommt?«

Moi lächelte. Es machte ihn zufrieden, dass Stellas Stimme nicht mehr die Wolken zerkratzen wollte und die Flamme in ihren Augen niedriger brannte als zuvor. »Ich habe sie auf der Straße nach Nakuru gesehen.«

»Aber, was hat sie auf der Straße nach Nakuru gemacht? Kennt sie denn jemand in Nakuru?«

»Sie hat gejagt, Stella. Hörst du, was ich sage? Sie hat gejagt. Eine Frau wie Lilly jagt auf der Straße nach Nakuru keine Hühner.«

Stella fiel es nicht auf, dass Moi zum ersten Mal ihren Namen nannte und wie wohl seine Stimme ihren Ohren tat, denn in diesem Augenblick, da Mois sanfte, verständnisvolle Stimme endlich die Pfeile der Wahrheit auf den Weg geschickt hatte, traf Stella der Blitz. Weil noch nicht einmal eine Regenwolke am Himmel war und es auch nicht donnerte, hielt sie diesen Blitz für eine arglistige Täuschung ihrer Sinne. Zunächst verwechselte sie das Wetterleuchten ihres Bewusstseins mit einem Ziehen im Bauch und dann mit einem stechenden Schmerz in den Kniekehlen. Erst Stunden später wurde Stella gewahr, dass der Blitz nicht nur hell gewesen war, sondern schonungslos erhellend. Als er sie traf und wehrlos machte, hatte sie nämlich nicht nur begriffen, dass der wunderbare Kindertraum von den beiden Schwestern Stella und Lilly für immer tot war. Ihr war noch Schlimmeres widerfahren. In dem Moment der gewaltigsten Enttäuschung ihres Lebens, im Wissen um den Verlust eines jahrzehntelang gehüteten Schatzes und in der Trauer um die Unwiederbringlichkeit des Glücks hatte Stella nur ein einziges Verlangen gespürt. Es war die Sehnsucht nach ihrer Muttersprache und nach Menschen, für die sie ihre Empfindungen nicht in Bilder kleiden musste.

»Wir werden unsere Lodge bauen«, sagte sie. Sie genierte sich, dass ihr Körper brannte, denn sie war zu ehrlich und selbstkritisch, um ihre Entschlossenheit nicht richtig zu deuten. Es war der Trotz eines gekränkten Kindes, der sie reden und handeln ließ. »Wir werden«, beharrte Stella, »unsere Lodge ohne sie bauen.«

»Es ist gut für deine Milch, wenn du ihren Namen hinunterschluckst«, sagte Chebeti. »Sie war immer eine Malaya.«

»Chebeti, seit wann bist du hier?«

»Ich bin nie fort gewesen, Stella. Von dir bin ich nie fort gewesen, meine Tochter. Komm zu deiner alten Aja. Den Namen von einer, die du vergessen willst, sollst du hinunterschlucken, aber nicht deine Tränen.«

7

Obwohl er nur einen dieser gefälligen kleinen Scherze im Sinn hatte, die an den Ohren vorbeifliegen wie verdorrte Blätter im Sturmwind an Häusern und Zäunen, kniff Moi seine Augen fest zu. Die Haut über seinen Backenknochen spannte und wurde eine Schattierung heller. Noch vor dem Gespräch, das schließlich nicht nur für zwei Menschen von besonderer Bedeutung sein würde und dessen passenden Auftakt er sich seit Tagen gründlich überlegt hatte, wollte er im weißen Mittagslicht jene grünen und gelben Sterne herbeizaubern, die sekundenlang die Wirklichkeit ausblendeten. So machte sich der Genießer erst an die Aufgabe, die er sich selbst gestellt hatte, als seine Augen gesättigt von den Funken und Farben zurückkehrten.

»Siehst du noch«, fragte er und zeichnete, während er auffallend langsam sprach, mit einem kurzen starken Zweig kleine Kreise in die lockere Erde, »siehst du noch den Tag, als dich die Wahrheit aufgefressen hat? Da hast du auch das Wort Malaya zum ersten Mal gehört. Weißt du das noch?«

»Ich sehe diesen Tag, ich sehe ihn besser als du«, erwiderte Stella. »Und das Wort Malaya habe ich nicht zum ersten Mal gehört. Dieses Wort habe ich schon auf Karibu gekannt.« Sie ließ sich mit keiner Bewegung anmerken, dass sie bereits bei dem Spiel mit den Augen und durch die seltsam langen Pausen zwischen absolut bedeutungslosen Sätzen begriffen hatte, in welche Richtung Moi das Gespräch steuern wollte. Seine ausgeprägte Mimik zuvor und die übertriebene Aufmerksamkeit für die Kreise im Sand, die er soeben mit einer kunstvoll gezeichneten Schlangenlinie verbunden hatte, verrieten ihn. Ohne Zweifel hatte der listige Taktiker vor, seinem schwer zu unterdrückenden Hang zur Schadenfreude nachzugeben und tatsächlich wieder über Lilly und ihren heimlichen Abschied zu diskutieren. Obwohl Stella ihm dazu keinen Anlass gegeben hatte, ließ sich Moi nicht von seiner Meinung abbringen, reiche Frauen wüssten immer viel zu wenig über Geschlechtsgenossinnen, die ihren Körper verkauften, und es wäre seine Aufgabe als ein Mann mit Erfahrung, sowohl die Motive einer Malaya als auch die Geschehnisse der letzten Tage umfassend zu analysieren – »das Leben mit einer ganz scharfen Panga in kleine Stücke zerschneiden« nannte er den Vorgang. Vielleicht, überlegte Stella, hatte er auch neue unerfreuliche Schauris zu berichten. Es war ihr eines der vielen ungelösten Rätsel ihres zweiten afrikanischen Lebens, dass die unangenehmen Nachrichten im Nyahururu der siebziger Jahre wesentlich schneller an ihrem vorgesehenen Ziel eintrafen als in den überschaubaren Zeiten von Karibu. Damals hatten noch die Trommeln im Wald oder Boten, die von der einen Farm zur Nachbarfarm geschickt wurden, die Berichte von Geburt, Leben und Sterben überbracht. Mit einer Wehmut, die sie ob ihrer Intensität einen erregten Atemzug lang unsicher machte, überlegte Stella, dass in den alten Tagen die kleinen Komödien, die Banalitäten und die großen Tragödien auf eher gemächliche Safaris gegangen und nicht auf dem Rücken der Adler gereist waren.

»Ja«, sagte sie und lächelte so prononciert, dass Moi die goldene Krone auf ihrem Backenzahn sehen konnte, denn sie wusste, dass Zustimmung, die er nicht deuten konnte, ihn mehr reizte als der Widerspruch, den er erwartete. Moi ließ sich das nicht anmerken, als er ihr Lächeln in der gleichen übertriebenen Art erwiderte. Er machte sogar mit seiner Hand eine Bewegung, als wollte er einen Ball fangen, den er auf sich zufliegen sah.

»Nein«, konterte er liebenswürdig. Als nichts geschah, wiederholte er das Wort, wobei er jede der drei Silben in die Länge zog.

»Du sagst immer so kluge Dinge«, lobte Stella. »Heute streichelt deine Zunge meine Ohren noch mehr als gestern. Hast du das gewusst?«

Moi schaute sie an und schnalzte mit der Zunge. Er traute keiner Frau die gescheite Ironie zu, die er selbst stets an der genau richtigen Stelle eines Gesprächs einzusetzen wusste; tatsächlich fielen Stella passende Antworten auf seine oft bewusst dummen Fragen meistens so spät ein, dass sie ihn nur noch mit Schweigen von ihrer mangelnden Flexibilität ablenken konnte. Dieses Mal lief allerdings die Beute, die Moi schon sicher in seiner Falle gewähnt hatte, in der verkehrten Richtung davon. Er war ein wenig unkonzentriert gewesen, weil er nachgedacht hatte, ob er tatsächlich etwas außerordentlich Gescheites gesagt und dies nicht gemerkt hatte. Zudem hatte Stella vorgegeben, sie könnte sich zwar gut an die meisten Ereignisse der vergangenen Woche erinnern, aber nicht mehr, ob er während dieser Zeit überhaupt in Nyahururu gewesen war. Gerade in dem Moment aber, da Moi seine Zunge locker machte, um die Schauri wieder von vorn zu beginnen, erklärte sie

besonders laut und besonders fröhlich: »Erst hat mich die Wahrheit aufgefressen, und dann war ich nicht mehr da. Mit wem redest du denn die ganze Zeit, mein Freund? Ich habe immer gedacht, dass nur die ganz alten Mzee mit sich selbst reden.«
Moi blies die Luft, die er sich für die Pointe seines Scherzes aufgehoben hatte, eilig aus den Backen. Er schätzte nur Witze, die wie Pferde waren. Auf einem Pferd konnte ein Mann über Gräben und Flüsse galoppieren, und die Wirklichkeit holte ihn nicht ein. Scherze, bei denen dem Reiter die Zügel entglitten und seine Füße aus dem Steigbügel rutschten, mochte er nicht. Redende, denen eine solche Niederlage drohte, taten besser daran, das Gespräch neu zu beginnen. Er hüstelte und räusperte die Heiserkeit aus seiner Kehle, spuckte auf ein Grasbüschel zu seinen Füßen, kratzte sich kurz am Ohr und erklärte sehr feierlich: »Du hast gesagt, du willst eine Lodge bauen. Weißt du noch, dass du das gesagt hast? Julia erzählt mir jeden Tag, dass ihre reiche Mutter eine ganz große Lodge bauen will. Aber in Nyahururu ist nicht ein einziger Baum geschlagen worden für die Bretter. In Nakuru wurde kein Wellblech bestellt für ein Dach. Wo ist das Glas für die Fenster? Wir haben nur noch genug Schrauben, um den Riegel für ein Schloss an eine Tür zu machen. Dein Geld schläft immer noch auf der Bank in Nairobi, Mama. Wann hast du deinem Geld Kwaheri gesagt? Du hast vergessen, mir zu erzählen, dass du deinem Geld Kwaheri gesagt hast.«
»Halt deinen Mund, Moi, und mach ihn nie wieder auf. Hat dich in der Nacht eine verrückte Hyäne gebissen? Hat sie dir in beide Ohren gesagt, dass man in einer Woche eine Lodge bauen kann? Und du hast dieser verrückt geworde-

nen Hyäne geglaubt. Du hast wirklich geglaubt, dass so eine Lodge in sieben Tagen fertig ist. Dann sag ich dir jetzt, das ist eine Lüge gewesen. Du darfst nie wieder mit einer verrückten Hyäne reden.«

»Jetzt redest du zu viel.«

»Eine Frau redet nie zu viel. In einer Woche kannst du noch nicht einmal eine Hütte für einen Hund bauen, Moi. Jedenfalls nicht in Nyahururu. Da fehlen bestimmt die Nägel. Die müssen erst aus Nakuru geholt werden. Oder es fehlen die Arbeiter. Die müssen erst aus Nairobi geholt werden. Vielleicht sind sie noch im Bauch ihrer Mutter.«

»Wir haben doch keinen Hund«, sagte Moi vorwurfsvoll. Es gelang ihm noch besser als an Tagen ohne Erwartung und ohne einen so herrlich belebenden Krieg der Zungen gleichzeitig verblüfft und gekränkt auszusehen. »Aber wenn du morgen eine Hütte für den Hund bauen willst, den du nicht hast, dann musst du es mir sofort sagen. Dann fahre ich heute noch mit dem Bus nach Nakuru. Dort hole ich die Nägel für die Hütte deines Hundes. In so einer Hütte kann ein Hund gut bellen. Brauchst du auch eine Kette für seinen Hals?«

»Hör gut zu, Moi. Ich will keinen Hund. Ich brauche keinen Nagel und kein Holz. Ich will auch nicht so viel lachen, dass ich Bauchschmerzen bekomme. Ich will hier sitzen und kein Wort reden und nur hören, was die Vögel reden. Hast du mich verstanden?«

»Aber ja«, lachte Moi. »Ich verstehe dich sehr gut. Du hast vergessen mir zu sagen, dass du ein Haus für deine Vögel bauen willst. Dann willst du dich an die Tür von dem Haus für deine Vögel stellen und hören, was sie sagen. Da brauchen wir Nägel. Um aber die Nägel so schnell von Nakuru nach Nyahururu zu bekommen, dass deine Vögel morgen schon nicht mehr auf Bäumen wohnen müssen, musst du heute das Auto kaufen, von dem wir die ganze Zeit reden. Es ist dumm, nur von einem Auto zu reden, aber nicht in einem Auto zu sitzen.«

»Hör auf. Sonst hole ich Chebeti und alle ihre Freundinnen, damit sie dir Gras in deinen Mund stopfen. Es ist genug, wenn dein Körper vom Lachen geschüttelt wird. Bist du krank oder verrückt? Oder willst du, dass ich verrückt werde? Wir haben nie von einem Auto gesprochen.«

»Ist jetzt nie, Mama?«, Moi klopfte leicht auf Stellas Uhr. »Wir sprechen schon seit fünf Minuten von deinem neuen Auto. Sind fünf Minuten nicht fünfmal mehr als eine Minute? Weißt du, warum nur ich die ganze Zeit geredet habe? Weil du mit deinem Hund auf die Jagd nach deinen Vögeln gegangen bist.«

»Vergiss den Hund und vergiss die Vögel«, stöhnte Stella. »Vergiss vor allem das Auto. Ich brauche kein Auto. Ich kann überhaupt nicht Auto fahren. Ich habe in meinem ganzen Leben noch nicht einmal auf einem Fahrrad gesessen.«

»Was willst du in Nyahururu mit einem Fahrrad?«, staunte Moi. »Hier gibt es zu viele Berge, und alle Straßen haben tiefe Löcher. Da fällst du sofort vom Fahrrad. Willst du, wenn Julia krank ist, ein Kind, das stirbt, auf dein Fahrrad setzen und zum Arzt nach Nakuru fahren?«

»Jetzt kann ich nicht mehr lachen, Moi. Das darfst du nicht sagen. Der Tod eines Kindes ist kein Spiel.«

»Du denkst immer«, erkannte Moi und war schon nach seinen ersten drei Worten nicht mehr der Mann, der er soeben gewesen war, »dass es keine bösen Schauris geben wird, wenn man nicht von ihnen spricht.«

Sie hatten auf dem breiten Baumstamm vor Chebetis Ge-

müsegarten auf die Kühle des Nachmittags gewartet. Der schmale Pfad zu den großen Felsen, vor denen Stella so gern saß und die olivgrünen Meerkatzen beobachtete, deren Grazilität und Lebenslust sie immer wieder entzückten, wurde von keinem Baum gesegnet. Die schattenlose Strecke wurde selbst von den widerstandsfähigen Perlhühnern gemieden, die sonst überall nach Futter scharrten. Der schwache Wind, der nur die jungen Bohnen am Zaun ein wenig bewegte, trug schwer an der feuchten Hitze. Das hohe Gras zwischen den Ameisenbergen hatte seine Kraft verloren. Nur gelegentlich zeigte eine rötlich staubende Wolke an, dass die Zebras einen neuen Futterplatz gefunden hatten. Sobald die Augen jedoch zum Wasserfall schweiften und in den herabsteigenden Strahl schauten, glühte das Leben in den Farben des Regenbogens. Blau wie ein Meer aus Kobalt leuchteten die Glanzstare, die Tropfen auf ihren Flügeln glänzten wie Perlen. In solchen Momenten von Fülle und Schönheit wurde die Trägheit, die den Kopf noch schwerer als den Körper macht, leicht wie Wolken, die einander wie übermütige Kinder jagen. Bis zu dem Gespräch über die Lodge und das Geld auf der Bank, das Stella durch sein überraschendes Ende mehr verstört hatte, als ihr zunächst bewusst wurde, war sie immer der Meinung gewesen, auch Moi würde diese Trägheit als einen Himmelssegen empfinden und mit dem gleichen Behagen genießen, wie sie es Tag für Tag tat. Es war eine Stimmung, die weder Freude noch Furcht kannte, weder Begehr, Gier noch Groll, nicht den Erfolg und nicht die Niederlage.
Stella war, worauf sie keiner je hingewiesen hatte und was sie auch niemandem geglaubt hätte, ein Kind aus der Kolonialzeit geblieben. Sie wusste wenig von dem Hunger,

der wirtschaftlichen Not und der inneren Zerrissenheit des Landes, das sie immer noch als Heimat empfand. Ihrer Vorstellung nach lebten alle Menschen in Kenia in der Ruhe der Seligen und ohne den Ballast von aufwühlenden Gedanken. »Sie lassen sich«, wie sie in ihrem letzten Brief an ihren Großvater formuliert hatte, »nicht von Pflichten bedrängen, die sie sich selbst aufbürden, und schon gar nicht werden sie von provozierenden Illusionen und aberwitzigen Träumen geneckt, die mit scharfen Krallen an der Zufriedenheit kratzen und der Gegenwart ihren Reiz nehmen.« Sir William war wieder einmal sehr klarsichtig gewesen. »Könnte es sein, dass du zu viel Robinson Crusoe gelesen hast, meine Liebe?«, hatte er postwendend angefragt.

Als Moi wieder zu sprechen begann und Stella ihn anschaute, wurde ihr rasch und dann auch ein für alle Mal klar, dass es unter Afrikas besonntem Himmel durchaus Menschen gibt, die nicht die Gabe haben, ihren Gedanken allzeit die Ruhe der Passiven zu befehlen. Moi war nicht ein Mann, der die Augen schloss und sich mit dem Augenblick zufrieden gab. Er war einer, der über Hürden springen, zu den Wolken stürmen und wissen wollte, wie es um das Leben und die Welt bestellt war.

»Deine Augen jagen mich wie eine Katze eine Maus«, stellte Moi fest. »Haben diese Augen mit Krallen Beute gemacht?« Er schlug mit der Hand auf den Baumstamm und zerquetschte eine fette rote Ameise. Auf seiner Stirn hatten sich kleine Falten gebildet. Seine Pupillen waren groß. Augen und Stirn ließen Stella begreifen, wie wenig ihm an jenem Gleichmaß der Tage gelegen war, das sie vorbehaltlos zu genießen begehrte. Anders als für viele Menschen in Kenia, denen von Kindheit an die Resignation sehr viel vertrauter ist als die Hoffnung, war Zukunft für Moi nicht ein Wort, dem das Herz fehlte. Er hatte das spätestens an dem Tag begriffen, da ein Motorradfahrer seine Zukunft überrollt hatte. Das Wort aber und seine Bedeutung waren in seinem Gedächtnis geblieben. Gerade in diesem Augenblick spürte Stella, wie eilig es dieser ungewöhnliche Mann hatte, Saat keimen zu sehen und die Ernte einzubringen. Sie war irritiert, wurde erst verlegen und dann gar zornig. Ehe sie jedoch dazu kam, ihre Gedanken und ihre Abwehr in die Simplifizierungen der Suahelisprache und in deren bildhafte Vergleiche zu übertragen, redete der Unermüdliche bereits wieder.

»Ich habe allen Leuten hier erzählt, dass du in Nyahururu die größte Lodge in Kenia bauen willst. Eine Lodge mit vielen kleinen runden Hütten und weißen Steinen auf allen Wegen. Alle wissen auch, dass du dir ein Auto kaufen willst. Ein rotes Auto mit gelben Rädern und einer Hupe, die lauter ist als alle anderen Hupen in diesem Land. Chebeti hat sich sehr gefreut. Sie liebt eine Hupe, die gut schreien kann. Was gefällt dir besser für die Sitze? Das Fell von einem Leoparden oder das Fell von einem Zebra?«

»Moi, das darfst du nicht. Ich habe gedacht, dass du klug bist und vorsichtig und dass du weißt, was Mungu will. Man spricht nicht über die Tage, die noch nicht gekommen sind. Hat dir das Chebeti nicht gesagt? Mir hat sie das immer gesagt. Schon als ich ein Kind war. Sie wurde sehr böse, wenn ich von den Tagen gesprochen habe, die noch nicht gekommen waren.«

»Die Tage sind anders geworden in Kenia, seitdem du ein Kind warst, Mama. Die Menschen sind auch anders geworden. Hat dir das Chebeti nicht gesagt? Dann sagt es dir Moi jetzt. Die Menschen sitzen heute nicht mehr vor ihren Hütten und reden von dem Land, das sie haben wollen. Dieses Land gehört ihnen. Deswegen haben sie auch keinen weißen Bwana mehr, der ihnen Arbeit gibt und Essen und ihnen sagt, was sie pflanzen und was sie ernten sollen.«

»Ich verstehe dich nicht. Warum sagst du das alles?«

»Es ist«, erkannte Moi, »nicht eine Krankheit deiner Ohren, wenn du mich nicht verstehst. Die Männer, die für deinen Vater in Karibu gearbeitet haben, und auch ihre Frauen wollten bei Tag ihr Ugali im Topf haben und abends vor der Hütte sitzen und die Sterne zählen. Das war ihnen genug. Willst du auch nur die Sterne zählen? Heute und morgen und immer?«

»Deshalb bin ich ja hergekommen, Moi. Ja, ich will die Sterne zählen. Immer und immer. Jede Nacht. Ich will nichts von Hunger wissen und nichts von Kriegen. Ich weiß, dass es Hunger gibt und Kriege, aber ich bin davongelaufen, weil ich die zufriedenen Menschen, die ich als Kind gekannt habe, nicht vergessen konnte. Ich will mit Menschen zusammenleben, die keine Uhr haben und die nicht immer wissen wollen, wie spät es ist. Mit solchen Menschen will ich jeden Tag lachen.«

»Hier lacht niemand, weil er keine Uhr hat, Mama. Wer hat dir denn so eine Lüge erzählt? Alle wollen wir eine Uhr. Wenn du in Nyahururu fertig bist mit lachen«, schlug Moi vor, und noch nicht ein Mal seine Augen lächelten, »musst du nach Nakuru fahren und dort ins Kino gehen. Dort habe ich Leute so lachen sehen, dass sie ganz nasse Augen hatten. Aber, um im Kino in Nakuru zu lachen, brauchst du ein Auto. Habe ich dir schon von dem roten Auto mit den gelben Rädern erzählt?«

Stella sprang auf und stampfte erst ein Bein und dann das zweite in die Erde. Sie trommelte wie in Trance mit beiden Händen auf Mois Brust. Sie brüllte, bis ihre Kehle so ausgetrocknet war wie die Felder vor dem Einsetzen des großen Regens. Jeder Fluch, den sie in ihrer Kindheit gelernt hatte, alle Verwünschungen in Englisch, die sie kannte, und sämtliche Beleidigungen, die sie je in Kikuyu gehört hatte, spie sie Moi vor die Füße. Er aber lachte und drehte sich im Kreis wie ein balzender Pfau, denn aus ihrer Stimme kamen nur kleine Kugeln von Frauenzorn und nie der Donner, wie er Männern gegeben ist, die nicht allein mit ihren Händen kämpfen wollen. Stella hielt sich beide Ohren zu, die Haut in ihrem Gesicht hatte die Farbe von einem Buschfeuer. Sie schämte sich sehr und wartete bekümmert auf die Tränen, die nicht kamen.

»Du bist sehr schön, wenn du brennst«, sagte Moi, und dann geschah das, was Stella befürchtet hatte. Er trompetete sein Lachen aus dem Körper heraus, und sie fiel, weil auch sie ihr Lachen nicht mehr in den Brustkorb und zwischen die Rippen zurückdrängen konnte, in dem gleichen Augenblick wie er zu Boden. Ihr Kopf stieß an seine Schulter. Seine Hand berührte kurz ihren Hals und zu lange ihre Brust. Keiner von beiden wehrte sich, denn der eine konnte nicht mehr hören, was der andere sagte. Beide waren sie taub geworden vom eigenen Gelächter und immun gegen die Botschaften der Vernunft.

Moi machte als Erster seine Zunge wieder biegsam. Er berichtete von Mister Patel und gab vor, er hätte seit Anbeginn nur dieses eine Gespräch im Sinn gehabt; er erzählte mit einer phantasievollen, dreisten Umständlichkeit, für die Stella ihn sogar bewunderte, denn jedes Wort gab ihr

Gelegenheit, kein Gefühl mehr zuzulassen als die Heiterkeit, die ihren Kopf kitzelte und ihren Körper von Versuchung befreite.
»Er wird dir gefallen«, sagte Moi, »er hat Augen, Haut und Haare wie unser Zebrakind.«
»Von wem redest du?«
»Von Mister Patel? Bist du taub geworden, oder verstehst du kein Suaheli mehr?«
Mister Patel stammte aus Madras und lebte erst seit fünf Jahren in Nakuru. Zweifellos hatte er die Zeit gut zu nutzen gewusst. Er war laut Mois beeindruckender Schilderung ein außergewöhnlich bemerkenswerter Geschäftsmann und kannte sich auf sehr unterschiedlichen Gebieten des Lebens aus. Es stellte sich heraus, dass er nicht nur mit Baumaterial für größere Projekte und Holzkohle handelte, sondern auch mit Seife für die Armen und mit den begehrten kosmetischen Produkten für die Reichen, mit Töpfen, Tellern und Besteck und – je nach Bedarf seiner Kunden von Mombasa bis Kisumu – mit Schuhen, Gürteln und Textilien. Nicht nur das. Er belieferte die Märkte in Gilgil, Naivasha und Nakuru mit alten Fahrrädern und die Geschäfte in Nairobi mit Radiogeräten, Jagdausrüstungen, Fotoapparaten und Ferngläsern, beriet die Hotels und Lodges in der Rift Valley und schien selbst welche zu besitzen. Der rührige Handelsmann, der zu Stellas Erstaunen absolut Mois Wertschätzung genoss, obwohl die Menschen in Kenia damals besonders viele Vorbehalte und Vorurteile gegen indische Geschäftsleute hatten, betrieb eine Agentur für Safaris im Hochland und eine Schule für indische Kinder in Kitale. Zwei Mal im Jahr fuhr er in seine Heimat, um Brüder, Onkel und Vettern für sein rasch expandierendes Im-

perium ins Land zu holen. Schließlich wusste Moi zu berichten, dass der famose Mister Patel »eine sehr kluge Frau« hatte. Sie hatte nicht nur in fünf Jahren vier Kinder geboren; sie trug die kostbarsten Saris, die Moi je gesehen hatte, und Schmuck aus Gold mit glitzernden Steinen, und sie konnte schneller rechnen als ein Mann. Diese vierfache junge Mutter, von der das Gerücht ging, sie würde ihren Körper nur mit abgekochtem Wasser waschen, sah jeden Tag im »Duka la dawa« ihres tüchtigen Gatten nach dem Rechten. Stella übersetzte die drei Worte, die ihr in der Zusammenstellung bis dahin nie begegnet waren, als einen Laden für Medikamente. Obwohl sie Moi das nicht wissen ließ, empfand sie seinen letzten Satz als ein unerwartetes Geschenk. Gerade wegen ihrer bisherigen Unbekümmertheit und nach dem Gespräch mit Moi über kranke Kinder, das sie mehr verstört hatte, als sie sich selbst eingestehen mochte, machte sie das Wissen geradezu euphorisch, dass es in Nakuru eine Apotheke gab. Später war sie froh, dass sie sich ihren Überschwang nicht hatte anmerken lassen, denn der Jubel minimierte sich in Sekundenschnelle um ein Beträchtliches, als sie erfuhr, dass es in der Apotheke der gescheiten Missis Patel nicht sehr viel mehr zu kaufen gab als Jod, flüssiges Chinin und einen zähflüssigen Saft, der aus einem großen Holzfass geschöpft wurde und den Stella nach Mois lautmalender Beschreibung als Rizinusöl definierte. Er war gerade dabei, eine Krankheit zu schildern, die ohne das Rizinusöl, das »nur in Nakuru verkauft wird«, binnen zwei Stunden tödlich verlaufen wäre, als er sich selbst mitten im Satz unterbrach. Zunächst untersuchte er mit zusammengekniffenen Augen seine Handfläche, als wäre die ganze Zeit ausschließlich von ihr die Rede gewesen. Danach kündigte er, zwar auffallend verlegen, aber noch mit fester Stimme und ohne die mimischen Hilfsmittel, die der Gelegenheit durchaus angemessen gewesen wären, den unmittelbar bevorstehenden Besuch von Mister Patel an.

»Ich glaube, er kommt dich heute besuchen«, sagte er und fixierte beim Sprechen Chebetis Tabakpflanzen.

»Will mir dieser kluge Mann das gute Öl für meinen kranken Bauch verkaufen oder einen neuen Topf?«

»Nein«, lachte Moi zurück. Er war froh, dass er den gefährlichen Graben mit weniger Mühe überwinden konnte, als er befürchtet hatte. »Alle Leute wissen, dass du drei Töpfe und eine Pfanne hast. Glaubst du, dass das Mister Patel nicht auch weiß? Einer reichen Frau, wie du eine bist, Mama, verkauft ein guter Geschäftsmann nicht einen Topf. Und er fährt auch nicht drei Stunden auf einer schlechten Straße, um ihr eine Medizin zu bringen, die sie nicht bestellt hat.«

»Wenn du mir jetzt nicht sofort sagst, was dein verdammter Mister Patel von mir will, schrei ich, bis alle Nachbarn hergelaufen kommen.«

»Ich wusste nicht, dass du nicht nur mich sehen willst. Das musst du mir sagen«, erklärte Moi. Er schob so viel Groll in seine Lippen, wie das ein Mann, dem das Gelächter aus der Kehle drängt, nur vermag. »Wenn du mehr als nur fünf Finger sehen willst, rufe ich die Nachbarn. Sie werden alle ganz schnell kommen. Du musst nicht schreien, damit sie ihre Füße gebrauchen. Ich wusste ja nicht, dass deine Ohren heute keine Zeit haben. Gestern waren sie sehr geduldig. Auch am Tag, als ich dir erzählt habe, dass Lilly nicht wiederkommt, waren deine Ohren sehr geduldig.«

»Ich rede nie mehr mit dir«, versprach Stella.

»Mister Patel kommt, um dir das Auto zu zeigen, das du kaufen willst. Vielleicht kommt auch sein Bruder. Oder der Sohn seines Bruders. Der Bruder von Mister Patel hat vier Söhne. Es gibt viele Inder in Nakuru, die Patel heißen. Ein Auto muss man genau anschauen, bevor man es kauft. Weißt du, ein Auto ist wie ein gutes Pferd. So ein Pferd kauft man auch nicht in der Nacht. Da kann man seine Zähne nicht sehen. Es ist besser für dich, Mama, wenn du mich fertig reden lässt. Das musst du mir glauben. Und nur weil deine Augen ein schönes rotes Autos mit gelben Rädern sehen, werden sie nicht blind. Das weiß ich genau.«
Es wurde Abend, ohne dass sich Mister Patel oder einer aus seiner weitläufigen Verwandtschaft zeigte. Der Tag war geizig mit Lauten und Grüßen aus der Fremde gewesen. Noch nicht einmal ein Flugzeug war über den Wald und die Ansammlung der bescheidenen Häuser geflogen. Von morgens bis in die Nacht war nicht ein einziges Auto zu hören gewesen. Die Rufe von wandernden Hirten oder das Bellen ihrer Hunde waren nicht, wie sonst so oft, als Beweis nach Nyahururu gereist, dass es anderswo auch Menschen gab. Auch am nächsten Tag geschah nichts Außergewöhnliches – nur, dass Moi sehr wortkarg war und ohne Zweifel nicht so entspannt wie an den Tagen, da er nur über Zebrakinder, deren Mütter und sich selbst nachdachte. Er spielte nie länger als fünf Minuten mit Julia, lehnte den Kaffee ab, den Stella ihm seit Lillys Verschwinden jeden Morgen in einem roten Becher auf das Fensterbrett in der Küche hingestellt hatte, und drehte sehr lustlos an den Knöpfen ihres Radioapparats. Ein paarmal lief er zu einer kleinen Anhöhe, von der aus die Augen die besten Chancen hatten, die Straße aus Nakuru zu überblicken, kam jedoch jedes

Mal entweder mit hängenden Schultern oder kopfschüttelnd zurück. Von Zeit zu Zeit, vor allem, wenn er sich unbeobachtet glaubte, legte er sich flach auf die Erde und drückte sein Ohr fest auf eine Stelle, an der seit Jahren schon kein Gras mehr wuchs.
Stella wusste sofort Bescheid. Sie spürte einen scharfen Stich in der Brust und konnte nur schwer atmen. Die Flut der vergessenen Bilder überschwemmte ihre Augen. Seit ihrem Aufbruch aus Karibu hatte sie niemanden mehr auf der Erde liegen sehen, um den Klang von Schritten auf einem gut ausgetretenen Pfad oder Geräusche von der Straße aufzufangen. Sie und Lilly hatten das oft gemacht. Lilly hatte schon als Vierjährige jede Schwingung der Erde wahrgenommen und mit stolzer Stimme Besuch angesagt, der erst eine Stunde später eingetroffen war. Stellas Ohren hatten nie vor ihren Augen einen Erfolg melden können.
»Sie kommen«, jubelte Moi, »ich habe dir doch gesagt, dass Mister Patel kommen wird. Aber du hast gedacht, Moi lügt. Ich habe gesehen, dass du das gedacht hast. Ich kann in deinem Gesicht besser lesen als du in einem Buch.«
Es war fünfzehn Minuten nach zwei, als er aufstand und sich die Erde von der Hose klopfte, aber fast drei Uhr, ehe Stella seinem feinen Gehör das fällige Kompliment machen konnte. Zwei Wagen keuchten den steilen Berg hoch. Das eine Auto war ein großer blauer Dodge und erinnerte Stella spontan an den Wagen, den ihr Vater zuletzt in Karibu gefahren hatte; der zweite Wagen war ein roter Ford und augenscheinlich nicht mehr neu. Er ähnelte dem Wagen von James Stuart aus Ol' Kalau. Stella griff sich erschrocken an den Kopf. Ihre Stirn war kalt, und doch tropfte Schweiß auf ihre

Bluse. »Bitte nicht«, flehte sie, »nicht jetzt und nicht heute. Und nie wieder.«
Sie hatte seit Jahren nicht mehr an den skurrilen Schotten aus Ol' Kalau gedacht. James Stuart war einer der wenigen Männer gewesen, mit denen sich Stellas Vater gut verstanden und den er öfters besucht hatte. Das Original aus Glasgow hatte auf sehr eigene Weise Kenia geliebt und sich geweigert, seine Farm aufzugeben, als Kenias Unabhängigkeitskampf gewütet hatte. Auch vor den Zeiten der Angst und Überfälle hatte er Tag für Tag eine Flasche Whisky leer getrunken; seine einzigen Vertrauten waren sein alter Koch aus dem Stamm der Kisi und ein zahmer Pavian gewesen. Noch zwei Stunden, bevor Brian Hood aus Karibu im Haus aus Stein umgekommen war, hatte er mit James Stuart Schach gespielt. Stella sah, als sie auf die beiden Autos starrte, die gerade am letzten Maisfeld vor den Häusern mit den Wellblechdächern vorbeifuhren, das rot-weiß gemusterte Schachbrett. Alle vierundsechzig Felder. Die Springer waren Giraffen und die Bauern Klippschliefer.
»Und der Affe«, murmelte sie und lachte, »hat die Schachfiguren in Bananenschalen eingewickelt.«
»Ich höre dich so gern lachen«, hörte sie ihren Vater sagen. Er breitete seine Arme aus und ahnte nicht, dass er in diesem Moment dabei war, Stella Kwaheri zu sagen. »Ich konnte nie Vater sein, wenn meine Tochter gelacht hat. Ich war immer nur Mann.«
Als die Erinnerungen Stella umklammerten und die Flammen von Karibu so hoch schlugen, dass sie die brennenden Balken krachen hörte, lähmten sie erst Übelkeit und dann die nachtschwarze Todesangst des nie ausgelöschten Tages, als mit ihrem Vater ihre Kindheit verbrannt war. Sie mein-

te, sich schreien und Chebeti rufen zu hören, und sie presste ihre Hände auf die Ohren, um sie vor der Explosion zu schützen. Als sie der Hölle entkam, stolperte sie nur wie eine erschöpfte Wanderin, die auf der letzten Wegstrecke eine hervorstehende Wurzel übersehen hat. Moi fing sie auf. Sein Körper war warm, war ein beschützender Schild. Sein Herz schlug ruhig und regelmäßig. Seine Haut und sein Atem waren Stellas Nase vertraut. Sie atmete tief ein. Keiner von beiden sagte ein Wort.

So geschah es, dass der allerorten bekannte Mister Patel die reiche junge Engländerin, von der die gehobene indische Gesellschaft in Nakuru sehr viel Seltsames zu berichten wusste, an der breiten Brust eines einarmigen Kikuyu antraf. Dieses für Kenia zu allen Zeiten ungewöhnliche Bild entsprach absolut seinen Erwartungen. Er nickte beim Aussteigen nach allen Seiten hin Zustimmung, als hätte ihn jemand nach seiner Ansicht befragt und er wolle seine Zeit nicht mit überflüssigen Worten vergeuden, ging lächelnd um den Wagen herum und hielt die Tür offen für seine Frau. Missis Patel, die tüchtige Apothekerin von Nakuru und die gertenschlanke Mutter von vier Kindern, hatte einen feuerroten Sari an und betrat die grobe Erde von Nyahururu mit goldenen Sandaletten, die mit geflochtenen Riemen aus feinem, lindgrünem Leder geschnürt wurden. Ihr Mann flüsterte in ihr rechtes Ohr. Von dem baumelte ein Kranz aus winzigen Rubinen. Mister Patel lächelte noch immer. Er machte noch nicht einmal eine Bewegung, um die kreischenden Kinder zu verjagen, die seinen Wagen umlagerten, ehrfürchtig an den Scheibenwischern zupften und mit lehmverkrusteten Händen die Radkappen streichelten.

Der freundliche Mann in einem Hemd so weiß wie der Schnee auf dem Mount Kenya rief den kleinen Neugierigen »Jambo, Toto, Jambo!« zu, was sie offenbar nicht erwartet hatten, denn sie wichen scheu, beinahe entsetzt zurück; die Jüngsten, die am lautesten gelärmt hatten, steckten ihren Finger in den Mund und rieben erst den Schmutz in ihre Augen und dann wieder heraus. Patel lachte sehr viel gute Laune aus Kehle und Mund, denn er liebte nicht nur seine eigenen Kinder, sondern alle, denen er begegnete. Der friedfertige Donner des Gelächters kam als sanftes Echo vom Berg zurück. Der rote Ford stand nun neben dem blauen Wagen. Stella ertappte sich dabei, dass sie nach gelben Rädern suchte. Sie bemerkte, dass der Fahrer, ein sehr junger Inder in einer hellbeigen Leinenjacke und mit ebenso glatten, schwarzen Haaren und glutvollen Augen wie Fernando, in das Handschuhfach griff und ein kleines Päckchen in braunem Papier hervorholte. Ihr fiel auf, dass er es ziemlich eilig in die Tasche seines Jacketts steckte.
»Good afternoon, Madam«, sagte Mister Patel.
Stella starrte ihn verblüfft an. Die Haut am Nacken wurde heiß, ihr Haar feucht, die Lippen klebten wie die einer Fiebernden aufeinander. Sie wurde scheu und stumm wie ein verängstigtes Kind, das den Gruß eines freundlichen Fremden nicht zu erwidern vermag. Und wie ein Kind senkte sie auch den Kopf. Die Sprachlose streckte ihre Rechte in die Richtung von Missis Patel vor, doch sie streifte dabei versehentlich ihre Hüfte und ließ die Hand verwirrt fallen. Bis zu diesem Moment ihres zweiten afrikanischen Lebens hatte Stella nie überlegt, weshalb sie mit ihrer Tochter ausschließlich Suaheli und Kikuyu sprach und wie sie überhaupt auf die Idee gekommen war, sie könnte schon deshalb wie-

der eins werden mit der Welt ihrer Kindheit. Mit der Besessenheit der Fanatiker, die an ihrem Glauben und an ihren Prinzipien nicht zweifeln dürfen, wenn sie ihr Selbstbewusstsein vor Verletzungen schützen wollen, hatte Stella seit ihrer Landung am Flughafen von Nairobi einen sehr entscheidenden Gedanken unterdrückt: Nicht nur die Menschen, die sie liebte und von denen sie geliebt wurde, waren in London zurückgeblieben, sie hatte auch ihre Muttersprache in Mayfair zurückgelassen. Seitdem hatte Stella die Ohren mit dem Bilderreichtum, dem kessen Witz und der überbordenden Phantasie von Kenias Sprachen gefüttert, und ihre Seufzer waren voller Wonne gewesen, ihr Herz war in Seligkeit übergelaufen. Tag für Tag hatte die Träumerin die wundersamen Märchen geglaubt, die sie sich selbst von Menschen erzählte, die von einer Welt in die andere gleiten, ohne Schaden an ihrer Seele zu nehmen. Sie hatte wie eine, die nichts weiß von der Logik des Seins und der Skepsis der Klugen und die nie den Selbstbetrug der Toren zu verabscheuen gelernt hatte, ihre Träume gehätschelt und ihre Illusionen genährt. Nun, an einem ganz gewöhnlichen Mittwochnachmittag, bestrahlt von einer Sonne, die nicht anders war als an den Tagen zuvor, und in Erwartung der Sterne, die ebenfalls strahlen würden wie die vor und die nach ihnen, hatten drei simple Worte gereicht, um den lauen afrikanischen Wind in die Gegenrichtung zu treiben. Er hatte den Gesang der englischen Sirenen nach Nyahururu geweht.

»Für immer«, erkannte Stella, als sich die Starre ihrer Zunge zu lösen begann, »für immer und ewig. Es tut mir Leid.«

Sie lachten alle fünf – Stella, weil sie sich genierte, dass sie sich entschuldigt hatte und nicht wusste, weshalb, und die Patels lachten, weil sie beide glaubten, die begüterte, exzentrische Engländerin hätte einen besonders guten Witz gemacht, und sie wollten ihr nicht zeigen, dass sie die Pointe nicht verstanden hatten. Aus dem gleichen Grund lachte der junge Mann in der gut geschnittenen Jacke, der Fernandos Augen missbrauchte, um Stellas Contenance zu stehlen. Moi keuchte Vergnügen aus Zwerchfell und Rippen. Er war nicht einer, der ernst blieb, wenn andere Menschen lachten.

Missis Patel fand endlich Stellas Hand. Ihre eigene war klein und kühl, der rechte Arm vom Gelenk an mit schmalen goldenen Reifen geschmückt, die bei jeder Bewegung aneinander klirrten und Lieder von Sonne, Wind und Regen sangen. »Ich heiße Devika«, sagte sie. Sie konnte nicht nur mit Worten reden. Mit Augen, in denen ein heller See schimmerte und die von Wimpern aus Samt bewacht wurden, dirigierte sie den jungen Mann zu dem blauen Dodge. Er kam mit einer Wolldecke zurück, so gelb und weich wie ein zwei Tage altes Küken, und einem großen, mit einem weißen Tuch bedeckten Korb. Devika Patel breitete, während sie von ihren Kindern, von ihrer Jugend in Madras, der Apotheke ihres Vaters in Bombay und dem Leben in Nakuru erzählte, die Decke unter einer Schirmakazie aus und begann den Korb auszupacken – zwei goldfarbene Thermosflaschen, schweres Silberbesteck, Glasteller mit rosa und hellblauen Ranken am Rand und zierliche weiße Porzellanbecher mit geschwungenen Henkeln. Bananen mit roten, gelben und grünen Schalen wurden aus einem zweiten Korb geholt, aufgeschnittene Granatäpfel, in Scheiben zerlegte Mango- und Papaya-Hälften, die mit einem Salat aus Orangen und Guaven gefüllt waren. Als Devika ein süßes Mohrrüben-Dessert, das sie »Gajar Halva« nannte, auf eine Silberplatte hob und mit gestifteten Mandeln und essbarem Blattsilber garnierte, sagte sie schon nicht mehr »Missus Hood«. Sie schenkte aus einer großen Flasche den dickflüssigen Saft von Passionsfrüchten in Südweingläser und bat Stella, sie mit ihrem Vornamen anzureden, ihren Mann Jaskaran und den jüngeren Omar zu nennen.

»In diesem Land trifft man zu selten Freunde«, erklärte sie.

»Danke«, schluckte die so rasch Beschenkte. Obgleich sie noch nichts von dem Kuchen aus Mohrrüben gegessen hatte, schmeckte sie eine Süße, die kurz auf den Lippen verweilte und dann den Körper erwärmte.

Stella saß mit gekreuzten Beinen vor der Decke, auf der Herrlichkeiten standen, die sie nie zuvor gesehen hatte und deren Namen sie nicht kannte. Die Atmosphäre von Leichtigkeit und Fröhlichkeit, die flauschige Decke mit dem kostbaren Geschirr, der Duft von Gewürzen, die die Nase zum Ballett der Sinne riefen, die Speisen in leuchtenden Farben und die Gespräche in dem gutturalen Englisch, das typisch für indische Kehlen war, die Herzlichkeit der Menschen, die sie anredete, als hätte jeder von ihnen nur einen Vornamen, dies alles erschien Stella wie eine Szene aus Tausendundeiner Nacht. Von Zeit zu Zeit war sie überzeugt, dass der Kuchen aus Mohrrüben, Devika und Jaskaran Patel und der junge Mann mit Fernandos Gesicht alle verschwinden würden, wenn sie nur die Augen schloss und aufhörte, ihre rechte Handfläche mit den Nägeln der linken aufzureiben, um sicherzugehen, dass sie überhaupt lebte, sehen, hören und riechen konnte. Sie hörte sich seufzen und wurde gewahr, dass dieser Seufzer wie eine Klage war und ihre Brust zu zerreißen drohte. Da wusste sie Bescheid. Als sie der Blitz traf, begriff Stella und ritzte diesen Teil der Chronik reumütig in ihr Gedächtnis ein, dass ihr ein Kapitel des Lebens abhanden gekommen war wie anderen Menschen ein Taschentuch oder ein Regenschirm. Und doch wagte sie es, ihre Augen zu öffnen, als sei nichts geschehen. So spürte sie zu spät den Druck der Tränen. Entsetzt schüttelte sie den Kopf und schluckte das Salz hinunter, schaute sich um und merkte, dass Moi verschwunden war.

»Er hat gesagt«, erklärte Devika, die Fragen hören konnte, wenn sie noch nicht mehr als ein Stirnrunzeln oder ein unruhiger Wimpernschlag waren, »er will uns was zeigen, das wir noch nie gesehen haben.« Sie reichte Stella ein seidenes Tuch. Es duftete, als sie ihre Tränen trocknete, nach Rosen, genau wie die Seife, die ihr Vater in den gestorbenen Tagen für seine Tochter und Lilly in Nakuru gekauft hatte. Stella erkannte den Duft, aber ihr Gedächtnis wurde bösartig und verzerrte Lillys Gesicht zu einer Fratze.

Sie aßen Joghurt mit Banane und geriebener Kokosnuss, frittierte Kichererbsenbällchen, ein mit Safran zubereitetes sonnengelbes Dessert aus Weißbrot mit dickem goldenen Sirup, einen Pudding, der nach Rosenwasser duftete, und eine Reisspeise, die mit Kardamom zubereitet war. Stella presste die Hand auf ihr Herz. Die lauten Schläge, die sie zu hören glaubte, waren ihr peinlich. Sie erinnerte sich an ein kleines indisches Geschäft in der Londoner Carnaby Street und ihre erste Auseinandersetzung mit Fernando.

»Kardamom stinkt«, hatte er geschnüffelt und sich weder seiner Nase noch seiner Zunge geschämt, obwohl er doch Augen hatte, zu sehen, dass Stella Feuer fauchte.

Nun, beim zweiten Mal, als dies geschah, konnte Stella

lachen. Animiert von dem Fluss ihrer Erinnerungen und dem Geschmack von Rosenwasser, Ingwer und Zimt überlegte sie, ob sie ihren freundlichen Gästen von der Carnaby Street erzählen sollte und weshalb wohl drei Menschen zwei geräumige Autos brauchten, um von Nakuru nach Nyahururu zu fahren. Da sah sie Moi: Er lief mit riesigen Schritten durch das hohe Gras und balancierte einen Pappkarton, dessen Ausmaße seinem einen Arm zu schaffen machten. Der Karton war mit einem Kissen und dem weißen Leinentuch ausgelegt, das zuvor den Korb mit den gefüllten Schüsseln und Thermosflaschen bedeckt hatte. Auf dem Kissen, im Rücken gestützt von Stellas sorgsam gefaltetem hellblauen Wolltuch, saß Julia. Moi, der Schneider, der einem Vergleich von schönen Damenroben nicht hatte widerstehen können, hatte ihr das hellgelbe Taufkleid aus der New Bond Street angezogen. Er stellte sein prächtiges Angebinde mitten auf die Decke, zwischen dem Schälchen mit Kichererbsen und dem Konfekt aus gemahlenen Mandeln und Pistazien, und zupfte an dem Gürtel mit den Glöckchen. Julia, die schon damals kokett genug war, um ohne Aufforderung jeden Männerwunsch zu erfüllen, lächelte. Sie krähte ungewöhnlich lange und laut. Ihre Stimme überzeugte die Besucher von ihrer Gesundheit und Lebenslust. Ein schwarzer Vogel mit weißen Punkten auf der Brust, der zuvor auf einer blühenden Distel gesessen hatte, flog steil und schimpfend in die Höhe.
Jaskaran Patel streichelte über Julias Kopf, fasste an ihr Kinn, stand auf und klopfte herzhaft auf Mois Schulter. »Deine Tochter«, lobte er, »ist sehr schön. So ein schönes Kind gibt es nicht noch einmal zwischen Nairobi und Nyahururu.«

Moi machte seinen Mund auf und wieder zu. Stella war sicher, dass ihr Gesicht seine Farbe verloren hatte. Sie spürte den Schrecken als einen körperlichen Schmerz und ein Flattern in den Augen. Jaskarans entsetzte Gattin schob ihre Zunge zwischen die Lippen. Einen Moment lang schien es, als würde sie wie eine Schlange zischen, doch die Züge in ihrem schönen Gesicht glätteten sich sofort. Sie redete ein paar Worte mit ihrem Mann. Wenn auch Stella kein einziges Wort Hindi verstand, war doch die Mimik ihrer neuen Freundin Devika in jeder Sprache der Welt verständlich. Sie hatte soeben ihren imposanten, erfolgreichen Gatten einen blinden Volltrottel genannt.
Stella hob das Kind aus dem Karton und hielt es vor ihren Bauch. Es strampelte und wedelte mit beiden Armen. Die noch immer verstummte Mutter konnte sich nicht entscheiden, ob sie laut lachen wollte oder sich aufplustern sollte wie ein Vogel, der seine Brut verteidigt. Es siegten der früh entwickelte Humor, der einst die kleine Stella Hood zur Partnerin ihres früh verwitweten Vaters gemacht hatte, und die von ihrem Großvater so immens geschätzte Fähigkeit, über sich selbst lachen zu können. »Julia«, kicherte sie und wurde tatsächlich wieder das liebreizende Kindergeschöpf von Karibu, »ist meine Tochter. Ihr Vater stammt aus Goa.«
»Du hast Mut«, sagte Jaskaran, »davon könnten sich viele Männer eine Scheibe abschneiden.« Er hatte lange nicht mehr so aufrichtig seine Meinung gesagt.
»Männer«, lächelte Devika, »halten Mut für eine Tugend. Aber eine Frau sieht sofort, dass das Zauberkind im Karton ein Kind der Liebe ist.«
»Das habe ich«, sagte Stella ernst, »mir noch nie richtig klar

gemacht. Ich habe immer gedacht, es reicht für ein glückliches Leben, wenn man farbenblind ist.«
Später konnte sie sich an diesen Satz erinnern und wie deutlich sie Fernando gesehen hatte, als sie ihn erwähnte. So sehr sie sich jedoch anstrengte und versuchte, jedes Wort der anschließenden Unterhaltung – über Glück und Gefahr, von Afrika und seinen verborgenen Botschaften – zu rekapitulieren, sie konnte sich nicht erinnern, wie es Jaskaran gelungen war, von dem philosophisch getünchten Geplauder die Überleitung zu der Lodge zu finden, die »unsere bewundernswerte Individualistin« bauen wollte. Und wie war er dann auf das Auto gekommen, das er Stella verkaufen wollte? Nein, nur eine Zeit lang überlassen wollte er ihr den Wagen, damit sie in Ruhe ihre Entscheidungen treffen konnte. Stella wusste nur noch, dass der junge, schweigsame Omar sehr plötzlich sehr gesprächig geworden war und dass sie, ohne sich zu wehren und ohne nach den Konsequenzen des Abenteuers zu fragen, auch recht plötzlich neben ihm in dem roten Ford gesessen hatte, Julia auf dem Schoß und verwirrt das Aroma von Sandelholz einatmend, das seinen Haaren entströmte. Zu dritt waren sie bis zu dem Laden in Nyahururu gefahren. Der sanfte, wohl erzogene Omar hatte den frappierten Mister Karatasi angeherrscht wie ein Offizier seinen Burschen, der gerade die schwarzen Schuhe seines Regenten mit brauner Wichse eingerieben hat. »Post für die Lady«, hatte er gebrüllt, als wären alle Menschen außer ihm taub oder begriffsstutzig. Was Stella nie für möglich gehalten hatte: Mister Karatasi griff beherzt in einen Spalt zwischen einem Sack Mehl und einem Sack Zucker und hielt ihr grinsend eine Postkarte mit einer Ansicht von Brighton hin. Die Briefmarke war

sorgsam abgelöst, der Poststempel mit schwarzem Stift übermalt worden, der Text war verblichen, aber noch leserlich. »Ich liebe Lady Godiva und die kleine Prinzessin«, murmelte Stella. Fernandos Namen las sie laut vor, damit der wohl erzogene, höfliche Omar seine wunderbar gepflegte Hand von ihrem Nacken nahm.
Einen besseren Bundesgenossen als Mister Karatasi, der Post unterschlug, nach der nicht täglich gefragt wurde, hätte Jaskaran Patel sich nicht wünschen können, damit Stella sich die enorme Nützlichkeit eines Wagens vergegenwärtigte. Er pries nach ihrer Rückkehr von dem kurzen Ausflug, während sich die Kinder aus den Häuschen wieder einfanden, um jeden Teil an dem leuchtenden roten Ford kreischend zu befühlen, den neuen Motor, die außergewöhnlich gut funktionierenden Bremsen und die geräumige Ladefläche. Omar lobte sehr eloquent die neuen Reifen und die vor einem Monat überzogenen Sitze. Während Devika der kleinen Julia ihren nach Rosenseife duftenden Daumen zur zeitlich unbegrenzten Benutzung überließ, erzählte sie sehr anschauliche Geschichten von lieblichen Kindern, die nur dank eines Autos und der so im letzten Moment rechtzeitig ermöglichten ärztlichen Hilfe noch lebten.
Stella fühlte sich müde, hilflos und bedrängt. Trotzdem schmeichelte es ihr, dass ihre neuen Freunde so spontan Anteil an ihren Leben nahmen. »Ich kann doch gar nicht Auto fahren«, sagte sie, »da nützt auch kein neuer Motor.« Ihre Abwehr wirkte indes längst nicht mehr so überzeugend wie in dem Gespräch vor der kleinen Exkursion – sie dachte an Mister Karatasi und die in letzter Minute geretteten Kinder und dass irgendwer in ihrem Leben vor Moi und Mister Karatasi ihr technisches Verständnis gelobt hatte.

»Omar«, schlug Jaskaran mit der milden Stimme vor, die wie Gesang klingt, auch wenn von Bilanzen die Rede ist, »könnte jeden Tag zu dir kommen und dir helfen. Den Rest kann dir Moi zeigen. Afrikaner sind geborene Autofahrer. Den letzten Satz sprach er in Suaheli und sehr viel betonter als die übrigen.
Moi jubelte mit den Augen und prustete beim Lachen so, dass er Stella und Devika mit seiner Heiterkeit infizierte. Obwohl er ja von der Unterhaltung kaum etwas verstanden hatte, rief er den lärmenden Buben zu, die es nicht leid wurden, ihre Zunge herauszustrecken und sich dabei im Außenspiegel vom Ford zu begaffen und die Radkappen mit kleinen Stein zu bewerfen, dass der Wagen nicht mehr nach Nakuru zurückkehren wollte. »Lasst sofort unser Auto in Ruhe«, schrie er. »Wer heute unser Auto anfasst, hat morgen keine Füße.«
Jaskaran Patel war entrüstet, als Stella nach dem Preis des Wagens fragte. »Wir müssen doch erst«, sagte er besorgt, »sehen, ob du fahren lernst. Und wenn wir über die Lodges sprechen, die du bauen willst, kannst du mir ja immer noch sagen, ob du dieses wunderbare Auto kaufen möchtest.«
»Eine Lodge«, verbesserte Stella. »Es ist nur von einer Lodge die Rede gewesen. Ich bin kein Maharadscha.«
»Maharani«, korrigierte Jaskaran. »Du bist doch eine Frau und dazu noch eine so schöne, wie es sie nicht noch einmal zwischen Nairobi und Nyahururu gibt.«
»Habe ich das heute nicht schon einmal gehört?«, fragte Stella, doch Jaskaran Patel gehörte zu der Sorte von Schmeichlern, die wähnten, sie würden jedes Kompliment nur einmal machen.
Sie saßen, als die Unterhaltung geschäftlich wurde, in Stel-

las Wohnraum mit dem großen Fenster und beobachteten, wie die Sonne als Flammenball vom Himmel stürzte. Julia schlief, Chebeti beschimpfte erst eine Pfanne und dann die grünen Bohnen und presste ihr Ohr missbilligend an die Wand, um genau zu hören, was sie nicht verstand. Moi klaubte Fliegen ab von der Scheibe; er fühlte sich stark wie ein Löwe, der Beute gemacht hat, und klug wie eine Schlange, die abwartet, bis die Beute zu ihr kommt. Geschirr, Korb und Decke lagen bereits im blauen Dodge, die übermütigen Kinder hatten sich schmollend zurückgezogen. Da übermittelte Jaskaran Patel mit seinen schönen sanften Augen seiner Frau eine Botschaft ohne Worte. Sie sah Omar an. Ohne einen Moment zu zögern, griff er in die Tasche seines Jacketts und holte das kleine Päckchen hervor, das Stella Stunden zuvor bei der überraschenden Ankunft ihrer Gäste aufgefallen war. Devika hieß den aufmerksamen Blick ihrer neuen Vertrauten willkommen.
»Ein wunderschönes Schmuckstück«, sagte sie und entfernte das Papier. »Das musst du dir anschauen, Stella. Es passt so wunderbar zu dir. Dabei ist es purer Zufall, dass wir die Brosche heute dabei haben. Der Mann, dem sie gehört, ist in eine plötzliche Notlage geraten. Er braucht Geld, und zwar sofort. Deshalb will er dieses kostbare Stück zu einem unglaublichen Spottpreis verkaufen.«
Stella hatte keine Zeit mehr für den Einwand, dass sie in Nyahururu wahrlich keinen Schmuck brauchte und im Übrigen welchen hätte. Auf ihrem wackeligen Tisch, der ja nur aus einigen ungehobelten Brettern auf einem Turm aus Steinen bestand, lag ein glitzernder Flamingo mit einem Federkleid aus Smaragden, Rubinen und Saphiren. Lupenreine Diamanten bedeckten seinen Hals und die Beine. Er

hatte nur ein Auge, doch in dem funkelte ein großer Rubin. Obwohl Stella spürte, wie ihr Kopf anschwoll und ihr Körper verdorrte, weigerte sie sich zu glauben, was der Verstand ihr suggerierte. Zu groß noch war die Hoffnung auf einen Irrtum, immer noch unendlich das Vertrauen in die Freundschaft eines Lebens.

»Das ist«, stammelte Stella, »wirklich ein ganz seltsamer Zufall. Ich habe genau so eine Brosche. Mein Großvater hat sie mir geschenkt. Es ist das einzige Schmuckstück, das ich aus England mitgebracht habe.«

Sie wusste, dass sie wie ein Kind plapperte und dass jedes Wort, das sie sagte, Unsinn war. Weil aber Illusionen noch qualvoller sterben als Träume, stand sie auf, steif und beklommen und niedergedrückt von einem kindlichen Trotz, der sie beschämte. Sie ging, um in ihrem weißen Lederkoffer nach dem Beweis zu suchen, dass das Schicksal es gut mit denen meint, die nicht zu zweifeln gelernt haben.

»Bleib hier, Mama«, sagte Moi. Seine Stimme war scharf wie ein Messer und seine Faust groß wie die der furchtlosen Riesen, von denen in den alten Geschichten der Kikuyu die Rede ist. »Dein Flamingo«, erklärte er, »ist weggeflogen. Hast du das nicht gewusst? Hast du nicht gewusst, dass der schöne Vogel mit deiner Lilly auf Safari gegangen ist?«

8

Wie fühlst du dich?«, fragte der junge Mann. Er hielt sein Glas in das Licht der flackernden Kerze auf dem Tisch mit dem großen Aschenbecher aus Speckstein; der bot gleichzeitig Ablagen für Zigaretten, Zigarren und Pfeifen. Der Aschenbecher hatte den Mann von der Minute an beschäftigt, da er sich an den Tisch gesetzt hatte, und dies nicht nur, weil er praktisch veranlagt war und es geistreich fand, sämtliche Raucher mit einem einzigen Gerät zu bedienen. An dem für Zigarren gedachten Rand des Aschenbechers saß eine erschreckend naturgetreu geschnitzte Kobra mit erhobenem Kopf und herausgestreckter Zunge. Weil der Mann sich auch nach zwei Stunden noch fragte, ob Schlangen in Afrika die gleiche symbolische Bedeutung wie in der Bibel und der griechischen Antike haben könnten, konzentrierte er sich nicht mehr auf seine eigene Gegenwart. Er nahm einen zu großen Schluck und musste mühsam seinen Hals freihusten, ehe er wieder sprechen konnte.

»Wie fühlst du dich?«, begann er von vorn. Beim zweiten Mal gab er sich umgehend die richtige Antwort. »Ein bisschen taumelig«, sagte er. Als der Mann sich reden hörte, wiederholte er die drei Worte, nun jedoch mit veränderter Betonung. Er fand, seine Stimme hätte beim ersten Mal tatsächlich so geklungen, als wäre er nicht mehr ganz nüchtern. Nach ein paar Minuten beugte er sich nach vorn, und, während er sich mit dem üblichen Ekel erinnerte, dass der Lehrer für englische Literatur an der High School in Oak Park immer Reste vom Spiegelei in seinem Bart gehabt hatte, erklärte er: »Das war aus dem Schnee auf dem Kilimandscharo«.

»Der Kilimandscharo«, wunderte sich Lilly, »ist in Tansania. Wolltest du zum Kilimandscharo fahren? Da musst du nach Amboseli. Wir sind hier am Mount Kenya.«

»Ich habe nicht von Bergen gesprochen, sondern von einer Geschichte«, lächelte er, »aber das konntest du nicht wissen. Sorry, Baby.«

»Ich heiße Lilly. Das habe ich dir doch schon im Auto gesagt.«

»Nicht Lilith?«, fragte er und deutete auf den Aschenbecher, »Lilith war die Schlange, der wir den ganzen Schlamassel mit dem Apfel verdanken.«

»Hier wachsen keine Äpfel«, sagte Lilly. »Äpfel gibt es nur in Nairobi. In der Markthalle kannst du sie kaufen. Aber sie sind sehr teuer.«

Sie sehnte sich, kaum dass sie von zu Hause gesprochen hatte, noch mehr, als sie es in Nyahururu getan hatte, nach Nairobi und nach Männern, die nach Rasierwasser rochen und im New Stanley Hotel übernachteten und die vor allem nicht wussten, dass es überhaupt einen Ort wie Nakuru samt seinem stinkenden Salzsee gab. Mit einer Beherztheit indes, die sie bereits für immer verloren geglaubt hatte, drängte sie ihren Seufzer zurück in die Brust. Auf die rechte starrte der Mann mit Augen, deren Sprache Lilly sehr viel besser verstand als sein Gerede vom Kilimandscharo und

von Äpfeln und Schlangen. Sie fragte sich, ob dieser muntere Dauerredner gerade dabei war, sich zu betrinken, oder ob er den Weg ohne Umkehr bereits gegangen war. Auch sie beugte sich zum Tisch vor. Es störte sie sehr, dass sie noch keinen Nagellack hatte kaufen können. »Morgen«, sagte Lilly entschlossen. Ohne Zärtlichkeit streichelte sie den Kopf, der sich ihr erwartungsvoll näherte.
»Warum erst morgen, Baby?«
Er hatte, obwohl die plötzliche Entscheidung am Vortag seiner Abreise nicht mehr seinem Alter entsprach, seine weiß-blonden Haare auf Streichholzlänge schneiden lassen. Ein Medaillon mit einer eingravierten vierstelligen Zahl und den Buchstaben E und H hing an einer dünnen Silberkette und baumelte auf seine Brust. Die Stoppeln auf dem Kopf und das Medaillon faszinierten Lilly; sie sagte es ihm stündlich und zu seiner Verblüffung jedes Mal mit den gleichen Worten. Zu seiner Enttäuschung hatte sie sich hingegen absolut nicht von seiner Kleidung beeindruckt gezeigt. Um die Botschaft von Virilität, Saloppheit und Jagdfieber entgegenzunehmen, die von seiner mit so viel Überlegung zusammengestellten Ausstattung ausging, war Lilly allerdings um Jahrzehnte zu jung. Nur noch die Kenner von Afrikas Geschichte und Geschichten hätten in der olivgrünen Buschjacke mit den vielen geräumigen Taschen, der abgewetzten Khakihose und dem breiten braunen Ledergürtel, von dem mehrere Schlüssel, eine Trillerpfeife, ein Schweizer Offiziersmesser und eine Taschenlampe herabhingen, die gängige Aufmachung von Großwildjägern aus der Kolonialzeit erkannt.
Noch war der Mann nicht auf Bewährung im Kampf oder auf das Glück der Jagd aus. Sein Leben war fünfunddreißig

Jahre lang ohne Höhe- oder Tiefpunkte verlaufen, sah er von den Masern im Kindesalter ab, die in eine Gehirnhautentzündung übergingen, oder von der voreiligen Verlobung mit einer jungen Mexikanerin – ein einziger Abend hatte ihr gereicht, um einen Ring mit Diamantensplittern entgegenzunehmen und vier Stunden später ein Taxi zum Flughafen zu besteigen. Die feurige Carmen war nie mehr gesichtet worden. Nun irritierte es ihn, dass er ihrer ausgerechnet in einem Land gedachte, in dem ihm noch weniger als sonst nach irgendeiner Form der Vergeltung zumute war.

Er hatte Menschen immer gewähren lassen und fast immer das Unrecht, das ihn traf, ohne zu klagen hingenommen. So war es ihm eine Selbstverständlichkeit gewesen, einem ehemaligen Mitschüler zum Unfalltod seiner Frau zu kondolieren, der ihn die ganze Schulzeit über mit der Ausdauer gehänselt hatte, die den Sadisten zu Eigen ist. Auch Lehrer, die mit dem ruhigen Jungen ihre Schwierigkeiten hatten, und sein cholerischer Vater hatten nie von den Injurien erfahren, die sie einem Kind zufügten, das nicht beizeiten zu widersprechen gelernt hatte. Seinem Chef, der bereits den Wunsch nach zwei Wochen bezahltem Urlaub als Beweis einer kommunistischen Gesinnung wertete, hatte der ideale Arbeitnehmer erstmals bei seiner Kündigung unmittelbar vor dem Abflug aus New York seine Meinung gesagt.

Sein Lächeln, das nur flüchtige Beobachter als jungenhaft zu bezeichnen pflegten, war seine Waffe, um Türen zu öffnen, Gräben zu überspringen und Mauern einzureißen. Dieses Lächeln bezirzte selbst Menschen, die Distanz für die Tugend der Vernunft hielten. Es war meistens das Vor-

spiel für jenes volltönende Gelächter, das schon seiner Lautstärke wegen als herzhaft empfunden wird. In seinem Fall war Lachen tatsächlich die Sprache seines Herzens. Dieser joviale Optimist, der mit einer für ihn ungewohnten Zungenfertigkeit und Reaktionsschnelle auf der Straße zwischen Nyahururu und Nakuru einer plötzlichen Regung nachgegeben hatte, hieß Edward Harnes. Besonders charakteristisch für die geringe Lebenserfahrung von Harnes war seine Ansicht, die Menschen von Kenia und auch die auf Reisen würden ihm nicht auf Anhieb ansehen, dass er Amerikaner war. Auch ließ er sich, seitdem er den Boden Afrikas betreten hatte, durch keinen Gegenbeweis von dem Glauben abbringen, er könnte Alkohol gut vertragen.
An dem ersten Abend, den Harnes mit Lilly verbrachte, erkannte er seinen Irrtum zu einem für ihn besonders frühen Zeitpunkt – nach dem dritten Glas Cola mit Whisky. In jeder anderen Bar in Kenia war es unproblematisch und entsprechend gefahrlos für das körperliche Wohlergehen gewesen, Cola mit Whisky zu bestellen; in der Lake Nakuru Lodge jedoch stammte der Whisky weder aus Schottland noch Irland und zum allergrößten Bedauern von Harnes schon gar nicht aus Amerika. Das nach Kernseife, Pfeffer und Kokosnuss riechende Getränk, das unter dem Namen Whisky firmierte, war, wie der Mann in der roten Samtweste hinter dem Tresen stolz betonte, ein Destillat aus Naivasha. »Das Kind von dem Sohn von meinem Bruder«, erzählte der Herrscher über die in der Lodge kostbaren Eiswürfel und stieß die Größten in einem Mörser klein, »hat nur ganz wenig von dem guten Whisky aus Naivasha getrunken. Und dann ist das Kind von dem Sohn von meinem Bruder vier Tage lang nicht aufgewacht.«

Harnes schloss aus der Geschichte, die der Barkeeper zwei Mal mit einem rührenden Hinweis auf die raschen Fortschritte von Kenias Lebensmittel- und Getränkeindustrie verblüffend wortgetreu wiederholte, dass das geschlechtslose Opfer des Whisky aus Naivasha nicht im trinkfesten Alter gewesen sein konnte. Er selbst bemerkte nur Kopfschmerzen in der linken Schläfe, allerdings nach einer relativ kurzen Zeitspanne von einer Heftigkeit, die in Anbetracht seiner widerstandsfähigen körperlichen Konstitution doch ein wenig beängstigend war. Nur eine halbe Stunde später hielt er auch den in einem Reiseführer warnend erwähnten »sofortigen Haarausfall bei Einnahme von Getränken von dubioser Provenienz« durchaus für möglich – vor dem Aufbruch in das einzige Abenteuer seines Lebens hatte Edward Harnes so viele Reisetipps, Warnungen und Erlebnisberichte konsumiert, dass er bei der Ankunft im Land bereits den Überblick verloren hatte. Er spülte sogar seine Zähne mit Leitungswasser statt dem abgekochten Wasser aus den Karaffen, die in den Lodges und Hotels in die Badezimmer gestellt wurden.

Trotz der Kopfschmerzen bestellte er für sich und seine schöne, schweigsame Begleitung ein viertes Glas. An diesem ersten Abend einer Gemeinsamkeit, die er sich bereits zwei Wochen später schon nicht mehr im Detail vorstellen konnte, war Harnes noch bemüht, alle Rätsel in der Reihenfolge ihres Auftauchens zu lösen. Überhaupt nicht begreifen konnte er, weshalb eine zierliche Frau die teuflische Mixtur trinken konnte, ohne dass sie beim Aufstehen auch nur einen Schritt wankte. Auch ihre bezwingenden Augen verloren nie den sanften Schein, der seine Träumereien in einem wunderbaren, noch nie gekannten Schwebezustand zwischen Wunsch und Wirklichkeit hielt. Schon weil Lilly körperliche Reize zur Geltung brachte, die ihm selbst im Kino nicht bei erotisch stimulierenden Frauen aufgefallen waren, verfolgte Harnes die Bewegungen der langbeinigen Gazelle mit der angespannten und phantasievollen Beutegier eines Mannes, der alle Erfahrungen jenseits der Theorie ausschließlich dem amerikanischen Kleinstadtleben verdankte. Bei aller mobilisierten Aufmerksamkeit entging dem Beobachter aber jedes Mal, wie geschickt die Sanftäugige nach und nach den Inhalt ihrer Gläser in einen Kübel mit einer Palme kippte. Eben weil ihre Kenntnisse und Erkenntnisse vom Leben nicht aus der amerikanischen Provinz stammten, hatte Lilly zum Auftakt der romantischen Plauderei am Kamin den mit Zebrafell überzogenen Kübel so gestellt, dass ihr die Palmenblätter im entscheidenden Moment die nötige Deckung geben konnten.

»Ich finde Afrika wunderbar«, erklärte Harnes zwischen einer Hand voll Nüssen und vier Oliven. »Wenn's dir gut geht, ist's überhaupt das Schönste, das ich je erlebt habe. Du weißt gar nicht, wie gern ich mit dir auf die Jagd gehe, und das Land liebe ich einfach.«

Lilly zupfte atypisch verlegen an ihrem kurzen schwarzen Lederrock. Sie überlegte verwirrt, ob sie das Wort Jagd nicht mit einem ähnlich klingenden verwechselt hatte und ob der blauäugige Dauerredner mit den Stacheln auf dem Schädel verrückt, gefährlich, nun doch sturzbetrunken oder nur ein typischer Amerikaner war. Sie hatte zu wenig Umgang mit Amerikanern gehabt und eine Angst vor Betrunkenen, die sie nicht begründen konnte. Sehr leise sagte sie: »Ich auch.«

Wie sie im Verlauf der Beziehung merkte, die fünf Tage währte und somit fünfmal länger als jede andere vor ihr, hatte sie nicht den geringsten Grund zur Furcht gehabt. Harnes neigte zwar im angetrunkenen Zustand zu Selbstgesprächen, in denen er entweder seinem Spiegelbild zuprostete oder es mit der Faust bedrohte, doch Lilly behandelte er mit sehr viel mehr Achtung, als sie es von den meisten Männern in seinem Alter gewöhnt war. Harnes entsprach keiner der Normen, die gemeinhin als typisch amerikanisch gelten. Das Gespräch über Afrika und die Jagd, das beim ersten Mal Lillys Selbstsicherheit angekratzt hatte, hatte seitdem drei Mal stattgefunden – Wort für Wort und immer noch in der Bar der Lake Nakuru Lodge. Lediglich am ersten Abend hatte sich Lilly bemüht, die Worte zu deuten und die einzelnen zu einem Sinn zusammenzufügen, aber weder ihr Englisch noch ihre Fähigkeit, abstrakt zu denken, hatten für eine solche geistige Leistung ausgereicht. Auch war sie zu erschöpft von der Flucht aus Stellas Haus und zu sehr erdrückt von ihrem schlechten Gewissen gewesen, um auch nur im Ansatz dahinter zu kommen, was und wohin der Mann wollte. War er überhaupt, wie sie im ersten Überschwang ihrer Gefühle gedacht hatte, ihr Retter, und wenn ja, wie lange wohl und vor welcher Gefahr?
Lilly hatte an diesem ersten Abend, da Harnes sehr viel getrunken und sie einen quälend schmerzhaften Hunger gehabt hatte, aus Gewohnheit und ohne Absicht »ich auch« gesagt; in Nairobi und auch bei ihren Kolleginnen hatten sich die beiden Worte immer gut und in nahezu jeder Situation bewährt. Der junge Amerikaner war jedoch ungeheuer erregt gewesen. Unverkennbar bewegt und in einem ver-

schwörerischen Flüsterton hatte er gefragt: »Hast du denn Hemingway gelesen? Verdammt, das war doch eben eine ganz entscheidende Stelle in der Geschichte.«
Am zweiten Tag ihrer neuen Zeitrechnung, als Lilly schon seinen Namen kannte, hatte sie genau die gleiche Frage mit dem Satz »Du kannst wunderbar reden, Teddy« beantwortet. Zu ihrem Erstaunen war das ihrer Ansicht nach noch nicht einmal besonders kluge Kompliment, das sie schon sehr oft an jungen Siegern ausprobiert hatte, ohne eine erinnerungswerte Wirkung zu erzielen, ein Volltreffer geworden. Ihr fielen, wie von einem Zauberstab aus der Tiefe ans Licht geholt, auf einen Schlag die in Gegenwart von Stella vergessenen Ausdrücke der Körpersprache wieder ein. Dem Geschmeichelten, der gerade dabei war, die zweite Tüte Popcorn zu leeren und der bereits zwei kleine Schüsseln mit Kartoffelchips und eine mit scharf gebrannten Cashewnüssen gegessen hatte, kam zu Lillys Erleichterung auf die Idee, beim Barkeeper für seine Begleitung Lammragout in Currysauce und eine große Schüssel Reis zu bestellen. »Heute Abend«, sagte er in einem angenehm väterlichen Ton, als er feststellte, wie schwer es Lilly fiel, ihr Essen nicht wie ein ausgehungertes Tier zu verschlingen, »schläfst du verdammt noch mal in meinem Zimmer. Mir ist es egal, was der arrogante Kerl am Empfang sagt. Wo hast du eigentlich heute Nacht geschlafen, Baby?«
»Unter deinem Balkon«, kaute Lilly. »Weißt du, Baby schläft oft draußen. Sie fühlt gern die Kälte auf ihren Armen.«
»Ich fühle gern eine Frau in meinen Armen«, lachte Harnes. »Besonders wenn sie vor mein Auto gelaufen ist.«
»Jeep«, verbesserte Lilly energisch. »Bis du mich gefunden hast, habe ich noch nie in einem Jeep gesessen, Mister. Ich

bin auch nicht vor deinen Wagen gelaufen. Das machen nur Hühner und Hasen, dass sie vor Autos laufen und tot auf der Straße liegen bleiben. Ich habe im Gras gelegen und an ein Kleid gedacht, das so rot wie die Sonne am Abend war. Aber als ich mein neues Kleid anziehen wollte, bist du gekommen. Du hast nicht nur schöne Augen, sondern sehr, sehr gute, Mister. Augen wie ein Adler hast du. Wenn die im Himmel sind, können sie eine Ameise sehen.«

»Nenn mich nicht immer Mister. Ich heiße Teddy. Der Name ist doch genau richtig für kleine Mädchen. Oder nicht?«

»Ganz richtig«, sagte Lilly. Sie stieß ein wenig mit der Zunge gegen die Zähne und verschluckte ihr Lächeln. »Auch für große Mädchen, Mister Teddy.«

Edward Harnes ließ sich nur von guten Freunden Teddy nennen. Drei von ihnen hatten ihn vor drei Monaten am Flughafen von New York mit großem Respekt verabschiedet, mit ebenso großem Kopfschütteln und einer Magnumflasche Champagner, die ihm dann zu seinem großen Bedauern ein Mann in Uniform am Flughafen in Nairobi mit der Bemerkung abgenommen hatte, er müsse die Höhe der fälligen Einfuhrsteuer prüfen gehen. Sowohl die Flasche als auch der Mann waren nie mehr wiedergekommen. Teddy, der in den drei Monaten seines Afrika-Aufenthaltes seinen Nachnamen selten gebraucht hatte, war schon deshalb bei der liebenswürdigen Kurzform geblieben, weil der Name den Leuten, die er unterwegs traf, immer auf Anhieb zugesagt hatte.

Selbst solche Geringfügigkeiten nahm Teddy ernst. Er war seit frühester Jugend von der Theorie überzeugt, dass auch unbedeutend erscheinende Zufälle in Wirklichkeit unmissverständliche Hinweise des Schicksals seien und kein Mensch sie gering achten dürfe, wollte er seinem Leben Sinn und Erfüllung geben. Im Leben von Edward Harnes hatte der Zufall nämlich schon bei seinem allerersten Schrei Regie geführt. Den hatte er ausgerechnet in Oak Park im amerikanischen Bundesstaat Illinois getan – am selben Fleck dieser Erde wie Ernest Hemingway, nur achtunddreißig Jahre und zwei Monate nach ihm. Der kleine Teddy erfuhr von Hemingways Weltberühmtheit als Dichter, Jäger und Held bereits in der zweiten Klasse. Die gemeinsame Geburtsstätte und Hemingways Liebe zu Katzen, auf die in einem Schulbuch mit einem Seiten füllenden Foto von einem Kater hinter der Schreibmaschine des Meisters Bezug genommen wurde und das den gefühlvollen Jungen schon deshalb anrührte, weil er nie eine Katze ins Haus hatte bringen dürfen, animierte ihn zunächst nur dazu, eifriger lesen und schreiben zu lernen als seine Mitschüler und Klassenkameradinnen. Bereits als Zwölfjähriger hatte er erstaunlich feste Vorstellungen von seiner Zukunft und wahrlich nicht solche, die dem amerikanischen Traum vom Tellerwäscher als Millionär entsprachen. Edward Harnes, der ja die gleichen Initialen hatte wie sein Vorbild, wollte Schriftsteller, Angler und Großwildjäger werden – in genau dieser Reihenfolge und dies, obgleich sein Vater ihm bereits Angel und Gewehr geschenkt hatte.

Noch auf der High School, als er bereits die meisten Romane von Hemingway, viele seiner Essays und Kurzgeschichten, zweieinhalb Bücher über den Stierkampf sowie eingehende Schilderungen vom Spanischen Bürgerkrieg und aus dem Paris der zwanziger und dreißiger Jahre gele-

sen hatte, versuchte er, seinem Idol nachzueifern. Der bemerkenswerte Eifer des Schülers wurde kurz vor seinem siebzehnten Geburtstag tatsächlich durch den Abdruck einer Kurzgeschichte in der örtlichen Tageszeitung belohnt. Die Leiterin des Literaturkreises in seiner Schule war so beeindruckt, dass sie spontan eine kleine Feier für Harnes arrangierte. Auf der wurde ihm ein vom Dichter signiertes Exemplar von »Wem die Stunde schlägt« überreicht, das die belesene Pädagogin aus den Buchbeständen ihres Großvaters entwendet hatte. Ein Jahr vor dem Abschluss der High School ging aber dieser öffentlich belobigte Schüler von der Schule ab – versehen mit unschönen, aber biblisch fundierten Verwünschungen seiner konsternierten Eltern, die es nicht einen Deut interessierte, dass es der junge Hemingway einst ebenso gehalten hatte. Von da ab gab es für einen langen Zeitraum nur noch eine Parallele zwischen dem berühmten Dichter und seinem nachgeborenen Landsmann. Teddy begann sein Berufsleben als Reporter bei der Lokalzeitung seiner Heimat.
Seine Tätigkeit dort war allerdings von extrem kurzer Dauer. Er hatte in seinem ersten längeren Artikel ausgerechnet von einer auffallend eleganten Frau berichtet, die in dem größten Drugstore des Ortes beim Diebstahl einer vergoldeten Puderdose ertappt worden war. Noch im Laden hatte sie einen Nervenzusammenbruch erlitten. Der Abtransport im Krankenwagen und die mit der amerikanischen Flagge verzierte Puderdose wurden besonders detailliert geschildert. Trotz so viel schreiberischer Mühe wurde allerdings der Beweis erbracht, dass der freundliche junge Mann, der seine Artikel mit E. H. zeichnete, kein Naturtalent in Sachen journalistischer Recherche war. Die unglückselige

Kleptomanin war die Gattin seines Verlegers und verantwortlich für den alljährlich stattfindenden kirchlichen Weihnachtsbasar.
Unmittelbar nach diesem Schicksal schreibenden Schlag verließ der junge Harnes seine Heimat und begab sich auf berufliche Wanderschaft; er nahm nach einem misslichen Zwischenspiel als Vertreter für Schulbücher in Boston, wo er der falschen Abrechnung beschuldigt wurde, und einem miserabel bezahlten Job als Archivar in der städtischen Bücherei von Chicago eine Stelle in einer New Yorker Buchhandlung an. So behielt er, wenn auch nur passiv, den Kontakt zur Literatur. Zudem schrieb er Weihnachtskarten nach Hause, obwohl seine Eltern ihm bis zu ihrem Tod nie den ersten Widerspruch seines Lebens verziehen. Am Jahrestag seines Abschieds von der Schule pflegte er einen wehmütigen Gruß an die hochherzige Leiterin seines ehemaligen Literaturkreises zu schicken, meistens mit einem Zitat von Hemingway, das allerdings immer mehr Bezug zu den Maximen männlicher Bewährung als zu dem Leben einer alternden Lehrerin in Oak Park hatte.
Anders als Hemingway hatte E. H. nicht die Gelegenheit, bei kriegerischen Auseinandersetzungen in Italien schwer verwundet zu werden oder in Paris weltberühmte Künstler kennen zu lernen. Trotzdem arrangierte er sich mit seinem Leben. »Teddy, der Träumer«, wie ihn sein vorgesetzter Kollege in der Buchhandlung im New Yorker Rockefeller Center treffend nannte, wäre gewiss nicht auf die Idee gekommen, die Weichen für Gegenwart und Zukunft auch nur um einige Zentimeter in eine veränderte Richtung zu verschieben, wäre nicht seine Großtante Lucy gewesen. Sie starb vermögend, verwitwet und kinderlos und vermachte

ihm, wahrscheinlich wegen der Weihnachtskarten, die er ihr nach dem Tod seiner Eltern alljährlich geschrieben hatte, eine größere Summe, als er je zu besitzen erhofft hatte. Die allein hätte Teddy indes noch nicht zu jenen Entschlüssen getrieben, die er im Nachhinein und äußerst klarsichtig als weittragend und vor allem als die Zäsur seines Lebens ansah. Ebenso entscheidend wie die überraschende Erbschaft und deren Höhe war der Zeitpunkt, an dem Teddy von Großtante Lucys später Zuneigung erfuhr. Zwei Stunden, ehe der Brief ihres Rechtsberaters eintraf, hatte er sich zwei Weisheitszähne ziehen lassen, war wegen der abnormen Schwellung seines Gesichts nicht in die Buchhandlung gegangen und hatte im Bett zum dritten Mal Hemingways »Die grünen Hügel Afrikas« gelesen. Ehe Teddy den Brief öffnete, hatte sein Blick den Buchumschlag gestreift. Der weißbartige Dichter im Dornengestrüpp verströmte Männermut und Abenteuerduft. Er hatte ein Loch in der Hose, trug eine verschwitzte Buschjacke und hielt sein Gewehr mit einer Lässigkeit hoch, als wäre es ein Bleistift. Der Leopard an seiner Seite war schon tot.

»Das«, erzählte er Lilly, ehe er ihr vorschlug, mit ihm einige Tage in der Lake Nakuru Lodge zu bleiben, »war kein Zufall. Stell dir doch nur die Duplizität der Ereignisse vor. Du liest gerade Hemingway und erfährst im selben Moment, dass du genug Geld hast, um mindestens ein Jahr lang auf Reisen nach Afrika zu gehen. Das musste ja etwas bedeuten.«

»Wie viel Geld hast du noch?«, fragte Lilly.

»Ach, Mädchen, das lieb ich so an euch Niggern. Ihr sagt genau das, was ihr denkt. Mir macht das einen Mordsspaß.«

»Wenn du in Kenia noch ein paar Mal Nigger sagst, kriegst du Ärger. Wir haben nicht für unsere Unabhängigkeit gekämpft, damit so ein Mister wie du aus Amerika kommt und uns Nigger nennt und uns fotografiert wie die Gnus und die Löwen. Kennst du das? Zack, zack, zack, Mund auf, lächeln! Die meisten Touristen kapieren nicht, dass wir keine Tiere sind.«

»Mann, hast du schöne Augen, wenn sie so funkeln. Wie ein Tiger in der Nacht. Da wird's einem Mann verdammt heiß. Und nicht ums Herz. Das kannst du mir glauben. Schade, dass ich nicht malen kann. Ich würde ein wunderschönes Bild von dir malen.«

»Das«, sagte Lilly, »hat schon ein anderer getan.« Sie fauchte weder mit Mund noch Augen. Nur ihre Stirn brannte, als sie die Erinnerungen in das Atelier vom Bwana Mbuzi trieben. Er hatte Lilly, damals noch Kind und doch schon Frau, in einem sonnengelben Turban gemalt, goldene Gardinenringe am schwarzen Lederband schaukelten an ihren Ohren. Sie vergaß den Fremden mit von Alkohol geröteten Augen, der nun ihre Ohren mit Worten zustopfte, die sie nicht verstand, und sie roch auch nicht mehr seinen Atem. Sie vergaß, wo sie war und wohin sie wollte. »Ich habe«, sagte sie und sprach mit dem Teil ihrer selbst, das immer noch lebendig, aufrichtig und zur Liebe fähig war, »mein Bild aus dem Feuer geholt, und er ist in das Haus aus Stein zurückgerannt, um mich zu suchen. Er ist für mich verbrannt. Ich habe ihn getötet und Stella den Vater gestohlen.«

»Mein Gott, jetzt bist du ja noch schöner als vorhin. Ich wusste gar nicht, dass Gazellen weinen können. Wer zum Donnerwetter ist Stella?«

Für den Träumer Edward Harnes hatten jahrelang die Romane von Hemingway nur den Genuss des Zivilisationsmenschen an der unberührten Natur und dem Lockruf der Wildnis symbolisiert. Sie hatten seine Tagträume belebt und die Nächte mit einer Unruhe beschwert, die schon der Schulpsychiater nicht hatte analysieren können. Ab dem Tag, da Tante Lucys Geld auf seinem Konto eintraf, wurde nicht nur der Kontinent seines Verlangens in den Bereich des Möglichen gerückt. Eine Reise nach Kenia und zu Hemingways grünen Hügeln wurde für Harnes eine Obsession, die ihn nicht mehr freigab. Es war nicht so, dass der Jünger jeden Pfad ablaufen wollte, den sein Herr je betreten hatte. Teddy sah sich nur in Ausnahmefällen am beizenden Lagerfeuer den wohlig warmen Whisky trinken und bei Tagesanbruch Kudus aufspüren und Büffel erlegen. Auch war er klug genug, um von der Veränderung der Welt zu wissen, aber doch so sentimental und romantisch, um den Mythos Afrika nicht für immer verloren zu geben. Suchen musste er ihn, wollte er nicht vor den Träumen seines Lebens als Wicht dastehen.

»Du wirst dich wundern«, hatte ihm ein Kollege in der Buchhandlung gesagt, dem auf einer Pauschalreise in Marokko Pass und Kamera gestohlen worden waren und der sich vier Wochen nach der Rückkehr noch wegen eines Fiebers unbekannter Ursache hatte behandeln lassen müssen. »Afrika ist tückisch.«

»Ich will mich wundern«, erkannte Teddy, »das habe ich mein Leben lang gewollt. Und nur ein Mensch ist tückisch, ein Land nie.«

Er dachte häufig an den Kollegen mit dem gängigen Hang, die eigenen Erlebnisse zu verallgemeinern und neue Welten durch eine Brille zu betrachten, deren Sehschärfe nicht stimmte. Edward Harnes, genannt Teddy, der Mann des Mittelmaßes, der nicht mutig war und nicht feige, weder zu klug noch naiv, nicht einsam, aber immer allein, erlebte Kenia vom Moment seiner Landung an als das Wunder, nach dem er sich – unbewusst erst und dann als Träumer mit festem Ziel – seit der Begegnung mit Hemingways Exkursionen nach Afrika gesehnt hatte. Er begriff, und dieses Wissen machte ihn glücklich, dass nur diejenigen an den Kern des Wunders gelangen, die ihr Herz zum Sehen benutzen und ihre Augen, um den afrikanischen Schicksalsmächten für das Gesehene zu danken. Kenia, die Unendlichkeit der Landschaft, die Synthese von Herbheit und Sanftheit, die Farben der Fülle und der Duft der Magie begeisterten ihn. Teddy, selbst so freundlich und liebenswert, empfand die Menschen von Kenia als ungewöhnlich freundlich und besonders liebenswert. Schon nach einer Woche und noch nicht über die Umgebung von Nairobi hinausgekommen war es ihm, als hätte er sein Leben lang nur die Menschen gekannt, die ihm spontan »Jambo« zuriefen, ihm Gürtel und geschnitzte Giraffen in allen Größen verkaufen und mit bezauberndem Gelächter ihre billigen T-Shirts gegen sein bei Saks in New York gekauftes teueres Buschjackett eintauschen wollten. Obwohl er sich nie für Sprachen interessiert hatte, lernte Teddy rasch und enthusiastisch die paar Brocken Suaheli, die nötig waren, um den Menschen die Bestätigung zu geben, nach der ein jeder lechzte: Nur ein paar Jahre, nachdem ihr Land unabhängig geworden war, waren sie von den ergebenen Untergebenen der Kolonialherren zu selbstbewussten und stolzen Helden mutiert. Dem als Abenteurer verkleideten Reisenden aus Amerika imponierte besonders die Art, wie das Land, das vor noch gar nicht so langer Zeit die weißen Farmer ermordet und vertrieben hatte, nun die Touristen gleicher Hautfarbe als Freunde willkommen hieß.

Die großartigen Hotels in Nairobi und die komfortabel eingerichteten Lodges am Schnittpunkt zwischen Zivilisation und Wildnis machten ihn immer wieder aufs Neue fassungslos. Der Junge aus der Provinz, der selbst in seinen Träumen bescheiden gewesen war, gewöhnte sich an Nichtstun und Luxus, als hätte er das Leben nie anders gekannt. Er frühstückte auf Terrassen mit Buffets, auf denen Löwen aus Butter auf ein Gebirge aus Schinken starrten, und er glaubte, er wäre ein anderer. Während er sich an Afrikas Früchten labte, zogen Elefanten, Zebras und Impalas zu Wasserlöchern, die findige Hotelmanager auffüllen ließen, damit Afrikas Tiere zu den Touristen kamen und sie sich nicht zu ihnen bemühen mussten. Und jeden Abend saß Teddy an Bars mit Englisch sprechenden Kellnern, die keck waren und originell, auf jede Frage die einzig mögliche Antwort aus dem Shaker zauberten und aus den Zwergen auf der anderen Seite des Tresens Riesen machten. Die Auswahl an Getränken sagte den Reisenden jeder Nationalität zu und dem einer New Yorker Buchhandlung entflohenen Arbeitstier weit mehr, als es sich je hatte vorstellen können. Wenn er abends ins Bett wankte, sah er zwei Männer im Spiegel, und beim Aufwachen brauchte er Alka-Seltzer.

Nach einem Vierteljahr in Kenia konnte Teddy nur noch die Konturen seines Lebens vor Tante Lucys Erbschaft ausmachen. In den immer häufiger wiederkehrenden Momenten, da die Realität wie ein Ballon entschwebte und Teddy

ahnte, was Glück sein kann, fühlte er sich tatsächlich so, als wäre er ein Stück von Hemingway – nur, dass er nie die Männerlust verspürte, eine Flinte zu kaufen und die großartige Tierwelt von Kenia zu dezimieren. Seine Braut war nicht das Gewehr, sondern der Jeep, mit dem er durch das Land fuhr und Rast machte und nicht mehr zu tun brauchte, was er nicht wollte. Zum ersten Mal in seinem Leben war er ohne Verpflichtung und frei von Ambitionen oder Sehnsucht, ohne die Scham vor der Mittelmäßigkeit und ohne die Angst, vor dem Lebensziel zusammenzubrechen und dieses Ziel noch nicht einmal erkannt zu haben. Die großen afrikanischen Fünf – Büffel, Nashorn, Elefant, Leopard und Löwe – hatte er alle schon gesehen. Sie beeindrucken ihn ob ihrer Stärke und der Herrlichkeit ihrer Körper, doch es waren die graziösen Gazellen, in die er sich verliebte, und in die Giraffen mit den großen Augen, die neugierig durch das Blattwerk von hohen Bäumen auf einen Winzling im Jeep schauten. Ohne sich zu bewegen, saß er stundenlang in seinem Wagen, um die Antilopen und Affen zu beobachten, die mit dem Ausdruck von Stoikern seinen Weg kreuzten.
In dieser stillen Welt, in der er allein und doch nie vereinsamt war, in der nur die Natur redete, tauchte dann als die Beute aller Beuten eine zweibeinige Gazelle mit einem Teint wie Milchkaffee auf. »Die Frau im Gras«, wie er Lilly in den von Poesie getränkten Momenten nannte, da es ihn drängte, dem Mann alles anzuvertrauen, der er zuvor gewesen war, hatte Teddys Leben noch einmal um ein Stück verändert. Den Umfang dieses kurzen Kapitels konnte er allerdings erst abschätzen, als Größenordnungen keine Rolle mehr spielten.

In der ersten Nacht, als Lilly unter seinem Balkon schlief, ohne dass er dies wusste, sättigten ihn seine erotischen Imaginationen. In der zweiten Nacht, in der sie ihm ihren Körper anbot und er ihr ein Gefühl, das ihm neu war und ihn berauschte, schwor der euphorische Heros, sich vom Leben nie mehr nur mit den wohlfeilen Angeboten der Phantasie abspeisen zu lesen. Sein sexueller Hunger, wenn er Lilly nur berührte, entzog sich noch im Nachhinein seiner Deutung. Er wusste nur, dass sein Körper von Reizen erfuhr, denen er weder in den Büchern, die er gelesen, noch in den Filmen, die er sich gerade deshalb angeschaut hatte, begegnet war. Lilly war Lebenssaft und Droge für einen, der bis zu seiner afrikanischen Safari nur auf den Nebenstraßen des Lebens gereist war. Sie teilte sein Bett, nicht seinen Tisch. In seinem Auto saß sie neben ihm, aber, weil Kenia für die eigenen Leute nur Toleranz akzeptierte, wenn sie Geld genug hatten, um sich Ansehen und Gleichberechtigung zu kaufen, saß das ungleiche Paar auf Lillys Drängen im dunkelsten Teil der Bar. Sie sagte dem Empfangschef »Jambo«, doch er sah sie nicht. Nach drei Ausflügen in das Gebiet um den Nakurusee mit Flamingos, so weit das Auge reichte, prächtigen Pelikanen und Kormoranen, die Lilly alle so langweilten wie sonst nur die Geschichten, die ihr alternde Männer erzählten, ehe sie die Hose wieder anzogen, schlug Teddy ihr vor, mit ihm auf große Safari zu gehen. Er wollte, wenn er aus Nakuru abfuhr, an den Baringosee, dann weiter in nördlicher Richtung über das Gebiet der Samburu zum Turkanasee und schließlich so nah wie in Kenia möglich an den Kilimandscharo heran.

»Und dann«, schwärmte er und wusste nicht mehr, ob er

ein Schuljunge oder ein geflügelter Eros mit Pfeil und Bogen war, »machen wir eine Ballonsafari über den Massai Mara.«
Der Flügelmann musste seiner Trophäe erst das Wort Ballonsafari erklären und dann, dass Touristen solche Ideen ihrem Reiseführer verdankten, was er in dem Moment, da er zu sprechen begann, sehr ernüchternd und auch seiner unwürdig empfand. Lilly, die klügste von Chebetis klugen Töchtern und auf jeder Station ihrer beschwerlichen Safari gesegnet mit einem scharf ausgeprägten Sinn für das Praktische und Naheliegende, war jedoch – auch ohne Ballon – schon in die Zukunft entschwebt. Sie machte sich zum wiederholten Male ihre Lage klar: Sie besaß noch genau fünf Shilling, und ihr Körper würde ganz bestimmt ihr einziges Kapital bleiben, wenn es ihr nicht gelang, Jaskaran Patel aufzusuchen, ehe der ihr Gesicht vergaß. Nie war Lilly so sicher wie in dem Augenblick, da der Baringosee erstmals erwähnt wurde, dass sie endlich nach Hause wollte – in ihr mieses kleines Wohnloch in Nairobi, in dem es kein Wasser gab und kein Licht, aber die Freiheit von Moral, Zwang und Lüge, nach der sie sich jeden Tag in Stellas Haus gesehnt hatte. Und jede Nacht vor dem Einschlafen hatte es Lilly erzürnt, dass in ihrem Refugium wahrscheinlich eine Kollegin die Tage verschlief, die sich Anna Joy nannte und die bestimmt Lillys beste Anlaufadressen übernommen hatte.
Sie verschluckte ihre Gedanken mit einem Lächeln, das ihre Lippen für Teddy so lockend machte wie sonst nur ihre streichelnden Hände in der Hitze der Nacht. Mit weit aufgerissenen Kinderaugen monierte sie, sie hätte noch nie von Menschen in Ballons gehört, die zur Sonne reisten. »Wenn

Mungu will, dass Menschen wie Flugzeuge fliegen, gibt er ihnen die starken Flügel von Geiern.«
Sie hatte mit Kalkül die Geier ins Gespräch gebracht. In der Vorstellung der Kikuyu war das Wort ein Symbol für Mungos Missfallen an Menschen, die ihn erzürnten. Sie hoffte, die Abwehr würde wirken und Teddy weder auf den Ballon noch irgendeinen Ort als Reiseziel zurückkommen, der mehr als zehn Meilen von Nairobi entfernt war. Teddy war jedoch immer noch am Lachen. Lillys Bemerkung über Ballons fand er reizend, originell und wert, eines Tages als Anekdote nach New York importiert zu werden. Einen kurzen Augenblick sah er sich wieder in der Buchhandlung stehen, doch dann hörte er einen afrikanischen Vogel seinen Rivalen verspotten und kehrte erleichtert zurück in die Welt, die nur Höhepunkte bot.
»Dann fahren wir morgen zum Baringosee und spielen mit den Flusspferden«, schlug er vor. Jedes Wort war Fröhlichkeit, das Leben eine Tour zu den Sternen.
»Ja«, zwinkerte Lilly. Sie trank einen Schluck Wasser und prustete wie ein Flusspferd. Ihre feuchten Lippen lockten zur Lust. »Aber erst muss ich mir in der Stadt die Haare schneiden lassen.«
»Das verstehe ich nicht. Sie sind doch ganz kurz. Noch kürzer als meine.«
»Ein Mann muss nicht alles verstehen«, flüsterte Lilly und blinzelte in die Sonne. Ihre langen Wimpern glänzten.
»Okay, Madam. Wir fahren zusammen in die Stadt. Ich habe dort noch eine ganze Menge zu tun. Es ist schließlich unsere erste gemeinsame Safari. Wolltest du wirklich zehn Meilen hinlaufen und zehn zurück, um dich kahl scheren zu lassen?«

»Du weißt nicht, wie wir laufen können. Als Kind habe ich mal einen Geparden gefangen.«
»Du bist wunderschön, wenn du lügst.«
»Dich könnte ich nie anlügen.«
Sie presste ihre Hand gegen ihr Herz, damit er es nicht schlagen hörte, und schluckte hastig den bitteren Geschmack hinunter, der ihren Hals quälte. Die Furcht bedrängte sie, sie würde nicht mehr rechtzeitig aus der Sackgasse herausfinden, in die sie trotz Vernunft und Instinkt gelaufen war. Und doch blieb sie ruhig; sie umarmte Teddy, diesen gutmütigen und naiven Kumpel der vertanen Tage, als wäre sie tatsächlich dankbar für seine Hilfsbereitschaft. Sie drückte den Kopf, der zu platzen drohte, weil es nur Fragen und nie eine Antwort gab, zärtlich an seine Brust. In der Stunde ihrer Not erflehte sie von Mungu, dem so lange vergessenen Gott vom Berg ihrer Heimat, weder Geld oder Gut noch Glück. Nur zwei Stunden Galgenfrist erbat sie vom Hüter ihrer Kindertage, ohne Teddy und ohne dass auch nur ein Auge ihre Beine verfolgte.
Lilly machte sich keine Illusionen. Selbst, wenn sie ihren Körper bis zur Erschöpfung hetzte und barfuß lief, würde sie allein für den Weg zu Patels Haus eine von den beiden kostbaren Stunden benötigen, und noch wusste sie nicht, ob sie den einzigen Mann, der ihr wichtig war, überhaupt zu Hause antreffen würde. Der Zufall wurde ihr Bundesgenosse. Teddy wollte vor seiner Fahrt an den Baringosee die Bremsen und die Kupplung vom Jeep nachsehen und den Benzinkanister füllen lassen, neue Filme für seinen Fotoapparat, Aspirin und Alka-Seltzer und für alle Fälle eine Flasche Whisky kaufen. Für die Hexe seiner Nächte plante er ein Überraschungspräsent, das er, weil er zu we-

nig von der Stadt wusste, in Nakuru zu entdecken hoffte.
»Es wird eine Safari, an die du noch denken wirst, wenn du eine alte Frau bist«, sagte er und wurde rot, weil er meinte, er hätte den Satz schon einmal irgendwo gelesen.
»Ich werde keine alte Frau, Mister Teddy.«
»Ich finde es wunderbar, wenn du lachst. Ihr könnt alle so schön lachen.«
»Wer sind die anderen?«
Sie trennten sich vor einem Laden mit grün gestrichener Tür. In den gesegneten Tagen von Karibu hatte Stellas Vater dort Stoff für zwei Kinderkleider gekauft, blau wie der Himmel für seine Tochter, rot wie die Abendsonne für Lilly. Die drohte den Erinnerungen, die sie blendeten, mit geballter Faust und würgte erschrocken ihre Scham hinunter. Als sie den Jeep nicht mehr sah, zählte sie, wie einst als kleines Mädchen, wenn sie mit Stella hinter dem Wassertank Verstecken gespielt hatte, erst bis fünfzig und dann wieder rückwärts bis eins. Dann lief sie so schnell, dass sie da schon keuchte, bis zum Ende der Hauptstraße; sie rannte einen steilen Berg außerhalb der Stadt hinauf und wieder hinunter. Nach zwanzig Minuten erreichte sie die schmale Straße, die ihr Jaskaran Patel bei der ersten Begegnung sehr genau beschrieben hatte. Der Weg war gepflastert, als Privatstraße ausgewiesen und führte nach drei Kilometern zu dem prächtigsten Anwesen, das Lilly je gesehen hatte. Patels Haus leuchtete, als wäre es aus weißem Marmor erbaut, und hatte silberfarbige Kuppeln und Ornamente an den Mauern wie die Moschee in Nairobi. Es lag in einem Park mit im Wind wippenden Palmen und hohen Zedern. Rosen, Hibiskus und Wicken, die hohe grüne Glasstäbe emporkletterten, säumten einen Teich, in dem Wasserlilien schwammen.

Lilly hatte für die Strecke vom Laden zum Haus der Entscheidung nur fünfzig Minuten gebraucht. Sie wischte sich mit einem Tuch den Schmutz von den Füßen und den Schweiß von der Stirn und zog ihre Schuhe wieder an. Das Tor aus Gusseisen mit vergoldeten Kugeln stand einen Spalt offen. Dahinter saßen zwei Wächter dösend auf der Erde, neben sich ihre Holzknüppel. Jaskaran Patel stand unter einem roten Baldachin mit goldfarbenen Streifen auf der Terrasse. Er hatte den Wagenschlüssel in der Hand und Ungeduld in den Augen. Die schöne Devika saß mit ihren Freundinnen auf zierlichen Stühlen im Schatten von dicht aneinander stehenden Bäumen. In einem Rondell wuchsen langstielige rote Nelken. Der Duft von Zimt erreichte Lillys Nase. Die Frauen hatten Augen, die nur das sahen, was ihnen angenehm war. Sie tranken Tee, zwitscherten beim Sprechen wie Vögel, bewegten Hände, die so makellos schienen wie die von steinernen Statuen, lachten und verwöhnten ihre Kinder mit Süßigkeiten. Ihre Saris leuchteten im weißen Licht. Die goldenen Armbänder klirrten. Ein roter Ball mit großen gelben Punkten rollte vom Rasen, der wie ein Teppich aus Samt wirkte, auf den mit weißen Kieselsteinen bestückten Weg. Lilly gab ihm einen Stoß und rollte ihn zurück. Die Lackschuhe verbrannten ihre Füße, salziger Schweiß ihre Augen.
»Verschwinde! Neger dürfen nicht in unseren Garten«, herrschte sie der Junge an, der dem Ball gefolgt war. Er war erst fünf Jahre alt und sprach nur Hindi. Lilly lächelte, obgleich sie seine Herrenstimme richtig gedeutet hatte. Sie nahm sich vor, ihn beim Abschied so zu kneifen, dass er noch abends an sie denken würde, und übte in ihrer Rocktasche mit Daumen und Zeigefinger.

»Verschwinde«, sagte Jaskaran Patel leise. Er schickte den Jungen zu den Frauen zurück. »In meinem Haus kaufe ich nichts und verkaufe nichts. Hast du das verstanden? Was willst du überhaupt hier?«

»In der Lodge hast du gesagt, ich darf nicht in dein Geschäft kommen und auch nicht in die Apotheke von deiner Frau.«

»In welcher Lodge?«

»In der Lake Nakuru Lodge. Weißt du das nicht mehr?«, fragte Lilly überrascht. »Du hast an der Bar gesessen, und ich habe dir den schönen Schmuck gezeigt, und du hast gesagt ...«

»Ich sitze nie an einer Bar.«

Sie gab, weil sie sein Gesicht sah und in diesem Gesicht Augen, die nur für die Reichen und Ebenbürtigen Güte ausstrahlten, da schon die Hoffnung auf das Geld auf, das er ihr versprochen hatte und das ihr zustand. Trotzdem sagte sie: »An der Bar habe ich dir die Brosche gegeben.« Aufgeregt, weil ihr die englischen Ausdrücke nicht einfielen, beschrieb sie mit viel Mühe den Flamingo mit den Brillanten und dem hocherhobenen Bein. Er schwieg und zerschnitt die Luft mit dem Wagenschlüssel. Die betrogene Diebin scharrte mit den Füßen und suchte nach dem englischen Wort für Gerechtigkeit. Schon verzweifelt und mit Kindertrotz erinnerte sie den Mann des Besitzes und der Macht, dass er ihr Geld versprochen hatte.

»Wenn du jemand gefunden hast, der den Schmuck kauft, hast du gesagt.«

Jaskaran Patel, der von Mombasa bis Kisumu als ein Kaufmann respektiert wurde, dem Ehre gebührte, fasste Lilly an die Schulter. Sie schüttelte ihn ab, doch, weil sie den Druck

seiner Hand zu lange auf der Haut spürte, wurde ihr Zorn zu einem Brand, der nicht mehr zu löschen war.
»Du lügst«, schrie sie, »und du stiehlst. Du hast die Brosche genommen und in die Tasche von deiner weißen Jacke gesteckt.«
»Ich habe keine weiße Jacke«, sagte er. Er schaute besorgt zu den Frauen unter den Bäumen, doch die tranken ihren Tee. Sie hatten nichts gehört und nichts gesehen.
Lilly hatte nur noch einen Pfeil im Köcher, und an dem zweifelte sie schon beim Spannen des Bogens. Vergebens versuchte sie, mit der Kraft ihrer Stimme zu drohen. Die Worte jagten einander und stürzten zu Boden, ohne dass sie Patels Ohren auch nur streiften. Noch einmal jagte Lilly ihre Zunge weiter. »Ich habe eine sehr reiche Freundin in Nyahururu«, erklärte die, die noch nie ihren Mut verloren hatte. »Sie wird mir helfen, wenn ich ihr erzähle, dass du meine Brosche gestohlen hast. Mit Geld kann man alles kaufen, Mister Patel. Auch eine Frau kann das. Mit Stellas Geld werde ich deinen Kopf kaufen.«
Jaskaran Patel, der sein Vermögen dem Umstand verdankte, dass er schnell begreifen und ebenso schnell zugreifen konnte, hatte bereits den Hohn in sein Gesicht geholt, um Lilly mit Schimpf und in Schande von seinem Grundstück zu verjagen. Er war gerade dabei, die Hand zu heben und die dösenden Wächter zu sich zu befehlen, als er Stellas Namen hörte. »Deshalb«, murmelte er. Das Wort, für Lilly nur ein Laut unter den vielen, die sie nicht verstand, galt dem Seufzer, mit dem die beklagenswerte Missis Hood in ihrem Haus den Flamingo im Federkleid aus Rubinen, Saphiren und Smaragden empfangen hatte. Nur für die Dauer eines Herzschlags, der ein wenig unregelmäßig war, erwog Jaska-

ran, Lillys Schweigen zu erkaufen, aber er hatte seine Prinzipien. Er liebte klare Verhältnisse, eine zufriedene Ehefrau, glückliche Söhne und gehorsame Töchter. Und er hasste Menschen, die fremdes Hab und Gut nicht respektierten. Seinen Ekel verteilte er gerecht zwischen den Hehlern und den Stehlern.
»Du dreckige schwarze Nutte«, drohte er, »mich erpresst keiner.« Weil er ein Mann des Glücks war, blieben Fluch und Feststellung folgenlos. Jaskaran hatte im einzigen Moment seiner Erregung Hindi gesprochen. Er räusperte sich, als er seiner Stimme die Umkehr befahl. »Du hast Mut«, sagte er und ließ den Autoschlüssel in seine Tasche gleiten. »Ich bewundere mutige Frauen. Wir gehen jetzt ins Haus und einigen uns wie Männer. Aber erst nehmen wir einen Drink. Streiten macht durstig.«
Lilly, so meisterhaft vom Leben geschult, einen Mann, seine Reaktionen und seine Empfindungen zu berechnen, war zu erschöpft, zu aufgeregt auch, zu sehr in Zeitnot, um Rätsel zu lösen, schon gar nicht das von der unglaublichen Wandlung eines fauchenden Leoparden zu einem schnurrenden Kater. Dieser Kater aber redete endlich mit ihr in der Sprache, die sie besser verstand als jede andere. Nun war der Druck auf ihrer Schulter leicht und angenehm; als Patels nach Patschuli duftende Hand ihre Brust streifte, machte sich die Sünderin bereit, dem Sünder zu folgen. Die Zeit der Fragen und der Flüche war vorbei.
Er führte sie in einen hellen Raum mit weißen Möbeln. Die Stühle hatten geschnitzte Lehnen, die Sessel waren mit einem zitronengelben Stoff bezogen, auf dem Pfauen ihr Rad schlugen und Enten im blauen Wasser dümpelten. Er stellte ihr eine silberne Schale mit Zuckerwerk und Küch-

lein mit rosa und grüner Glasur hin und verschwand durch einen Vorhang aus feinen Ketten von Glasperlen. Lilly war so gefangen vom Tanz der Farben, dass ihr Jaskarans Abwesenheit erst ins Bewusstsein kam, als er wieder zurückkam und sich zu ihr setzte. »Ja«, sagte er, und dann »okay«. Auf Suaheli sagte er »misuri«, und dieses schon immer wunderbare Wort bedeutete gut oder schön. Es machte Menschen ruhig, zufrieden und fröhlich.
Ein indischer Diener im langen weißen Hemd über der Hose und einem lindgrünen Turban kam herein. Er stellte eines der beiden hohen Gläser vor Lilly, das andere vor seinen Herren. Es roch angenehm nach Minze und Mandeln. »So nicht«, lachte Lilly, »weißt du nicht, dass ich eine Malaya bin? Eine Malaya trinkt immer aus dem anderen Glas.«
Jaskaran gab ihr das Lachen zurück. »Du hast Recht«, sagte er, »das kommt in jedem Krimi vor.«
Schon weil sie das Wort noch nie gehört hatte, vertauschte sie die Gläser mit routinierter Bewegung. Mit einem Lächeln, das ihren Zorn abkühlte wie ein plötzlich aufgekommener Wind die Mittagsglut, begrüßte sie ihr wiedergekehrtes Selbstbewusstsein.
»Cheers«, lachte Jaskaran. Er trank aus dem Glas, das Lilly ihm zuschob, »Du bist noch mutiger, als ich dachte.«
»Das Geld«, drängte Lilly, »das Geld für meine Brosche.« Sie dachte an Teddy, der auf sie wartete und wie sie ihn wohl überreden könnte, nach Nairobi statt an den Baringosee zu fahren. Weil sie jedoch so intensiv an Nairobi dachte und nicht an das, was sie dort gelernt hatte, vergaß sie Vorsicht und Skepsis. Vor allem vergaß sie das Prinzip kluger Frauen, nicht mit einem Mann vor dem Abschluss des ge-

schäftlichen Teils Alkohol zu trinken. »Cheers«, sagte sie. Es war ihr letztes Wort.
Sie röchelte noch nicht einmal, als sie starb. Sie fiel zu Boden, ohne dass die Rosen in der Vase zitterten. Lilly war im Tod noch schön. Fast zärtlich drückte Jaskaran Patel die Augen der Gazelle zu. Trotzdem konnte er den Anblick nicht ertragen. Er rief den Diener, der die Getränke gebracht hatte, und deutete schweigend auf sein Opfer. Der Diener bewegte so unmerklich den Kopf, das noch nicht einmal die Fliege hochflog, die auf seinem Turban gesessen hatte. Leise rief er nach den beiden Wächtern mit den Holzkeulen. Dem einen Wächter versprach der treueste Gefolgsmann, der je für Jaskaran Patel gearbeitet hatte, Lillys rote Schuhe für seine Frau, dem anderen ihren schönen schwarzen Lederrock. Alle vier Männer in dem Raum, in dem es so beruhigend nach Mandeln und Minze duftete, waren zufrieden.
Jaskaran Patel erzählte noch nicht einmal seiner Frau, die der kriminellen Zeiten wegen ihre Vorräte nicht in der Apotheke, sondern in der gut bewachten Villa aufbewahrte, dass er an ihrem Giftschrank gewesen war. Abends aß er allerdings ganz gegen seine Gewohnheit nur eine Suppe aus roten Linsen.
Edward Harnes, genannt Teddy, wartete zwei Stunden und vierzig Minuten auf Lilly, aber an dem verabredeten Treffpunkt tauchten nur eine zahnlose Greisin, eine Gruppe von lachenden Schulkindern und ein Mann auf, der ein Päckchen in Zeitungspapier trug und es so eilig hatte, dass er gegen den Außenspiegel vom Jeep stieß. Teddy verschob seine Reise zum Baringosee um zwei Tage. An beiden fuhr er nach Nakuru, um Lilly zu suchen, aber am dritten fuhr

er doch zu dem See. Obwohl er nicht ahnen konnte, was mit der Frau passiert war, die aus einem Träumer einen Mann der Tat gemacht hatte, war die Freude an Afrika danach nie mehr die gleiche wie zuvor. Teddy kehrte lange vor der Zeitpunkt, den er für seine Heimkehr bestimmt hatte, nach New York zurück. Hemingways wunderbare Novelle »Schnee auf dem Kilimandscharo« hat er nie wieder gelesen.

9

Der denkwürdige Tag von Stellas unerwarteter Befreiung lag auf der halben Wegstrecke zwischen Julias viertem Zahn und ihrem ersten Geburtstag. Schon morgens um sieben aktivierte Stella Tugenden, die sehr lange geschlummert hatten, und sie ließ sich dabei weder von Chebetis pessimistischen Prophezeiungen noch von ihren bedrohlichen Schimpfkanonaden einschüchtern.

»Du wirst«, warnte Chebeti, »an einen Baum fahren. Dann hast du auch nur einen Arm. Wie Moi!«

»Es gibt genug Bäume in Nyahururu. Und Moi ist nicht gegen einen Baum gefahren. Das weißt du genau.«

»Aber der Baum wird es nicht wissen. Bäume stehen immer im Weg. Das hat schon dein Vater gesagt.«

»Er ist auch nicht gegen einen Baum gefahren«, erinnerte Stella.

Gut gelaunt, weil der absurde Streit mit Chebeti wie ein Besen wirkte, der den Schlaf von den Augen und aus dem Kopf fegte, steckte sie ihre Haare hoch und suchte ihren Lippenstift – wie lange sie nicht an Schönheit und Pflege gedacht hatte, konnte sie an dem Umstand ermessen, dass der Lippenstift, die Puderdose und das letzte Fläschchen ihres geliebten Maiglöckchenparfüms in einem alten Zigarrenkasten ihres Großvaters lagen – zwischen Briefmarken

aus England, der Speisekarte vom »Café Royal«, Ersatzschnullern und einer Stoffpuppe, aus deren Bauch Sägespäne quollen.
Während Chebeti eine Fliege mit einem Handtuch und wunderbar bildhaften Flüchen jagte, die absolut nicht einer Fliege von noch nicht einmal durchschnittlicher Größe galten, zog Stella eine an den Taschen mit hellblauen Strassperlen besetzte Jeans an. Sie hatte sie noch kein einziges Mal in Kenia getragen. Im Koffer fand sie eine hellbraune Lederbluse mit Fransen an den Ärmeln und in der Taille, an der noch das Preisschild von Liberty klebte. Einen Moment sah Stella die fein geblümten Stoffe, für die das exquisite Kaufhaus an der Oxford Street berühmt ist. Ihre Nase folgte einer Spur, die den Duft von Zimt und Brandy verströmte. Es war Weihnachten. Im Schaufenster schneite es Watte und gläserne Eistropfen.
»Du bist schön«, lächelte Chebeti. Sie rieb mit kräftiger Hand den Zorn aus ihrem Gesicht. »Du warst immer schöner als sie. Viel schöner warst du. Sie hatte die Augen der Impalas. Aber deine Augen haben nie gelogen.«
»Mein Vater hat Lilly gemalt und nicht mich«, erwiderte Stella.
Sie staunte, als sie sich reden hörte, denn sie witterte aus dem Satz die Eifersucht, die ihr immer fremd gewesen war. Das Gefühl machte sie beklommen. Ihr war es, als hätte sie die verraten, die ihr ein Leben lang Vertraute, Freundin und Schwester gewesen war. Als sie aber Julia zum Abschied küsste und das Kind erst mit ernstem Gesicht den Strass auf den Jeans betrachtete und dann jubelnd lachte, kehrte die Fröhlichkeit des Morgens wieder zu Stella zurück. Sie rannte zur Tür, damit ihre Tochter nicht doch noch

auf die Idee kam, sie mit Tränen zu verabschieden. Chebeti, die nun wieder verdrossen und beunruhigt wirkte, winkte sie ausgerechnet mit dem Autoschlüssel zu.
»Heute Nachmittag«, rief sie, als der rote Ford anfuhr, »bin ich wieder da.«
»Das«, brummte Chebeti, obwohl sie wusste, dass nur noch Julia sie hörte, »sagen alle, die nicht wiederkommen.«
Es war für Stella das erste Mal, dass weder Omar, ihr geduldiger Fahrlehrer, neben ihr saß, noch dass Moi, der ungeduldige Berater beim Anfahren am Berg oder beim plötzlichen Auftauchen von Tieren, ihr Selbstvertrauen stärkte. Obwohl die Straße nach Nyahururu kurvenreich und steinig war und über einen steilen Berg führte, hatte Stella keine Angst – nur dass sie sich auf jeden seit Wochen eingeübten Handgriff mit zusammengebissenen Zähnen konzentrierte, in ihrer Anspannung Selbstgespräche führte und sich Trost zusprach, sobald sich die schmale Straße noch mehr verengte. Dennoch war sie weder blind noch taub für die Welt. Zu beiden Seiten des Wegs standen Bäume mit üppigen Kronen und Ästen, die im Morgenwind tanzten. Die Schatten waren noch hell. Im hohen Gras spielten junge Affen, die einander jagten und kreischend den Rivalen festhielten. Ihre Mütter mit den zuletzt Geborenen auf dem Rücken oder unter dem Bauch riefen die Balgenden aufgeregt zurück, wenn sie sich zu weit in den dichten Wald wagten.
Als Stella im Gebüsch eine Gruppe von Impalas erspähte und ihr langsames Tempo noch einmal drosselte, hörte sie Mois Stimme so klar, als würde er neben ihr sitzen. Einige Minuten später kreuzte ein gewichtiger männlicher Pavian mit langen Armen und schaukelnden Bewegungen die

Straße; Stella trat so kräftig auf die Bremse, dass ihr Knie schmerzte, und dann lachte sie so prustend und unvermittelt los, dass ihr Körper bebte. Sie musste anhalten, weil sie das Gefühl hatte, sie könnte das Steuer nicht mehr halten. Hechelnd wie ein junger Hund streckte sie so lange den Kopf zum offenen Fenster hinaus, bis der Wind wenigstens ihre Stirn kühl gefächert hatte.

»Ich bin die beste Autofahrerin der Welt«, rief sie dem Pavian zu, der stehen geblieben war. Er drehte sich sehr langsam um, hob seinen Arm und kratzte sich mit der anderen Hand am Kopf. Als er weiterging, ähnelte er einem Fußgänger in der Großstadt, der wütend den Kopf schüttelt, weil ein Autofahrer zu schnell auf ihn zugefahren ist. Stella formulierte ihren nächsten Brief nach Hause; sie teilte ihrem Großvater mit, dass Paviane keine Gentlemen wären, unglaublich ordinär fluchten und sich, »wie manche Leute, mit denen ich eng verwandt bin«, über Frauen am Steuer lustig machten.

»Bei Affen«, hörte sie Moi immer noch monieren, »darfst du nicht anhalten, Mama. Seitdem die Mzungu mit ihren Fotoapparaten und nicht mehr mit einem Gewehr auf Safari gehen, wissen viele Affen nicht mehr, dass sie Tiere sind. Sie setzen sich auf die Autos, zerren an den Scheibenwischern und warten auf Bananen. Wenn du Bananen kaufst, leg sie immer in den Kofferraum, nicht auf den Rücksitz. Am besten sind Perlhühner auf der Straße. Für Perlhühner darfst du nie bremsen. Perlhühner schmecken wunderbar. Gazellen und Antilopen schmecken auch gut, aber unser Auto ist zu klein, um sie zu jagen. Wenn du besser fahren kannst, versuchen wir es mal mit einer Ziege. Ich esse das Fleisch von Ziegen viel lieber als das von Gnus.

Hier ziehen oft die Hirten der Samburu vorbei. Viele von ihnen sind so dumm, dass sie noch nicht einmal merken, wenn aus ihrer Herde eine kleine Ziege fehlt. Ich glaube, die Samburu können nicht zählen.«
Das Gespräch hatte erst vor drei Tagen stattgefunden.
»Wenn ich jemand erzähle, was du mir beibringst, glaubt mir das keiner«, hatte Stella gesagt.
»Wer ist jemand, und wer ist keiner?«, hörte sie Moi, den Pragmatiker, fragen.
»Wenn ich das wüsste«, seufzte sie und schaute, obgleich Omar ihr geraten hatte, dies auf keinen Fall beim Fahren zu tun, nur in den Rückspiegel, um sich selbst zu sehen. Sie entdeckte Müdigkeit in ihren Augen.
Stella war immer nur sehr kurz in der Ortschaft Nyahururu gewesen; sie konnte sich nicht gut an die Häuser und den einzigen Laden erinnern und noch nicht einmal an die Lodge am Wasserfall, die es schon zu Zeiten ihres Vaters gegeben hatte. Bei der Rückkehr in die Landschaft ihrer Kindheit war sie zu aufgeregt gewesen, ob sie Chebeti nach all den Jahren, da sie nichts von ihr gehört hatte, wieder finden würde. Nun stieg sie vor einem kleinen Gebäude mit Wellblechdach und einer rot angestrichenen Holztür aus dem Auto. Das Haus war in Nyahururu zugleich Bahnhof, Lagerhalle und Versammlungsort für alle, die nicht nur das eigene Gesicht sehen wollten. Ein Hahn krähte und ein Hund bellte. Die Luft war kühl, der Himmel fast wolkenlos. Zwei Autos und ein Lastwagen mit stehenden Arbeitern auf der Ladefläche, die ihr etwas zujohlten, was sie sich zu verstehen weigerte, fuhren an ihr vorbei. Sie sah eine kleine Lore auf den Eisenbahnschienen fahren und entdeckte an einer Kreuzung Schilder nach Nakuru, Nairobi, Eldoret

und Kisumu. Schon da kam sie sich wie eine Wiedergeborene vor, die nur durch eine gütige Fügung des Schicksals aus einem sehr langen Schlaf erwacht ist und noch einmal die Chance erhält, am Leben teilzunehmen. Dies war die Stunde der Selbsterkenntnis und Umkehr. Als würden alle Wände und jeder Baum Stellas Schmach verkünden, wurde ihr bewusst, dass sie den falschen Göttern, ihren Illusionen vom Segen des einfachen Lebens und einem Traum ohne Boden vertraut hatte, der ihr das ewige Glück der Freundschaft verheißen hatte. Sie hatte sich freiwillig zu einer Einsamkeit verurteilen lassen, die nicht ihrem Naturell entsprach.

Im Nachhinein konnte Stella nie mehr begreifen, was sie zum Rückzug in eine Welt getrieben hatte, von der nur sie noch glaubte, sie gliche der zufriedenen, schönen, sanften, makellosen Welt ihrer Kindertage. Ab dem Augenblick, da sie, wenn auch zaghaft, in die Wirklichkeit zurückkehrte und wieder spürte, dass sie eine junge Frau war und dass sie Bedürfnisse hatte, die ihrem Alter entsprachen, empfand sie die meisten ihrer einstigen Wünsche und Vorstellungen als das Verhalten einer Phantastin, die immer nur nach hinten schaut und ihren Träumen nachläuft. Die verspätete Selbsterkenntnis beschämte Stella. Sie hatte Lebenslügen und deren naive Lösungen von Problemen stets verachtet und nun ein so starkes Bedürfnis nach Beichte und Absolution, dass sie tatsächlich zu reden begann.

»Unsere Tochter hat eine dumme Mutter«, gestand sie Fernando. »Ich weiß gar nicht, was ich sagen soll.«

»Nicht dumm«, widersprach Julias galanter Vater, »nur romantisch. Sehr romantisch. Lass dich nicht hetzen, Lady Godiva. Wir haben Zeit. Ich habe das immer gewusst.«

»Gespenster«, seufzte Stella, als ihr Ohr den Klang seiner Stimme freigab. Ihr Körper brauchte irritierend lange, um seine Hände zu vergessen.
Vor einem Haus aus der Kolonialzeit, weiß gestrichen, mit breiten Säulen vor der Veranda und bis zum Dach mit wuchernden lila Bougainvillea bewachsen, lag ein junger irischer Wolfshund. Er hielt den Kopf schief und kaute an einem Knochen, den er nur mit Mühe in seinen Pfoten halten konnte. Ein rotes Kinderdreirad stand auf dem kurz geschorenen Rasen. Stella hoffte sehr, die Mutter des Kindes, dem das Rad gehörte, würde sich zeigen, aber niemand rührte sich. Es roch schwach nach gebratenem Hammelfleisch und stark nach frisch geröstetem Kaffee. Ein Geländewagen fuhr an die Zapfsäule. Der Fahrer stieg schwerfällig aus. Stella sah, dass er humpelte. Sie wunderte sich, dass sie einen Affen schreien hörte. Im gleichen Augenblick entdeckte sie an dem Laden auf der gegenüberliegenden Seite ein Schild mit der Aufschrift »Coca Cola«. Sie starrte auf die Buchstaben, die so heftig vor ihren Augen wirbelten, dass die weißen Lettern auf rotem Grund zu einem Brei von Farbe wurden. Aber erst, als sie den Geschmack von Cola auf der Zunge spürte, der deshalb so süß und belebend war, weil ihre Erinnerungen sie trunken machten, wusste sie sich von dem fremden Planeten zurückgekehrt.
Es wurde eine berauschende Heimkehr. In gierigen Zügen schluckte Stella Verzauberung und Seligkeit. Noch fand sie nicht die Erklärung für das Salz ihrer Tränen. Mit der Erleichterung von einer, deren Fesseln von einem Schutzengel zerschnitten worden sind, an den sie bis zu dem Moment der Erlösung nie geglaubt hat, setzte sie sich zurück in ihren Ford und fuhr zur Zapfsäule.

Dass sie, wo immer sie hinschaute, Gesichter sah, die sie nicht kannte, machte ihr eine enorme Freude. Als ein junger Kikuyu in zu großen Jeans, die er mit einem Strick um die Taille befestigt hatte, und einem grauen Filzhut mit Löchern Benzin in den Ford füllte, fiel ihr der Mann wieder auf, der aus dem Geländewagen gestiegen war. Er war ein älterer weißhaariger Europäer; er trug ein dunkelblaues Drillichhemd und einen so ausgebleichten Hut, dass die ursprüngliche Farbe sich noch nicht einmal mehr ahnen ließ. Eine zierliche olivgrüne Meerkatze mit Augen wie große schwarze Perlen saß kauend auf seiner Schulter, eine Pfote auf dem Kopf des Mannes, in der rechten eine Bananenschale. Dem Wagen fehlte die Windschutzscheibe, die Türen waren verrostet, das Steuerrad mit Isolierband umwickelt, und auf dem Beifahrersitz hockte ein weißer Boxer mit einem schwarzen Fleck über einem Auge und einem karierten Halsband. Der Hund sabberte auf das Armaturenbrett, direkt auf das Päckchen Tabak, das neben einer Pfeife lag.

Der Mann musterte Stella lange und sehr ungeniert. Dann griff er nach dem Schwanz des Äffchens, schwenkte ihn fröhlich über seinem Kopf und lächelte Stella zu. Im Moment des ersten Herzklopfens kam ihr der Gedanke, der freundliche Schweiger könnte James Stuart aus Ol' Kalau sein, der Nachbar auf Karibu und der Bekannte ihres Vaters, aber die Bilder vom letzten Tag im Leben von Brian Hood fingen so an zu rasen, dass ihr schwindelte. Stella räusperte ihre Kehle frei, traute sich aber dann doch nicht, den Mann anzusprechen. Sie bezahlte ihr Benzin und ging rasch auf die andere Straßenseite.

»Komisch, Churchill«, hörte Stella ihn sagen; sie grübelte

noch am nächsten Tag, ob der Mann mit seinem Affen oder mit dem Hund geredet hatte.
Staunend und mit dem offenen Mund eines verlegenen Kindes stand sie vor zwei ungehobelten Brettern, die als Platte über zwei gleich hohe Steine gelegt worden waren. Dahinter hockte unter einem aufgespannten schwarzen Regenschirm mit großen Löchern eine alte Kikuyufrau mit Beinen wie ein Baumstamm. Ein gelbes T-Shirt hielt ihren massigen Körper zusammen. Die Aufschrift »Elephants forever« lief quer über ihre Brust. Die Alte verkaufte Papayas, Passionsfrüchte, Bataten und Bananen – die langen roten, die dicken grünen und die kleinen gelben. Stella war so fasziniert, Gemüse und Früchte zu sehen, die nicht auf Chebetis Schamba gewachsen waren, dass sie der Frau zwei Stauden winzige gelbe Bananen und einen Sack Bataten abkaufte, obgleich sie Süßkartoffeln verabscheute und keine mehr seit ihrer Schulzeit in Limuru gegessen hatte. Die Händlerin konnte die unerwartete Belebung ihres Geschäftes nicht fassen; sie befürchtete, die für afrikanische Verhältnisse viel zu rasch entschlossene Käuferin würde das Geschäft umgehend bereuen, und packte, kaum dass sie mit keuchender Stimme das erhaltene Geld nachgezählt hatte, ihre restlichen Waren in ein Tuch, das sie zitternd verknotete, holte unter dem Tuch eine Astgabel hervor, die ihr als Krücke diente, und hinkte erstaunlich flink davon.
»Ich weiß, dass du mich betrogen hast«, rief Stella ihr nach. Die Frau, die nicht damit gerechnet hatte, dass ihre Kundin mit ihr Kikuyu sprechen würde, verschluckte erschrocken die Verwünschungen, die sie schon für den Fall in ihren Mund geholt hatte, dass Stella das zu geringe Wechselgeld bemerken würde.

Stellas Euphorie wurde noch größer, als sie in dem kleinen Laden mit der großen Auswahl stand. Er roch nach allen Düften ihrer Kindheit und dazu nach Terpentin, Leim und faulendem Fisch. Sie kaufte einen Sack Mehl, einen Teevorrat für mindestens sechs Monate, Zucker mit Würmern, die sie freilich erst zu Hause aufspürte, und eine zwei Monate alte englische Jagdzeitung mit einem triefenden Gordonsetter auf dem Titelbild, der eine Ente in der Schnauze hielt. Zwar konnte sich Stella nicht vorstellen, dass sie die Zeitung je lesen würde, doch der Hund erinnerte sie an die Hunde vom Hyde Park und an den letzten Spaziergang mit Fernando. Die Zeitung fand sie immerhin interessanter als die Publikationen in Suaheli, die Moi gelegentlich aus Nyahururu mitbrachte. Als sie bereits am Gehen war, entdeckte Stella in dem Duka des freundlichen indischen Händlers einen rosa Büstenhalter mit violetten Blumen auf den Trägern und vergoldeten Haken und Ösen. Der Büstenhalter lag in einem Regal mit Stoffballen, Fahrradschläuchen, Jutesäcken, olivgrünen Wolldecken und roten Gummisandalen aus Taiwan. Dass sie überhaupt ein Kleidungsstück in ihrer Größe kaufen konnte und noch dazu ein so intimes und phantasieanregendes, vermittelte ihr ein seit London nicht mehr gekanntes Gefühl von Wohlstand, Besitz und Freiheit. Zu ihrem Erstaunen musste sie sehr energisch das Bedürfnis unterdrücken, dem Inder, der jede ihrer Bewegungen registrierte, von den eleganten Geschäften in der Oxford Street und von den dicken Teppichen und den Lüstern bei Harrods zu erzählen. Stella war klar, dass sie sämtliche Erlebnisse des Tages, voran die angenehme Unabhängigkeit, dem roten Ford verdankte und ihrer eigenen Ausdauer als Fahrschülerin, doch in diesem Moment galt ihre

Dankbarkeit ausschließlich der Familie Patel als Initiator der Idee.
»Ich komme wieder«, sagte sie dem Mann hinter der Theke, »sehr bald.«
»Das freut mich, Missis Hood.«
»Woher kennen Sie meinen Namen?«
»Der Mann mit dem einen Arm hat mir von Ihnen erzählt.«
»Sie meinen Moi.«
»Seinen Namen kenne ich nicht.«
»Mister Patel kennt mich auch.«
»Mister Patel redet nie über seine Kunden, Madam.«
»Ich bin nicht seine Kundin. Wir sind befreundet. Ich kenne auch seine Frau.«
»Über seine Freunde redet Mister Patel auch nicht. Ich lasse Ihre Sachen zum Wagen tragen, Madam.«
Der Tag war aber nicht nur wegen der reizvollen Geschehnisse in Nyahururu, der plötzlich wahrgenommenen Zärtlichkeit für den Ford, wegen des rosa Büstenhalters oder ob des rätselhaften Dialogs mit dem Ladenbesitzer ein Hinweis auf die Zukunft. Er blieb für Stella ein Markstein der Dinge – aus Gründen, die sich allerdings nur im Verlauf der Zeit analysieren ließen. Von dem Moment an, da die zufriedene Heimkehrerin den Wagen vor ihrem Haus parkte, musste sie sich sehr viel mehr auf jedes Detail konzentrieren als beim Einkauf von Bananen und Mehl. Ausgerechnet Julia die Unschuldige, deren Welt doch nur aus Staunen und babbelnder Zärtlichkeit bestand und aus den schnell trocknenden Tränen einer Glücksfee, die sich mit der silbernen Rassel ihres Urgroßvaters von jedem Ärger und Kummer ablenken ließ, zog an den Schicksal webenden Fäden.

Seit mindestens einem Vierteljahr sagte das kluge, gelehrige, sprachgewandte Geschöpf schon »Mama« – außer zu ihrer Mutter noch zu Chebeti und einem dreijährigen taubstummen Jungen und zu sämtlichen Kindern der Familie Patel. Den Augenblick jedoch, da die strahlende Mutter mit den Herrlichkeiten aus der Fremde heimkehrte, wählte dieses Prachtkind aus, um erstmals das Wort »Baba« zu sagen. Die arglose kleine Schwätzerin artikulierte die beiden Silben so deutlich, dass nicht die geringste Fehldeutung möglich war. Julia hatte das Wort für Vater, das ihr der mangelnden Möglichkeiten wegen, davon Gebrauch zu machen, weder Stella noch Chebeti beigebracht hatten, der Suahelisprache entnommen, und es gab nicht den geringsten Zweifel, dass das Mädchen im gelben Kleid bei ihrem raffinierten Auftritt nur mit einem einzigen Mann sprach – mit Moi. Dass die kleine Kokette dies tat, war wahrhaftig nicht vorauszusehen gewesen und auch nicht logisch, denn Mois Namen gehörte zu den ersten beiden Worten, die sie überhaupt in ihrem Leben gesprochen hatte.
Moi fand die Begebenheit so mitteilenswert, dass er am nächsten Tag schon bei Sonnenaufgang nach Nyahururu lief und die wunderbare Schauri Mister Karatasi erzählte, der sich übrigens besonders großzügig für das ihm erwiesene Vertrauen revanchierte – mit einem Brief aus England, der schon seit einer Woche bei ihm »ruhig schlief«. Er hatte am Vortag, als Stella ihn nach Post fragte, komplett vergessen, in der kleinen Schublade mit Schrauben und Nägeln nachzusehen. Obwohl Stella da noch nichts von dem Brief mit dem extremen Ruhebedürfnis ahnen konnte, versagte ihr Humor, als ihre redselige Tochter das Vaterrecht auf Moi übertrug.

Anders als die Umstehenden, die in großer Zahl um Moi standen und dem Kind auf seinem Arm auffallend begeisterten Beifall klatschten, lachte Stella nicht. Sie brauchte sogar sowohl Einbildungskraft als auch Selbstbeherrschung, um ihre Tränen als eine zufällige und vorübergehende Unpässlichkeit der Augen zu deklarieren. Danach war auch noch eine Portion Gleichmut nötig, um glaubhaft vorzutäuschen, sie hätte keine der rüden Anspielungen des aufgekratzten Publikums verstanden.

Stella hatte nie zu vorschnellen Verurteilungen und unbedachten Beschuldigungen geneigt. So geschah es, dass sich erst eine Stunde später ihr Anfangsverdacht erhärtete – Julias Anrede für den falschen Vater war, wie Stella noch beim Auspacken der Einkäufe von der aufgebrachten Chebeti erfuhr, tatsächlich das Ergebnis von Mois stundenlangen Bemühungen während Stellas Abwesenheit, und die vielen dankbaren Zuschauer waren eigens von dem kreativen Regisseur zu der Premiere eingeladen worden. Auf alle Fälle bedingte die Schauri, die auch später als eine solche bezeichnet wurde, dass Stella besonders intensiv und besonders zärtlich an Fernando dachte. Die Erinnerung machte sie noch melancholischer als die Bilder vom Morgen.

Sie quälte sich mit Überlegungen, die sie in England als kleinbürgerlich und kleinmütig und vor allem als vorgestrig abgetan hätte. Es war Stella immer nur darum gegangen, ihrem Kind die gleiche unbeschwerte Kindheit zu bieten, die sie selbst gehabt hatte, und Julia die Freiheit und Zufriedenheit zu vermitteln, die das Leben ihrer Mutter geprägt hatten. Doch ein einziges Wort dieses Kindes, das noch keinen zusammenhängenden Satz sprechen konnte, hatte

für den ersten Kratzer in dem so sorgsam polierten Bild gereicht. Stella war nicht entmutigt, allerdings beunruhigt genug, um sich vorzustellen, wie es sein würde, wenn Julia nach ihrem Vater fragte. Die Realität, die sie sich ausmalte, mit einer verlegen stammelnden Mutter, einer kopfschüttelnden Chebeti und einem grinsenden Moi missfiel ihr.
Chebeti hatte grüne Bohnen vorbereitet, beim Auspacken der Einkäufe zu ihrer Verwunderung die Bataten entdeckt und sie eilig geschält und gekocht. Stella lächelte Überraschung und heuchelte Freude, aber sie stocherte nur im Essen herum und musste immer wieder tief einatmen, damit Chebeti nicht merkte, wie mühsam sie ihre Übelkeit hinunterwürgte. Sie sah das ungeliebte Internat in Limuru, sah im düsteren Speisesaal einen glitschigen Brei aus Süßkartoffeln in großen weißen Blechschüsseln mit blauem Rand und sah sich selbst mit Zöpfen und einer Schuluniform, die ihr zu groß war, sechs Jahre alt, erschrocken und verwirrt von dem ersten Heimweh ihres Lebens. Die Kinder saßen auf einer langen Bank an einem Tisch aus dunkelbraunem Holz und durften nicht aufstehen, ehe ihre Teller leer waren.
»Nein«, wehrte sie ab.
»Ich dachte, du isst gern Bataten.«
»Ich habe nie gern Bataten gegessen. Weißt du das nicht mehr, Chebeti?«
»Warum hast du dann in Nyahururu Bataten gekauft? Einen ganzen Sack hast du gekauft.«
»Weil ich in Nyahururu Bataten essen wollte. Ich hatte vergessen, wie sie riechen. Meine Nase hat geschlafen, und meine Augen hatten Hunger.«
»Bist du schwanger?«

»Vom wem soll ich schwanger sein?«, fragte Stella. Ihr wurde es noch übler denn zuvor, als sie merkte, dass ihre Stimme zu hoch und sehr aufgeregt war. »Soll ich denn hier in Nyahururu ein Kind mit dunkler Haut kriegen?«
»In London hat dich das nicht gestört«, schnaubte Chebeti zurück, umschlang aber trotzdem Stellas Körper mit beiden Armen.
»Als ich ein Kind war, hast du immer die Traurigkeit aus mir herausgedrückt. Es waren deine Hände, Chebeti, die ich die ganzen Jahre nicht vergessen konnte.«
»Meine Hände sind immer noch stark. Auch meine Nase ist noch sehr gut. Sie kann deine Traurigkeit riechen. Du bist immer noch meine Tochter, Stella. Aber du bist nicht mehr ein Kind von Afrika.«
»Das musst du mir erklären, Chebeti. Ich weiß nicht, warum du das sagst.«
»Die Zeit ist noch nicht gekommen, Stella. Wenn ich heute rede, wirst du mir nicht glauben. Du hast immer nur geglaubt, was du sehen und anfassen konntest.«
»Und riechen«, lächelte Stella. »Meine Nase hat mich nie betrogen.«
Später, als sie die Paraffinlampe anzündete und die ersten vier Sterne zählte und sie Salz in ihrer Kehle und einen belastenden Druck in den Augenhöhlen spürte, hatte sie erneut das Bedürfnis nach Chebetis beruhigender Wärme, doch sie rief nicht nach ihr. Energisch stellte sie die Lampe vor Moi auf den Tisch, hob – ebenso energisch – die laut protestierende Julia von seinem Schoß und brachte sie zu Bett.
»Deine Mama ist dämlich«, vertraute sie ihrer so leicht zu beruhigenden Tochter an, »und unglaublich sentimental.

Das kannst du mir glauben, meine Liebe. Ich bin froh, dass mich dein Urgroßvater nicht in so einem Zustand erlebt. Er hasst heulende Frauen.«
»Baba«, krähte Julia vergnügt und lieferte händeklatschend den Beweis, dass die meisten Geschichten einen fatalen Hang haben, wieder von vorn anzufangen.
»Und erst recht die Schauris, die einem die Ohren verbrennen«, erkannte Stella.
»Schauris«, gluckste Julia.
»Als Papagei bist du schon prima, meine Liebe.«
Stella lachte noch, als sie zurück in die Küche kam. Ihre Gedanken kehrten zum Ausgangspunkt ihrer Wehmut zurück. Sie erinnerte sich, dass Lilly in der Dämmerung immer besonders anschaulich vom elektrischen Licht und dem fließenden Wasser in Nairobi geschwärmt hatte. Weshalb hatte sie den Hinweis auf die Unzufriedenheit der Freundin nie erkannt, nie Lillys Sehnsucht nach der Großstadt und dem Leben, das sie gewohnt war? Moi verstand sich besser auf verschlüsselte Botschaften.
»Wohin ist dein Kopf schon wieder auf Safari gegangen?«, fragte er.
»Mein Kopf ist nicht so weit gereist, wie du denkst. Er ist im Zimmer bei Julia geblieben.«
»Und warum siehst du aus, wie ein Hund, der den Knochen ausgraben will, den er versteckt hat, und eine tote Maus findet?«
»Gut, mein Freund, du weißt wieder mal alles. Ich will ihren Namen nicht mehr hören und ihn nie mehr sagen.«
»Das wird dir nicht helfen«, erkannte Moi. Behutsam wickelte er die kleine gelbe Banane, die er gerade hatte essen wollen, zurück in ihre Schale. »Du hast doch nie gelernt,

deine Augen und Ohren und die Nase vor den Dieben der Ruhe zu schützen, Mama. Du wirst dir nie die Traurigkeit so gut aus dem Kopf reißen, dass ich sie nicht sehe. Das können nur wir. Schau dir Chebetis Augen an. Sind die krank geworden, als die Frau ohne Namen von hier fortgelaufen ist?«

»Lilly war immer nur in Chebetis Kopf, nie in ihrem Herzen. Da ist es leicht, keine kranken Augen zu haben.«

»Siehst du«, spottete Moi, gestattete sich jedoch nicht das wunderbar wärmende Gelächter des Hohns. »Ich wollte dir auch noch sagen, dass deine Zunge sich nie wird zähmen lassen, aber du hast mir keine Zeit zum Reden gelassen. Du wirst sie nie vergessen. Der Name von der Frau ohne Namen wird immer in deinem Kopf bleiben. Es ist auch nicht wichtig, ob du die Augen aufmachst oder zu. Du wirst sie immer sehen. Sie war zu schön, um nur ein Schatten zu sein.«

»Es ist gut, dass du viel klüger bist als ich, Moi. Ab heute werde ich nur noch mit deinem Kopf das Leben sehen.«

Die schöne afrikanische Mischung von gutem Gedächtnis und der Fähigkeit, das Unabänderliche hinzunehmen und so schnell wie nötig zu verdrängen, gelang Stella nicht. Auch nach Tagen und Wochen, selbst Monate später konnte sie nicht verwinden, dass Lilly ohne ein Wort des Abschieds von ihr gegangen war und sich nie mehr gemeldet hatte. Die Zurückgebliebene war nicht nur im Moment der Konfrontierung mit dem Undenkbaren fassungslos und enttäuscht gewesen. Wann immer Stella nach einer Erklärung suchte, die die Dunkelheit hätte erhellen können, blickte sie auf die Scherben ihrer Hoffnungen und die Trümmer ihrer Vergangenheit. Sie fühlte sich über einen langen Zeit-

raum hinweg getäuscht, böswillig hintergangen, vor der ganzen Dorfgemeinschaft blamiert, missbraucht und vor sich selbst beschmutzt. Und doch konnte sich Stella nicht von Lilly lösen. Ihr gelang es nicht, zu vergessen, dass in den Kindertagen die schöne Gazelle mit den sanften Augen der Impala ihre fröhliche, kecke, lernbegierige Schwester gewesen war und dass sie beide denselben Mann geliebt und in seinem Atelier zum ersten Mal das Wunder der Farben und Bilder erlebt hatten. Die, die aus England zu dem Traum von Geschwisterliebe und Neidlosigkeit zurückgekehrt war, empfand weder Gleichgültigkeit, Empörung noch Hass, wenn sie daran dachte, dass Lilly mit einem einzigen Hieb die gemeinsamen Wurzeln zerschnitten hatte.
»Lilly war doch immer meine Schwester«, sagte Stella.
»Nein, Stella«, verbesserte Moi, »du warst immer ihre Schwester.«
Die Reaktion auf ihre widerstreitenden und selbstquälerischen Gefühle war atypisch für Stella – und auch beängstigend, denn sie war es gewohnt gewesen, sich keinem Sturmwind zu beugen. Nun senkte sie den Kopf. Ihre Fäuste ballte sie nicht mehr. Sie zögerte selbst unbedeutende Entscheidungen hinaus, mochte sich weder auf ihre ursprüngliche Courage noch auf ihr Urteilsvermögen verlassen und begann, die Realität nach ihren Wünschen zu verbiegen. Vor allem scheute sie das finale, längst fällige Eingeständnis: ihre Pläne und Hoffnungen für die Zukunft hatten kein Fundament mehr. Stella hatte, was ihr erst klar wurde, als ihre Überlegungen keine Rolle mehr spielten, in erster Linie für Lilly die Lodge bauen wollen; sie hatte sich immer wieder an dem Gedanken erwärmt, dass die klügste von Chebetis Töchtern endlich die Position im Leben wür-

de einnehmen können, die ihrem Auftreten und ihrer Intelligenz und ihrer Schönheit gebührte. Weil Stella jedoch sehend geworden war und nun endlich den Zweifel an ihren Planungen und Illusionen zuließ, konnte sie sich immer weniger vorstellen, dass sie ohne Lilly eine Lodge bauen wollte und diese dann auch noch selbst leiten sollte.
Gelegentlich, in trüber Stimmung, setzte sie sich ans Fenster und erwog, ihrem Großvater von den veränderten Umständen zu berichten und seinen Rat zu erfragen, aber dann fiel ihr ein, wie sehr er die Idee von der Lodge gutgeheißen und seine Enkeltochter als selbstbewusst, ausdauernd und klug gelobt hatte, und sie hatte nicht mehr den Mut, das Thema auch nur anzudeuten. Ebenso wenig traute sich Stella, den Mann ins Vertrauen zu ziehen, der ihr vertraute – Moi erzählte ihr mindestens dreimal täglich, dass er sich bereits als Mann mit Einkommen und Prestige sah. Er war in seinen Träumen der unglaublich tüchtige Manager von Stellas Lodge geworden, saß in einer weißen Jacke mit goldenen Knöpfen hinter einem Empfangstresen aus spiegelndem Mahagoniholz, notierte mit einem goldenen Kugelschreiber die Namen der Gäste in einem Buch, das nach Leder roch, und zählte Abend für Abend Geld – erst Stellas und dann das seine.
»Ich werde mir sehr große Taschen in meine Jacke nähen lassen«, pflegte er sich auszumalen. »Für das Trinkgeld.« Den Gedanken, Moi das Herz zu brechen, konnte Stella nie zu Ende denken, ohne dass ihr Herz gegen die Rippen schlug. Nach ihrem ersten Ausflug nach Nyahururu war sie noch bereit gewesen, sich ihren Vorbehalten zu stellen, doch von Woche zu Woche ließ sie sich williger und immer mehr von dem Kern ihrer Situation ablenken – auch dies ein absolut

fremder Wesenszug von einer, die schon als Kind mit zusammengebissenen Zähnen über die Hürden des Lebens gesprungen war. Trotz des Schmerzes um Lilly und den Bedenken, dass sie sich gegen die Lodge entscheiden wollte und nicht wusste, wie, arrangierte sich Stella noch einmal mit ihrem Leben. Ihre alte Zufriedenheit kehrte zurück. Für das bescheidene neue Glück in Stellas Leben reichte die Liebenswürdigkeit der Familie Patel.
Die Patels kamen immer häufiger nach Nyahururu und blieben von Mal zu Mal länger. Sonntags gab es Picknicks in Stellas neu angelegtem Garten oder unter Mois Affenbrotbaum. Im Gras, zwischen Büschen von blühendem Jasmin und Pfeffersträuchen mit roten Beeren, stand im schwarzen Lederkoffer ein Grammophon, das noch mit einer Handkurbel bedient werden musste, doch es spielte die Musik der neuen Welt. Devikas achtjährige Zwillingstöchter flochten Kränze aus roten und gelben Mohnblumen und drückten sie Julia zärtlich auf die nachtschwarzen Locken. Das kluge Kind klatschte Frohsinn und sah aus wie die Blumenfeen in den Bilderbüchern für artige Kinder aus der Zeit der Königin Victoria. Die Gespräche, die kleinen Scherze und die Witze in der eigenen Sprache, animierten Stella, und das Gelächter von Menschen, die gleichen Sinnes und ihr so offensichtlich zugetan waren, brachten Glanzpunkte in ein Leben, das bis dahin nie auf Höhepunkte aus gewesen war. Patels hatten Stella aus einer Erstarrung erlöst, die sie noch im Nachhinein erschreckte. Manchmal kam sie sich wie der Mann in ihrem Schullesebuch vor. Er war über zu dünnes Eis gelaufen, hatte aber erst am rettenden Ufer von der Gefahr erfahren, in die er sich begeben hatte.
»Und dann ist er hingefallen und liegen geblieben«, erzähl-

te sie Moi, dem die Geschichte schon deswegen nie langweilig wurde, weil Stella ihm ausführlich die Beschaffenheit von Eis schildern musste.
»Gestorben ist er«, verbesserte Moi jedes Mal, »wer nur hinfällt, steht auch wieder auf.«
Drei Mal kurz hintereinander war Stella im gastlichen Haus der Patels in Nakuru gewesen. Sie hatte in dem Park mit den wippenden Palmen auf dem Rasen gesessen, Tee getrunken, den Mandelduft eines Kuchens mit gelbem Zuckerguss eingesogen und sich in die rote Nachmittagssonne verliebt, die sich in den silberfarbigen Kuppeln spiegelte. Noch tagelang war Freude in ihr hochgestiegen, wenn sie sich die Pracht im Hause Patel vergegenwärtigte. »Es riecht dort nach Freundschaft, nach Güte und Zärtlichkeit«, schrieb sie nach Hause.
»Deine kleine Abhandlung über Duftstoffe in einem afrikanischen Heim hat mich besonders interessiert«, antwortete Sir William auffallend schnell, »in London riechen die Inder bestenfalls nach Curry und Haarpomade.«
Bei Stellas viertem Besuch fuhren die Patels mit ihrem Gast in die Lake Nakuru Lodge. Obwohl Stella selten ein Bedürfnis nach Abwechslung und nie nach den schnell verfliegenden Reizen der unbeschwerten Geselligkeit gehabt hatte, beeindruckte sie das Wochenende so sehr, dass sie trotz der jüngsten Erfahrung mit ihrem spottbegabten Großvater noch am Abend ihrer Rückkehr einen acht Seiten langen Brief nach Mayfair schrieb. Stella saß an der Bar, an der einst Lilly und Teddy Harnes den Whisky aus Naivasha getrunken hatten, und sie fühlte sich wie eine Königin, die aus einem langjährigen Exil zurückkehrt und ihren schönen Palast unverändert vorfindet. So blau wie an dem Tag,

da Stella nach fünfzehn Jahren den Nakurusee wiedersah, war der Himmel lange nicht mehr gewesen.
»Mein Vater«, erinnerte sich die Beglückte, »hat hier sein allererstes Bild in Kenia gemalt. Damals hat meine Mutter noch gelebt.«
»Erzähl mir mehr von deinen Eltern«, bat Devika und legte sanft ihren Arm auf den von Stella.
Ihr Takt und ihr Instinkt für Menschen bewegte Stella umso mehr, weil sie es als eine gütige Schicksalsfügung empfand, dass ihr die Freundeshand gerade in dem Moment gereicht wurde, da sie von der einzigen Freundin ihres Lebens hatte Abschied nehmen müssen. Devika schien immer zu wissen, was Stella beschäftigte. Sie hatte stets den richtigen Rat und die richtige Antwort auf Stellas Fragen parat. Sie war zurückhaltend und doch auf eine Weise zärtlich, der Stella nicht widerstehen konnte. Vor allem hatte Devika den richtigen Mann. Jaskaran war taktvoll, klug, verschwiegen und, wie Stella ihm einmal sagte, so gutherzig wie seine Frau. Sie vergaß ihm nie, dass er ihr die Flamingobrosche zu einem unglaublich niedrigen Preis verschafft und sie nie über das Schmuckstück befragt hatte – Stella bezweifelte nicht, dass der feinfühlige Jaskaran ihre Erregung beim Anblick der Brosche bemerkt hatte. Mit seinen geschäftlichen Ratschlägen, die Stella finanzielle Entscheidungen ersparten, zu denen sie sich gar nicht fähig fühlte, hatte er ein Gleichmaß in ihr Leben gebracht, das ihr wohl tat. Es imponierte ihr, dass Jaskaran selbst in kleinen Dingen Wort hielt. Ständig war er dabei, die Weichen für Stellas Zukunft zu stellen. Schon um ihn nicht zu kränken, mochte sie noch nicht einmal andeuten, dass sie allein schon der Gedanke an die Lodge ängstigte.

Es war schließlich, was sie sich immer mit großer Dankbarkeit vergegenwärtigte, Jaskarans Weitsicht, der Stella ihre neu gewonnene Unabhängigkeit verdankte. Nicht nur, dass er Tag für Tag seinem Neffen Omar den gerade nach Ausbruch der Regenzeit beschwerlichen Weg von Nakuru nach Nyahururu zugemutet hatte, damit er ihr das Autofahren beibrachte. Augenzwinkernd überreichte er ihr eines Tages ihren Führerschein und wehrte empört ihren Dank ab.
»Du hast doch fahren gelernt und nicht ich.«
»Muss man denn in Kenia keine Führerscheinprüfung machen, Jaskaran? Ich weiß doch gar nicht, ob ich schon gut genug fahre.«
»Das tust du. Kein Mensch muss etwas müssen, der Jaskaran Patel zu seinen Freunden zählt. Oder hättest du gern mit einem Haufen Neger bei der Polizei herumgesessen? Soviel ich weiß, ist die hier in Kenia für Führerscheine zuständig.«
»Ich komme mir wie eine Betrügerin vor.«
»Wird denn in England Klugheit als Betrug gewertet?«
»Manchmal schon«, fiel Stella ein.
Jaskaran ahnte immer, wann sie ihn brauchte, und er kam, ohne dass sie ihn rief. Mit seinem unauffälligen Feingefühl sorgte er dafür, dass Stella sich nicht ausgerechnet zu dem Zeitpunkt mit finanziellen Angelegenheiten belasten musste, da sie ihm in keiner guten seelischen Verfassung und besonders empfänglich für seine Ratschläge erschien. Innerhalb eines Zeitraums von nur vier Wochen nach Lillys Verschwinden ging Jaskaran dazu über, in Stellas Namen bei ihrer Bank in Nairobi zu verhandeln. Dem Mann, der so flexibel jede Neigung des Schicksals zu nutzen wusste, kam ein besonders glücklicher Zufall zu Hilfe. Jaskarans Schwa-

ger Rajiv, dessen Ratschläge er besonders schätzte, weil der nie das Fernziel aus den Augen verlor, wurde von Mombasa nach Nairobi versetzt und dort Stellvertreter des Bankdirektors. Rajiv ließ sich vom Ehemann seiner Schwester rasch motivieren, Interesse an der überaus vermögenden Missis Hood zu nehmen, die Jaskaran auch bei seinen anderen Geschäftspartnern grundsätzlich als reizend und im Bedarfsfall als »patent« zu bezeichnen pflegte.
Obwohl auch Devika schwere Bedenken gehabt hatte, ob die Regierung von Kenia Stella überhaupt Boden für ihre geplante Lodge verkaufen würde und sie entsprechend auf eine eventuelle Absage vorbereitet hatte, gelang es dem unermüdlichen Jaskaran in kürzester Zeit die Verhandlungen zu einem Ende zu führen, für das er sich ausnahmsweise selbst lobte. Stella durfte den Boden für einen Betrag kaufen, den Jaskaran als ein »geradezu idiotisches Versehen des zuständigen Beamten« deklarierte, und für die Lodge verschaffte er ihr sowohl einen Architekten als auch einen Bauunternehmer.
»Das sind zwei Männer, denen du so blind vertrauen kannst wie deinem eigenen Onkel. Übrigens«, untertrieb Jaskaran, »sind die beiden ganz entfernte Verwandte von mir.«
»Ich hatte nie Gelegenheit, meine Onkel kennen zu lernen«, erwiderte Stella. Zuerst lächelte sie, weil sie daran dachte, wie anschaulich ihr Großvater darzulegen vermochte, weshalb er seine jüngeren Söhne herzlos, dumm und arrogant fand, aber dann sah sie Sir William in seiner Hausjacke aus grünem Samt am Frühstückstisch im Wintergarten sitzen. Einen bangen Moment lähmten sie die zu deutlichen Erinnerungen und die erschöpfende Sehnsucht nach ihrem »Mzee von Mayfair«, doch dann sagte Stella mit

einer Entschlossenheit, die sie noch sehr viel mehr frappierte als Jaskaran: »Mein Vater hat immer gesagt, vor der Regenzeit baut man noch nicht einmal eine Hütte für einen Hund. Ich werde mit der Lodge warten, bis wir den großen Regen hinter uns haben.«

»Dein Vater«, lobte Jaskaran und schluckte so geübt seinen entsetzten Seufzer herunter, dass er wie die Andeutung von Hüsteln klang, »war ein sehr kluger Mann.« Er hatte vorgehabt, mit Stella in dem Hotel in Nyahururu mittags das neu eingerichtete Curry-Buffet auszuprobieren, über das seit einigen Monaten in der ganzen Rift Valley gesprochen wurde. Sehr plötzlich, aber und zu seinem großen Bedauern fiel ihm ein, dass er den seit einer Woche festgelegten Termin mit einem Kunden in Gilgil vergessen hatte. »Das Essen holen wir am Sonntag nach«, schlug er vor, »da kann auch Devika dabei sein.«

»Ach, Jaskaran, was ich dich schon fragen wollte, seitdem ich das erste Mal allein nach Nyahururu gefahren bin«, sagte Stella, »ich habe dort einen Europäer gesehen, einen älteren Mann, der hinkte. Komisch, ich hätte wetten können, dass ich den kenne. Hast du eine Ahnung, wer das sein könnte?«

»Ich kann mir absolut nicht vorstellen, wen du meinst.«

»Mit einem kleinen Affen auf der Schulter und einem weißen Boxer. Eins von den beiden Tieren hieß Churchill. So viel habe ich gerade noch mitbekommen. Kannst du nicht mal für mich herauskriegen, ob der Mann vielleicht in Ol' Kalau wohnt.«

»Klingt ja wie im Kino. Tut mir Leid, Stella, ich kenne absolut niemanden, der in Ol' Kalau wohnt. Schon gar keinen Affen. Ich war auch mein Lebtag noch nicht in Ol' Kalau. Du vielleicht?«

Jedes Mal, wenn Stella nach Nyahururu gefahren war, hatte sie nach dem Mann von der Tankstelle Ausschau gehalten, ihn allerdings nie mehr wieder gesehen. Nach der Unterhaltung mit Jaskaran, bei der ihr sehr wohl ein gewisses Widerstreben aufgefallen war, auf ihre Fragen einzugehen, erwachte ihr Interesse an dem Fremden in noch stärkerem Maße denn zuvor. Die durch das Bananen kauende Äffchen auf der Schulter erhärtete Vermutung, sie wäre nicht nur neugierig und ausgehungert nach Märchen, sondern sie wäre dem freundlichen Fremden schon einmal begegnet, beschäftigte sie sehr.

»Kennst du die Leute in Ol' Kalau?«, fragte sie schließlich Moi.

»Alle«, grinste Moi, »ich laufe jeden Tag über den hohen Berg nach Ol' Kalau, hole mit meinem einzigen Arm die Sonne vom Himmel und rufe so laut Jambo, dass die Leute aus ihren Häusern rennen und ein Feuer anzünden, das man noch in Nairobi brennen sieht. Sie bringen mir Essen und Tembo und ein frisches Hemd und Schuhe, mit denen ich einen Löwen in den Hintern treten kann. Warum lachst du?«

»Weil ich in deinen Augen lesen kann. Du weißt genau, warum ich dich gefragt habe. Du weißt immer alles, Moi. Ich werde nie wissen, warum du alles weißt.«

»Der Hund heißt Churchill. Das wolltest du doch wissen.« Moi verschluckte sich nicht so sehr an dem schwierigen Wort, wie er befürchtet hatte, sodass er noch Kraft genug hatte, seine Stimme mit Kränkung und Vorwurf zu belasten. »Ich habe gehört, dass du Mister Patel nach dem Hund gefragt hast. Warum hast du nicht mich gefragt? Ich wusste nicht, dass dir Hunde gefallen, denen die Spucke aus dem

Mund läuft. Das hättest du mir sagen müssen. Solche Hunde sind sehr gut zu Kindern. Julia wird sich sehr freuen, wenn der Hund auf ihr Kleid spuckt. Wirst du Julias neuen Hund auch Churchill nennen?«

»Moi, halt ein Mal den Mund. Nur so lange, bis ich vier Worte gesagt habe.«

»Okay! Nur vier Worte. Das Wort Okay habe ich erst gestern gelernt. Gefällt es dir?«

»Moi«, brüllte Stella, »wie heißt der Mann?«

»Das waren fünf Worte«, sagte Moi gut gelaunt und hielt alle seine Finger hoch. »Der Mann heißt Mister Stuart. Heh, Mama, warum weinst du? Dein Gesicht ist ja so weiß wie Mehl. Jeder Mensch hat doch einen Namen. Hast du das nicht gewusst?«

10

Unmittelbar vor der Stunde des kürzesten Schattens rannte der Mann auf Stellas Haus zu. Er stellte sich unter die Schirmakazie mit der üppigsten Krone und wischte sich aufstöhnend mit einer blauen Strickmütze den Schweiß von der Stirn. Danach trocknete er den Nacken, putzte seine Nase und beruhigte seine Lippen. Sein kahl geschorener Kopf glänzte wie eine polierte schwarze Kugel. Der Fremde hatte mit einem einzigen Wimpernschlag sieben Bäume genau betrachtet und spontan den Freund ausgemacht, der ihm den besten Schutz vor der ungewöhnlich herrischen Mittagsglut gewähren würde, die Mensch und Tier die Freude an der Luft und die am Leben nahm. Dieser kluge Gutachter über Baum und Schatten war nicht größer als die Männer von Nyahururu, doch durch seine breiten Schultern und muskulösen Waden wirkte er kräftiger als sie. Er hatte lange, fast bis auf die Schultern baumelnde Ohrläppchen wie die Massai, aber Nase und Lippen von den Leuten aus dem Stamm der Luo. Ungewöhnlich erschien den argwöhnischen Bewohnern der Dorfgemeinschaft, die sich bereits versammelt hatten, als sie an den Ameisenhügeln die ersten Wolken von aufgewirbelter roter Erde erblickten, dass der von niemandem willkommen geheißene Besucher so schnell atmete wie einer, der einen sehr weiten

Weg mit großen Steigungen im Dauerlauf hat zurücklegen müssen.
»Er atmet schneller als sein Hund«, murmelte eine Frau. Sie hob ihren etwa zwei Jahre alten Sohn hoch, damit ihm, sollte es irgendein Spektakel geben, nichts entging.
»Vielleicht fällt er um und kann nicht mehr aufstehen«, tuschelte ihre Nachbarin zurück. »Dann wird er auch Blut spucken. Den Kindern wird das gefallen.«
»Er fällt nicht um«, sagte der Fremde mit der donnernden Stimme eines Mannes, der gewohnt ist, Frauen beizeiten Gehorsam und Respekt zu befehlen, »und er kann immer aufstehen. Blut spuckt nur ein Ochse, wenn er geschlachtet wird. Und eine Frau, die einen Mann nicht achtet.« Er sprach zwar Kikuyu, doch selbst Kinder mit noch sehr unerfahrenen Ohren merkten, dass das nicht die Sprache seiner Mutter war. Die Kleinen stießen einander an und kicherten, doch achteten sie darauf, nicht in die Richtung des Mannes mit der fremden Zunge zu spucken.
Seinem Hemd aus kräftigem Jeansstoff fehlten Kragen und Ärmel. Die Khakishorts waren an den Knien mit gelben Stoffresten und am Gesäß mit einem Stück von einem rotweiß karierten Leinentuch geflickt worden. An der Hose klebten Kletten und zwei kleine Disteln. Der rasante Läufer atmete nun wieder so ruhig, als hätte er sich zur Nacht noch den Tag geholt, um seine Stimme und Lunge zu schonen. Er trug Turnschuhe von unterschiedlicher Farbe, rechts einen schwarzen, links einen weißen mit drei schwarzen Streifen. Von seinem Hals baumelte der Zahn eines Löwen an einem dunkelgrünen Lederband, von der Schulter eine große Fototasche aus hellem Kunststoff. Auf der Klappe der eindrucksvollen Tasche klebte ein von silbernen Sternen

umrandetes Bild einer lachenden Mickymaus. Ein besonders mutiges Mädchen, das noch keine vier Regenzeiten erlebt hatte, wagte sich nach vorn und streichelte die Maus mit den großen Ohren und dem schwarzen Punkt auf der Nase.

Der Mann neckte sie mit dem Gebrüll eines Löwen, sie senkte erschrocken Hand und Augen. Der Verteidiger der lachenden Maus schlug leicht mit seiner Rechten auf die Tasche – wahrscheinlich, um zu zeigen, dass er keine Kamera hatte und also nicht beabsichtigte, Mann, Frau oder Kind ungefragt zu fotografieren.

Die fröhlich bellende Mischung aus Foxterrier und Springerspaniel, die mit dem Läufer gekommen war, sprang japsend an ihm hoch. Mit einer Zärtlichkeit, die keiner der Umstehenden vermutet hatte, denn die in der Öffentlichkeit gezeigte Zuneigung für ein Tier war ja eine Angewohnheit der Mzungu, streichelte der Mann den schmalen Kopf des Hundes. Er sprach einige Worte, die viel zu undeutlich waren, um Auskunft über seine Stammeszugehörigkeit zu geben, mit seinem schwanzwedelnden Begleiter und lächelte. Die Menschenansammlung hatte sich seit der kleinen Streiterei mit den beiden Frauen auffallend vergrößert. Mit skeptischem Blick – einige auch mit offenem Mund – warteten die Leute, in welcher Sprache der Mann mit dem Löwenzahn und der kostbaren Tasche die begrüßen würde, zu der er offensichtlich gekommen war. Stella stand schon eine Weile vor der Tür ihres Hauses.

Als der Mann sie sah, ließ er ein Gemurmel aus seinem Mund, das ebenso gut dem Hund wie einer Frau hätte gelten können, von der er nur das Gesicht und die Farbe ihres Haares kannte. Er schaute sich um. In jede Richtung und

ohne Neugierde. Nach einigen Minuten, die er nutzte, um sich die Höhe der Bäume, die Häuser, die Gesichter der Menschen, die Bepflanzung der Schambas und die Stimmen aus dem Wald einzuprägen, holte er mit einer Umständlichkeit, die viel Erwartung erweckte, ein hellbraunes Kuvert aus der Fototasche. Mit der einen Hand schob der bedeutsame Überbringer des geschriebenen Wortes sehr entschlossen und auch ein wenig roh Moi beiseite, der seinen Arm schon erwartungsvoll ausgestreckt hatte. Mit der Linken machte er eine auffordernde Bewegung in Stellas Richtung. Die versuchte sich aus Julias Umklammerung zu befreien und sie hochzuheben. Weil aber ihre Tochter für ihr Gleichgewicht noch den beruhigenden Zugriff auf das mütterliche Bein brauchte, wehrte sie sich empört strampelnd, den Boden unter ihren Füßen preiszugeben.
»Baba«, brüllte Julia, »Baba.« Längst bezweifelte niemand mehr, dass das Kind in einem Fall wie diesem, da es seine Welt im Umsturz wähnte, mit Absicht und im noch nie erschütterten Vertrauen auf Beistand Moi zu Hilfe rief.
»Ich darf nur dir den Brief übergeben«, sagte der rasende Bote in fließendem Englisch. »Soll ich auf die Antwort warten?«
»Nur auf das Geld, das ich dir für den langen Weg geben möchte«, entschied Stella, »so schnell kann ich keinen Brief beantworten. Willst du nicht in mein Haus kommen und ein Glas Wasser trinken? Oder Kaffee? Ich mache dir auch Tee.«
»Ich will zurück sein, bevor es dunkel wird. Der Weg ist weit. Ich werde Wasser aus dem Fluss trinken.«
Der sprachkundige Briefträger streckte seine Hand aus und öffnete die Finger. Einen Augenblick konnte er seine Ver-

wunderung nicht verbergen – er hatte nicht die erwarteten Münzen, sondern einen Schein bekommen, doch der Gewitzte fegte rasch alle Spuren aus seinem Gesicht, die seiner Gönnerin ihren Irrtum hätten verraten können. Schweigend steckte er das Geld in seine Hosentasche, streichelte den Hund zum zweiten Mal und rannte los. Zur Überraschung aller blieb er jedoch vor dem großen Stein auf dem Weg zum Affenbrotbaum stehen und brüllte mit einer jubelnden Stimme, die zuvor nur sein Hund gehabt hatte: »Kwaheri.« Das Echo war genauso kräftig wie bei den Menschen, die nicht geizig waren mit den Worten, die sie aus dem Mund ließen.

Stella kannte die Schrift auf dem Umschlag nicht, aber sie zweifelte keinen Herzschlag lang, wer den wortkargen Briefboten zu ihr geschickt hatte. Die Haut auf ihrer Stirn brannte, ihre Brust fing Feuer.

»Du bist jetzt total überflüssig, meine Dame«, sagte sie zärtlich und drückte Julia in Chebetis stets geöffnete Arme. »Aber später erzähl ich dir alles. Jedes Wort lese ich dir vor. Heiliges Pfadfinderehrenwort. O Gott, hier draußen kannst du ja nie eine Pfadfinderin werden. Sorry, meine Kleine, deine Mutter ist jetzt schon total durcheinander.«

Stella ging, sobald sie sich vor den Blicken der Neugierigen geschützt wusste, ins Haus. Wie als Kind im Moment der größten Anspannung, setzte sie sich mit gekreuzten Beinen auf das Fensterbrett und wartete, bis sie drei Wolken und vier Vögel gezählt hatte. Nur nahm sie sich nicht mehr wie damals die Zeit, Mungu um Rat und Beistand zu bitten. Ungeduldig riss sie den mit einem dünnen Bindfaden und Kerzenwachs versiegelten Umschlag auf und seufzte mit der Erleichterung eines Menschen, der nach vielen vergeb-

lichen Versuchen endlich den Beweis in Händen halten darf, dass sein Optimismus gerechtfertigt war.
»Meine liebe Stella«, hatte James Stuart in gestochen scharfer Schrift geschrieben, »verzeihe die intime Anrede, von der ich nicht weiß, ob sie mir noch zusteht. Aber so ein Mzee wie ich kann nicht mehr umdenken. Für mich bist du immer noch vierzehn Jahre alt. Ich weiß, dass du meerblaue Augen hast – wie meine Nanny von den Shetland-Inseln, die ich als Siebenjähriger heiraten wollte. Und du hast Grübchen am Kinn und wunderbares blondes Haar. Du bringst einen Mann um den Verstand und hast noch gar nicht begriffen, was ein Mann ist. Pardon, alles, was ich bisher über dich geschrieben habe, nehme ich mit dem Ausdruck des Bedauerns zurück! Ich gestehe, dass ich kein Gentleman bin, sondern ein alter Esel, der genau im Bild ist. Und diesem Voyeur ist es entsetzlich peinlich, dass er an Wänden gelauscht und durch Schlüssellöcher gespäht hat.
Ich habe nämlich, was dir ja zu meinem Glück entgangen ist, sehr dreist die junge, attraktive Frau beobachtet, die vor drei Wochen in Nyahururu getankt hat. (Übrigens musst du, ehe du mich besuchen kommst, mehr Luft in deinen linken Vorderreifen füllen lassen. Mit der so genannten Straße nach Ol' Kalau ist nicht zu spaßen.) Da kannst du mal sehen, was Afrika und das verfluchte Alter einem einsamen Mann antun. Er schreibt einer alten Freundin, die er nie vergessen hat, und redet von Autoreifen. Er sieht eine wunderschöne Prinzessin von einer Insel, auf der Narzissen und Tulpen wachsen, und er hat Angst, sie könnte sich in einen Frosch verwandeln, wenn er sie anspricht. Oder sie ihn. Reden wir nicht über das Alter, Stella. Und wenn, nur über deines.

Es war keine so große Überraschung für mich, wie du offenbar angenommen hast, von dir zu hören. Hast du denn vergessen, dass es in diesem Land weder Geheimnisse noch Diskretion gibt? Geändert hat sich nur das Tempo der Nachrichtenübermittlung. Früher reisten die Schauris per Trommeln und Boten, heute per Telefon. Vor vier Jahren legte ich mir auch eines zu, doch leider ist der Apparat schon nach acht Tagen aus Ol' Kalau weggelaufen. Ich schicke dir diese Zeilen per Boten, weil ich Mister Karatasi noch nicht einmal eine Schachtel Streichhölzer ohne Bedenken anvertrauen mag, geschweige denn einen Brief, an dem mir sehr viel liegt. Der einarmige Postillion, der mir deinen Brief überbrachte, lässt mich annehmen, dass du bereits die entsprechenden Erfahrungen gemacht hast. Übrigens hat mir dein eloquenter Briefträger berichtet, dass dein Großvater ein sehr reicher und angesehener Häuptling ist. Ich wette, noch nicht einmal du hast gewusst, dass dieser beneidenswerte Maharadscha ein Haus mit silbernen Fensterrahmen, goldenen Wasserhähnen und einem Klo hat, das wunderbar bequem neben der Küche liegt. Erstaunt haben mich nur die drei Autos und sechs Ehefrauen – und für jedes dieser Prachtweiber soll er sechs Pferde und einhundertundfünfzig Kühe an seine beglückten Schwiegerväter entrichtet haben. Da kannst du mal sehen, wie bescheiden dein Vater war. Nichts von all dem hat er je erwähnt in den gemeinsamen Jahren, die ihm und mir vergönnt waren.
Natürlich weiß ich schon seit einiger Zeit, dass Brian Hoods Tochter sich von ihren Wurzeln nach Afrika hat zurücklocken lassen. In deine Heimat? In unsere Heimat? In das Land, das es nicht mehr gibt oder vielleicht auch nie gab? Das alles können wir ja klären, wenn du mich besuchen

kommst. Obwohl ich ein riesengroßes Bedürfnis hatte, dich zu sehen und mit deiner Hilfe die Chronik der verlorenen Zeit nachzuschreiben, zögerte ich immer wieder, mich bei dir zu melden. Man weiß ja nie, was aus Kindern geworden ist, die man in einem früheren Leben gekannt hat. Zudem hat mich einiges, was mir berichtet wurde, verblüfft, verwirrt und sehr beunruhigt. Beispielsweise, dass du eine exzentrische Millionärin bist, die mit ihrem Kind, das einen indischen Vater hat, nur Kikuyu spricht, und dass du demnächst einen Einheimischen heiraten willst, wobei die entsprechenden Berichterstatter sich nicht einigen können, ob der gesegnete Bräutigam ein Kikuyu ist oder ein Massai. Einig sind sich indes alle, die von dir wissen, dass du vorhast, die größte Lodge zu bauen, die Kenia je gesehen hat. Mit goldenen Wasserhähnen? Um es auf den Kernpunkt zu bringen: Ich vermute, dass du tatsächlich vermögend bist. Sonst wärst du nicht auf die Idee gekommen, auf die du gekommen bist. Jedenfalls hatte ich Angst, du könntest denken, ich würde nur Kontakt zu dir aufnehmen, um dich anzupumpen. Und noch viel mehr habe ich befürchtet, es könnten Erinnerungen in dir hochkommen, die dir nicht gut tun, wenn du hier bist.

Auf alle Fälle bin ich ungemein froh, dass du mir erst einmal geschrieben hast und nicht gleich hier erschienen bist. Das lässt mir Zeit, meinen Hals zu waschen, mich zu entlausen, mein Herz zur Ordnung zu rufen und das Geschenk für dich fertig zu stellen, das ich unmittelbar nach deinem letzten Besuch in Angriff nahm. Könnte das schon fünfzehn Jahre her sein? Vor allem bringe deine Tochter mit. Ich bin nämlich nicht nur alt geworden und gönne mir kein kopfreinigendes Besäufnis mehr, ich bin auch schrecklich

sentimental geworden und kann es kaum erwarten, das Enkelkind vom Bwana Mbuzi zu sehen. Dass wir uns richtig verstehen: die Hautfarbe ist mir egal. Beeile dich, meine Liebe.
Dein James Stuart
PS Vielleicht erinnerst du dich an meinen treuen Koch Kukamba, den alten Kisii. Ich glaube, den Stamm haben die Verrückten, die heute das Sagen haben, umbenannt, doch den Koch gibt es immer noch. Als er erfuhr, dass die Tochter vom Bwana Mbuzi mich besuchen kommt, hat er innerhalb eines Zeitraums von dreißig Minuten fünf ganze Sätze mit mir gesprochen. Seitdem schlachtet er jeden Tag ein Huhn für den Fall, dass du unangemeldet hier eintriffst. Ich besitze aber nur noch vierhundert Hühner. Sag selbst, wie lange kann sich ein armer Teufel eine so aberwitzige Verschwendung leisten?«

Der Brief war auf das bräunliche, linierte Papier geschrieben, das im Duka von Nyahururu blattweise an Schulkinder verkauft wurde. Im Gegensatz zu der geschickten Ausdrucksweise, der geübten Schrift und dem Hinweis auf die Unzuverlässigkeit von Mister Karatasi war das Papier für Stella ein Indiz dafür, dass Stuart wohl selten zu korrespondieren pflegte. Schon als sie erfahren hatte, dass ihr Instinkt sie an der Tankstelle nicht getrogen hatte und der schrullige Schotte tatsächlich noch lebte, spürte sie, dass Wesentliches, noch nicht Absehbares geschehen war. Nun, beim Lesen von Stuarts Brief, wirbelten die Bilder vom letzten Tag im Leben ihres Vaters an den Augen vorbei wie die von einem wütenden Sturm entfesselten Blätter, und doch war keine einzige Szene, die aus der Flut der Erinnerungen hochgespült wurde, von der Trauer umrandet, die Stella erwartet hatte. Die Farben strahlten. Noch einmal schien die Mittagssonne auf den Whisky im Glas, gelb glänzten große Scheiben von Ananas auf einem weißen Teller. Der kleine Pavian stand wieder breitbeinig auf einem Stuhl aus hellem Holz und wickelte eine Schachfigur aus Ebenholz in eine rote Bananenschale. Die Stimmung dieses unvergessenen Tages, der ihr vor Anbruch der Nacht den Vater und die Kindheit genommen hatte, erschien ihr so heiter, als wäre seitdem kein Herz gespalten und kein Gedächtnis mit dem Wissen von der Unwiederholbarkeit des Glücks belastet worden. Ausführlich erzählte Stella Moi von dem Tag, da sie James Stuart zum letzten Mal gesehen und wie er mit ihrem Vater über Bilder und Schach gesprochen und gesagt hatte, er würde Kenia nie verlassen.

»Es war der Tag, an dem mein Vater gestorben ist«, sagte sie, »und auch das Kind, das ich damals war. Ein Mensch ohne Mutter und Vater kann ja nicht mehr Kind sein.«

»Nur weil ich noch eine Mutter habe, bin ich kein Kind«, widersprach Moi.

Stellas Rückblick in die Vergangenheit und der Hinweis auf den wortkargen Koch, an den sie sich besonders gut erinnerte, beschäftigten sie sehr. Sie hatte nicht mehr damit gerechnet, je noch irgendeinen Menschen zu treffen, der ihren Vater gekannt hatte. Ihr war es, als hätte sie das fehlende Glied einer Kette gefunden. Die Erinnerungen bedrängten sie, doch der Schmerz hatte seine Stacheln abgestoßen. Stella tauchte so tief ein in die Zeit vor den verbrannten Tagen, dass sie sich ausmalte, sie würde, sobald sie nur an Stuarts Tisch saß, den am Tag des Feuers zerschnittenen Lebensfaden wieder zusammennähen können, ohne dass

die Knoten sichtbar wurden. Die Farm in Ol' Kalau, die sie nun bald wieder sehen würde, schien ihr immer mehr der gesicherte Hafen, den sie anlaufen musste, um ihr Schiff nie mehr den Stürmen des Lebens auszusetzen. Sie war so ungeduldig, den Anker zu lichten, dass sie sich nicht die Zeit nahm, ihren Besuch anzukündigen.
»Wir fahren hin, ohne dass ich ihm noch einmal schreibe. Wenn sein Koch jeden Tag ein Huhn schlachtet, werden wir ja in Ol' Kalau nicht hungern müssen.«
»Der Koch ist ein Kisii. Hast du das vergessen? Der erzählt doch nur, dass er jeden Tag ein Huhn geschlachtet hat. Ich weiß sehr gut, wie man so etwas macht. Er zeigt Mister Stuart jeden Tag das Bein von dem Huhn, das er am ersten Tag totgemacht und mit viel, viel Salz und Pfeffer eingerieben hat, damit es nicht stinkt. Und dann holt er sich nachts ein lebendiges Huhn aus dem Schuppen und verkauft es am nächsten Morgen auf dem Markt in Nyahururu.«
»Du denkst ja wie ein Dieb, Moi.«
»Nein, ich bin nur klug. Ich treibe meinen Kopf zur Arbeit an. Von reichen Leuten darf ein kluger Mann ein Huhn stehlen. Da ist er kein Dieb. Er hat sich nur etwas zu essen geborgt.«
»Ist Mister Stuart denn reich?«
»Alle Mzungu sind reich. Das ist nicht anders geworden, Mama, seitdem du ein Kind warst. Das wirst du morgen sehen, wenn wir in seinem Haus sind. Bei ihm hat die Milch einen Krug, der nur ihr gehört, und der Honig seinen eigenen Topf.«
»An den Topf für den Honig kann ich mich erinnern«, lächelte Stella.
Sie fuhren los, als die Luft so leicht wie ein Tuch aus feiner

Baumwolle, die Sonne noch rot, die Nelkenknospen taufeucht waren und die Vögel noch nicht flogen. Moi saß neben ihr, Julia in einem neuen roten Kleid auf dem Schoß. Stella hatte die kleine Safari nur mit ihrer Tochter und Chebeti machen wollen, aber Moi hatte der unerfahrenen Autofahrerin glaubhaft versichert, die Straße nach Ol' Kalau sei zum einen Teil überschwemmt und zum anderen durch einen tiefen Krater zerrissen, in der Gegend würde seit einigen Wochen ein hinkender, Menschen fressender Löwe lagern, und ein Mann müsse sie beizeiten warnen und den Löwen mit Stockschlägen und dem Geschrei des Donners vertreiben.

»Ich habe auch gehört«, phantasierte der ungenierte Fabulierer weiter, »dass die jungen Krieger der Samburu unterwegs sind. Sie stehlen nicht mehr wie früher Kühe und Ziegen, sondern kleine weiße Mädchen.«

»Julia ist nicht weiß«, erinnerte ihn Stella.

»Weißt du denn«, fragte der mutige Beschützer von Frauen und Zebrakindern, »welche Farben die Augen der Samburu sehen?«

Seit der Abfahrt nach Ol' Kalau hielt er allerdings nicht Ausschau nach dem gefährlichen Löwen, sondern nach einem Geparden, von dem er zu berichten wusste, er hätte ihn getroffen, als er mit Stellas Brief nach Ol' Kalau gelaufen war. Der Gepard hätte ihm einen Zahn, der schon bei Lebzeiten immer wieder vereiterte, als wirksamen Zauber gegen Krankheit und böse Frauen versprochen. Außerdem hatte das bemerkenswert redselige Tier im Falle seines Ablebens dem dankbaren Moi sein Fell für einen Kopfschmuck zugesagt, wie ihn der von allen verehrte Mzee, Staatspräsident Jomo Kenyatta, trug.

Julia hatte unter Mois unermüdlicher Anleitung vor Reiseantritt ihr sprachliches Repertoire um die Suaheliworte für Affe und Hund erweitert. »Nugu«, lachte sie in Erwartung der Reaktion, die sie auch nach der dreißigsten Wiederholung in die allerbeste Kinderlaune katapultierte. Ihr williger Sklave trommelte mit seiner Hand auf dem Kopf und brüllte wie ein Pavian.
»Umbua«, jubelte Julia. Sie kaute mit allen vier Zähnen an dem Wort, aber sie sagte es trotzdem ein paarmal hintereinander und zog, weil Moi nicht umgehend reagierte, fordernd an seiner Nase. Er bellte täuschend echt und bleckte seine Zähne. »Du wirst nie Angst haben«, lobte er. »Unsere Tochter wird keine Angst vor Hunden haben. Sie wird die Löwen nicht fürchten, die Menschen fressen, und vor Mister Patel wird sie auch keine Angst haben.«
»Alle Menschen haben Angst. Nicht immer, aber oft. Warum soll sie sich denn vor Mister Patel fürchten?«
»Warum nicht? Viele Menschen haben Angst vor Mister Patel. Nicht immer, aber oft.«
»Nugu«, schrie Julia. Sie hatte bereits eine Stimme, die von ihrem Zimmer zum Mount Kenya reisen konnte, und sie kannte sich schon gut aus mit den Waffen von guten Jägerinnen.
»Nugu, Nugu, Nugu«, brüllte ihr ergebener Diener zurück.
»Macht sie dich denn nie müde, Moi?«
»Kinder machen einen Mann nicht müde. Ein Mann wird nur dann müde, wenn seine Augen nicht mehr den kurzen Weg von der Nacht zum Tag finden. Wenn du jetzt müde bist, ist es nicht deine Tochter, die dich müde gemacht hat. Warum bist du denn in der Nacht aufgestanden, um nach

Ol' Kalau zu fahren? Ich habe dir doch gesagt, Ol' Kalau ist nicht weit.«

»Wir sind am Tag des Feuers auch morgens nach Ol' Kalau gefahren. Wir haben damals bei Mister Stuart Mittag gegessen.«

»Vergiss das Feuer, Mama. Du musst einen breiten Schornstein in deinen Kopf bauen lassen, damit der Rauch zum Himmel fliegen kann. Wenn du die Flammen in dem Haus aus Stein nicht vergisst, brennst du alle Tage zu Asche, die nach dem Feuer gekommen sind. Dann ist dein Kopf alt, wenn du noch alle Zähne im Mund hast und dein Bauch noch fest genug für Kinder ist. Warte! Jetzt musst du links fahren. Nein, da ist keine Straße mehr, nur ein Weg für die Füße. Und die roten Ameisen. Halt den Gang richtig fest, sonst springt er raus. Wenn du deine Augen jetzt auf eine ganz kleine Safari zu dem Baum mit den blauen Blättern schickst, siehst du Rauch aus dem Schornstein vom Haus kommen. Zu dem blauen Baum, habe ich gesagt, nicht zu den zwei schwarzen Ziegen. Wenn deine Augen die Farben verwechseln, denkst du, ich bin ein Mzungu und du eine Kikuyufrau.

»Moi, halt endlich den Mund. Wenn du dauernd redest, fallen mir die Ohren ab. Ich fahr doch noch nicht lange Auto.«

»Fährst du denn mit den Ohren Auto? Meine Nase riecht schon das tote Huhn im Topf. Der Kisii, der lügt und stiehlt, hat wieder zu viel Salz genommen. Langsam, hier beginnt die Farm von Mister Stuart. Kannst du denn nicht mehr lesen?«

An einem violett blühenden Jacarandabaum, der etwa zweihundert Meter vor dem Haus stand, war ein großes Schild befestigt. Zwei kunstvoll gezeichnete Affen, der eine schwarz mit weißer Mähne, der andere weiß mit schwarzer Mähne, tanzten auf einer Blumenwiese und hielten Stuarts Besuchern eine Tafel mit der Begrüßung »Willkommen in Balmoral Lodge« entgegen. Abermals erinnerte sich Stella an das Honigtöpfchen aus blauem Porzellan. Es hatte auch die Aufschrift »Balmoral Lodge« gehabt und war eigens für den Pavian auf den Tisch gestellt worden. Sie sah den Affen seine Banane in Honig tauchen und ihren Vater in die Hände klatschen und lachen. In einem Augenblick von Zweifel und Selbstzweifel, der sehr viel länger währte als die Bewegung ihrer Wimpern, hatte Stella Mühe, die Zeiten auseinander zu halten und die Menschen, die nicht mehr waren, von denen zu trennen, die täglich ihre Kreise kreuzten. Auch mochte sie ihrer Nase nicht glauben, den Ohren nicht vertrauen. Ihr Gesicht brannte, die Hände wurden feucht. Beklommen fragte sie sich, weshalb sie denn so darauf aus gewesen war, das Rad der Zeit zurückzudrehen, und warum sie nun dieses Rad nicht fest genug halten konnte, um den Wagen ihres Lebens zu steuern. Sie spürte einen plötzlichen Stich in der Brust, als wäre sie zu lange und zu schnell gerannt und könnte das Ziel nicht mehr ausmachen, aber sie ängstigte sich nur, solange der Schmerz währte. Danach wurden ihre Atemzüge wieder ruhig und gleichmäßig.

»Schon gut«, murmelte Stella und trat so fest auf die Bremse, dass der Ford abrupt stehen blieb. Die kleinen Steine auf dem Weg knirschten und flogen an die Windschutzscheibe. Moi schüttelte missbilligend den Kopf und schnalzte spöttisch mit der Zunge. Julia lachte erst ihre Augen feucht und dann ihre Windel. Mit zupackendem Griff beruhigte Stella ihr hüpfendes Herz.

Der weiße Boxer mit dem schwarzen Fleck über dem Auge

steckte seine Schnauze aus dem Haus. Er schniefte die beginnende Tageshitze ein wie ein älterer Herr Schnupftabak, drückte gähnend seinen Rücken hoch, schüttelte zwei Fliegen aus seinem kurzen Fell und lief in der phlegmatischen Art seiner Rasse auf die Gäste seines Herren zu. Der Gelassene zeigte zwar seine Zähne und schnaufte so beeindruckend, dass eine Henne mit ihren drei verängstigten Küken gackernd Reißaus nahm, doch er wedelte freundlich und freudig mit dem Stummel, der ursprünglich die Rute eines imponierenden Hundes hatte werden sollen. Dann machte er einen für seine wohl genährte Statur erstaunlich großen Satz und drückte sich, genussvoll sabbernd, an Stellas Knie.
»Jetzt bin ich an der Reihe, Churchill«, sagte James Stuart. Seine Stimme hatte die Heiserkeit der Bewegtheit. Noch tat er keinen Schritt. Die olivgrüne Meerkatze mit dem rundlichen Gesicht und den Augen wie schwarze Perlen saß auf seiner Schulter und trommelte einhändig auf dem weichen Kissen aus weißem Haar – genau wie es Moi im Auto getan hatte, um Julia zu unterhalten.
Moi, der ja auf der Fahrt seine Zunge in die Erschöpfung gejagt und die Kehle ausgetrocknet hatte, wurde schweigsam und so klein wie ein Mann mit kurzen Beinen und gebeugtem Rücken. Ein paarmal verlagerte er sein Gewicht von einem Fuß auf den anderen. Wie ein beschützender Schild presste er Julia an sich. Weil sie jedoch längst nicht genug vom Leben wusste, um Fremde zu fürchten, und weil sie alle Menschen für ihre dienstbereiten Gespielen hielt, lachte sie wie immer, wenn sie die Sonne auf der Haut und Mois Herz schlagen spürte. Erleichtert hob ihr geliebter Riese sie in die Höhe. Ausgerechnet in diesem erlösenden Moment brachte die kluge Schülerin die Lektionen

ihres talentierten Lehrmeisters ein wenig durcheinander. Sie rief dem Hund »Nugu« zu, und den Affen, dem das Wort gebührte, nannte sie »Umbua«. Die hübsche kleine Ouvertüre reichte indes völlig, um Moi neue Kräfte zu verleihen. Er rief so gellend »Jambo«, dass er noch mehr erschrak als das Kind und das Äffchen auf Stuarts Schulter.
Stella konnte, als all dies sich abspielte, weder Beine noch Arme und auch nicht ihre Augen bewegen. Die Salzkörner im Hals waren groß wie Steine und schwer wie Felsen, und doch gelang es ihr in einem Moment der Kühnheit, die Steine zu zertrümmern und die Felsen zur Seite zu rollen. Mit ausgebreiteten Armen rannte sie auf James Stuart zu. Er drückte Stella so fest an seine Brust, als wäre sie die mit Reis ausgestopfte Puppe, die er ihr vor zwanzig Jahren geschenkt hatte. Stellas Herz ließ sich nur durch den Druck beider Hände im Körper halten. Tränen drängten aus ihren Augen, und doch spürte sie nichts als den Jubel einer erlösten jungen Frau, die in London – unbeschwert vom Wissen um die Tücke der Träume – in die Zukunft gesprungen war und die seitdem zu oft in einen Abgrund geschaut hatte.
»So ist das also«, murmelte Stella, als ihr dämmerte, dass von den vielen Brücken, die sie in die Vergangenheit gelockt hatten, diese eine am besten den Sturm der Zeit überstanden hatte. In der Nacht, als sie den Mond gesucht und im Nebel nur einige wenige Sterne gefunden hatte, erreichte Stella noch die besondere Botschaft ihrer Tränen. Zum ersten Mal seit dem Abschied von London hatte ihr Körper wieder die Zärtlichkeit einer Berührung erlebt.
»Ich weine nicht«, kicherte sie verlegen, als sie Stuarts Augen leuchten sah und sich unmittelbar danach ihre Nase an

den Duft von Tweed erinnerte, »das kannst du mir verdammt glauben.«
»Mama«, schrie Julia, »Mama!«
»Du bist ein mutiges Mädchen«, sagte er.
»Das sagt dir ein Mann«, lächelte Stella und wischte sich mit dem Ärmel ihr Gesicht trocken, »der noch nie einer Frau ein Kompliment gemacht hat. Für den Fall, dass du wie alle Männer bist«, fuhr sie fort und staunte sehr, dass die Lippen ihr bereits wieder ohne Widerstreben gehorchten, »und deine eigenen Worte nicht erkennst, das hast du mir bei meinem vorigen Besuch gesagt.«
»Ich bin nicht wie alle Männer, Stella. Ich habe so wenig in meinem Leben gesprochen, dass ich stets meine eigenen Worte erkenne. Beim letzten Mal war es ein Tag der Trauer, als wir uns getroffen haben. Nein, ich rede nicht nur von seinem furchtbaren Ende. Auch der Beginn war schlimm. Auf Karibu war euer Hirte ermordet worden.«
»Mboya«, erinnerte sich Stella, und wieder staunte sie, wie leicht es ihr wurde, den Verband von den alten Wunden zu reißen.
»Heute ist ein Tag der Freude. Da gibt es keine Tränen. Wenn einer hier weinen darf, dann nur diese entzückende kleine Miss im roten Kleid. So etwas habe ich ja in meinem ganzen Leben nicht gesehen. Ist sie eine afrikanische Wertarbeit, oder stimmen etwa die Erzählungen aus der Rift Valley von der Unwiderstehlichkeit indischer Männer?«
»Nein«, sagte Stella, »jedenfalls nicht in meinem Fall.« Sie lachte, aber nur mit den Lippen. »Die Geografie ist trotzdem nicht ganz falsch. Julias Vater stammt aus Goa. Er lebt in London, wird der berühmteste Arzt der Welt und wusste noch nicht mal etwas von seiner Tochter. Mein geliebter,

diskreter Großvater, der nie auf die Idee kommen würde, sich in anderer Leute Angelegenheiten einzumischen, konnte seinen Mund nicht halten und hat Fernando die frohe Botschaft überbracht, dass er auch in der zweiten Generation seinen Wurzeln nicht entkommen wird.«

»Ach!«

»Schockiert?«

»Das Wort führe ich nicht. Weder im Kopf noch im Herzen. Die Geschichte musst du mir trotzdem ausführlich erzählen. Aus mehreren Gründen. Aber vorher verlangt der kleine Jamie sein Recht. Der ist nämlich ein mieses egoistisches Balg, total unbritisch, unleidlich, unerzogen und unbeherrscht. Ich kann keine Minute länger warten, um dir vorzuführen, was mir nach unserem letzten Treffen eingefallen ist.«

Moi stellte Julia vorsichtig auf die Füße und schob sie behutsam zu ihrer Mutter hin. Er schaute so kurz den Hausherrn an, dass noch nicht einmal Stella es bemerkte, doch dem Empfindsamen reichte auch der Bruchteil einer Minute, um Stuarts nervösen Blick richtig zu deuten. »Meine Beine«, erklärte Moi, »müssen jetzt auf eine kleine Safari gehen. Sie wollen immer rennen, wenn ich lange im Auto gesessen haben.«

Er blickte beim Sprechen auf die Erde, was er zum allerersten Mal tat, seitdem Stella ihn kannte. Sie streckte sofort ihre Hand aus, als müsste sie sich entschuldigen und würde nur noch nach den passenden Worten suchen, um die Welt wieder ins Lot zu bringen, doch sie ließ die Hand in ihre Tasche gleiten und ballte sie dort zur Faust. Weil Stella in Kenia geboren war und selbst ihr idealistischer, gutherziger Vater seinen Traum vom Paradies auf Karibu, in dem kein

Mensch den anderen kränken durfte, nicht hatte verwirklichen können, nickte sie Verstehen – und schämte sich sehr. Mois plötzlich aufgekommene Sorge um seine erlahmenden Beine war seine Art an den Umstand zu erinnern, dass in seinem Land immer noch die gesellschaftlichen Riten der Kolonialzeit gepflegt wurden – auch von den Afrikanern. Die einen wurden als Gäste in die Häuser aus Stein gebeten und aßen von Tellern aus Porzellan; die anderen wurden zum Personal geschickt und mit Kaffee aus Blechbechern bewirtet.

»Kukamba hat Kaffee für dich gemacht und Bohnen gekocht«, sagte Stuart liebenswürdig.

»Du kommst doch nachher zu uns zurück«, bat Stella. Sie biss sich auf die Lippen und schaute, genau wie es Moi getan hatte, zu Boden.

»Bin ich einmal nicht zu dir zurückgekommen, Mama?«, fragte Moi. Er wirkte sehr jung und trotz seiner Behinderung kräftig, und er hielt auch den Kopf wieder hoch, aber seine Augen sahen aus, als wäre ihnen nie Hoffnung und Zuversicht begegnet und ganz bestimmt nicht der Stolz derer, die früh zu befehlen lernen und nie zu gehorchen. Als müsste er tatsächlich zu einer Reise aufbrechen, streichelte er Julias Wange und hob seine Hand, um zu winken. Mit großen Schritten lief er in Richtung einer kleinen Baumgruppe; seine Ohren waren noch offen, und er hörte Julias Stimme, doch er drehte sich kein einziges Mal um. Obwohl Stella sein Gesicht nicht sah, wusste sie, was er dachte.

»Baba!«, rief das erzürnte Kind und stampfte erst mit dem rechten Fuß auf und dann noch wütender mit dem linken.

»Baba!«, schrie es fordernd.

»Du lieber Himmel«, begriff Stuart, »bist du ganz sicher,

Stella, dass du das Problem wirklich durchschaust, das du dir da eingehandelt hast?«

»Nicht mehr so ganz«, gestand Stella, »nicht mehr so sicher, wie ich noch gestern war.«

»Dann wird es allerhöchste Zeit, mit einem Erwachsenen zu reden. Komm, setzen wir uns noch ein bisschen vors Haus. Dann kannst du deine Augen auf Safari schicken und ich gehe mit meinen über dein Gesicht spazieren. Vielleicht erspart uns das einige überflüssige Fragen.«

»Nicht die nach der Fee mit dem Zauberstab, die hier am Werk war«, sagte Stella.

Das Haus und noch sehr viel mehr der Hausherr hatten sich auf unglaubliche Weise verändert. In den Zeiten von Karibu hatten Balmoral Lodge und sein Besitzer den gleichen desolaten Eindruck gemacht – die meisten Schambas verkommen oder gar nicht erst bewirtschaftet, das Wohnhaus mit Fenstern ohne Glas, einem undichten Dach und einer verrotteten Holztür. Einzig ein Rondell mit gelben Rosen hatte damals von den guten Tagen der Farm mit dem fruchtbarsten Boden und dem besten Vieh in ganz Ol' Kalau erzählt.

Jetzt rankten sich zarte rosa Heckenrosen und violette Wicken an gelb getünchten Hauswänden empor. Die Fensterrahmen waren frisch geweißt, der Knauf an der moosgrün gestrichenen Haustür – ein Löwe aus Bronze mit üppiger Mähne und offenem Maul – hatte augenscheinlich noch keine einzige Regenzeit erlebt. Das Dach war mit rötlichen Holzschindeln eingedeckt, die Hecke um den üppig blühenden Blumengarten so akkurat geschoren wie in den Parks französischer Schlösser. Eine Entenmutter watschelte mit ihren vier Küken und einem jungen Schwan als Eskorte zu einem kleinen Teich. Die Guaven waren reif, ihr Duft täubend in der tropischen Fülle. Unter dem Baum grasten ein Esel und eine schwarze Ziege. Für die Ananaspflanzen hinter dem Wassertank, ursprünglich kleine und wild wuchernde Früchte, waren Beete angelegt worden, einige quadratisch, die anderen als Parallelogramm und eins als Kreis. In der Mitte wehte die Fahne Schottlands.

Der Hausherr hatte sich die gleiche Verjüngungskur verordnet. Am Tag des Feuers auf Karibu hatte er Brian Hood und seine kleine Tochter mit einem zweifach gebrochenen Bein begrüßt und sich mühsam auf Krücken aus einem verrosteten Rohr gestützt. Damals war sein Gesicht vom Alkohol verquollen gewesen, seine Haut gelblich und er selbst so dürr, dass Stella ihn für einen kränkelnden Greis gehalten hatte. Nun merkte sie, dass sie dem Irrtum aller Kinder erlegen war, die Menschen jenseits der Dreißig auf dem Weg zum Grab wähnen. Tatsächlich war James Stuart, wie er später beim Mittagessen erzählte, dreiundsechzig Jahre alt. Er hatte noch den aufrechten Gang der Jugend und den rosigen Teint seiner schottischen Ahnen, dichtes weißes Haar und helle, graue Augen. Sie wirkten klug, ein wenig spöttisch, doch sehr liebenswürdig. Wann immer Stella ihren Gastgeber anschaute, witterte sie den Witz ihres Großvaters. Zu Recht, wie sie bald feststellte. Stuarts Art, sich zu kleiden – ausgezeichneter Stoff, altmodischer Schnitt, fehlende Knöpfe und Flicken aus feinstem Leder an den Ellenbogen – war die jener britischen Großgrundbesitzer, die Reichtum als verbrieftes Privileg und Untertreibung als lebenslange Verpflichtung erachten. Um sich das blau-braun karierte Jackett aus Harris-Tweed und die senfgelbe Kordhose leisten zu können, die James Stuarts Schwester vor zehn Jahren bei dem bekanntesten Schneider in Edinburgh für das schwarze Schaf der Familie hatte nähen lassen, hätte ein schottischer Arbeiter mindestens sechs Monate lang nur Haferbrei essen und Wasser trinken dürfen; allerdings wirkte die Kleidung bei dem Herren der Balmoral Lodge so abgenutzt, als wäre bereits sein Vater damit durch schottisches Moor und den Schlamm von Loch Ness gestapft.

»Mein Gedächtnis«, sagte Stella, während Mister Churchill, pfotenkratzend, auf den Steinen scharrte und mit einer angenehm feuchten Schnauze ihre heiße Hand kühlte und Julia sich bemühte, ein Loch in die Jeans ihrer Mutter zu beißen, »ist miserabel. Ich hatte dich ganz anders in Erinnerung. Das Haus übrigens auch.«

»Lady Stella, ihr Gedächtnis ist fabelhaft.«

»Lady Godiva«, murmelte Stella.

»Pardon, das habe ich nicht verstanden.«

»Ich muss mich entschuldigen«, erwiderte Stella, »ich war im falschen Film. Also auch Pardon. Aber das habe ich wohl doch richtig gesehen. Du bist nicht mehr du.«

»Stimmt absolut. Als du mich das letzte Mal besucht hast, war ich ein schrulliger, seniler Frühgreis mit einer vergifteten Leber und ganz nahe dran, mich um Besitz und Verstand zu saufen. Ich habe wirklich erst im allerletzten Moment begriffen, dass ich die Sache mit den Mau-Mau nur würde durchstehen können, wenn ich wieder für einen klaren Kopf sorgte und mir das bisschen Grips zurückholte, mit dem mich das Schicksal bedacht hat.«

»Das war eine gewaltige Leistung. Ich bewundere dich.«

»Bitte nicht. Mungu war es, der mich nicht im Stich gelassen hat. Die siegreichen Kikuyu haben zu meinem großen

Glück rechtzeitig kapiert, dass sie sehr viel mehr von mir und meiner Farm haben, wenn ich den Leuten Arbeit, Essen und Unterkünfte gebe, als wenn sie mich abschlachten und meinen Kopf auf meinen Zaun spießen. Tut mir Leid, Stella, dass ich die alte Geschichte so brutal aufgewärmt habe. Wahrscheinlich lässt sich die Wahrheit ein bisschen geschmackvoller servieren.«
»Ich fürchte nein. Mein Großvater sagt immer, die Wahrheit ist taktlos und unbekömmlich. Ich habe die Sache mit Mau-Mau später noch mal sehr genau nachgelesen. Du hast nicht nur Glück gehabt. Du hattest auch Mut.«
»Glück, Stella, nur Glück. Mutig waren die anderen auch. Denk an deinen Vater. Schon aus Dankbarkeit gegenüber dem da oben trinke ich nicht mehr. Jedenfalls nicht, wenn ich allein bin. Mit anderen Worten so gut wie nie. Aber heute machen wir beide eine Ausnahme. Die Ausnahme aller Ausnahmen. Ich habe einen besonders guten Whisky aufgehoben. Für einen besonderen Tag.«
»Zehn Jahre alt«, sagte Stella leise.
»Woher weißt du?«
»Ganz so miserabel, wie ich dachte, ist mein Gedächtnis doch nicht. Das letzte Mal war der Whisky auch zehn Jahre alt.«
»Gehen wir endlich rein ins Schloss. Sonst wirft der Koch mit den Hühnerknochen nach uns. Darf ich Mylady meinen Arm anbieten? Und der Infantin meine Schulter.«
Julia hatte den Daumen im Mund und die linke Zwergenhand auf Churchills breitem Rücken. Der Hund war soeben dahinter gekommen, dass das Kind äußerst appetitanregend nach Butterkeksen und warmer Milch roch. Zudem hatte das aromatische Leichtgewicht eine Stimme, die sei-

ne auf Wohllaut eingestellten Ohren streichelte. Churchill, der sabbernde Kinderfreund, zu träge, um die Fliege auf dem rechten Ohr zu verjagen, vergaß sein Alter. Er konnte sich auch nicht mehr erinnern, dass er zu rheumatischen Schmerzen in den Gelenken neigte, tat mit den Vorderpfoten einen kleinen Hüpfer und glaubte, er wäre ein Welpe. Julia verschluckte sich kurz an ihrer Heiterkeit und brabbelte lange begeisterten Frohsinn. Sie trippelte neben ihrer Mutter auf Füßen, die noch nicht die Richtung halten konnten, ins Haus. Weil sie ab dem Gebüsch mit den zitronengelben Schmetterlingen so beschäftigt war, das Wort »Churchill« zu üben und es auszuspucken, ehe es zwischen ihren Zähnen kleben blieb, entging der jungen Welterkunderin völlig, dass sie bis zu diesem entscheidenden Moment ihres einjährigen Lebens noch keinen Schritt ohne die beschützende Hand eines Erwachsenen gelaufen war.
»Julia«, staunte Stella, »du kannst ja allein laufen. Du lieber Himmel, das hat sie noch nie gekonnt. Gott, wird Moi enttäuscht sein, dass es gerade jetzt geschehen ist und er nicht dabei war.«
»Wetten, dass sie noch viel mehr kann, als einem fremden Herren Bein zeigen«, prophezeite Stuart. »Ich hab immer noch einen Blick für Frauen. Komm, meine Kleine, jetzt schaust du dir das Geschenk an, das der verkalkte alte Stuart für deine wunderschöne, junge Mami gemacht hat. Und wenn du nur einen einzigen Stein anfasst, meine Liebe, frisst dich der liebe gutmütige Mister Churchill mit Haut und Haaren.«
»Churchill«, krähte Julia. Das Wort war nur eine Silbenfolge aus feuchtem Kindermund, aber die stolze Künstlerin verstand es und klatschte in die Hände, die sie nun nie

mehr brauchen würde, um sich Halt in der Welt der Riesen zu verschaffen.
Das Schachspiel, das auf dem runden Tisch stand, war noch nie benutzt worden. Stella erkannte die Figuren sofort. Sie waren zum Teil die Kopie von denen, die ihr Vater und James Stuart benutzt und der kleine Pavian in rote Bananenschalen gewickelt hatten. Rot-weiß, wie damals auch, war das Brett, die schwarzen Figuren wieder aus Ebenholz, die weißen allerdings nicht mehr wie ihre Vorgänger aus Elfenbein, sondern aus einem sehr hellen Holz mit feiner Maserung.
»Man ist endlich auch in Kenia dahinter gekommen«, sagte Stuart und stellte die beiden weißen Türme auf ihren Platz, »dass Elefanten die besseren Menschen sind, man hat sie unter Naturschutz gestellt. Behauptet jedenfalls die Regierung.«
Er setzte, mit Julia auf seinem linken Knie und dem kleinen Affen auf der rechten Schulter, die übrigen Figuren auf das Brett. Die Bauern waren wieder Klippschliefer, sitzende Giraffen die Springer und Hütten mit spitz zulaufendem Dach die Türme. Die Offiziere waren noch phantasievoller ausgefallen als bei dem Spiel, das Stella bei ihrem letzten Besuch so gut gefallen hatte. Die Läufer, ursprünglich Klippschliefer wie die Bauern, nur größer als sie, waren nun Boten in besonderer Mission. Sie hatten einen Telefonapparat in der Hand und eine Umhängetasche auf der Schulter – wie der eindrucksvolle Herold, der Stuarts Brief nach Nyahururu gebracht hatte. Die Könige, einst nur mit Speer und Schild bewaffnet und unverkennbar Massai, gehörten jetzt zum Stamm der Kikuyu, der ja in Kenia das Sagen hatte. Sie trugen einen verzierten Stab in der rechten Hand und

einen Kopfschmuck wie Jomo Kenyatta, der berühmteste Mzee aller Zeiten. Aus den Königinnen, die sich im ersten Spiel mit hübschen Halsketten und langen Ohrringen begnügt hatten, waren Damen der Gesellschaft mit rot lackierten Fingernägeln, hochgekämmten Haaren und grell geschminktem Mund geworden. Stella nahm die schwarze Monarchin hoch. Sie bewunderte deren Habitus und modische Ausstattung, spürte jedoch sofort Dornen in ihrer Kehle, weil sie, ohne die Folgen zu bedenken, sich hatte hinreißen lassen, aus der Dunkelheit Lillys Gesicht heraufzubeschwören. Der Schmerz wütete heftig, doch er blendete nur beim ersten Schlag, denn ausgerechnet in dem Moment, da die Wunde stark zu bluten anfing, griff Stuart nach der weißen Königin und stellte sie vom Brett.
»Blind und halb angezogen«, schalt er die schöne Regentin, »zeigt man sich nicht seinem Volk.«
Von einem Glasteller holte er einen winzigen Pinsel. Er tauchte ihn in ein Töpfchen, das genau so aussah wie die in Brian Hoods Atelier auf Karibu, und vergoldete die winzige Krone auf dem königlichen Haupt. Mit einem zweiten Pinsel malte der Meister die Augen seines stolzen Geschöpfes blau. Kobaltblau! »Blau wie deine Augen«, sagte er, »ich habe wahrhaftig nicht geglaubt, dass ich den Tag noch erleben werde. Warum hast du mir eigentlich nie geschrieben, Stella? Du kanntest doch meine Adresse und ich deine nicht. Warst du noch zu jung? Oder hast du gedacht, die Mau-Mau hätten mich mit ihren Pangas zerstückelt?«
»Wenn du wüsstest, wie oft ich dir geschrieben habe. Mein Großvater hat sogar ein ganzes hohes Tier im Außenministerium bemüht. Immer nur Kopfschütteln. Ich war mir sicher, dass du tot bist.«

Um die Rührung in die Flucht zu schlagen, ehe sie die Augen überschwemmte und das Hirn lähmte, lachten sie wie Kinder, die sich, kaum dass sie einen Scherz verstanden haben, schon nicht mehr an den Grund ihrer Ausgelassenheit erinnern können. Sie genierten sich beide und riefen zu gleicher Zeit ihr Gelächter zurück und ihr Gemüt zur Räson. Churchill klappte mitten im Gähnen seine Zähne aufeinander, der Affe sprang zeternd von Stuarts Schulter. Das Herz machte dennoch Beute. Obwohl ihre Tochter protestierte und in ihrer Verärgerung das Wort für Mutter mit dem für Affen verwechselte, weil sie ihren Sitz auf Stuarts Knie gefährdet sah, umschlang Stella seinen Hals. Von da ab zerfielen die Bilder in Bruchstücke aus Nostalgie und Trauer. Erst sah Stella das Gesicht ihres Vaters so aufwühlend deutlich wie seit Jahren nicht mehr, und dann saß Sir William in seiner grünen Hausjacke am Kamin und hielt ihr die silberne Platte mit Gurkensandwiches hin. Schlimmer noch: Stella hörte ihn sprechen. »Es wird Zeit, dass du erwachsen wirst. Wer Mutter ist, kann nicht mehr Kind sein«, sagte er und verweigerte – dies eine Premiere – seiner Enkelin das Zwinkern in seinen Augen.
Seltsamerweise machte James Stuart zwei Stunden später die gleiche Aussage. Nur wählte er Worte, die vorgaben, sie hätten weder spitze Pfeile, noch genug Gewicht, um auf Gewissen und Seele zu drücken. Sie hatten das Huhn gegessen, sich am Reis delektiert, der so weiß und leicht war wie der Schnee vom Mount Kenya, und sie hatten den schweigsamen Koch mit Ausdrücken gelobt, die er ein Leben lang wie den Schlüssel zu einer Schatztruhe in seinem Gedächtnis verwahren würde. Kukamba war, als er Stella, die er als Kind gekannt, mit ihrer Tochter am Tisch sitzen sah, so

zungenschnell geworden wie noch nie in seinem Leben. Er hatte mit seiner Hand die ihre zerquetscht, als wäre sie ein Blatt vom Jacarandabaum, und, als er vom Bwana Mbuzi aus Karibu gesprochen hatte, waren Sterne in seinen Augen gewesen.

»Es waren Tränen«, wusste Stuart, »genau wie bei mir.«

Nach dem Essen hatte Kukamba vor dem Kamin auf einem braunen Kuhfell aus einer Decke mit zwei großen Kissen ein Bett für Julia gebaut. In dem schlief sie nun mit dem Daumen im Mund und Mister Churchills Kopf als ein Kindertrost, wie er nur den Glücklichsten beschieden ist. Stuart trank zwei Whiskys und achtete darauf, dass das Glas nicht zu klein war. Stella bat um ein Glas von nicht so imponierender Größe und sorgte dafür, dass ihr Gastgeber es nicht nachfüllte. Weil sie jedoch seit London keinen Tropfen Alkohol getrunken hatte, reichte die Wiederbegegnung, um die Zunge biegsam und ihre Ohren unempfindlich gegen die Steinwürfe der Wahrheit zu machen. Stella war gerade dabei, von dem Haus in Mayfair und dem Leuchter im Salon zu erzählen, unter dem sie Fernando kennen gelernt hatte, als Stuart aufstand. Er stellte sich hinter ihren Sessel und berührte so leicht ihre Schulter, als hätten sich seine Finger verirrt. Einen Pulsschlag lang grübelte Stella gar, ob sie ihre Sinne nicht nur geneckt hätten, und sie bemerkte auch ein Zittern, das ihren Körper auf eine schon nicht mehr vertraute, aber unendlich wohltuende Art belebte. Dann roch sie seine Haut und genoss die Wärme seiner Hand.

»Wie lange noch, Stella?«, fragte er.

Vier Worte nur, doch sie zweifelte nicht an deren Absicht. Nur in dem Augenblick, da sie die verzehrende Sehnsucht

überwältigte, ihren Traum vom Leben in der Einfachheit und Bedürfnislosigkeit zu retten, suchte Stella noch nach dem so lange vertrauten Halt, den ihre Illusionen ihr gaben. Es wurde ihr leicht, die Nase mit dem Duft von Afrika zu betrügen. Die Augen zögerten nicht, auf Safari zu gehen, die Ohren ließen sich von den Klängen ihrer Kindheit in den Wald mit dem feuchten Moos locken. Chebeti war da, um die Tochter ihres Herzens durch die Fährnisse des Lebens zu geleiten. Moi, der gewitzte, witzige, besorgte Behüter, saß am Küchentisch, und ausgerechnet in der Stunde der Abrechnung schwante es Stella, sie könnte sich in ihn verliebt haben. Nase, Augen, Ohren waren bereit, sie zu betrügen, solange das Märchen vom ewigen Glück währte, aber nicht ihr Verstand. Der ließ sie wissen, dass das Lied der Sirenen, die sie verführt hatten, von diesem Tag an immer leiser werden und schließlich verstummen würde. Die Erkenntnis verwirrte sie in ihrer Plötzlichkeit, aber der Schock schlug nicht mit einer kräftigen Hand zu. Nur ließ er unmissverständlich wissen, dass er sich fortan stets gegen den Wunsch behaupten würde, die Wahrheit zu verdrängen.
»Wie lange noch?«, drängte Stuart.
»Warum fragst gerade du mich so etwas? Ich weiß noch genau, dass du immer gesagt hast, man könnte dich nur in einer Kiste aus Ol' Kalau fortschaffen.«
»Ich habe kein Kind, Stella. Julia wird dir schneller vorwerfen, als du denkst, du hättest nur an dich gedacht.«
»Warum in aller Welt sollte sie das tun?«
»Hast du wirklich alles vergessen, was du je gewusst hast? Deine Tochter hat in Afrika keine Zukunft. Für die Kikuyu ist sie zu hell, für die paar Europäer, die es hier noch gibt, zu dunkel.«

»Ja, glaubst du, in England ist das anders?«
»Ich bin kein Fachmann, meine Liebe, aber soweit ich mich erinnere, ist auf der guten alten Insel die Höhe des Bankkontos mindestens so entscheidend für das Wohlbefinden eines Menschen wie die Hautfarbe. Stella, ich weiß noch nicht einmal, ob ihr hier sicher seid. Es ist zu viel geschehen. Es wird auch viel geschehen. Kenia ist nicht mehr das Land des weißen Mannes.«
Der einzige Laut, der danach zu hören war, kam von Churchill, der röchelnd schnarchte, mit den Pfoten Laufbewegungen machte und die Hundeträume eines begnadet trägen Boxers mit einer Musik unterlegte, die aus Bellen und Knurren bestand. Der Affe kuschelte sich in Stellas Schoß. Sie flüsterte ihm ins Ohr, dass sie soeben Mungu gebeten hatte, erst die Zeit für immer anzuhalten und sie dann in das Kind zurück zu verzaubern, das sie einst gewesen war. Mungu erhörte sie nicht. Zwar nickte das freundliche Äffchen Bestätigung und versprach feixend die Vermittlung bei dem Mächtigen vom Mount Kenya, doch Julia wurde wach und vereitelte die Magie. Sie schrie gellend, als sie die Augen aufmachte und kein vertrautes Möbelstück sah. James Stuart stand auf und streckte sich. Er sah, was Stella zuvor nicht aufgefallen war, ein wenig müde aus, doch er suchte, was sie sehr bewunderte, keinen Moment nach dem finalen Wort.
»Was ich noch zum Thema Bankkonto sagen wollte, Stella. Mir scheint, über deines wissen hier einige Leute zu viel und wir zu wenig über diese Leute. Solltest du dich zu einer Reise nach England entschließen, erzähl um Himmels willen niemandem von deinen Plänen. Vor allem nicht der reizenden Familie Patel. Ich habe gehört, dass zumindest die

männlichen Mitglieder dazu neigen, Abschiede zu vereiteln. Und pack keinen Koffer. Komm einfach her, wenn du so weit bist, und ich bringe euch beide zum Flughafen.«

»Was in aller Welt soll das heißen?«

»Ich will dir keine Angst machen, Stella. Tu einfach einem alten Mann den Gefallen und versprich mir, dass ich der Einzige bin, dem du Kwaheri sagst. Das bin ich deinem Vater schuldig. Und jetzt mach endlich das Fenster auf. Dein Freund lungert schon eine ganze Weile da und hält mich für blind und blöd und taub.«

»Du bist ganz sicher, dass du mir nichts erklären möchtest, Bwana?«

»Ganz sicher«, sagte Stuart.

Beim zweiten Mal grübelte sie nicht, ob sich seine Hand verirrt hatte. Der Griff war fest und zupackend und doch zärtlich. Einen Moment hatte Stella Angst, sie würde ihren Körper nicht zur rechten Zeit zurückbefehlen können, doch dann straffe sie ihre Schultern und hob den Kopf so hoch wie in den Tagen unmittelbar nach dem Brand auf Karibu, die von ihr die Entschlossenheit der Furchtlosen gefordert hatten. Mit einer Bewegung, deren Heftigkeit sie selbst überraschte, riss sie das Fenster auf.

»Moi«, schimpfte sie, »warum stehst du unter dem Baum? Dieses Haus hat eine Tür. Weißt du denn nicht, dass ein Freund an so eine Tür klopft, wenn er hereinkommen will. Hodi heißt das Wort.«

»Hodi?«, lachte Moi, als er dem Löwen auf den Kopf trommelte. »Ich habe das Wort erst sagen können, Mama, als deine Augen mich wieder gesehen haben.«

11

Chebeti stand ächzend vom Stuhl auf. Sie versuchte, den stechenden Schmerz aus ihrem linken Knie zu drücken und danach neues Leben in ihre Hände zu reiben. Der Nacken ließ sich nur nach der rechten Seite drehen, der Rücken war steif wie ein Brett und der Kopf voll von Gedanken, von denen jeder wie ein langer Dorn wirkte, der tief in die Fußsohle eingedrungen ist. Ihren Körper und noch mehr den widerspenstigen Kopf beschimpfte Chebeti in der Sprache der Kikuyu, die schon der Kindheitserinnerungen wegen von ihren Ohren in den Stunden der Not mehr geschätzt wurde als das Suaheli, das sie ja erst als erwachsene Frau gelernt hatte. Wie nun immer öfter, seit die Übellaunigkeit ihrer Glieder so regelmäßig wiederkehrte wie Sonne, Mond und Sterne, hatte sich Chebeti ihre Verfluchungen aus der Welt der Männer geliehen. Diese Beschimpfungen des Lebens waren so grob, dass sich die Zeternde bei jedem Wort der Frechheit ihrer Zunge genierte. Trotzdem fühlte sie sich erleichtert. So gelassen wie noch vor der letzten Regenzeit schaute sie sich in dem kleinen Raum um, den sie mit feuchten Tüchern vor der offenen Tür und einem nassen Lappen vor dem Fenster gegen die Mittagsglut geschützt hatte. Leicht ließ sie ihre rechte Hand über die glatte, kühlende Lehne eines Stuhles gleiten, der

vor einer Woche noch in Nakuru auf Kunden gewartet hatte und dem sie nun seit acht Tagen jene Neuerungen ihres Lebens anvertraute, die sie bis vor kurzem gewiss einer Nachbarin oder ihrer Schwester erzählt hätte.
Seitdem aber die schwarzen Wolken in ihrem Leben so schnell wuchsen wie das Gras nach der ersten Nacht des großen Regens, hatte Chebeti die Angewohnheit entwickelt, ihre Tage mit seltsamen kleinen Geschichten aufzuhellen, die sie wenigstens einige Augenblicke lang amüsierten. Sie wusste sehr wohl, dass diese Schauris nicht stimmten. Zuweilen waren sie fröhlich und dann eine sehr geeignete Waffe, um die Angst der neuen Wirklichkeit zu bekämpfen. Oft aber erschrak Chebeti, weil sie sich von ihren Ahnungen zu tief in einen schlammigen Fluss reißen ließ. Noch nicht einmal mit Stella, die doch so viel mehr von den weiten Safaris eines rastlosen Kopfes verstand als die Frauen in der Nachbarschaft, traute sich Chebeti über die immer stärker werdende Neigung zu Selbstgesprächen zu reden; sie erinnerte sich zu gut, wie sehr sie in jungen und gesunden Tagen den Drang alter Frauen verachtet hatte, die ihre Ohren immerzu mit der eigenen Zunge nähren.
Manchmal sinnierte Chebeti allerdings auch über Dinge nach, die weder für die toten Tage noch für die, die bereits vor der Tür ihres Lebens standen und herrisch Einlass forderten, von Bedeutung waren – beispielsweise über den Umstand, dass ihr neuer Stuhl aus einem Laden für die reichsten Leute im Hochland stammte und dort wahrscheinlich sehr viel mehr Sprachen gehört hatte als sie selbst, die ja immer mit Kikuyu und Suaheli ausgekommen war. Den Häuptling aller Stühle lobte sie also mit großer Achtung vor seiner Abstammung und mit Ausdrücken, die

auch ein Kind oder einen Mzee erfreut hätten. Schon im nächsten Satz pflegte sie sich allerdings ein geschwätziges altes Weib zu schelten, das – besonders in den Nächten nach zu hastig heruntergeschlucktem und zu fettem Essen – die wundersamen Schauris glaubte, die es sich selbst erzählte.

An dem Tag, der noch vor Sonnenuntergang ihre Zunge sehr locker machen sollte, bewunderte Chebeti beim Wachwerden nach der kurzen Mittagsruhe ihren Stuhl noch mehr als sonst. Sie murmelte ein paar Mal »Misuri« in den gelben Wollstoff seiner Rückenlehne, wobei sie das freundliche Wort in dem doppelten Sinn seiner Bedeutung gebrauchte: Ihr Stuhl war nicht nur gut, er war wahrhaftig auch schön. Für das dritte – das wirklich wesentliche – Lob hatten ihre beiden Sprachen leider nicht die passenden Worte, ihr Kopf und ihr Herz wussten allerdings trotzdem Bescheid. Der herrliche Stuhl aus Nakuru ließ Chebeti täglich wissen, dass der einzige Mensch, den sie je hatte lieben können, auch sie liebte.

Während sie aus ihrem geblähten Leib die Luft massierte und von den Hüften die Schwere, verdrängte sie, so gut sie es vermochte, eine neu aufsteigende Welle des Unbehagens. Zwar war Chebeti dieser Zustand, der das Leben in kreisende Punkte und graue, flirrende Wolken auflöste, nicht mehr fremd, aber immer noch so ungewohnt, dass sie noch keine Gelegenheit gefunden hatte, eine wirksame Abwehr zu entwickeln. Bei dieser lähmenden Attacke auf Kopf und Körper handelte es sich um einen Schwindel, der wehrlos machte und den Mut raubte, den ein Mensch ja ebenso braucht wie Essen und gesundes Wasser. Manchmal schlug dieser Schwindel am Tag zu und dann mit der Wucht einer gezackten Keule auf den Schädel eines Einbrechers, dann wieder nachts und mit einem so leichten Zugriff, dass Chebeti sich nicht schlüssig war, ob sie geträumt hatte oder nicht. Bei den schlimmsten Anfällen sah sie allerdings entweder den Hund mit dem zotteligen braunen Fell und dem abgebissenen Ohr, von dem doch jeder wusste, dass es ihn nur ein einziges Mal in Nyahururu gab, gleich zweimal im Gras hocken und einen Knochen kauen, oder sie stellte fest, dass die Schirmakazien, die in all den Jahren für sie immer den Anfang vom Wald markiert hatten, keine Wurzeln mehr hatten, um sie in der Erde zu halten: Die Bäume tanzten schwankend hinter einem feinen Schleier aus Nebel. An dem entscheidenden Tag der davonhetzenden Zunge löste sich auch noch der Schnee vom Mount Kenya in einen Regen aus winzigen bunten Sternen auf, die ins Tal rieselten.

»Ihr lügt«, stöhnte Chebeti, »ihr lügt alle, um den Kopf einer alten Frau mit den falschen Bildern auszustopfen.«

Sie setzte sich hin, faltete die Hände über dem Bauch und wartete auf die Erlösung von Schwerfälligkeit und Schwindel. Als sie wieder ihren Augen vertrauen und auch so tief einatmen konnte wie in den Tagen von Stärke und lautem Gelächter, holte sie aus der tiefen Tasche ihres bauschigen Rockes einen kleinen runden Spiegel. Er hatte einen Rücken grün wie das Moos im Wald, das nie von der Sonne berührt wird, war mit goldfarbenen Buchstaben verziert und hatte sich auf eine noch sehr viel eindrucksvollere Safari begeben als der Stuhl. Der kleine Spiegel mit der Aufschrift »Harrods« war eine der vielen kleinen Gaben, die Stella aus ihrem weißen Lederkoffer und den Taschen zu holen pflegte, als wollte sie ihnen nur mal rasch das Tageslicht gönnen,

und die dann Chebetis Herz heiß machten und ihre Augen mit dem Salz von freudigen Tränen füllten.
Nur einen Blick gönnte sich Chebeti in den geliebten Grünen mit dem feinen Rahmen in der Farbe der Buchstaben. Es war keineswegs so, dass sie im Alter eitel geworden war und ihre Tage wie die jungen Frauen, die noch nichts wissen von dem ungeduldigen Drang der Schönheit nach Flucht und Vergehen, mit dem Begaffen ihres eigenen Gesichts vertun wollte; Chebeti war es lediglich ein Bedürfnis, sich zu vergewissern, dass sie nach dem kurzen erschöpften Schlaf auf dem Stuhl noch dieselbe Frau war wie diejenige, die sich für einen Augenblick hingesetzt und dann nicht mehr die Kraft zum Aufstehen gehabt hatte. Befriedigt stellte die kritische Selbstbetrachterin fest, dass ihr gelbes Kopftuch nicht verrutscht war und dass das heftige Niesen und der Husten beim Aufwachen keine Flecken auf ihrer roten Bluse mit den schönen weißen Blumen hinterlassen hatten. Auch hing zwischen ihren Zähnen nicht ein einziger Faden von den grünen Bohnen, die sie mittags gegessen hatte.
»Es ist gut«, sagte sie so laut, als wüsste ihre Stimme nichts von der Last des Alters, steckte den Spiegel zurück in die Rocktasche und rieb ihre Hände aneinander, »es ist gut.«
Zunächst hatte Chebeti angenommen, Stellas überraschendes Geschenk, das dem Ansehen einer alten Frau wahrhaftig noch sehr viel mehr schmeichelte als der schöne, weit gereiste Spiegel, wäre nur gedacht gewesen, um sie nach einer kleinen Auseinandersetzung zu versöhnen. Es war, wenn Chebeti nun ohne Zorn nach hinten blickte, zwar ein Streit ohne allzugroße Bedeutung gewesen und ganz bestimmt kein Krieg mit Wunden, die noch am Ende des Le-

bens wie eiternde Geschwüre aufplatzen würden. Dennoch waren die Worte mit gut gespitzten Pfeilen versehen gewesen, und es waren auch Drohungen ausgetauscht worden, die beide Frauen bereits im Moment der Äußerung bedauert hatten.

Chebeti, die Misstrauische, die selbst das Gras, das sich nach der Dürre durch die Erde bohrte, mit den Augen eines unbestechlichen Richters betrachtete, hatte die Tochter ihres Herzens nicht geschont. Vor allem hatte sie der Wahrheit nicht den Schuss Wasser gegönnt, der zu stark gebrautes Tembo bekömmlicher macht. Sie mochte es nämlich von Mal zu Mal weniger, dass Stella mindestens zwei Mal im Monat das ganze Wochenende bei der Familie Patel verbrachte. Chebeti war der Meinung, die Patels wären zu schnell und vor allem mit zu großen Schuhen auf Stella zugelaufen und hätten sie umgerannt. Erst zwei Tage zuvor hatte Chebeti zu Moi gesagt: »Die großen Schuhe der indischen Männer können Stella und ihr Kind auch zertreten, und niemand wird hören, dass da eine Mutter schreit.« Nach der Zeit von Schweigen und Hüsteln, die der Wichtigkeit des Themas entsprachen, hatte Moi mit seiner Hand kräftig auf den Tisch geschlagen und mit auffallend kräftigen Bewegungen seines Kopfes Zustimmung genickt. Gesagt hatte er allerdings nur, große Schuhe hingen von der Größe der Füße ab und seien selbst für Soldaten keine Waffe.

Nach Chebetis Auffassung hatte sich Moi, wie alle männlichen Wesen ab der dritten Regenzeit ihres Lebens, von dem Gestank von Benzin und dem Gesang einer überaus kräftigen Hupe bestechen lassen. Sie aber sah es jeden Tag mit neuem Widerwillen, dass die Patels so mühelos Stella zu dem roten Ford überredet hatten. An seiner Windschutzscheibe klebte zudem ausgerechnet das Bild eines klapperdürren Inders in einem weißen Umhang und nicht ein Foto von dem von allen Kikuyus verehrten Jomo Kenyatta. Durch das Auto hatte Stella Flügel bekommen. Vier Reifen hatten aus einer wunderbar klugen Frau, die bis dahin die kühlende Erde unter ihren nackten Füße geschätzt hatte wie gewöhnliche Menschen Essen und Trinken, einen Vogel mit weiten Schwingen gemacht, der nach Freiheit durstete und jede Gelegenheit wahrnahm, um aus seinem Nest zu fliegen.

Ebenso wenig wie das Auto mochte Chebeti die vielen Picknicks mit den Patels – unter dem Affenbrotbaum und auf dem Rasen vor dem Haus wurde ja nur Englisch gesprochen. Da wurde jedes Mal auf einen Schlag aus der weisen Chebeti, die mehr Regenzeiten erlebt hatte als viele Leute es je tun würden, eine taube und stumme alte Frau, die sich die Ohren zuhielt und die Lippen zusammenpresste, wenn sie die verfluchten Inder und ihre geliebte Stella lachen hörte.

»Wenn die den Mund aufmachen«, erzählte sie Moi, »glaube ich immer, sie lachen über mich.«

»Ich auch«, klagte er, »ich auch.«

Schon gar nicht gefiel dieser empfindlichen, ahnungsvoll fauchenden Löwin die Idee von der größten Lodge, die da in der Rift Valley gebaut werden sollte; es ängstigte sie tagelang, als Stella nach dem letzten Besuch von Jaskaran Patel sagte, sie müsste unmittelbar nach dem Ende der Regenzeit nach Nairobi fahren. Chebeti, in der schon auf Karibu der Zorn übergelaufen war wie Milch in einem zu engen Topf, wenn ein Fremder nur einen Finger nach ihrem Besitz ausstreckte, war auch nach jedem Besuch aufs Neue empört, dass Devika Patel aus ihrer Apotheke in Nakuru weiße Pillen für die kleine Julia mitbrachte. Die Kleine war so gesund, wie es Stella als Baby unter Chebetis Obhut gewesen war. Ihre Augen tränten nie, sie kratzte sich weder Arme noch Beine blutig, hustete nicht und hatte keinen einzigen ihrer Zähne mit großen Schmerzen willkommen heißen müssen. Also verfütterte Chebeti, sooft ihr das nur möglich war, die Kalktabletten, die zu ihrem Verdruss auch noch in einer viel zu schönen roten Blechbüchse verwahrt wurden, an den Hund mit dem abgebissenen Ohr.

»Glaubst du wirklich, dass sein Ohr wieder wachsen wird?«, spottete Stella, als sie Chebetis Geheimnis schließlich doch entdeckte. »Die Medizin ist für Julia. Hast du das nicht gewusst? Damit ihre Zähne gesund werden. Und ihr Haar schön und kräftig.«

»Ihre Zähne sind so gesund«, murrte Chebeti, »dass sie jeden Hund totbeißen kann. Und alle Inder, wenn sie will. Und aus ihrem Haar kannst du heute schon eine Matratze machen. Dir habe ich nie Medizin gegeben. Schau dir deine Zähne an. Und dein Haar. Der Bwana Mbuzi würde es jeden Tag malen, wenn er noch lebte.«

»Er hat Lilly gemalt und nicht mich.«

»Du«, erinnerte sich Chebeti, »warst immer schöner als sie. Und klüger. Du hast gewusst, wann du satt warst. Sie nicht.«

»Das hast du schon einmal gesagt. In Karibu.«

»Die Wahrheit wird nicht alt«, wusste Chebeti.

Besonders groß waren ihr Kummer und ihre Wut, dass Stella stets die kleine Julia mit nach Nakuru nahm. Ob-

gleich sie spürte, dass sie da wohl zu weit ging in ihrer Ablehnung, fand sie es eine Verhöhnung ihres Stolzes und ihrer Treue, dass das Kind von den Wochenenden mit Worten nach Hause kam, die Chebeti nicht verstand und von denen sie – absolut zu Recht! – vermutete, sie wären eine Provokation für die Ohren von ehrlichen Menschen. Und nicht einen Augenblick bezweifelte Chebeti, dass ihr geliebter kleiner Papagei in dem kostbaren rosa Jeanskleid aus London die ihr unverständlichen Ausdrücke von Hari und Kamal gelernt hatte. Chebeti mochte überhaupt kein Kind der Patels, am allerwenigsten Hari und Kamal, die zehn und elf Jahre alten Brüder. Die nutzten bei ihren Besuchen in Nyahururu jede Gelegenheit, in der sie sich unbeobachtet glaubten, um Chebeti mit Grimassen und jenen obszönen Bewegungen zu beleidigen, die einer Frau Ansehen und Würde stahlen.
Seit kurzem hortete Chebeti in ihrem Gedächtnis, das immer noch so gut war wie das eines Elefanten, noch einen weiteren Beweis für ihre Mutmaßung, dass die Patels ganz bestimmt nicht so gut für Stella waren, wie sie ursprünglich angenommen hatte. Vor allem nach ihrem Besuch in Ol' Kalau kehrte Stella von den Wochenenden in Nakuru auffallend still und ungewohnt nachdenklich zurück. Die argwöhnische Beschützerin von Stellas Kindheit spürte von Mal zu Mal mehr, dass diese Nachdenklichkeit einem beunruhigten Kopf entstammte. Für Chebeti war es klar, dass dieser Kopf begonnen hatte, Bilder, Worte, Erfahrungen, Mutmaßungen und Empfindungen in Angst zu verwandeln. Eine solche Angst, das wusste Chebeti sehr gut, war tückisch wie eine hungrige Schlange und für eine junge Frau, der es nie an Mut gefehlt hatte, so schlecht wie nicht gar gekoch-

tes Gemüse oder gegorene Ananas für den Magen der Mzee. In Bezug auf Stellas unerwartetes Geschenk hatte die bekümmerte Grüblerin indes einen Pfad betreten, der sie ins Gestrüpp führte. Der Stuhl, von dem die ganze Nachbarschaft sprach, war keineswegs gedacht gewesen, um Chebeti nach dem Streit so friedlich zu stimmen wie ein saugendes Zicklein, dessen Mutter ein besonders pralles Euter hat.

»Nein«, hatte Stella lachend widersprochen, als sie das sperrige Paket aus dem dicken braunen Papier holte, »dein Kopf hat wieder einmal zu viel gearbeitet, Chebeti. Dieser Stuhl ist nicht für die Frau, die mich noch nicht einmal auf eine ganz kleine Safari lassen will, damit ich nicht immer nur den einen Berg sehen muss. Dieser Stuhl ist für die Frau, die ihre Schmerzen verschluckt, damit ich keine Angst habe, und die ihre Schultern steif macht, sobald sie mich sieht, und den Kopf hebt und schneller läuft, als sie kann. Das darfst du nicht tun, Chebeti. Ich bin kein Kind mehr. Ich habe Augen, die viel gesehen haben, und ich habe Ohren, die sehr gut wissen, was ein Körper sagt, der schreit.«

Im Verlauf von nur acht Tagen erging es Chebetis Skepsis wie dem dünnen Eis auf einer in der Nacht zugefrorenen Pfütze – das schmolz schon bei Sonnenaufgang. Chebeti ließ sich überzeugen und das mit enormer Freude, dass Stella sie nicht für die vielen Touren zu den Patels hatte entschädigen wollen, sondern dass es der sanften, gütigen Tochter ihres Herzens ausschließlich um das Wohlergehen der Frau gegangen war, die sie ins Leben geholt und bis zu ihrem letzten Tag auf Karibu beschützt hatte.

Der Stuhl, so stellte sich sehr bald heraus, war mit verzauberten Werkzeugen hergestellt worden. Er war ein kluger Arzt für einen Rücken, der es verlernt hatte, auf Baumstämmen und dreibeinigen Hockern von der Last schwerer Arbeit zu genesen. Die Polsterung war weich wie die Federn von jungen Enten und die Lehne fest wie ein Brett aus Holz. Nicht nur das. Der Stuhl machte auch zwei Zungen, die steif geworden waren und lange nach dem erlösenden Wort gesucht hatten, wieder biegsam wie eine Schlange, die lange keine Beute gemacht hat. Stella war es, die als erste über den Graben sprang, den die Zeit ausgehoben hatte und von dessen Tiefe beide wussten.

»Hast du gedacht, ich schlafe auf meinen Augen?«, schimpfte sie. »Ich sehe doch, dass du schneller müde wirst als in den Tagen von Karibu. Du musst dich deswegen nicht schämen, Chebeti. Das ist nicht, weil du alt geworden bist. Auch ich muss mich setzen, wenn ich viel gearbeitet habe.«

»Machen dich deine Lügen so müde, dass du nicht mehr stehen kannst?«, fragte Chebeti. Nach jedem Wort ließ sie mehr Spott in die Stimme. »Das war immer so. Du bist schon als Kind müde geworden, wenn du gelogen hast.« Einen kurzen Moment legte sie ihre Hände auf Stellas Schultern. In den Augen leuchteten die Klugheit und Tatkraft ihrer besten Tage. So eine Kluge machte bei jeder Kreuzung spontan den richtigen Weg aus. Sie musste ihre Füße nicht erst auf einem Pfad wund laufen, der zu keinem Ziel führte. »Ich bin schon alt«, erklärte Chebeti, »aber noch nicht dumm. Du wirst meine Augen nicht betrügen und nicht meine Ohren. Sie lassen sich auch nicht von den freundlichen Lügen täuschen, die eine gute Tochter aus dem Mund holt, weil sie die Tränen der Mutter fürchtet. Ich weiß immer noch, was ich wissen muss, Stella.«

»Ich bin jung, aber auch nicht dumm. Sag mir, was ich noch nicht weiß. Heute, nicht morgen.«
»Der Tag ist noch nicht gekommen. Wir haben noch viel Zeit. Mein neuer Stuhl, den du für mich in Nakuru gekauft hast, wird uns beiden sagen, wann wir reden müssen.«
»Ich habe dir den Stuhl für deinen Rücken gebracht, nicht, damit du mit ihm sprichst. Ich habe Ohren, nicht der Stuhl.«
»Für eine Mzee ist es gut, wenn sie reden kann und nicht auf die Antwort warten muss.«
Wenn sie allein war und also geschützt von dem entmutigenden Spott derer, die nur das verstanden, was ihnen ihre Sinne erzählten und was sie schon in den ersten Jahren ihres Lebens begriffen hatten, sprach Chebeti so laut mit ihrem Stuhl, als wäre er schwerhörig, manchmal allerdings auch so leise, dass sie jeden erregten Schlag ihres Herzens zählen konnte. Der stumme Vertraute mit den vier Beinen und dem bequemen Polster schüttelte nie erstaunt den Kopf; er redete ihr nicht die Vorbehalte gegen Jaskaran Patel aus, und er war zu schlau, um die Gebrechen des Alters zu beschönigen. Weder bei Tag noch nachts warf dieser bemerkenswerte Stuhl Chebeti vor, dass sie Lilly nicht vermisste, aber Stella so sehr liebte, dass Freude schon ihren Körper erwärmte, wenn sie in der Ferne Haar in der Farbe von reifem Mais aufleuchten sah. Und nie stritt der Stuhl über den einzigen Wunsch, den Chebeti noch im Leben hatte. Er billigte ihn und schwieg. Wenn die Zeit gekommen war, dass die Nachbarn sie unter einen Baum trugen, um auf den Tod zu warten, sollte Stella nicht mehr in Nyahururu sein.
Weil die Sitzfläche sich beim Tragen hochklappen ließ, nahm Chebeti den Stuhl meistens mit in ihren Gemüsegar-

ten. So war es auch an dem Tag, da sie zum ersten Mal in ihrem Leben Stella um einen Gefallen bitten sollte – obwohl sie das Wort »danke« wie ein Pferd scheute, das über eine zu hohe Hürde getrieben wird. Die Rastlose hatte mit viel Mühe das Unkraut aus den überwucherten Okrapflanzen gezupft. Für die kränkelnden Maisstauden, die sich nicht entscheiden mochten, ob sie leben oder sterben wollten, hatte Chebeti aus Stellas Haus zwei Eimer von dem Spül- und Waschwasser herangeschleppt, das sie stets für ihr Schamba aufhob. Ihr Kopf und die Schultern rebellierten, der Rücken forderte eine Pause. Danach wollte die Unermüdliche die grünen Bohnen an Stangen festbinden und einen guten Platz für die zarten Pflanzen suchen, die sie aus den kleinen schwarzen Kernen einer Papaya gezogen hatte. Erschöpft zog die Gärtnerin den Stuhl von dem Maisfeld ohne Schatten zu ihren geliebten Tabakpflanzen. Die standen noch höher als in früheren Jahren. Es waren kräftige, anspruchslose Riesen, mutige Freunde, die weder Sonne noch Dürre und schon gar nicht den heulenden Wind fürchteten, der den Sturm ankündigte.
Sorgsam stopfte Chebeti ihre kleine Pfeife. Sie dachte kurz an den Markt in Gilgil, auf dem sie die Pfeife gegen ihr lila Kopftuch eingetauscht hatte, und länger, als ihr bekömmlich war, an Stellas Vater, dessen Andenken sie dazu getrieben hatte, sich auf das unvorteilhafte Geschäft einzulassen. Obwohl gerade in diesem Moment eine kräftige Brise aufkam, gelang es ihr, mit einem einzigen Streichholz den Tabak in der Pfeife anzuzünden. Er roch betäubend süß – wie die besten der süßen Erinnerungen an die vor so langer Zeit verbrannten Tage, als Lilly aus der einen und die mutterlose Stella aus ihrer anderen Brust getrunken hatte.

»Warum«, seufzte Chebeti und drückte ihre linke Brust an den Körper, »warum jetzt?«
Sie presste ihren Rücken gegen die Lehne und schaute dem feinen Rauch nach, der von ihrer Pfeife in Richtung des Waldes entschwebte. Die Sonne färbte ihn weiß, der Wind lehrte ihn den Tanz der Gemächlichen. Chebeti sah Kreise, die sich auf ihrer Reise in den Himmel rasch auflösten, und später entdeckte sie eine Schlange mit zwei Zungen. Die kriechende Jägerin erreichte die erste Wolke und verlor ihren Kopf. Weil Rauch Chebeti an Karibu erinnerte, an die leuchtend grüne Bank vor dem Haus und an den blühenden Flamboyantbaum, unter dem Stellas Mutter auf ihr Kind gewartet hatte, wurde ihr Körper leicht und wusste nichts mehr von Angst und Schmerz. Die Körperlose träumte von den Tagen der Jugend und den Bildern vom Bwana Mbuzi.
Chebeti sah die silbern glänzenden Farbtöpfe in Brian Hoods Atelier; sie grüßte den Aschenbecher aus blauem Glas und später auch die kupferne Pfanne, in der sie den Speck für den Bwana Mbuzi gebraten hatte. Nach einer Zeit erblickte sie, obwohl sie ihren Erinnerungen diese eine Safari für immer verboten hatte, das Mädchen mit der kaffeebraunen Haut und den großen Augen. Chebeti erzählte ihrem Stuhl, dass das schöne graziöse Kind Lilly hieß und einst ihre Tochter gewesen war. Ihre Stimme war heiser. Die Rührung störte sie sehr, denn sie hatte sich vorgenommen, bis zu ihrem Tod nicht um die im schwarzen Lederrock zu weinen. Die stolze Gazelle war fortgegangen, ohne Kwaheri zu sagen. Als Chebeti fest schlief und sich nicht gegen die Dornen wehren konnte, die erbarmungslos ihr Gedächtnis aufkratzten, sah sie ausgerechnet diese eine

Gazelle in das Gestrüpp laufen, in dem die verrückten Hühner aus Eldoret ihr Futter aus dem weichen Boden pickten.

»Ich bin nicht wie die anderen«, summte Lilly, als sie die Eier für das Frühstück vom Bwana Mbuzi suchte, »ich putze meine Zähne mit einer weißen Bürste.« Sie trug ihr feuerrotes Kleid und hüpfte vom Schatten in einen Sonnenfleck.

Chebeti wachte auf; mit drohendem Arm verjagte sie die Melodie und die freundlichen Bilder. Einige Sekunden lang noch glaubte sie, sie hätte einen Hahn aus der Schar der eigenwilligen Hühner krähen gehört, doch ihre Ohren verschonten sie vor weiteren Erinnerungen. Sie holten die Träumerin aus Karibu zurück, ehe Trauer sie stumm machte und blind. Unter dem Himmel von Nyahururu strebte ein junger Adler lärmend zur Sonne. Eine Zeit lang beobachtete Chebeti den Vermessenen, der an den Wolken kratzen wollte und zu unerfahren war, für die erste Safari seines Lebens ein Ziel auszuwählen, das seinen Kräften entsprach. Dann schlief sie wieder ein. Dieses Mal waren es nicht die Träume aus der Vergangenheit der sanften Worte, der zärtlichen Berührungen und der augenverwöhnenden Pastellfarben, die zu ihr kamen. Es waren nachtfarbene Visionen von der Zukunft, und die fielen mit den Krallen von Geiern und den Schnäbeln von Marabus über sie her.

Zunächst sah Chebeti die Patels mit gezackten Keulen und geladenen Gewehren den Hügel zu Stellas Haus heraufhetzen. Jaskaran zündete ein rotes Auto an, das sich brennend in das Schamba mit den Tabakpflanzen wälzte. Die beiden Knaben jubelten. Als die Feinde des Guten endlich in den

reißenden Wasserfluten eines Flusses verschwanden, der am Vortag noch nicht da gewesen war, begegnete Chebeti sich selbst. Sie lag stöhnend unter Mois Affenbrotbaum und verbrannte an ihrem eigenen Atem. Die von Ahnungen und Ängsten Getriebene wusste zunächst nicht, welches Bild sie am meisten erschreckt hatte. Erst wurde ihre Stirn nass, danach der Nacken und schließlich Haar und Hände. Die Finger rutschten ab vom steinernen Rand eines Brunnens, in den die Häscher sie stießen. Im Fallen glaubte Chebeti, Stellas Stimme zu hören. Kurz darauf merkte sie, dass ihre Ohren sie nicht mit ihrer Sehnsucht betrogen hatten. Erlöst hörte sie Schritte auf dem ausgetretenen Pfad und dass sich das hohe Gras bewegte.
»Stella«, schrie Chebeti, »komm her. Ich habe dich schon so lange gerufen. Wo warst du?« Zufrieden rieb sie ihre Fingerspitzen aneinander, als das Echo zu ihr zurückkam. Die Hände waren wieder so trocken wie das Holz in der Stunde der kurzen Schatten, die Nägel hart. Sie hob den Kopf und lächelte wie eine junge Frau, die noch nie nach den Tagen hat suchen müssen, die nicht mehr sind.
Es tat ihr unendlich wohl zu wissen, dass sie noch den Mut und die Ausdauer hatte, auf einer Safari nicht umzukehren wie jene Mzee, die allzu bereitwillig der Müdigkeit des Kopfes und einem kranken Körper nachgeben. Schon bei Sonnenuntergang an diesem Tag der Worte hätte Chebeti allerdings niemandem mehr erklären können, weshalb sie auf einen Schlag ihre ursprüngliche Kraft zurückgefunden hatte. Sie traktierte ihren Kopf nicht mit Fragen. Die Antworten waren ihr genug. Chebeti war es, als hätte sie seit den hellen Tagen von Karibu keinen einzigen Zahn und nicht ein Haar verloren, nicht die Festigkeit ihres Fleisches und

nicht die Beweglichkeit der Hüften, nie die Hoffnung und nicht den Instinkt, nur der eigenen Klugheit und den Erfahrungen eines Lebens zu vertrauen.
Die Tochter mit den blauen Augen, die zu sanft und zu gütig war, um je die List der falschen Freundlichkeit und verlogenen Schmeicheleien zu erlernen, lief durch das im Wind raschelnde Gras. Sie hatte Julia auf ihre Schultern gesetzt, damit das Kind, das wie ein junger Affe nach Neuem gierte und jede Beute der Augen mit begeistertem Babbeln begrüßte, den Himmel und die Berge sehen konnte, die Paviane auf den Felsen und die Zebras am Horizont. In diesem Augenblick, da das Herz ihr wie ein laut polternder Stein gegen die Rippen schlug, weil sie Stella so sehr liebte und diese Liebe in ihr wie ein Buschfeuer loderte, wurde sich Chebeti ihrer letzten Pflicht bewusst. Ehe für sie die Zeit von Krankheit und Müdigkeit und die der Dunkelheit ohne Erwachen kam, musste sie die Tochter vom Bwana Mbuzi nach Hause schicken. Sie hatte seit Stellas Rückkehr und nach Julias Geburt ihre Augen zu lang mit Jubel verwöhnt, ihr Herz mit Seligkeit, und sie schämte sich sehr, weil sie diese Freude zugelassen hatte, ohne ihr auch nur mit einem Wort der Vernunft zu widersprechen. Nun ballte sie die Faust und machte sich bereit.
»Ich habe dich«, sagte Chebeti zu Stella, die noch längst nicht nahe genug am Schamba war, um die Mahnerin zu hören, »schon von Nyahururu fortgeschickt, als du ein Kind gewesen bist. Jetzt will ich es noch einmal tun. Hast du vergessen, dass zwei Männer auf dich warten? Die Zeit ist gekommen, um deine Träume zu verjagen. Eine Mutter träumt nicht, eine Mutter beschützt ihr Kind.«
Würde Stella die Warnung verstehen? Der Bwana Mbuzi

hatte Chebetis Urteil vertraut, ohne je eine von den Fragen zu stellen, die den Zweifler zum Feigling machen. Warum sollte seine Tochter nicht sein wie er? Stella musste begreifen, dass das Nyahururu der neuen Zeit nicht wie das Karibu der alten Tage war. Zu viele Leute wussten von der »Mzungu in Nyahururu«, und es wussten zu viele, dass die, die aus England gekommen war, um wie eine aus Afrika zu leben, sehr gutgläubig und sehr reich war. Ihr Geld würde sie eines Tages zur Beute von jenen Jägern machen, für die Raub und Mord so selbstverständlich waren wie für einen Mann, der auf dem Schamba arbeitete, eine Hacke und eine Panga. Chebeti suchte nicht nach Entschuldigungen, als ihre Überlegungen auf sie einprügelten. Das, was sie nun als Wahrheit erkannte, hatte sie immer gewusst, aber die Vorstellung, sich zum zweiten Mal in ihrem Leben von Stella zu trennen, hatte sie zu lange schweigen lassen.
Sie nahm sich vor, nicht von ihrem Körper zu sprechen, nicht von dem, was sie wusste, und nicht von dem, was sie ahnte. Nur, wenn ihr keine andere Möglichkeit blieb, wollte sie Stella vor den Patels warnen – und vor den Freunden und Verwandten der Patels, die auf der Bank in Nairobi arbeiteten. In mondlosen Nächten, in denen ein Gerücht so schnell reist wie sonst nur Geparden auf der Jagd, raunten nämlich schon zu viele Leute einander zu, dass Stellas Geld die Hände von Dieben und Mördern jucken ließ. Chebeti war nie von Nyahururu fortgekommen, doch sie kannte sich aus mit Menschen. Die waren, das wusste sie seit dem tödlichen Brand auf Karibu, überall gleich, und es kam bei gierigen und neidischen Menschen, die Verlockungen nicht widerstehen konnten, weder auf die Farbe der Haut noch auf Klugheit und Besitz an. Chebeti seufzte, als sie an die

Last auf ihren Schultern und an den Stein auf ihrer Brust dachte. Der klagende Laut rieb ihre Kehle wund und machte ihre Haut kalt, aber gerade durch ihn erkannte sie, was am allerwichtigsten sein würde: Nicht einen Seufzer durfte sie laut werden lassen, der Moi und seinen enttäuschten Hoffnungen galt.

»An Moi«, übte sie, als Stella den letzten der drei Dornbüsche erreichte und noch etwa fünfzig Meter vom Schamba entfernt war, »darfst du nicht mehr denken. Er wird wieder der Mann werden, der er gewesen ist, als er deinen Namen noch nicht gekannt hat. Erst wird er dein Gesicht vergessen und dann die vielen Worte, die er mit dir gesprochen hat. Und auch Julia, die noch nicht fragt, weshalb er nur einen Arm hat, wird er vergessen. Das ist so, Stella. Wenn Moi so klug ist, wie er immer denkt, wird er das auch wissen. Und wenn er das nicht weiß, ist er so dumm, wie ich immer denke.« Sie fand den letzten Satz so herrlich, dass sie ihn lachend wiederholte.

»Wer ist dumm?«, rief Stella. Wie ihre Tochter, spuckte sie Vergnügen in die Luft.

Chebeti schlug sich verärgert auf den Mund, als ihr aufging, dass sie laut gesprochen hatte. Betreten fragte sie sich, wie lange schon und wie verständlich die einzelnen Worte gewesen waren. »Komm her«, murmelte sie, »und ich erzähle dir alles. Ich bin dumm. Alte Leute sind immer dumm. Weißt du das nicht?«

»Du bist noch nie dumm gewesen, Chebeti. An keinem Tag in deinem Leben warst du dumm. Und du wirst auch nie dumm werden.«

»Wir werden sehen, ob du das noch heute Abend sagst«, sagte Chebeti.

Sie hatte mit Stellas Widerstand gerechnet, mit der Empörung und der Wut von einer, die zu lange ihre Träume mit der Wirklichkeit und die Wirklichkeit mit ihren Wünschen verwechselt hat. Sie hatte den schnell entflammbaren Widerspruch der Jugend gegenüber dem Alter erwartet, und sie rechnete mit den üblichen Kränkungen von einer, die gewarnt wurde, für die, die da warnte. Obgleich ihre Herzenstochter nie trotzig, immer vernünftig und in jeder Lebenslage friedfertig gewesen war, machte sich die Verständnisvolle auf die Selbstherrlichkeit derer gefasst, die nicht zuzugeben vermögen, dass sie sich selbst belogen haben. Chebeti holte sehr viel Atem in ihre Brust, als sie sich auf einen langen Streit einstellte und sorgsam die Waffen für einen noch längeren Krieg stapelte.
Sanft nahm sie das energisch strampelnde Bündel mit den schwarzen Locken von Stellas Schultern. Wie in den Tagen, da sie ihre eigenen Kinder mit Liedern von den Tränen der Wut abgelenkt hatte, sang sie das Lied vom Leoparden, der einen Schuh gefressen hat, der so sehr weint, dass der Leopard Angst bekommt und sein Opfer wieder freilässt. Weil Julia die ganze Zeit klatschte und so animiert kicherte, als hätte sie den absurden Text verstanden, musste Chebeti das Lied zwei Mal singen, ehe sie die Musikfreundin auf eine Decke ins Gras setzen durfte. Lockend hielt sie ihr die silberne Rassel vom Urgroßvater aus England hin. Da Julia aber seit zwei Tagen das Wort für Nein kannte und dieses mit seinen dunklen Vokalen für ein Kind auf dem Weg in die Welt der Sprache sehr viel interessanter war als das für Ja, schüttelte sie den Kopf, schlug ihre Fäuste aneinander und brüllte bebend: »Hapana.« Sie bekam die Kette mit den winzigen Glasperlen in allen Farben des Regenbogens.

Chebeti, im Alter von Stellas Tochter noch einmal zu einer gehorsamen, selbstlosen Sklavin erzogen, nahm sie eilfertig vom Hals und drückte sie der schamlosen Dompteuse in die befehlend geöffneten Hände.
»Mama«, jubelte Julia, und beide Frauen lachten, denn es war ihnen immer leicht gewesen, Liebe zu teilen.
Die Vorausschauende setzte sich auf den Baumstamm am Zaun ihres Schambas. Sie zauderte nur kurz. Dann zog sie Stella zu sich herunter. Einen Moment wurde Chebetis Gesicht hell von einem Lächeln, das den eigenen Körper ebenso wärmt wie die Augen der anderen – sie hatte so deutlich wie schon lange nicht mehr die Tage gesehen, als Stella in Julias Alter gewesen war. Als sie aus der Vergangenheit auftauchte, schlug ihr Herz zu schnell und ein Pochen quälte ihre Schläfen. Sie war bereit, Stellas Zorn und Spott abzuwehren. Mit dem aber, was schon nach dem ersten Satz geschah, den sie sprach, hätte sie noch nicht einmal in den Stunden der Hoffnung zu rechnen gewagt. Stellas Reaktion war überraschend wie ein Donnerschlag, dem kein Blitz vorausgegangen ist, lähmend und belebend in einem, zugleich Seligkeit und Trauer für die, die zu sehr liebte, um noch zu zweifeln, dass sie sich der Liebe wegen trennen musste.
»Hast du vergessen, dass zwei Männer auf dich warten?«, fragte Chebeti.
Stellas Schweigen war leichter zu deuten, als es jede gesprochene Antwort gewesen wäre. Weil sie einen Pulsschlag lang wähnte, sie könnte die Wahrheit noch rechtzeitig zerbeißen, drückte sie ihre Zähne in die Lippen. Sie grub ihre Nägel in das Fleisch ihrer Arme, um sich zu vergewissern, dass sie tatsächlich lebte. Doch sie schloss nicht die Augen,

als sie gewahr wurde, das soeben jener Teil ihres Herzens gestorben war, der sie auf die Safari zu ihren Träumen gelockt hatte, fort von dem geliebten Großvater, der ihr Vater geworden war. Als die Erkenntnis zu ihr kam, dass sich ihre Wurzeln aus Afrikas Erde gelöst hatten und dass diese Wurzeln längst nach einem anderen Boden dursteten, senkte Stella den Kopf. Der Schmerz war gewaltig, aber er vernichtete sie nicht. Sie zählte, wie sie es in den Tagen von erster Kindernot gelernt hatte, die großen roten Ameisen, die unter den Baumstamm krochen. Ergeben wartete sie, bis sich die Salzkörner in ihrer Kehle auflösten und sie endlich weinen konnte.

»Warum weißt du, was ich noch nicht weiß?«, schluchzte sie. »Wer hat es dir gesagt?«

»Deine Augen, Stella. Sie sind an dem Tag gestorben, an dem Lilly gestorben ist.«

»Das darfst du nicht sagen. Das darfst du nie mehr sagen, Chebeti! Du bist ihre Mutter. Lilly ist nicht tot. Sie wird wiederkommen.«

»Für dich ist Lilly tot. Lass sie sterben, Stella. Sie wollte tot sein für dich. Du bist zu ihr gekommen. Du hast sie in Nairobi gesucht, und du hast sie gefunden. Du hast sie in deinem Haus wohnen lassen, ihr deine Kleider geschenkt und ihr dein Geld gegeben. Aber sie ist fortgelaufen wie ein wilder Hund, der sich nicht an Menschen gewöhnen kann. Lilly hat immer nur von dir genommen und dir nie danke gesagt. Das machen nur Diebe.«

Stella fragte sich, ob Moi trotz seines Versprechens nicht doch getratscht und Chebeti von der Brosche erzählt hatte, aber sie sagte nichts. Sie schaute zum Schnee vom Mount Kenya und trank, wie an den anderen Tag auch, mit jedem

Schlag ihrer Wimpern die Schönheit, die niemand ihrem Gedächtnis je würde entreißen können. Ohne die Lippen zu bewegen, dankte sie Mungu, dass die Barmherzigkeit für die Mutter es ihr leicht machte, nicht zu erzählen, wie sie von Jaskaran Patel ihre eigene Brosche hatte zurückkaufen müssen. Sie wollte Chebeti sagen, dass sie Lilly nicht zürnte und dass sie verstand, weshalb die unruhige Wandrerin zurück nach Nairobi gegangen war. Es drängte Stella, in den Wald hinein und zum Berg hinauf zu schreien, dass die mit den Beinen der Gazelle für sie immer noch die Schwester war und dass Lillys Augen sie in jeden Teil der Welt begleiten würden. Chebeti aber sprach schon wieder. Ihre Stimme war scharf wie ein Messer und kühl wie der Wind, doch die Hände, die Stella an sich drückten, waren warm und vertraut und tröstend.

»Hast du nicht gewusst, dass der Tag für dich kommen wird, um den Weg zurück zu gehen?«

»Ja«, flüsterte Stella, »aber erst, als ich in Ol' Kalau war, habe ich es für immer gewusst.« Ihre Augen waren wieder trocken.

»Dieses Mal darfst du dich auch umdrehen, wenn du gehst«, erklärte Chebeti. »Es ist gut, dass du mir dieses Mal Kwaheri sagen kannst.«

Sie sagten beide nichts und schluckten Wehmut. Nur ihre Augen sprachen. Die ließen einander wissen, dass jeder von ihnen an denselben Tag dachte. Bei dem Abschied nach dem Brand auf Karibu hatte Chebeti befohlen »Deine Augen dürfen mich nicht mehr suchen, wenn du gehst«, und ihre blonde, folgsame, furchtlose Tochter hatte sich kein einziges Mal umgedreht.

Später, als die Stimme nicht mehr schwer und dick wie ein

unbenutzter Sack war und sie wieder atmen konnte wie noch am Morgen, erzählte Stella der, die immer noch ihre Mutter war, von Fernando. Sie beschrieb seine schwarzen Augen, die wie die von Julia leuchteten, und sie erzählte auch, dass er die gleiche Haut aus cremefarbenem Samt hatte wie seine Tochter. Weil Stella lächelte, als sie Fernandos Haut beschrieb, wusste Chebeti Bescheid. Was sie zuvor nur geahnt hatte, erkannte sie als die Wahrheit. Das schöne Zebrakind war auf der Decke im Gras eingeschlafen, in der Hand die silberne Rassel, die es von sich gestoßen hatte.

Dass Stella, als sie Fernandos Namen aussprach, ihn »Lady Godiva« sagen hörte und dass sich nachts ihre Brust nach seinen Händen sehnte, das verschwieg sie. Sie merkte dennoch, dass Chebeti viel mehr verstand, als ihre Ohren zu hören bekamen. Als Stella aber von Sir William erzählte, galoppierte ihre Sehnsucht davon. Sie war schneller als Worte und Gedanken und kam im blauen Salon an, während Chebeti noch den Beschreibungen des Goldfischteiches im Garten lauschte. Da begriff Stella endgültig, dass die Zeit vorbei war, unter einer Schirmakazie zu liegen und den Kopf auf Safari nach Mayfair zu schicken.

Sie saßen eng umschlungen, als wäre Stella noch das Kind auf Karibu und fürchtete den Tag, da es weg aus dem Paradies und zurück ins Internat musste. Sie hörten den Wasserfall auf die Felsen im Fluss prallen und die Paviane im Wald rufen. Die Affen erzählten von der Lust des Lebens. Der lila Teppich aus Aloen war dicht und wogte leicht im Wind des späten Nachmittags. Der Duft von Jasmin erreichte die Nase, honigsatt waren die Bienen, die Webervögel auf dem Weg ins Nest aus Gras und trockenen Blättern, die

wilden Enten unterwegs nach Naivasha. Die Sonne war eine glühende Scheibe und machte die blind, die sie mit zu weit geöffneten Augen streicheln wollten.
»So rot sind die Blumen schon lange nicht mehr gewesen«, sagte Stella. Sie streckte ihre Hand nach den Feuerlilien aus.
»Für Blumen ist ein Tag wie der andere«, widersprach Chebeti. »Blumen können nicht denken. Sie können nur schön sein.«
Sie stand auf, hob Julia hoch, ohne dass sie wach wurde, steckte ihr die Rassel in die kleine Tasche, lief mit Beinen, die ihr Alter vergessen hatten, und drückte das Kind in Stellas Arme. Zufrieden, weil sie ihre Arbeit erledigt und sie gut erledigt hatte, legte Chebeti ihre Kette wieder um den Hals und faltete den verzauberten Stuhl aus Nakuru zusammen. Langsam liefen die beiden Frauen zum Haus. Es war schon dunkel, aber die Füße von Menschen, die Kummer auf ihren Schultern tragen, scheuen hastige Bewegungen. Sie stolperten weder in Erdlöcher noch über Wurzeln.
»Chebeti, ich habe Angst.«
»Du weißt nicht, was Angst ist, Stella. Du hast nie gewusst, was Angst ist. Du bist meine Tochter.«
Chebeti behielt Recht. Am ersten Tag nach der Entscheidung suchte Stella ihre Papiere zusammen. Am zweiten Tag zerriss sie den Brief an James Stuart, mit dem sie ihre Ankunft in Ol' Kalau ankündigen wollte, denn sie erinnerte sich, dass der Vaterfreund ihr geraten hatte, ohne Vorbereitungen und ohne Gepäck auf ihre letzte afrikanische Reise zu gehen. Obwohl sie nicht sicher war, ob sie das Richtige tat, verabschiedete sie sich nicht von Jaskaran und Devika

Patel. Den Brief an Moi, den sie in der dritten Nacht schrieb und in den sie so viel Geld legte, wie sie nur in das Kuvert hineinpressen konnte, war sehr kurz. Zwar konnte Moi ja ein wenig Englisch, auf keinen Fall jedoch gut genug, um den Brief von einer Vertrauten zu lesen, mit der er nie Englisch gesprochen hatte. Für Stella aber war Suaheli immer nur Sprechsprache gewesen – sie konnte die Sprache, die sie ob ihres Witzes und Humors ein Leben lang lieben würde, nur mit Mühe lesen, und es machte ihr enorme Schwierigkeiten, Suaheli zu schreiben.
Stellas Abschied, die vorerst letzte von den vielen Wunden, die nie vernarben würden, glich einer amtlichen Verlautbarung, denn sie kannte weder die Begriffe für Entschuldigung und Verzeihung noch die für Vernunft und Liebe. Die letzte Seite ihres Briefes musste sie fortwerfen. Es war ihr nicht gelungen, Moi klar zu machen, dass sie keinen Tag in Nyahururu ihren Großvater hatte vergessen können. Am vierten Tag bat Stella Chebeti, nach ihrer Abreise Moi den Brief zu übergeben und ihm das zu erklären, was er zu verstehen bereit war. Am fünften Tag wartete sie noch nicht einmal die aufgehende Sonne ab. Sie verschloss nicht ihre Haustür und zog die Gardinen nicht vom Fenster. Nur Julias silberne Rassel steckte sie noch in die kleine Tasche mit dem Reisebedarf. Im allerletzten Moment zog sie das gelbe Taufkleid, das Moi so geliebt hatte, aus der Tasche und legte es auf den Küchentisch.
Genau wie beim ersten Mal reisten drei Menschen zu James Stuart nach Ol' Kalau. Nur bei der zweiten Safari saß nicht Moi auf dem Beifahrersitz und hielt Ausschau nach sprechenden Geparden, die ihre Zähne dem phantasievollsten Mann versprochen hatten, den Stella je kennen lernen wür-

de. Es war Chebeti, die Julia auf dem Schoß schaukelte. Die Kleine war unruhig. Chebeti machte Julias ersten Backenzahn für die Tränen verantwortlich. Stella wusste es besser. Sie begriff, dass ihre Tochter am ersten Liebeskummer ihres Lebens litt, denn sie rief abwechselnd »Moi« und »Baba« in den anbrechenden Tag.

»Wir denken beide an denselben Mann«, verriet ihr Stella. Es war das erste Mal, dass sie mit ihrer Tochter Englisch sprach.

12

Die Maschine aus Nairobi landete mit zwei Stunden Verspätung um neun Uhr morgens in London. Viele der einreisenden Frauen trugen seidene, mit Goldfäden bestickte Saris in transparentem Rot oder Grün. Die indischen Grazien und die Gewänder, die Stella schon als Schulmädchen entzückt hatten, erinnerten sie ausgerechnet in dem Augenblick, da sie nach fünfzehn Monaten wieder englischen Boden betrat, an ihre Freundin Devika Patel, von der sie sich nicht hatte verabschieden dürfen.

»Aber ich werde sie doch eine Ewigkeit nicht mehr wiedersehen«, hatte sie noch auf der Autofahrt von Ol' Kalau nach Nairobi protestiert, »wenn überhaupt.«

»Der Herrgott und ich sind ein Traumpaar«, hatte James Stuart erwidert, »vertraue wenigstens einem von uns. Die Familie Patel steht auf der Liste von den Leuten, denen du nicht Kwaheri sagen solltest, ganz oben.«

Stellas Gedanken, die traurigen, die heiteren und die der erregten Erwartung, hatten sich nach acht Stunden Flug wenigstens so weit wieder auf Gegenwart und Zukunft eingelassen, dass sie Stuarts Formulierung als Einstimmung auf den großväterlichen Humor und Sarkasmus werten konnte. Am Ort des Geschehens hatte sie nur dem Hund Churchill die Wahrheit und ihre Wehmut gestanden; Stuart selbst hatte

am Tag darauf seinen Schützling so wenig väterlich und mit so viel Sehnsucht und Beherztheit umarmt und geküsst, dass Stella noch im allerletzten Moment dem Abschied von Kenia eine weitere Schattierung von Grau hinzufügen musste. Von den afrikanischen Frauen, die in London langsam die Gangway hinunterschritten, waren alle Kikuyu. Es fiel Stella erst nach dem Flug auf, dass die meisten von ihnen sehr modisch gekleidete Ehemänner mit betont zurückhaltendem Flair begleiteten, dass sie ausgezeichnet Englisch sprachen und sich in ihrer Mimik auf einen Hauch arroganter Lässigkeit festgelegt hatten. Nichtsdestotrotz trugen viele von ihnen kunstvoll geknotete Turbans und bodenlange Röcke aus jenen farbenfrohen und stark gemusterten afrikanischen Stoffen, die bereits beim Abschied vom Heimatkontinent den größten Teil ihrer Magie einbüßen. Männer, die sich den Schweiß von der Stirn wischten und zu laut atmeten, hatten sich entweder für marineblaue Blazer oder Anzüge aus grauem Winterflanell entschieden, um im europäischen Sommer wahrgenommen zu werden.
Die Mehrheit der in die Empfangshalle strebenden Passagiere trug Jeans. Zu eng in Taille und Hüften und zuletzt vor fünf Jahren in Mode, waren die Jeans bei den Leuten, die nicht von einem kurzen Trip zu Kenias Elefanten und Löwen nach England zurückkehrten, sondern unterwegs zu unbekannten Ufern waren. Sie hatten keine Fotoapparate und Ferngläser um den Hals und – wie Stella – Reisemotive, die nicht in wenigen Sätzen zu erklären waren. Wenn solche Menschen von einer Safari sprachen, dachten sie weder an Großwild noch an offene Jeeps auf dem Weg zu bequemen Lodges mit warmem Wasser und eisgekühlten Drinks an der Bar.

Touristen versteckten ihre Augen hinter Sonnenbrillen und zeigten genug rot verbrannte Haut, um kundzutun, dass sie in ihren Ferien weder Afrikas Sonne noch seine Bewohner respektiert hatten, die halb bekleidete Mzungu als weiße Affen einzustufen pflegen und als eine Nichtachtung des Staats und seiner stolzen Bürger empfinden. Die meisten afrikanischen Frauen trugen entweder dünne Gold- oder schlichte Perlenketten, fast alle das schüchterne Lächeln von Menschen, die nicht zum Vergnügen reisen und die um eine gute Aufnahme in einer fremden Welt bitten. Die heimkehrenden Touristen indes fielen nicht durch mangelndes Selbstbewusstsein auf. Sie hatten sich mit dicken Muschelketten aus Mombasa, farbigen T-Shirts, die mit Zebraköpfen, Elefanten, Giraffen oder der Aufschrift »Jambo« verziert waren, und wuchtigen Filzhüten mit Bändern aus Leopardenfell dekoriert. Weil sie der Flüsterpropaganda der phantasiebegabten kenianischen Verkäufer geglaubt hatten, Elefantenhaar schütze den Menschen vor Teufel, Tod und Tsetsefliege, war nahezu jedes Handgelenk mit dünnen schwarzen Armbändern umwickelt – zum Wohl der Elefanten waren die Glück verheißenden Bänder nur in Ausnahmefällen echt und ansonsten aus Plastik. Ausgerechnet zum Abschied riefen die Touristen einander »Jambo« zu. Der Willkommensgruß war für die meisten das einzige Wort Suaheli, das sie im Verlauf von drei Wochen gelernt hatten.

»Jambo«, kicherte Stella in die rosa Decke, die sie am Kinn kitzelte. Sie ertappte sich dabei, dass sie die Geschichte für Moi memorierte, und wurde rot.

Von Bord gebracht wurden hölzerne Speere und schützende Schilde, wie sie die Massai in alter Zeit als Waffe tru-

gen und in ihrer traurigen Gegenwart zur Ausstattung als Fotomodell brauchten. Getragen wurden ferner eine geschnitzte Giraffe aus Ebenholz, die so groß wie ein sitzender Jagdhund war, drei mit Zebrafell bespannte Trommeln, vier protestierende Babys, die in drei Sprachen Rache für die Ohrenschmerzen bei der Landung kreischten, und ein zufrieden nuckelndes Kleinkind mit schwarzen Locken. Sein Teint erregte den Neid derer, die Afrikas Sonne zur Bräunung von Gesicht und Gliedern missbraucht hatten. Auf der Treppe zwischen Himmel und Erde, die in diesem Fall die zwischen Flugzeug und dem Betonboden von Heathrow war, demonstrierten die Passagiere ausnahmslos, dass Übermüdung und Nervosität reisende Menschen unabhängig von ihrer Hautfarbe befallen. Manche gähnten nur, andere stolperten und wurden übellaunig, oder sie nickten statt dem Bordpersonal, das sich zum Abschied mit geschlossener Uniformjacke, Kopfbedeckung und Lächeln versammelt hatte, den Mitreisenden zu.
Den ersten Blick auf den von Dichtern der Romantik besungenen englischen Sommerhimmel durfte sich Stella aus Gründen der Höflichkeit nicht auf der Treppe gönnen, sondern erst im Taxi. Eine junge Stewardess, die es sehr drängte, ihren Verlobten anzurufen, war von ihrer Vorgesetzten abkommandiert worden, Stellas schwere Tasche mit Kinderkleidung, Trockenmilch und Fläschchen, mit Tabakblättern von Chebetis Schamba, zwei Papayas und drei Mangos zu tragen. Für diese Menschenfreundlichkeit forderte die an ihren sofortigen Liebesbeteuerungen verhinderte Braut wenigstens die Konversation mit einer Mutter, die ihr während des Flugs als exzeptionell aufgefallen war. Es kam nämlich so gut wie nie vor, dass Fluggäste auf einer langen Reise

weder schliefen noch lasen, nichts aßen und tranken und auch sonst mit keiner Regung über ihren Gemütszustand Auskunft gaben.
»Ich wünsche Ihnen einen schönen Tag«, verabschiedete sich die Stewardess.
»Wieso nur einen schönen Tag?«, wunderte sich Stella.
»Das war nicht so wörtlich gemeint. Das sagen wir hier halt so.«
»Pardon. Das muss ich erst wieder lernen. Ich war gestern noch in einem Land, in dem kein Laut ohne Bedeutung ist.«
»Ich dachte, Sie sind aus Nairobi gekommen.«
»Aus Nairobi fliegt man nur ab. Ich komme aus Nyahururu. O, sorry! Ich rede zu viel.«
Die Stewardess murmelte verlegen etwas von Verwechslung. So unauffällig wie möglich suchte sie ihre Jackentasche nach Kleingeld ab, um ihren Verlobten anzurufen, fand die benötigten Münzen schneller als erhofft, atmete erleichtert auf und sagte sehr hastig und dieses Mal mit bewusster Aussparung aller Wünsche für Zukunft und Gemüt: »Bye, bye, Madame.«
Der Himmel über der Themse und ihren architektonischen Schätzen war wolkenlos. Die Sonne, die Kirchen und Kuppeln, Türme, Schiffe und Brücken in goldene Strahlen tauchte, verzauberte auf den Straßen selbst Lastwagen und machte Paläste aus den bescheidensten Häusern. Gewöhnliche Glasfenster sahen aus wie Spiegel, Schornsteine aus Beton wirkten sauber und appetitlich, Reklametafeln wie Kunst, dunkler Backstein leuchtete in schmeichelnden Rottönen. Schwalben flogen so hoch, als wollten sie zusammen mit den Flugzeugen auf ihre Jagd gehen. Einige Taxichauf-

feure waren so gut gelaunt, dass sie glasklare Windschutzscheiben putzten und funkelnde Türklinken noch einmal blank rieben. Sie verscheuchten Fliegen, statt sie zu erschlagen, und in einigen – sehr überzeugenden – Ausnahmefällen munterten sie sogar ein quengelndes Kind auf, das von fauchenden Eltern zusammen mit verstaubten Koffern unsanft in den Alltag zurückgeschoben wurde. Das Jahr rüstete zu seinem längsten Tag und der kürzesten Nacht.
Es war die Zeit der Nelken und Rosen, von Vanilleeis in tropfenden Waffeltüten, von kurz behosten Knaben in gestreiften Ringelpullis und von jungen Frauen, die in den Träumen der Sommernächte wähnten, die Liebe würde ewig währen. Für die Heimkehrerin Stella Hood jedoch, die in so vielen afrikanischen Nächten die Sterne an einem Himmel aus Samt gezählt und doch an die Märzwinde über den Dächern von Mayfair und an den englischen Aprilregen gedacht hatte, der Tulpen segnet und Krokusse bemuttert, wucherte die Stadt auch noch mit den Wundern des Frühlings. Stella presste ihre Nase an die Scheibe des Taxis und empfahl – zunächst noch sehr viel mehr verwirrt als patriotisch beglückt – ihren Augen die freie Auswahl. Die hungerten nach nichts und wollten doch nichts versäumen. In den Vorgärten blühten die Fliederbäume. Windräder in knalligen Jahrmarktsfarben, an langen Holzstielen zwischen Vergissmeinnicht und bebenden Mohnblumen in die Erde gerammt, drehten sich. Der Wind selbst, die Brise vom Meer, die für ungeübte Inselbesucher immer eine Prise zu scharf ist, verwandelte Kirschblüten erst in winzige Blätter, die sanft auf einen gut geschorenen Rasen rieselten und dann in Melancholie und Vergänglichkeit. Ein Rotkehlchen und eine Abordnung Meisen saßen auf einem

grün gestrichenen Zaun. Eine dreifarbige Katze – schwarz, rot und cremig wie Milchkaffee – rannte mit durchgedrücktem Rücken über die Straße.

»Oh«, ängstigte sich Stella, denn sie hatte in über vierhundertundfünfzig Nächten nur Servalkatzen gesehen, die durch dichtes Buschwerk gekrochen waren, und nun staunte sie sehr, wie zierlich die englischen Verwandten der afrikanischen Feliden wirkten – erst recht, wenn es die Vorderreifen eines Rovers waren, die so ein graziles Geschöpf mit dem Tod bedrohten.

»Ist Ihnen nicht gut, Miss?«, fragte der Taxifahrer besorgt. »Bin ich zu schnell gefahren?«

»Mir geht es sehr gut, danke. Ich habe mich nur erschrocken, als ich die Katze losrennen sah.«

»Die war doch nicht schwarz. Nur die schwarzen versauen uns den Tag und drohen mit Pech. Das war eine Tabby. Die bringt Glück. Als Junge hab ich so eine gehabt. Wir sind zusammen erwachsen geworden, die Katze und ich. Sie war schneller.«

Unter einer mächtigen Kastanie mit riesigen Kerzen saß ein himmelblauer Teddybär in der Größe eines zweijährigen Kindes; zwischen seinen Pfoten schlief ein Cockerspaniel. Stella grübelte, wo sie schon einmal einen jungen Hund auf einem Rasen mit Blumen gesehen hatte. Es dauerte einige Zeit, ehe ihr die erste Fahrt mit dem roten Ford nach Nyahururu einfiel. Sie dachte lange an James Stuart und wie er noch in der Aufregung des Aufbruchs hatte Gedanken lesen können. Er hatte vorgeschlagen, Chebeti zurück nach Nyahururu zu fahren, ehe sie gewagt hatte, ihn darum zu bitten. Stella stöhnte leise, als sie an Chebeti dachte. Sie sah sie in der Küche mit Stuarts Koch Kukamba sitzen, die Augen ohne Glanz, die Schultern eingezogen, und sie flehte ihr Gedächtnis an, die Bilder zu löschen, ehe jede Szene dieses letzten Tages zu Trauer erstarrte.

»Legen Sie die Kleine doch neben sich auf die Bank«, empfahl der Fahrer, »Ihre Arme müssen ja schon ganz lahm sein. Die fällt schon nicht runter. Ich fahre immer extra vorsichtig, wenn Babys an Bord sind.

Das Zebrakind, das seine Namenspatrone aller Voraussicht nach nur noch im Zoo sehen und sie ganz gewiss nicht als gestreifte Esel bezeichnen würde, schlief in Stellas Armen. Mit ihren Händen umklammerte die zufriedene junge Globetrotterin einen hässlichen grünen Stoffhasen, der seinerseits eine quittegelbe Karotte in den Pfoten hielt. Das grinsende Tier mit einer goldenen Krone zwischen seinen Hasenlöffeln und zwei schiefen Zähnen war Julia von der Stewardess in dem Moment als Bestechungsversuch übergeben worden, da sich abzuzeichnen begann, dass das Kind aus Afrika die von den übrigen Fluggästen hoch geschätzte Äquatortaufe mit Champagner und entsprechenden Ortsangaben auf Büttenpapier niederbrüllen würde. Der neue Hasenkumpel hatte tatsächlich eine beruhigende Wirkung gehabt. Julia verschlief sowohl die Abschiedsrede des Piloten bei der Landung als auch die geballte Begegnung mit ihrer Muttersprache, die auf dem Flughafen aus sämtlichen Lautsprechern dröhnte, und schließlich den Auftritt eines englischen Engels in Gestalt eines grauhaarigen Londoner Taxifahrers. Der gutherzige Mann war im Nebenberuf sechsfacher Großvater. Er hatte vorgeschlagen, was später niemand Stella glauben mochte, dass die erschöpfte Mutter sich in sein Taxi setzen sollte, während er sich um ihr Gepäck kümmern wollte.

»Das ist sehr freundlich von Ihnen, aber ich bin nicht mit Gepäck gereist«, hatte ihm Stella gerührt gedankt. »Nur mit der Tasche und der Kleinen. Sind alle Leute so nett in London? Das weiß ich ja gar nicht mehr.«
»Warten Sie, bis Sie Bus fahren und kein Kleingeld in der Tasche haben. Oder an der Victoria Station einen Gepäckträger nur um eine Auskunft bitten und dann Ihren Koffer selbst tragen wollen.«
»Du liebe Zeit, das hatte ich ja auch total vergessen«, murmelte Stella, als der Wagen erstmals an einer Bushaltestelle vorbeifuhr und sie die Menschen sah, die so diszipliniert Schlange standen, als wäre die Welt an keiner Stelle je groß genug gewesen, um nebeneinander zu laufen.
»Haben Sie Ferien im Paradies gemacht? Oder auf dem Mond?«
»Ich komme gerade aus Kenia.«
»Leben Sie dort, oder waren Sie nur auf Urlaub?«
Es war der Augenblick, in dem Stella aufging, dass es wahrscheinlich wesentlich schwerer sein würde, auf diese Frage eine Antwort zu finden, als eine Ausstattung zusammenzustellen, die sich für ein Leben in London eignete. Bei ihrer ersten Ankunft in London hatte Priscilla Waintworth den modischen Teil des Programms übernommen. Stella sah sich als magere, verschüchterte Vierzehnjährige ein bordeauxrotes Samtkleid anziehen, das viel zu weit und entschieden zu lang war. Sie lächelte, weil sie sich so gut an das entsetzte Gesicht ihres Großvaters erinnerte und an die eigene Verlegenheit. Julia wachte auf, als das Taxi in die Cromwell Road einbog, und mischte alle Worte, die sie kannte, zu einem gut gelaunten Potpourri.
»Ich auch«, sagte Stella. Ihr Herzklopfen verstärkte sich.

Sie hatte nie ein Haus im Tudorstil sehen können, ohne sich zu wünschen, sie könnte entweder malen oder Gedichte schreiben oder wäre Architektin geworden.
»Hapana«, krähte das kluge Kind und rieb sich ausgerechnet in der mütterlichen Herzgegend die Nase trocken.
»Grandpa«, lachte Stella. »Grandpa. Wenn du das Wort lernst, ehe wir in Mayfair ankommen, kaufe ich dir einen lebendigen Hasen. Und eine Hasenfrau, damit wir lauter Hasenbabys bekommen. Was meinst du, du Clown, wie sich dein Urgroßvater freuen würde, wenn du mit ihm reden könntest. Grandpa! Grandpa! Versuch's doch mal. Du kannst ihn auch Mzee nennen. Das habe ich ja auch immer getan. Hör doch wenigstens zu, wenn ich mit dir rede. Du bist nicht mehr in der Wildnis, meine Liebe. In Mayfair sieht die Welt anders aus. Da benehmen sich sogar Kinder. Das kannst du mir glauben, Toto.«
Der grüne Stoffhase und seine vergnügte Besitzerin wackelten im Takt mit dem Kopf. Nach einigen offenbar nicht überzeugenden Geschmacksproben ließ sich Julia die quittegelbe Karotte vom Hasen ausreden und nahm huldvoll einen länglichen Schokoladenkeks entgegen. Es tat Stella wohl, zu lachen und sich zu suggerieren, sie müsste sich ausschließlich auf ihre Tochter konzentrieren. An den letzten beiden Tagen ihrer afrikanischen Lebenssafari hatte sie mehrere Versuche unternommen, sich ihre Ankunft in London auszumalen; während des Flugs waren dann etliche Details aufgetaucht, auf die sie in Kenia in Jahren nicht gekommen wäre. In einem wesentlichen Punkt aber entsprach das in Afrika entworfene Mosaik nicht der Realität von London.
Noch wusste Stella nämlich nicht, ob sie für immer heim-

kehrte oder nur die Rückkehr auf Zeit plante, den ewigen Schwebezustand zwischen heute und morgen. Doch die schönen, gefälligen, Sehnsucht erweckenden Bilder, die sich ihr vor der Abreise und während des Flugs aufgedrängt hatten, waren nie klar genug geworden, um Antwort zu geben. Die Wandernde zwischen zwei Kontinenten hatte sich in Mayfair durch einen üppigen Sommergarten gehen und – am selben Tag! – vor dem winterlichen Kaminfeuer Canasta spielen sehen, auf dem silbernen Tablett ein weißer Hügel von Gurken- und Lachssandwiches und zwei gut gefüllte Gläser Brandy, die Teekanne aus der Zeit der Königin Anne auf dem Tisch mit den goldenen Beschlägen. In ausgeglichener Stimmung, die nur Höhen und keine Schluchten kannte, war sie in die jubelnd ausgebreiteten großväterlichen Arme gelaufen, die sich bewegt um Enkeltochter und Urenkelin geschlossen hatten. Mit dem Gefühl der Unsicherheit aber, das sie nun irritierte und bedrückte, hatte sie selbst im Flugzeug nicht gerechnet. Sie schalt sich die Königin aller Närrinnen, und der warf sie vor, sie hätte nichts aus ihren Erfahrungen gelernt und würde immer noch die Idylle suchen und Luftschlösser bauen, um dann beim ersten Salto auf die Nase zu fallen und liegen zu bleiben.

Schon gar nicht hatte sich Stella vorgestellt, dass Angst ihre Kehle zuschnüren könnte. Sie wischte sich mit Julias Ärmel den Schweiß von der Stirn, fühlte sich erschöpft, nicht mehr jung genug für die Herausforderungen des Lebens und sehr feige. Ihr wurde übel und schwindlig. Als sie ihre Augen zusammenkniff, um die Tränen zurück in ihre Höhlen zu drängen, dachte sie an Chebeti und dass die immer ein starker Baum gewesen war und dass sie bei der Tochter

ihrer Herzenswahl nie die Angst derer zugelassen hatte, die sich schon als Kinder nur auf den Mut der Starken verlassen.
»Es nützt nichts«, flüsterte Stella in Julias schokoladenverschmiertes Ohr. »Komm, wir steigen aus und laufen weg. Deine Mutter hat leider nicht mehr Grips als dein blöder Hase.«
Sie erkannte, während sie noch sprach, dass das Leben unter Englands Himmel andere Fixpunkte als im afrikanischen Sonnenschein setzte. Im Taxi, das so englisch war wie Morgentee, Orangenmarmelade, Gespräche über das Wetter und die gute alte steife Oberlippe in schlechten Zeiten, sah Stella zum ersten Mal ihre Situation ohne die Retusche von Wunschdenken und Nostalgie. Der Sicherheit wegen war sie in die Unsicherheit aufgebrochen. Sie hatte zum letzten Mal vor vier Wochen einen Brief von Sir William erhalten, und weil der nur in Ausnahmefällen über sein Befinden Auskunft gab, wusste sie noch nicht einmal, ob er gesund war oder nicht. Immerhin wurde in seinem Alter das Leben in sehr kleinen Einheiten bemessen. Was aber, wenn er gesund, doch nicht in London war, das Personal im Urlaub, das Haus verschlossen? Am schlimmsten war Stella der Gedanke, sich die Aufregung eines alten Mannes vorzustellen, vor dem eine Enkeltochter stand, die er in Afrika wähnte.
»Natürlich habe ich dir vom Flughafen in Nairobi telegrafieren wollen«, murmelte sie, »Julia kann das bestätigen.«
Die junge Zeugin verlangte nach einem zweiten Schokoladenkeks. Sie fütterte den Hasen und kaute selbst an seiner Stoffkarotte. Stuart hatte sehr bestimmend und bestürzt abgeraten, die Abreise durch ein Telegramm öffentlich zu

machen, Stella hatte nach keinen weiteren Erklärungen verlangt. Sie spürte, dass er Komplikationen befürchtete und auch konkrete Gefahren im Visier hatte. Um ihren hilfsbereiten, selbstlosen Beschützer nicht noch stärker zu beunruhigen, als er ohnehin war, und im Gefühl, sie könnte tatsächlich ihre eigene Lage nicht mehr objektiv beurteilen, hatte sie nachgegeben. Es war ihr noch nicht einmal schwer gefallen, sich zu fügen und keine Fragen zu stellen. Sie hatte das Papier zerknüllt, auf dem sie den Text des Telegramms geschrieben hatte, es in ihre Hosentasche gestopft, Julias Arm zum Salut an den Lockenkopf gedrückt und »Aye, aye, Sir!« gesagt.

Auf dem Flughafen von Nairobi mit dem Lärm und dem Chaos des afrikanischen Lebens, mit zwei fluchenden Massai, einer keifenden Bulldogge, hektisch umherrennenden Touristen, laut schimpfenden Polizisten, jammernden Andenkenverkäufern, klagenden Bettlern mit vereiterten Beinen und grimmig ausschauenden Soldaten waren Stella die gesellschaftlichen Konventionen der britischen Oberschicht sehr fern gewesen – so fern wie der Gedanke an Butter in silbernen Dosen, Obstmesser mit Griffen aus Elfenbein und an paradierende Soldaten mit Mützen aus Bärenfell. Auf dem kühlen grünen Leder eines englischen Taxis aber, in dem Entfernungen nach Pennys berechnet wurden und ein Schild die Fahrgäste aufforderte, nicht selbst die Tür zu öffnen, änderten sich Stellas An- und Einsichten im Blitztempo. Mit einem Mal erschien es ihr unglaublich lebensfremd und unverfroren, ohne ein ankündigendes Wort mit einem sabbernden Kleinkind auf dem Arm im Haus eines Mannes zu erscheinen, der zeit seines Lebens mehr von Pferden und Hunden verstanden hatte als von Kindern.

»Und merk dir, meine Teure, selbst ein ganz junger Hund, der auf den Seidenteppich im blauen Salon pinkelt, dürfte ihm noch lieber sein als du«, warnte sie. »Da gibt es absolut nichts zu lachen.«
Sie lächelte, als sie sich reden hörte. Laut lachte sie, als ihr eine Bemerkung von Sir William kurz vor ihrer Reise nach Kenia einfiel. »Glaubst du, ein Mann, der vier Mal eine schwangere Frau unter seinem Dach hat ertragen müssen, kann je im Leben diese verdammte Würgerei am Morgen vergessen?« Seine Stimme, so sarkastisch und unverändert, läutete die Wende ein. Ab diesem Moment leuchtete Stella gleich zweifach die Fackel der Erkenntnis. Sie hatte seit dem Tod ihres Vaters nicht mehr ein so verstörendes Verlangen nach einem Menschen, seiner Liebe und seinem Schutz gehabt wie in diesem Moment nach Sir William, dem pensionierten Major mit dem rabenschwarzen Humor. Mochte er alle Frauen für geschwätzige Monster halten und ihnen vorwerfen, sie würden ihre Tränen und Unpässlichkeiten als Waffen missbrauchen, im Alter hatte er sich in eine mit blauen Augen verliebt, die in seinem Haus nie krank gewesen war, die nie geweint und deren Mut er immer bewundert hatte. Ihr ironischer, wunderbar unsentimentaler, widerstandsfähiger Großvater, der die Schützengräben von Verdun überstanden hatte, würde nicht nur deshalb über seinem Haus die weiße Fahne hochziehen lassen und mit hoch erhobenen Händen in seinen Klub flüchten, weil seine Enkeltochter mit einem Kleinkind vor der Tür stand, das dringend frische Windeln brauchte.
»Harrods, Madame«, rief der Taxifahrer. Er drehte sich nach der um, die nichts mehr wusste von Angst und innerer Not, nahm die Linke vom Steuer und wies auf die Türmchen

hin, die mächtige Kuppel und die Spiegelfläche der Schaufensterscheiben. Fahnen wehten in Dachhöhe, vor den Türen drängten die Menschen aus dem Sonnenschein zu den dicken, weichen Teppichen und funkelnden Lüstern in den Verkaufshallen.

»Findet sich die Lady schon wieder zurecht?«

»Und wie, ich kann's kaum erwarten«, sagte Stella. Sie überlegte, was sie in der prächtigen Kathedrale des Konsums kaufen würde, wenn sie auf der Stelle einen Wunsch zu realisieren hätte, doch ihr fielen nur Pfefferminzbonbons für ihren trockenen Hals und ein nasser Waschlappen für Julias Hände ein. Die Rechte des emsigen Kindes hatte sich soeben im Haar ihrer Mutter verfangen.

»Wie ein Pferd, was?«, lachte der Kenner auf der anderen Seite der Trennscheibe. »Das galoppiert auch los, wenn es den Stall riecht.«

»Ja«, nickte Stella, »wie ein Pferd.«

Sie sah, obgleich das Taxi nicht schnell fuhr und im dichten Verkehr oft halten musste, die Bäume vom Hyde Park fliegen, Jagdhunde auf den großen Rasenflächen herumtollen, die sich von kleinen in die Beine zwicken ließen, und zwei Schimmel und einen Rappen mit Reitern, die rote Mützen trugen. Die Mutter erzählte ihrem Schokoladenkind, dass sie, als sie selbst fast noch ein Kind gewesen war, mit dem Mzee aus Mayfair an einem Morgen im Mai im Hyde Park gesessen hatte. Sie erinnerte sich, was seit Jahren nicht mehr geschehen war, dass er über Pferde gesprochen und sie ihm von den Hunden auf Karibu erzählt hatte. »Wir sind bald da«, sagte Stella leise.

»Ist was, Missis?«

»Aber nein, ich habe nur mit der Kleinen geredet.«

Ein Junge mit einer marineblauen Mütze und einem Pfeife rauchenden Großvater, der aussah, als würde er immer noch auf einer Schiffsbrücke stehen, trug ein hölzernes Boot mit einem Segel aus einem weißen Taschentuch zu dem Teich, den Stella gut kannte. Es war, weil sie mit Fernando dort gesessen und von der Zukunft geträumt, die sie später ermordet hatte, die Rückkehr – zu dem Mann der Rücksicht, der ihre Wunschträume nie verstanden und sie dennoch nicht zur Umkehr bedrängt hatte. Nun senkte seine Lady Godiva den Kopf, doch nur für die kurze Zeitspanne, die ihre Augen brauchten, um mit trockenen Lidern in Mayfair anzukommen. Es bedrückte Stella nicht mehr, dass sie Fernando ihren Körper anvertraut und ihn dann mit einem Kopf betrogen hatte, der zur Safari aufgebrochen war und nur die eigenen Ziele hatte sehen wollen. Sie erkannte, dass die Umwege des Lebens so wichtig sind wie die Hauptstraßen. Trotzdem staunte sie, als ihr die Liebe wieder begegnete und es ihr sehr wichtig wurde, ob Fernando auf sie wartete und wo.
»Wie ich dich kenne, willst du auch mitreden«, sagte sie und drückte ihr Ohr auf Julias Brust.
»Wir sind gleich da, Lady.«
»Ich würde gern am Anfang der Straße aussteigen und das letzte Stück zu Fuß gehen. Sagen Sie mir, bitte, wenn's so weit ist. Mein Orientierungssinn funktioniert noch nicht.«
»Mit der schweren Tasche? Und dem Kind. Das kann ich nicht zulassen.«
»Bitte«, sagte Stella, »es ist wichtig. Ich habe in meinem Leben schon ganz andere Dinge getragen als eine schwere Tasche und ein leichtes Kind.«
Sie gab dem Fahrer, weil sie die Münzen noch nicht wieder

voneinander unterscheiden konnte und die Zahlen auf den Scheinen herumtanzten wie herbstliches Laub im Sturm, ein ungewöhnlich hohes Trinkgeld. Der Menschenfreund achtete darauf, dass sein Staunen ihm nicht das Lächeln aus dem Gesicht fegte, dämpfte seinen Dank zu einem Murmeln und besann sich spontan auf die Schweigsamkeit, die in seinem Berufsstand als klug und für alle angenehm gilt. Er legte zwei Finger an den Rand seiner Mütze, schlug energisch die Tür zu, als Stella ausstieg, und fuhr sehr schnell davon.

Sie erkannte das Haus von Sir William nicht sofort – die Mauern waren neu gestrichen und nicht mehr in dem Weiß, das sie in Erinnerung hatte, sondern hellgelb getönt. In den Tagträumen von Nyahururu hatte Stella immer Rauch aus dem ziegelroten Schornstein vom Kamin in einen grauen Londoner Novemberhimmel entschweben sehen. Sie brauchte ein paar Sekunden, um den Schornstein überhaupt auszumachen. Er war so hell wie die Mauern und an einem warmen Junimorgen nur ein architektonisches Symbol für winterliche Freuden an einem englischen Kamin. Der Riemen der Tasche rutschte von ihrer Schulter, Julia, die doch nicht so leicht war wie noch vor drei Minuten gedacht, von der Hüfte und ihr Herz in Richtung der Knie. Als Stella jedoch die Kronen von zwei dicht beieinander stehenden Eichen erkannte, lief sie den letzten Teil des Weges so schnell, als hätte sie nichts als die Unbeschwertheit der Jugend zu tragen. Das Tor vom Zaun mit den vergoldeten Spitzen war nicht abgeschlossen. Stella sah, während ihre Hand noch auf dem Griff lag, die zwei dickleibigen Putten aus weißem Marmor, die seit drei Menschengenerationen den Goldfischteich bewachten. Die Emotionen zerrissen ihren Körper. Tränen aus meerblauen Augen, die sich für immer satt und zufrieden gewähnt hatten, wenn sie von Afrikas Schönheit und Fülle tranken, begrüßten die lange vergessenen, nun sofort wieder erkannten steinernen Gartenwächter. Julia weinte mit.

»Halt bloß den Mund«, wisperte Stella. »Er hasst heulende Frauen.«

Sie hatte in zu dunkel gefärbten Tagträumen befürchtet, der Teich könnte bei ihrer Ankunft ohne Leben oder eventuell gar nicht mehr da sein, doch die orangefarbenen Goldfische glänzten noch prächtiger als in den Nächten der Sehnsucht. Die glitzernden Solisten versammelten sich zum Willkommensballett. Ihre Schuppen fingen das Licht der Sonne ein. Auf der Bank lag ein rotgold gestreiftes Kissen.

»Gott sei Dank!«, seufzte Stella erleichtert. Hatte der Mzee beim Abschied nicht erwogen, den Goldfischteich, an dem sich einst ein vom Leben enttäuschter Griesgram in die eigene Enkelin verliebt hatte, gegen ein Rondell weißer Lilien auszutauschen? Sie setzte sich auf die Bank, Julia und den Stoffhasen auf den Knien. Aus der fest mit einer Sicherheitsnadel verschlossenen Tasche der Jeansbluse holte sie die Flamingobrosche heraus und steckte sie in den widerborstigen Stoff. Sie sah Lillys Gesicht mit Augen, die nichts von Trug wussten, und sie sah auch das liebenswürdige Gesicht von Jaskaran Patel, aber ihre Hände zitterten nicht. Geduldig wühlte sich Stella in der Tragetasche durch das Obst von Karibu, Chebetis Tabakblätter, Julias Wäsche, die Schachtel mit den Ersatzschnullern und das Schachspiel von James Stuart; sie legte einen mit blauen Perlen bestickten Gürtel, von dem sie sich nicht hatte trennen können, und zwei Päckchen Trockenmilch auf die Bank.

Endlich fand sie eine frische Windel und in einer kleinen Plastiktüte aus Devika Patels Apotheke ein Tuch, das Chebeti, noch beim Abschied die alles besorgende Mutter, nass eingepackt hatte und das immer noch feucht war. Stella legte ihre strampelnde Tochter auf das Kissen, wischte ihr so viel Schokolade wie möglich aus den Ohren und vom Mund, pickte die Kekskrümel aus ihrem Haar und entfernte ein Blatt von der Stoffkarotte, das auf der Stirn klebte.

»So wie du stinkst, schmeißen sie uns beide sowieso hier raus«, sagte Stella. Ihre Stimme war fest und fröhlich und frei von dem Kleinmut der Ängstlichen. Sie zwinkerte der linken Putte zu und verriet ihr schweigend, was sie schon immer geahnt hatte und nun wusste.

»Warum in drei Teufels Namen kommst du nicht ins Haus? Hockst hier herum wie die heilige Mutter Maria auf dem Weg nach Bethlehem. Tut mir Leid, wir haben keinen Stall, Madame, nur eine ganze Menge zweibeiniger Esel. Hast du wirklich gedacht, du kannst das kleine Ferkel mit einem Taschentuch sauber schrubben? Wenn du mich fragst, hilft da nur eine Pferdebürste. Oder eine chemische Reinigung.«

Die Seligkeit machte Stella starr und stumm, aber nicht blind. Ihr Großvater mit den Augen, die nur für eine so strahlten wie die Sterne von Karibu, war in fünfzehn Monaten zehn Jahre jünger geworden. Er stand, die Hände in den Taschen, aufrecht wie seine Eichen am Teich, die Schultern breit. Das weiße Haar war so schön und dicht wie an dem Tag, da er seine Enkelin zum Flughafen begleitet und sich sein Herz geweigert hatte, Abschied für immer zu nehmen. Später, als bei beiden aus der ersten Erregung die Bestätigung geworden war, dass Glück kein Gemütszustand, sondern ein Geschenk der Götter für ihre Auserwählten ist, würde er das Geheimnis seiner körperlich exzellenten Verfassung preisgeben.

»Weißt du, meine Liebe«, erzählte Sir William kurz vor dem Abendessen, sprach dabei mit der nasalen Stimme von Priscilla Waintworth und strahlte wie die Marmorputten, »so eine Lungenentzündung ist in meinem Alter doch ein Jungbrunnen. Falls man sie überlebt. Und noch was: Nichts hält einen alten Knacker so frisch wie Liebeskummer.«

Zu ihrem Empfang trug er, was sie da noch für eine zufällige Pointe des Schicksals hielt, eine Morgenjacke aus grünem Samt – genau wie bei dem ersten gemeinsamen Frühstück. Als er seine Arme nach ihr ausstreckte und einen Stoß heftiger atmete als zuvor, wusste sie, dass sie Recht getan hatte, das Paradies ihrer Illusionen zu verlassen. Ohne Trauer, noch nicht einmal mit dem kleinsten Stich von Wehmut begriff sie, dass ihre Heimkehr endgültig war. Sie setzte Julia, die es händeklatschend geschehen ließ, auf den Rasen vor der Bank, drückte ihr das grüne Stofftier in die Hand und ging auf ihren Großvater zu. Er hatte tatsächlich, wie auf der rosa Wolke der Hoffnung erträumt, seine Arme ausgebreitet. Nur im ersten Moment schämte sich die Heimkehrerin ihrer Tränen. Jede einzelne war ein Feuer, das sich nicht löschen ließ, doch dann merkte sie, dass es auch seine Tränen waren, die auf ihren Wangen brannten.

»Na, na«, brummte der Recke, der Tränen verabscheute, und rieb mit seinem Taschentuch erst Stellas Gesicht trocken und dann sein Kinn.

»Ich war ein gottverdammter Idiot. Ich hätte nie wegfahren dürfen«, schluckte sie. »Kannst du mir je verzeihen, Mzee?«

»Ich hätte dich enterbt, wenn du meinetwegen hier geblieben wärst. Nein, für den Rest deines Lebens in den Tower schaffen lassen. Du musstest fahren, Stella. Was in aller Welt soll ich dir denn verzeihen? Es ist keine Sünde, erwachsen zu werden. Es ist nur eine Sünde, den Zeitpunkt für den Abschied von der Kindheit zu verpassen. Die meisten schaffen das nicht.«

Der pensionierte Major Hood war noch so tapfer wie in der Schlacht, für die er als junger Soldat mit dem Victoria Cross ausgezeichnet worden war. Er nahm Haltung an, erstickte den Protest seiner Nase und bestand darauf, das Zebrakind in sein Haus zu tragen. Erstaunlich rasch lief er mit der krähenden Last, die unterwegs die goldene Kette einer Taschenuhr entdeckte und sie für ein Empfangspräsent ihres Urgroßvaters hielt, durch den Garten, die Stufen zur Eingangstür hoch und dann die breite Treppe in die erste Etage. Sir William der Beherzte marschierte, ohne dass er ein einziges Mal außer Atem geriet, durch den Flur mit seinen in Gold gerahmten Ahnen, vorbei an einer Chinavase mit orangefarbenen Gladiolen und an der Chippendale-Kommode, die Stella bewegt erkannte, aber nur rasch mit den Augen streicheln konnte. Vor der offen stehenden Tür des Gästezimmers machte der Anführer des Konvois Halt. Weil ihm der Tag und seine Stimmung so außergewöhnlich erschienen, ließ er sich mit dem einzigen französischen Wort, das er sich nach drei Jahren in Frankreich behalten hatte, zum Verrat an seiner Muttersprache hinreißen.

»Voilà!«, rief der pensionierte Major Hood mit Stentorstimme.

Ein langer, schmaler Tisch stand an der Wand, darüber eine weiße, weiche Decke mit einer Dose Kinderpuder, Seife und einem Paket Windeln. Auf der gegenüberliegenden Seite stand ein weiß lackiertes Kinderbett mit blauweiß gepunkteter Wäsche und einem Kissen mit Rüschen, daneben ein hoher Kinderstuhl. Von der Jugendstillampe mit einem sandfarbenen Schirm baumelte ein Mobile, in dem rote und safrangelbe Fische Glückskäfer jagten.

»Was soll das bedeuten? Wer hat das gemacht?«

»Ich bestimmt nicht. Oder hast du gedacht, ich habe, während du Kinder kriegst und mit fremden Männern über Lodges und Löwen palaverst, einen Kurs in Säuglingspflege absolviert? Es war Missis Jenkins, die Tochter von James. Sie hat sich fast tot geschuftet, um den Zauber hier in ein paar Stunden auf die Beine zu stellen. Falls du dich nicht mehr erinnern solltest, James ist mein Butler.«

»Natürlich weiß ich das. Aber du hast doch nicht gewusst, dass wir kommen.«

»Das Telegramm wurde uns heute Morgen um fünf Uhr zugestellt. Mir ist jetzt noch schlecht von dem Schreck. Von einem gewissen James Stuart. Ich nehme an, du weißt, um wen es sich handelt. Komm Stella, auch Helden werden mal schwach. Halt dich an mir fest. Es ist noch nie eine Schlacht verloren gegangen, weil der General torkelt. Meiner hat den ganzen Krieg lang Gallenkoliken gehabt. Falls das kleine Monster es zulässt, solltest du dich erst einmal ausruhen. Wir können nicht die ganze Vergangenheit in zehn Minuten nachholen.«

So sanft war seine Stimme in all den Jahren nicht gewesen, und hätte er nicht »das kleine Monster« gesagt und sich bemüht, so auszusehen, als glaubte er, was er sagte, hätte Stella ihren Großvater für einen Heiligen gehalten. Auf alle Fälle war er der letzte Ritter der Tafelrunde, ein selbstloser

Recke, der eine verwirrte, verirrte, verheulte Heimkehrerin zu beschützen und zu trösten wusste. Ehe ihr Großvater sie in seine Arme genommen hatte, war Stella überzeugt gewesen, sie wäre ohne Beute von der Jagd zurückgekehrt. Nun erkannte sie ihren Irrtum. Sie hatte die Liebe zurückgebracht in ein Haus, in dem seit ihrer Abreise die Seufzer der Sehnsucht den Ton bestimmt hatten.

»Missis Jenkins«, sagte der Mann, der sie mit seinem Witz, seiner Klugheit und vor allem mit seiner Güte beschenkte, »wird dir helfen, bis du dich wieder zurechtfindest. Sie hat selbst zwei Kinder. Soviel ich in der ersten Aufregung mitbekommen habe, sind die aber längst aus dem Alter raus, in dem sie undicht sind und Wände beschmieren.«

»Julia hat noch nie eine Wand beschmiert.«

»Ich bin gar nicht auf die Idee gekommen, dass es in Afrika Wände gibt.«

Sir William, der seine Söhne am Tag ihrer Geburt im Internat angemeldet hatte, gefiel das jüngste Mitglied der Familie Hood ohne Einschränkungen. Das wurde beim Tee im blauen Salon deutlich. Er hielt seine Urenkelin auf dem Schoß, fütterte sie mit einem Gurkensandwich, das ihr so ausgezeichnet mundete, dass sie nur ein paar Krümel auf sein Jackett spuckte, und zauberte aus den Tiefen der verschütteten Zeiten ein Kinderlied von einer sehr verwegenen Dame auf einem Schaukelpferd hervor.

»Kann sie schon reiten?«

»Mzee, sie kann doch noch nicht einmal sprechen.«

»Wenn sie in meinem Haus leben will, muss sie reiten können. Sprechen braucht sie nicht zu lernen«, ließ der lebenslange Kämpfer gegen Emotionen und Romantik wissen.

Als er erfuhr, dass seine Enkeltochter in Kenia keine Lodge

gebaut hatte und bis zu ihrer Abfahrt nicht ein einziges Mal in Nairobi gewesen war, nahm sich der galante Edelmann vor, zunächst nicht nach dem Verbleib des Geldes und erst sehr viel später nach Stellas Plänen für die Zukunft zu fragen. Obwohl er nur Erfahrungen mit eigenen Enttäuschungen hatte, war ihm nicht entgangen, dass seine Herzdame schon bei der Erwähnung der Lodge ihre Fingerkuppen aneinander gedrückt hatte, um ihre Hände zu beruhigen.

»Ich habe mich sehr gefreut«, sagte er, um sie mit einem Kompliment auf neutralen Gesprächsboden zurückzulocken, »als ich heute Morgen die Flamingobrosche an deiner Bluse gesehen habe. Prissy hat erst neulich wieder den ganzen Abend mit ihrem verdammten Smaragdcollier bestritten. Das ist ihr im teuersten Hotel von Cannes gestohlen worden.«

»Nyahururu ist nicht Cannes«, kicherte Stella, »dort gibt es keine Hotels.«

Sie verscheuchte Lilly und verjagte die Patels. Einen Moment erreichte sie der Duft von Rosenwasser und Sandelholz. Sie hörte Moi sogar sagen, dass der schöne Flamingo mit Lilly auf Safari gegangen war, und sie ärgerte sich, weil er grinste. Trotzdem war die Gegenwart, in die sie zurückkehrte, ohne Wolken. Als ihre Augen wieder die Richtung erkannten, erblickte Stella nur die zwei Menschen, die sie liebte. Sie waren mit einer funkelnden Taschenuhr beschäftigt. Der mit dem ernsten Gesicht ließ sie von einer Seite zur anderen pendeln, die quietschende Diana jagte die Trophäe zuerst mit den Augen und dann mit beiden Händen. Es genierte Stella ein wenig, die Idylle zu stören, aber sie ballte ihre Hände zu Fäusten und tat es trotzdem.

»Ich glaube, ich sollte jetzt doch probieren, Fernando zu erreichen«, sagte sie. »Er muss ja wissen, dass wir hier sind.«
»Welch ein kurioser Zufall«, erwiderte Sir William und leckte seine Lippen, denn seine Ironie schmeckte ihm besonders gut, »er kommt zum Dinner. Also eine Stunde vorher, um präzise zu sein. Ich versuchte, mich an meine Jugend zu erinnern, und da kam ich auf die Idee, du würdest ihn gern erst allein sehen. Ich meine ohne James, die Vorspeise und mich. Meinst du, die junge Miss Hood würde schon allein bei Missis Jenkins bleiben?«
»Und ob ich das meine!«, sagte Stella. Es war das zweite Mal binnen einer Stunde, dass sie in die großväterliche Jacke weinte. »Ich hab dich so schrecklich vermisst, Mzee«, schluchzte sie. »Ich will nie wieder weg. Ohne dich gehe ich noch nicht mal mehr in die Oxford Street.«
»Das würde ich mir verdammt gut überlegen, meine Teuerste. Mir scheint, deine Garderobe hat eine Spur zu viel Understatement.«
Wie in der Sommernacht, da sie sich fanden und noch nichts ahnten von Amors Tricks und den Tücken der Liebe, lief Fernando durch den Garten zu Stellas Zimmer. Als wollte er seinen Füßen bei jedem Schritt Mut zusprechen, schaute er nur auf seine Schuhe. Einmal schüttelte er den Kopf. Kurz darauf blieb er stehen, holte einen Kamm aus seiner Jackentasche und glättete sein Haar. Weil Stella ihn entdeckte, als er an den Brombeerhecken stand und die Schuhe mit einem Taschentuch abwischte, war die Tür zu ihrem Zimmer bereits offen, als er bei ihr eintraf.
Sie erkannte ihren Fehler und verfluchte ihre Ungeduld. Die geöffnete Tür gab weder ihm noch ihr die Möglichkeit, den Moment des Wiedersehens mit einem zu der Gelegen-

heit passenden Wort oder einem gefühlvollen Blick zu markieren. Stella las die Botschaft in seinen Augen; sie wagte noch nicht einmal eine erlösende Bewegung, keinen Seufzer und schon gar nicht das Bekenntnis, zu dem es sie drängte. Fernando war auf einer Safari gewesen, die er nicht hatte machen wollen. Er war durch die Tiefen gewandert, in die sie ihn gestoßen hatte, und Stella bezweifelte, ob es je einen Weg geben würde, der aus diesem Tal führte.

»Das hast du nicht verdient, Fernando.«

»Man bekommt nie das, was man verdient, Lady Godiva.«

Sie prusteten im gleichen Augenblick los, so erheitert, so verblüfft, fasziniert und beseligt, denn sie erkannten beide den Dialog, und sie lachten noch lauter, als sie sich endlich geeinigt hatten, wann und weshalb die zwei Sätze gesagt worden waren. Als Fernando das Gesicht einer Standuhr mit seiner Jacke verhüllte, hatte die Zeit schon aufgehört zu sein. Sie saßen eng umschlungen auf den Bett und glaubten, sie würden nur ihre Beine baumeln lassen. Er roch, da er, genau wie geplant, seit sechs Monaten Arzt in der Harley Street war, gut desinfiziert und, wie Stella meinte, auch sehr distinguiert.

»Ich glaube, ich will von heute an immer Arzt riechen.«

»Es geht schon wieder los, Stella. Du bringst mich um den Verstand.«

Noch wagte sie nicht, die Wahrheit auszusprechen. Erst in der Nacht, die Spiegel schwarz macht und Geständnisse leicht, wollte Stella ihm erzählen, dass es sie nicht mehr nach afrikanischen Träumen unter Affenbrotbäumen verlangte. Sie erkannte die Melodie nicht, die in ihren Schläfen pochte, aber sie spürte mit allen Sinnen, dass ihr Körper sich nach Liebe sehnte. Stella war dankbar, dass weder ihr

Herz noch ihr Kopf ihr von dieser Liebe abrieten; einen Moment war sie so euphorisch, dass sie einen Brief an Chebeti schrieb. Erst beim Zuziehen der Vorhänge fiel ihr ein, dass Chebeti nicht lesen konnte.
»Ich dachte«, sagte Fernando, als er seine Schuhe wieder anzog, »du hast mir etwas mitgebracht. Eigentlich war ich ganz sicher.«
»Ich gehe sie gleich holen. Sie ist bei Missis Jenkins, und die wiederum ist ein Engel. Soweit ich mich erinnere, Fernando, knöpft ein Mann die Hose wieder zu.«
»Keine Ahnung. Offenbar löscht das Glück sämtliche Erinnerungen. Außer der einen. Ich muss mal einen Kollegen fragen. Mach schon, Stella, wenn ich noch eine Minute länger warten muss, platze ich.«
Julia war frisch gebadet. Ihr Haar glänzte und auch jeder Zahn. Ihre Haut war wie Samt, doch schon roch sie nicht mehr nach Afrikas Sonne und Chebetis Kernseife, nur noch nach englischem Kinderpuder, warmer Milch und Erdbeermarmelade. Sie hatte das rote Jeanskleid an, das ihr Urgroßvater von London nach Nyahururu geschickt hatte, und sie schwenkte die silberne Rassel, die von der Bond Street zum Mount Kenya und dann wieder zurück gereist war. Als ihr Vater sie behutsam aus den Armen ihrer Mutter nahm, stutzte sie und machte ihren Mund weit auf. Einen Moment schien es gar, als hätte das zutrauliche Kind endlich begriffen, dass nicht jeder Fremde ein Freund war, und hätte auch die Angst entdeckt. Dann aber wurden aus den Augen, die so schwarz waren wie die väterlichen und auch so groß, zwei tiefe Tümpel, in denen sich alle Wunder der Welt spiegelten. Es gab nicht den Hauch eines Zweifels, dass das weit gereiste Kind staunte.

»Moi«, jubelte Julia, »Moi«. Sie wiederholte noch einmal den Namen, und dann trommelte sie mit beiden Händen auf Fernandos Kopf.
»Was heißt Moi?«
»Nichts. Madame fabuliert gern. Daran wirst du dich gewöhnen müssen, unsere Tochter erfindet jeden Tag ein paar neue Worte.«

Stefanie Zweig

Der Traum vom Paradies

Roman

Band 14873

Alfred, ein jüdischer Kinderarzt, verliebt sich in die schöne Studentin Andrea. Beide glauben, dass ihre Liebe stärker ist als die Probleme, die Tradition und die Schatten der Vergangenheit. Für ihren Traum vom Paradies stemmen sie sich gegen jede Konvention.

Einfühlsam erzählt die Bestsellerautorin Stefanie Zweig die Geschichte zweier mutiger junger Menschen im Deutschland von heute.

Fischer Taschenbuch Verlag

fi 14873 / 1

Stefanie Zweig

Die Spur des Löwen

Roman

Band 15231

»Arm ist nur, wer keine Träume hat.«

Stefanie Zweig

Die Afrikareise, die der dreizehnjährige Mark mit seinen Eltern machen muss, ist anfangs gar nicht so schrecklich, wie er befürchtet hatte. Zu Ende ist sie aber für ihn noch lange nicht. Denn Mark wird entführt und lebt viele Monate beim Stamm der Nandi in der kenianischen Steppe. Allmählich lernt er deren Sprache und freundet sich schließlich mit dem Häuptlingssohn Morani an. Durch ihn öffnet sich Mark die fremde Welt immer mehr, sodass es ihm schwer fällt, eines Tages die Entscheidung darüber zu treffen, zu welcher Welt er gehört ...

Fischer Taschenbuch Verlag

fi 15231 / 1